U0661038

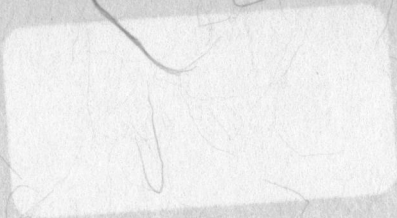

学者随笔丛刊

[增订版]

读南大中文系的人

张伯伟 著

南京大学出版社

前　记

　　欣逢南京大学中文系(现名文学院)建系百岁之禧,身为本系之老生、老师,思有以颂歌一曲,《读南大中文系的人》属之。其人既为读兹在兹之主体,又为被阅读之客体。语涉旁犯,义取双关。盖人世间主客之互换兼容,一如庄周与蝶,未必能划然区分也。

　　"颂者,美盛德之形容。"若以今语译之,"盛德"也者可谓精神遗产,每系于魁梧长者,亦贵乎薪传后学,是为"颂歌"之真实义,曰"人来人往"者以此;学者生命体现于文章,思想蕴含于著作,无论发潜德之幽光,抑或启朝花于未振,权藉序跋引而长之,感而题之,曰"书前书后"者以此;负杖行吟,块然独坐,此学者动静生涯之二端,惟媚时违心之语难作,稠人广众间登台讲演,彼或听而不闻,余亦无异面壁喃喃,曰"独言独语"者以此;观宇宙之窅邈,叹学林之无恒,每至百感苍茫、一时交并之境,辄触绪纷呈,难以自抑,曰"随事随想"者以此。附录一篇,则他人访谈,读人者复为人所读,主客转换,不亦宜乎?

　　书成,承南京大学出版社慨然刊行,谋事诸君皆中文系前后同学,可称一大因缘。聊缀数语,略叙撰著之意,兼为读者之助。

张伯伟记于二〇一四年二月十日

目　次

第三辑　独言独语

第四辑　随事随想

附录

第一辑　人来人往

绕溪师的"藏"与"默"

　　管雄先生,别号绕溪、微生,浙江省温州市人。1910 年 11 月生。1934 年毕业于南京国立中央大学中国文学系,历任国立厦门大学中文系讲师,重庆国立中央大学、南京国立中央大学、江西大学、江西井冈山大学中文系副教授,南京大学中文系教授,1987 年退休。1998 年 5 月 15 日在南京逝世,享年 89 岁。

　　写下上面一段类似于简介的文字,猛然觉得,自绕溪师遽归道山,已有六年时光悄然流逝。 六年来,在与同门见面或与同学交谈之际,在灯下独坐或在国外讲学之余,常常会提到或想起绕溪师。 有时,先师的音容笑貌还会在我的梦境或幻觉中浮现,但我却未有一字形于笔端。 绕溪师生前最欣赏《二十四诗品》中"不著一字,尽得风流"语,真的,他若是看到了我的这篇文字,大概会用手指着它,眼睛微合做摇头状说:"丰干饶舌。"

　　绕溪师在上世纪三十年代初就读南京中央大学中文系,从学于汪东、黄侃、汪辟疆、吴梅诸先生之门。 黄季刚(侃)先生曾书联相赠曰:"盖世功名棋一局,藏山文字纸千张。"功名富贵,乃人所追求者,其实不过如古人所云——"世事如棋局局新",不可凭亦不足求。 而"藏之名山"的著述,却能够保证学术文化的薪火相传,具有永恒的价值。 古人又云:"百战百胜不如一忍,万言万当不如一默。"时代发展到今天,人多好表曝而不喜自藏,乐多言而不甘自默,回忆绕溪师的

"藏"与"默",不禁油然兴起太史公之叹:"有味哉! 有味哉!"

绕溪师一生学术,以对《洛阳伽蓝记》和《汉书》的研究最为精深。 前者曾是他大学毕业论文的研究课题,四十年代初在重庆中央大学授课,课余即埋头整理《洛阳伽蓝记疏证》五卷稿,历时一年多,约得 35 万字。 但当他把稿子写定的时候,却是长叹一声,怅然若有所失,甚至想立即将它烧毁。 此稿是在满目昏霾的天地里,为之于举世不为之日,虽不比前线抗敌的战士,毕竟也是透过史实的考证,隐约倾吐其爱国的思绪,所以最终还是让它安稳地躺在书箧里。 五十年代中,曾有出版社索稿并

管雄先生 1934 年
中央大学毕业照

愿意付印,但绕溪师却漠然置之。 而此稿终于在十年动乱的初期,绕溪师丧失人身自由的时候,被惊慌失措的师母付诸一炬,化为灰烬了。民国以来治杨书者,最早有周延年万洁斋自刊本(1937),但注释极其简略。 现在大陆流行的是范祥雍《校注》本和周祖谟《校释》本,港台地区则通行徐高阮的《重刊》本和杨勇的《校笺》本,成书都在绕溪师此稿之后,而先师此稿几乎无人知晓。 禅宗云:"雁过长空,影沉寒水。 雁无遗踪之意,水无留影之心。"但毕竟还是留下了踪影。 绕溪师去世后,嗣昆师兄将先师所藏有关《洛阳伽蓝记》诸书举以畀我,在留有先师校语的明如隐堂本中夹一字条,乃陈延杰对此稿的评语:"是编疏证,体例最为完善,材料极富,并根据学理,非凿空者可比。"四十年代中期,先师曾以此稿作为晋升副教授的学术成果,沈尹默先生也曾有类似的评论。 记得在 1982 年 7 月,我完成了硕士阶段的第一篇作业《钟嵘〈诗品〉谢灵运条疏证》,先师的评语是:"繁征博引,俱见匠

心，非凿空者可比。"并且告诉我，他早年的《洛阳伽蓝记疏证》，就曾得到过前辈这样的评语，故转而赠我，令我感动得一时语塞。此外，在明如隐堂本的校语中，常有"见《疏证》"等省略之文。此稿踪影，大概仅限于这些了。前几年，曹虹教授译释《洛阳伽蓝记》，曾特意引用绕溪师的若干校记，实有略存师门学术之用心。

《汉书》是黄季刚先生笃好的九部古书之一，曾先后点读了三遍，但发而为文，不过《略论汉书纲领》和《史通论汉书语抄撮》而已。绕溪师对《汉书》的研究，即本于其师门渊源。1944年他在重庆中央大学时曾讲授《汉书》，并撰写若干论稿。四十年代末曾在《学原》发表《汉书古字论例》一文，从古字入手，强调"必须洞明字例，精心考校，而后才得古书之真"。黄季刚先生《文心雕龙札记·章句第三十四》云："一切文辞学术，皆以章句为始基。"绕溪师此作，正得师门之精髓。另外一篇力作，乃《唐以前诸家汉书注考》近三万言，资料丰富，精义纷呈。此文曾

管雄先生手迹之一

作为教材在重庆和南京的国立中央大学油印两次，却并未公开发表。直到1984年，为了纪念黄季刚先生诞生一百周年、逝世五十周年，需要召开纪念会，出版论文集，乃命我抄录一过，油印传阅。在此文"后记"中，他回忆数十年来社会学术之变迁云："时易境移，学海翻腾。宿学老生，抱古书而远窜；异才旧士，逃批判而不谈。微言垂绝，大义飘零。……来年值先生诞生一百周年、逝世五十周年纪念，同门诸

子，征稿于予。 予卧疴空林，累月不起，腕痹踝痛，握笔踟蹰，爰将旧稿付印，求教于世之贤达君子，亦以存师门学术流别之盛也。"而纪念论文集终因经费不足，未曾出版。 此文之问世，是作为先师《魏晋南北朝文学史论》的附录，迟到 1998 年绕溪师辞世两周后才正式出版。距离最初之写成，已有 54 年。

绕溪师自少年时便工于吟咏，善作大字。 我读硕士研究生的时候，因为就招了我一个学生，总是每周到先师家中交谈。 一次，绕溪师拿出了一册《泉山诗稿》，对我说，此为其 24 岁前之作品，早年在福州高级中学任教时，有人想要晋升职称，苦于没有成果，就将此稿冒充己作，混一头衔。 但当我提出想借回细读时，却遭到先师的婉拒。 他不仅不愿意出版，甚至都不愿意示人。

先师不仅惜墨如金，而且也惜"言"如金，他的话总是不多的。 读硕士阶段，每周一次师徒对坐两小时。 每次去时，绕溪师就已经坐在那里。 我进去后，师母总是再端一杯茶给我，然后把门掩上。 我虽然比较喜欢讲话，但在老师面前总应该多听少讲，因而常常是默默地相对无言。 先师如老僧入定，沉默无语乃本色当行。 我呢，则如三日新妇，在这种情形下难免局促不安。 好不容易让我想到一话题，打破了沉默，先师三言两语答毕，又回归沉默。

绕溪师总是这样，即便在非要讲话的时候，他也总是尽量简约，或以动作代言语。 一次，我问何以从明代开始钟嵘《诗品》大受欢迎？先师答曰："与评点有关。"我想了解得更详细一些，乃以目询之，但绕溪师已眼帘微垂，作"予欲无言"状了。 后来，自己读书渐广，对于《诗品》与评点的关系有所了悟，更加钦佩先师的提示堪称要言不烦。也是在这样的锻炼下，逐步养成了我凡事多自己钻研的习惯，受益无穷。 又一次，先师指着某先生的一篇文章，讲谢灵运《登永嘉绿嶂山》"怀迟上幽室"句中"'怀迟'二字是表示对于绿嶂山久有一份怀慕钦迟的感情"，乃作摇头状曰："望文生义。"因为这是一个联绵词，与逯

管雄先生《泉山诗稿附词钞》目录及题记

迤、逶随等词相通。　南秀学长曾告诉我，有次她去绕溪师家，桌上正放着两篇学生的作业，先师用手指着一篇说："这一篇，嗯（平调）……"作点头状。　又用手指着另一篇说："这一篇，嗯（上声）……"作摇头状。　即便在改作业的时候，他也只是在有问题处用红笔画线，让学生自己领悟。　学生若轻易看过，往往不能领略其中的意味，这是很可惜的。

绕溪师为人淡泊名利，寡言少语，其实，他又是一个感情极为浓烈的人，只是不作轻易的表露。　一次，我照例去先师家谈话，进门后发现他的表情很黯然。　坐下后，先师对我说，他的老友夏瞿先生去世了，"今天我们不要谈了"。　我就陪着绕溪师默默地坐了很长时间。　那天他虽然什么话也没有说，但我能够从这沉默中感受到其心潮的起伏。　先师与沈祖棻先生是同学，有数十年的友谊。　沈先生不幸去世后，闲堂师整理其遗稿，在 1980 年出版了《宋词赏析》。　此书以讲析之精微深受读者欢迎。 但某先生在一篇文章中说，晏几道《临江仙》中"落花人独立，微雨燕双飞"出于五代翁宏，是由他最早发现，对《宋词赏析》中谈到这两句时未加说明大为不满。 其实，《宋词赏析》只是根据沈先生的备课笔记整理而成，赏析所采用的是"寸铁杀人"的手段，且其文之好处，本不在点明这两句出于翁宏，而在于说明何以在翁作中不出色，而经小晏借用后就成为名句，并有一妙喻云："就好象临邛的卓文君，只有再嫁司马相如，才能扬名于后世一样。"绕溪师对某先生行文之语气刻薄深不以为然，乃评论道："他独具只眼。"沉默片刻，又说："他有一只眼睛是瞎的。"这是我所听到的绕溪师臧否人物最有感情色彩的一次了。 先师在"文革"中受到迫害，而表达其愤怒和郁闷的，只是在牛棚里作皮里阳秋、嗤之以鼻状。 其感情的表达法，也往往是"藏"与"默"集于一身的。

从前章太炎对其弟子黄季刚说："人轻著书，妄也；子重著书，吝也。 妄不智，吝不仁。"绕溪师是否继承了季刚先生的"吝"呢？ 看着绕溪师留在诸本《洛阳伽蓝记》上的校语和点读，不难想到，与"吝"于著述发表相联系的，正是勤于读书。"十年磨一剑"的时代一去不复返了，有人说现在是"十年磨十剑"，但愿不要"发展"到"一年磨十剑"。 此刻重温绕溪师的"藏"与"默"，不知能否为今日燥热的学术界提供一帖清凉剂呢？

二〇〇四年七月四日写于南京城西龙江寓所

（原载《学林漫录》十六集，中华书局 2007 年）

管雄先生小传

管雄先生，别号绕溪、微生。 1910 年 11 月生于浙江省温州市永嘉县大茶山。 祖父环炳，字温如，为前清监生。 父籛，字承俊，以务农为生。 母管张氏，永嘉县永强镇白楼下村人。 二叔笙，字乐山，浙江省第十中学毕业。 其家族属江南乡间耕读之家。

1916 年，先生刚满 7 岁，即发蒙读书，塾师为前清一落第书生，所读亦无非《百家姓》、《千字文》、《千家诗》等。 8 岁，入永嘉县膺符镇第十三国民小学校，虽是新式招牌，其实不过由私塾改换而来，读书以《幼学琼林》、《四书》为主，外加几本国民小学教科书和算术之类。受祖父影响，读《三国演义》、《水浒传》等通俗小说，也看《金刚经》等佛教原典。 1919 年，"五四"运动爆发，波及江南偏僻乡村。 时为中学生之堂叔带一批同学回乡宣传打倒卖国贼，抵制日货，使先生对日本有了最初印象，滋生抗日思想。 12 岁，与年长一龄的三叔管箫（字圣泽）同上永嘉县第三高等小学校。 其初校长是李骧，后为夏承焘（字瞿禅）、王学义。 二叔亦教员之一。 科目有国文、英文、算术、历史、地理、自然、手工、唱歌、图画、体操、修身等，已完全是新式教育。 国文教科书也选韩、柳古文，英文则用商务印书馆周越然编《英语模范读本》。 1924 年小学毕业，距离中考还有半年，跟随二叔仍住梧埏镇，自修英文、算术，国文教员是王起（字季思）。 暑假与三叔同时考入浙江省第十中学初中部，校长金嵘轩（字荣征）是日本留学生，律己甚严，道德高尚，绝无洋习气。 当时内战频仍，教育经费缺乏，金校长变卖祖遗田产来维持学校教学，使弦歌不绝。 同学中有后来成为考古学家的夏鼐和历史学家王栻。 1927 年初中毕业，八月考入温州中学高中部文科，科目有中国文学史、文学概论、国故概要等。 英文有文选和翻译，课本直接从英国买来，即狄更斯《双城记》(*A Tale of Two Cities*)。 文科教师初为王耘庄，后为朱芳圃，皆清华大学国学研究院毕业，乃王国维、梁启超门人。 国文老师则毕业于武昌高等师范，是黄侃（字季刚）先生弟子，他极力鼓励学生毕业后考中央大学跟黄先生学习。 1929 年秋，年满 20 岁，遵父命与夏畹兰结褵于温州。正值灾荒，婚礼从简，采用西洋式"文明结婚"。 当时家境日益困难，无力交纳膳宿费，夫人拔钗变卖，供先生继续上学。

1930 年暑假高中毕业，与同学数人到南京考大学，惟先生一人被中央大学中国文学系录取。 当时中大中文系名师汇聚，系主任汪东（字旭初），教授有黄侃，教小学、音韵学，吴梅（字瞿安）教词曲，胡光炜（字小石）教文学史，汪国垣（字辟疆）教目录学和唐人小说，王瀣（字伯沆）教杜诗，王易（字晓湘）教乐府选读。 讲师有陈延杰（字仲子）、徐震（字哲东），助教是殷孟伦（字石臞）等。 先生尤其钦佩黄季刚先生之学，课堂听讲外，还与少数人课后私下问学，在文字、训诂和《汉书》研究方面，深得黄先生之传，亦深得黄先生之赏。 其读书之所，由黄先生篆额四字曰"泉山精舍"，又书联赐赠曰："盖世功名棋一局，藏山文字纸千张。"在学术上寄予厚望。 同班同学有沈祖棻（字子苾）、陈瀛（字行素）、钱玄（字小云）等，1934 年夏毕业于中央大学中国文学系。 毕业后，历任江苏省江宁中学（1934—1937）、福建省福州高级中学（1938—1939）国文教员，又任福建省教育所国文科视导员，后转任福建省立中等学校师资养成所国文科教员（1940—1941），讲授"历代诗选"和"文字学"，科内同事有施蛰存。 1941 年暑假，经刘天予介绍，转至长汀国立厦门大学中文系任讲师，从此讲学上庠，终其一生。 当时萨本栋任校长，刘天予代理文学院院长，余謇为系主任，同事中有施蛰存、戴锡梓、林庚、黄典诚等。 先生主讲"大一国文"，自选作品，从唐宋八大家到章太炎、黄季刚文章皆入教材。 1942年暑假，得重庆中央大学师范学院国文系主任伍俶（字叔傥）电报，聘先生为讲师。 虽然当时已接厦大续聘，但中大是其母校，重庆又是战时首都，遂决然辞厦大赴中大。 中大位于重庆柏溪，朱东润、罗根泽（字雨亭）已在校，新到教师有吴组缃、王仲荦、蒋礼鸿（字云从）、王达津等，后来者又有杨晦、吴世昌。 伍俶先生为黄季刚先生早年在北京大学门人，喜好六朝文学，欣慕名士作风，与先生是同乡，曾指导其大学毕业论文《洛阳伽蓝记疏证》，故关系较密。 先生在中大，先后讲授"大一国文"、"《汉书》研究"等课，希望自己能够继承黄季刚先生之学，成为"《汉书》学"专家。 讲授之暇，埋头整理《〈洛阳伽蓝记〉疏证》，历一年而稿成，约得三十五万字。 1943年经文学院长沈尹默鉴定，由校务委员会通过，晋升为副教授。 抗战胜利后，随校复员至南京，继续任中央大学副教授，住文昌桥教职员宿舍南舍。 不久，物价飞涨，入不敷出，除在中大任教外，又去建国法商学院和东方中学兼课，以勉强维持全家生活。 1949年4月，南京城国共易帜，先生参与接收工作。 学校筹备成立教育工会，推举先生筹备文学院中文系工会，又加入南京市文学艺术联合会。 1952年院系调整后，先生分配至南京大学中文系，由文昌桥迁至小粉桥宿舍（原金陵大学校舍），开设"现代文学作品选"、"写作实习"、"中国文学史"等课程。 1958年7月，奉南京大学党委之命，赴南昌支援江西大学建校工作，历任文学系副主任、中文系主任、江西大学校务委员会常委、中国作家协会江西分会常务理事、江西文艺学会副主任、江西省人民代表大会代表等，讲授"现代文选"、"中国文学批评史"、"中国文学史"等课程。 1965年后辗转江西各地，任井冈山大学中文系副教授、江西大学瑞金分校中文系副教授兼系主任、江西大学中文系副教授等职。 1966年"文革"爆发，先生备受批判体罚，书籍、讲义、手稿皆毁于一旦，还被迫自我污名，将自己以往之授课著述评为"错误百出，毒草丛生，对党和人民犯下了弥天大罪"（见 1969 年 2 月 28 日所写《自传》），夸张中略含反讽。 此后腕痹踝痛，病魔缠身，终至身心俱疲。 1976 年底，应母校之请重返南京大学，得与家人团聚。 其初任外国留学生进修班教师，1978 年受聘为中国古代文学专业硕士生导师，为七七级本科生讲授"中国古代诗歌理论史略"课，培养硕士研究生四名，即王长发（原南京大学海外教育学院教授）、钱南秀（美国 Rice 大学东亚系教授）、张伯伟（南京大学文学院教授）、左健（原南京大学出版社社长兼总编辑）。1983 年经教育部批准，晋升教授。 1987 年退休。 1998 年 5 月 15 日，因脑梗塞在南京去世，享年 89 岁。 其著述生前出版者仅《隋唐诗歌史论》一种，时逾 80 之龄。《魏晋南北朝文学史论》之印出，则在辞世两周之后。 其余手稿及散见各报刊文章，皆未能汇印行世。 夫人夏畹兰，一生相夫教子，其性仁爱笃厚，恭俭温良，2006 年 6 月 29 日去世，得寿 93。 育四男一女，长子嗣旭，西安西电职工医院副主任医师；次子嗣旦，南京市地产中心副处长、高级农艺师；三子嗣呆，南京市江宁区供销合作总社纪委副书记、经济师；四子嗣昆，南京大学文学院图书馆馆员；女辛夷，南京市第二十二中学教师。

先生于少年、青年时代，本为慷慨悲歌、放旷率性之士。 读小学时，曾带头捣毁附近泥塑菩萨像。 初中毕业，曾有投考黄埔军校之愿。 上海"五卅"惨案发生，参加抗议游行。 高中时，因公开反对校长周祐强调党化教育、以孙中山文章为国文课标准教材而险被开除，后由文科主任卢斐然先生担保，以留校察看处分而终。 1928 年济南"五三"惨案发生，先生时为校学生会主席，起草《告温州民众书》。 1931 年，政府委派中央政治学校教育长段锡朋出任中央大学校长，此人为不学无术之党棍，上任之日，同学群情激愤，冲进校长办公室将他拉出，先生上前将段氏推下阶梯，使之未敢再踏进中央大学一步，后以罗家伦临长中央大学而了之。 大学毕业典礼时，汪精卫到中大演讲说："前期革命是我们负了责任，后期革命，要你们负了。"先生联想早年所读汪氏诗，"慷慨歌燕市，从容作楚囚。引刀成一快，不负少年头"（《被逮口占》之三），热血沸腾。但其后汪氏投附日本，先生又深鄙其为人。先生善吟咏，二十四岁之前所作，曾编为《泉山诗稿附词钞》一卷，由其叔父代为付印。任教江宁县中时为作校歌，新校舍落成，又撰联为贺："何年得广厦千万间，听寒士书声，秋人颜笑；今日与吾党二三子，看迎门山色，横槛晴岚。"1937 年在芜湖火车站偶遇旧日学生贺传教，其时投笔从戎，即将奔赴抗日前线，先生为作《贺生行》以壮之："江水滔滔风萧萧，男儿生当报国仇。"任福州高级中学教员时，又作福中校歌："百千健儿齐起勤勇复公忠，振起中华民族万祀永无穷。"直至今日每周一升旗仪式上，还与国歌先后播放。然而自上世纪六十年代后，先生逐渐沉默寡言。拙作《绕溪师的"藏"与"默"》所述即先生晚年特点，但并非其禀性如此。

又先生青壮年时代亦劬学之士，除致力于《洛阳伽蓝记》疏证工作外，还有大量其他著述。如 1940 年 9 月 28 日始编《文字学草稿》，作为福建师资养成所授课讲义；1942 年 4 月撰《补释大》、《世说新语用当时方言钞》；《复华室日札》，起于 1942 年 7 月 22 日，终于 1945 年 9 月 6 日，遍涉四部。虽为传统读书札记体，但"复华"者，恢复中华文脉之谓也，亦寄寓其爱国情感；1942 年 12 月 14 日起撰《离骚零拾及其它》，除考证《离骚》字义外，还有《楚辞书目》、《汉以后为楚辞之学者》、《西汉为楚辞之学者》、《钱坫异语楚方言钞》等；1948 年 8 月 19 日撰《汉简与汉书互证》。有些显然步趋黄季刚先生，如《〈史通〉论〈史记〉语抄撮》（载《浙江省立图书馆馆刊》1935 年），开篇即云："蕲春黄先生有《〈史通〉论〈汉书〉语抄撮》一卷，今依其例，裁制斯篇。"又有记录黄先生口说之《训诂略论一》（未刊）、《训诂略论二》（即《黄季刚先生论小学十书》，1940 年）、《略论〈汉书〉纲领》（1942 年）。又有《论黄季刚先生的诗》（1935 年），《唐以前诸家〈汉书〉注考》(1944 年)、《〈汉书〉古字论例》(1947 年),《"转语"理论与〈广雅疏证〉》(撰年不详)。 以上所记,只是劫后所存一鳞半爪,但其中显露先生之治学眼光和范围,仍然令人钦佩。 又先生早年为文,极有锐气,《读章炳麟〈救学弊论〉》写于 1934 年,以一大四学生问难文坛耆宿。 开篇云:"章氏此论,滔滔数千言,于近世学术之衰,学风之陋,思有以振捄之也。 章氏负当世能文名,其言论足以震古今,其行止足以集人伦,斯论之出,景响尤巨。 今本盍各之义,略抒所怀,以当商榷焉。"以下论章氏文"三失",字字雄辩,结语更是感慨遥深:"呜呼! 刘石乱华,清谈流祸;赵宋垂危,党争未已。 今关东沦丧,疮痍未抚,诸学士终日嚣呶,不务实学。 长此以往,深恐神州遭陆沉之痛,诸夏有偕亡之哀。 昔王衍将死,云:'吾曹向若不祖尚虚浮,戮力以匡王室,犹可不至今日。'因读章氏之文,且有感乎夷甫之言,书之如此云尔。"又大学时代撰书评《错误百出之〈人境庐诗草〉的重印本》,对高崇信、尤炳圻点校之《人境庐诗草》直斥其误,不假辞色,并兼及古直(号层冰)。 古直为前辈学者,特撰《与管雄论〈人境庐诗草〉重印本诠释之正误》,颇为肯定。 其在当年不仅好学不倦,且勇于发表。

惟至六十年代后,先生手稿多化丙丁,心灰意冷,不求闻达,而内心实又不甘。 友人言及于此,莫不感慨叹息。 如蒋礼鸿《自传》特别提及在重庆"和中大的同事——现在北京大学的吴组缃、上海师范学院的魏建猷、山东大学的王仲荦、南京大学的管雄一同在嘉陵江畔的柏溪这个山谷里相得甚欢。 ……由于管雄的鼓励,写了一部校释《商君书》的书,得到第三等奖,凭此升任为中央大学讲师"(载《蒋礼鸿集》)。 王仲荦《谈谈我的治学经过》说:"我的老友管雄,他早年也写了很多著作,后来从南京大学调往江西大学任中文系主任,'文化大革命'开始,红卫兵把他的著作一火烧了,后来他回到南京大学,人家说他没有著作,其实当年在柏溪,他的著作稿子比我和蒋礼鸿都多。 只是我们保存了下来,他却都丢失,火烧咸阳,三月不灭。 唉! 人真是有幸有不幸。"（载《文史哲》1984 年第 3 期）就某种意义而言，先生真不幸，存世著作太少，当了 40 年副教授。升上教授，已年逾古稀，不能担任博士生导师。晚年平淡冲和的先生对我说过这样一句感情激烈之语："我只恨自己无能，不可以把你培养成博士。"究竟谁为为之？孰令致之？

二〇一四年八月二十日

（原载《瓯风》第八集，中国文史出版社 2014 年）

"行道救世，保存国粹"

——程千帆先生的精神遗产

1977年高考制度改革，我幸运地考取南京大学中文系，于次年二月从黄海之滨的农场来到千年古都的南京，由下乡知青变成了大学生。同年八月，程千帆先生应匡亚明校长之聘，重返母校任教，从珞珈山边来到钟山之麓，由街道居民变成了大学教授。从那时开始，我就一直在老师身边学习工作，并经常聆听教诲，至2000年6月先师归道山，屈指数来，前后二十二年。先师去世不久，我便有撰文纪念之意，但每一虑及，总是禁不住悲从中来，搁笔之间，竟流逝了十三个春秋。今年是先师百岁冥诞，文学院举办了隆重的纪念活动，人们回忆先师的嘉言懿行，作为对他的永恒纪念。2014年，我们又将迎来中文系（即今天的文学院）建系100周年的华诞。一所百年院系，自然有其蕴蓄于中的精神遗产，这些遗产是透过每个不同时期的人物创造、积累并承传下来的。如果说，文章之妙不外乎桐城派所标榜的"义理、考据、辞章"，则纪念文章的"义理"，就在于透过对往事的追述，再现时代面貌的侧影和一个人的人格世界，予后人以向往、追慕的精神力量，此即《周易》所谓"君子以多识前言往行以蓄其德"（《大畜·象》）。在知识人的精神世界雾乱幽暗的今日，这种力量是尤为珍贵和必要的。

一

千帆先生与祖棻先生 1937 年结褵于安徽屯溪，至 1977 年祖棻先生遭车祸去世，整整四十年。早两年，祖棻先生有《千帆沙洋来书，有"四十年文章知己患难夫妻，未能共度晚年"之叹，感赋》一诗：

> 合卺苍黄值乱离，经筵转徙际明时。廿年分受流人谤，八口曾为巧妇炊。历经新婚垂老别，未成白首碧山期。文章知己虽堪许，患难夫妻自可悲。[①]

以高度浓缩之笔写尽了共同生活期间的哀乐，而"四十年"竟为一识。1946 年 3 月 8 日，当吴宓在成都见到他们的时候，便将其观感写入日记："昌（千帆先生旧名会昌）、棻均有行道救世、保存国粹之志。"而这一志向的秉持，是终其一生的。余生也晚，未能亲炙于祖棻先生之教[②]，只是结婚时承先师锡以室名曰"静好轩"，并垂示此乃祖棻先生使用者，又惠赐其藏书印"静好轩中长物"，如此而已。所以，尽管千帆先生与祖棻先生有很多共同之处，尽管吴宓的评价是针对两人而言，我只能偏重谈千帆先生。

"行道救世"和"保存国粹"，分别代表了中国文化中的忧患传统和知识传统，而作为一个身兼两种传统的大学教授，他往往是透过对知识的传承、创造以达到其"行道救世"之目的。《魏修孔子庙碑》中说夫子"遭世雾乱"，"屈己以存道，贬身以救世"（《隶释》卷十九）。他周游

①　《涉江诗稿》卷三，《沈祖棻诗词集》，江苏古籍出版社，1994 年版，页 294。
②　先父 1953 年入江苏师范学院（今苏州大学）中文系，曾亲聆祖棻先生授课。1955 年院系调整，中文系合并至南京师范学院，祖棻先生亦移砚南京，至 1956 年转赴武汉大学。其时家母亦在南师中文系就读，但未有机缘受教于祖棻先生。而先父对祖棻先生的授课及衣着的印象就是两个字——朴素。

列国以行道救世，其塑造的学问品格，就是"述而不作"、"信而好古"，而在所述所信中，实际上对以往的文化下了一番因革损益的功夫。孔子奠定的传统，就是中国学术、中国教育的根本大统。只要这一根本大统不被丢失，中国文化的统绪就不会断绝，而必有再生、光大之一日。

读书人喜好读书并不难，难的是在苍黄离乱的日子里，在艰难困苦的环境中，还能做到"造次必于是，颠沛必于是"（《论语·里仁》）；难的是面对无穷的知识世界，即便已有所成就，甚至是很高成就，还能持续"愿学新心养新德，旋随新叶起新知"（张载《芭蕉》）。

千帆先生大学毕业后不久，抗日战争爆发，他辗转于屯溪、长沙、

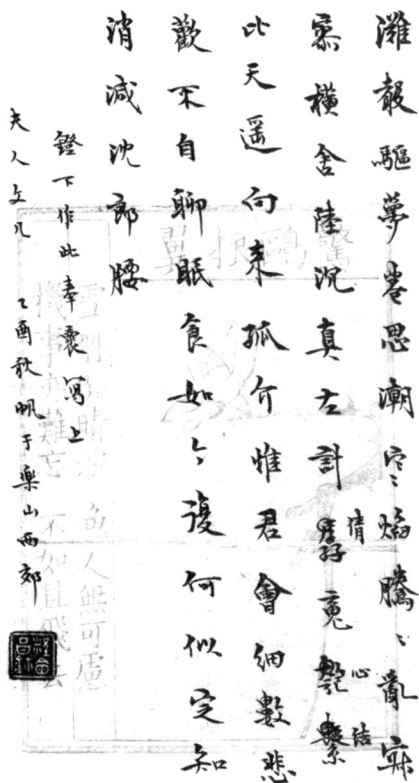

千帆先生手迹之一

武汉、重庆、康定、成都，生活极不安定。 然而就其个人而言，这不算是其独特的坎坷，也不算是对其人生最大的打击。 在四十年代中期，千帆先生和祖棻先生目睹国民党统治的腐败溃烂，以至于在知识与理想集中地的大学也未能免，他们曾怀着读书人的正义感挺身而出，对种种贪腐现象予以无情的揭露，却因此而受到学校当局的解聘。 我们只要看一下祖棻先生《涉江词》丙稿，如《鹧鸪天》四首"华西坝春感"、《减字木兰花》四首"成渝纪闻"、《浣溪沙》"后游仙词"等作和千帆先生的笺注，就是这段历史的生动再现。 所以，当祖棻先生 1949 年在上海治病时，亲眼目睹旧日统治者对人民的迫害和"人民解放军的次序井然，秋毫无犯，对人民解放军和党就感觉到比较亲切而信任了"①。 和许多知识分子一样，他们从新旧对比中看到了祖国复兴的希望，也看到了自己的前途，因而真诚地、自觉地学习马列主义、毛泽东思想，希望能够赶上时代的步伐。 而从知识传统来讲，不断地更新自我，吸收新知，也是"保存国粹"的有力和有效的手段。 1952 年，千帆先生将他两年多来的文章结集为《文学批评的任务》一书，交由中南人民文学艺术出版社刊行。 毫无疑问，此书有着很明显的时代印记，是他"不断地努力学习，不断地努力提高自己的政治水平和业务水平"的"一种纪录"，出版此书，也是为了"在今后跨越自己的时候能够清晰地回顾一下经历过的旅程"②。 1954 年，千帆先生与祖棻先生合出了一册《古典诗歌论丛》，在十八篇论文中，只有两篇是祖棻先生撰写，其余皆为千帆先生所作；十七篇文章是旧作，只有《古代诗歌研究绪论》为1954 年的新篇③。 在此文之末，千帆先生写道：

---

① 沈祖棻《自传》，转引自徐有富《程千帆沈祖棻年谱长编》，南京大学出版社，2013 年版，页 162。

② 《文学批评的任务·后记》，中南人民文学艺术出版社，1953 年版，页 126。

③ 此文固然带着那个时代特有的印记，但就其提出的问题以及给出的答案来看，仍然对后人有所教益。

伊·艾伦堡曾经说过:"只有希望,强烈的希望,那时候一切才能实现。"前面曾经提到,我们的古典作家,都是相信将来的人,因此,才在他们的作品中发射着强烈的希望的光辉,而现在,已经出现比他们所希望的理想社会不知美妙多少倍的社会,而且不久就要走进更美妙的社会了。那么,让我们也来希望,强烈地希望吧!①

这是多么真诚、多么热烈的咏叹! 他是怀着一颗赤子之心期待着"更美妙的社会"在不久到来。 但等待着他的,在不久的将来,却是人生途中的一次重创。

1957 年 6 月,身为武汉大学中文系教授的千帆先生,在一夜之间成为右派分子,接着,学报副主编被撤,教授资格被撤,被《人民日报》点名为"武大右派教授头子",又被称为"右派元帅",接受大会小会批判,被迫放下笔杆子,拿起粪耙子,从事惩罚性体力劳动。 虽然在1961 年 6 月回到武汉大学,但仍不许讲课,只能在中文系资料室担任管理员,直到 1966 年 6 月"文革"开始。 我们无法想象面对这一突如其来的变故,他是多么惊愕、茫然、愤怒。 千帆先生在晚年说自己"一生中最大的挫折就是遇到反右派的政治运动","我从小最大的野心就是当个教授。 我当了教授,有机会做一个教授应该做的事情,当中忽然把它们掠夺了,不让做。 这是处理知识分子、虐待知识分子最恶毒的一个方法","对我来说,这可能是最厉害的惩罚"。② 他不得不接受命运的安排,但又无时无刻不在抗拒命运的安排。 我们翻阅一下《古诗考索》的目次,上辑 16 篇论文,写在 1961 年到 1963 年之间的就有 5 篇;又批校《杜诗镜诠》,删补写定《史通笺记》,点校李壁注王安石诗等,用他自己的话来说:"我只要有机会就做自己的工作,很多比较细致的

---

① 《古典诗歌论丛》,上海文艺联合出版社,1954 年版,页 35。
② 张伯伟编《桑榆忆往》,《程千帆全集》第十五卷,河北教育出版社,2000 年版,页33—34。

工作都是那时做的。"① 而"文革"开始，又经受更大的冲击，接受批斗、抄家，许多论著手稿被撕毁、被抢掠，限时勒令搬迁至偏僻、肮脏、简陋的平房中。"道途绝灯火，蛇蝮伏荆榛。""青蝇飞蔽碗，雄虺卧当门。""注屋盆争泼，冲门水乱流。"② 祖棻先生的这组诗写出了当年住所之荒凉寥落，室内苍蝇成阵，门口毒蛇出没，遇雨则山洪奔泻入户，长夜屋漏沾湿。 其后，千帆先生被赶到武大校办农场，继而发配到沙洋劳改农场，接受劳动改造。 即便在这样的恶劣环境下，他仍然不忘读书，晚年曾这样回忆道：

> 我的信念就是无论如何也要同这种不合理的现象对抗下去，就是不死，就是要看看到底结局如何。在沙洋农场，图书室没别的书，正好有一套中华书局校点的晋隋八史，我白天劳动和挨斗，晚上就把这些书看了一遍。这包含了自私的个人信念，也包含了对祖国文化的热爱的信念，二者很难区分。③
>
> 改造来改造去，不是认罪，反而加强了对自己的认识。比如说批判传统文化，特别是在"文化大革命"中，批得那么厉害，我就觉得中国的传统文化，儒学乃至道家，的确还是代表了人类部分的真理吧。这样一想，我反而安定下来，还能读读书，也还能够想些问题。在这过程中对自我也有所评价：第一，我没有做对不起老百姓的事情；第二，我的工作对人民是有用的，现在不用，总有一天用得着。④

由于始终不懈地坚持读书思考，一旦天地回转，他就有了施展抱负的机会和能力。

---

① 《桑榆忆往》，页 32。
② 沈祖棻《忆昔》，《涉江诗稿》卷三，《沈祖棻诗词集》，页 305。
③ 《桑榆忆往》，页 172。
④ 《桑榆忆往》，页 32—33。

1977年，千帆先生在武汉大学中文系奉命"自愿退休，安度晚年"。不久，祖棻先生因车祸去世。这应该是其一生中内心最为悲苦的阶段，既被强行剥夺了工作的权利，又丧失了感情上最亲近的伴侣。但他强忍深悲剧痛，埋头于逝者遗著和自身论著的整理和出版，在给门人的信件中说："又恢复到57年以前，每天没有三千字不下书桌了。一以忘忧，二以赎罪，三以比武。"①而当匡亚明校长决定聘请千帆先生到南京大学工作，派中文系负责人叶子铭先生去武汉与千帆先生面商，叶先生问"你到南大去，有什么条件"时，他喊出了"我要工作"！1978年8月，千帆先生回到母校南京大学，开始了他人生中最辉煌的一段，在给友人的信件中说："此间相待以礼以诚，大异武汉，想来可在此间以著述终老。"②其生平撰著二十余种，绝大多数都是晚年在南京完成，他是在年逾古稀达到其学术上的巅峰的。关于这些著作在学术上的成就，学界已多有评论，我想要强调的，是隐藏在这些著述背后的精神。

最近有一位学友对我说，他们专业的教授，年过六十还继续研究者在全国屈指可数，遑论自我突破。我不知这一说法的概括性如何，也未探究其原因所在。我想要说的是，千帆先生晚年移砚南京，已是66岁的老人，在其旺盛的生命力和创造力的背后，其实是有一种知识传统和学术精神支撑着的。"保存国粹"一语，自清朝末年到民国初年流行起来③，这显然与西潮涌入的大背景相关。我曾经用"赋诗断章"的方式，对百年来的中国学术作过一个漫画式的描绘，当时学术界的主流，便是"云谁之思，西方美人。彼美人兮，西方之人兮"（《诗经·简兮》），以西方学术为追求、效仿之唯一对象。到三十年代中期，千帆

---

① 陶芸编《闲堂书简》（增订本），上海古籍出版社，2013年版，页35。
② 《闲堂书简》，页115。
③ 鲁迅《热风·随感录三十五》："从清朝末年，直到现在，常常听人说'保存国粹'这一句话。"人民文学出版社，1973年版，页14。

先生步入学术界之时①，整个的学术现状如何？　遇到的问题何在？　不妨以陈寅恪的说法为代表：1929 年，他在给北大历史系毕业生的诗中写道："群趋东邻受国史，神州士夫羞欲死。　田巴鲁仲两无成，要待诸君洗斯耻。"②这里的"田巴鲁仲两无成"就是他对当时史学界新旧两派的概括和评价；此后续有论说，1932 年又云："以往研究文化史有二失：旧派失之滞，……新派失之诬。"③1936 年又说："今日中国，旧人有学无术；新人有术无学。"④"学"指材料，"术"指方法。　旧派乃抱残守缺、闭户造车之辈，新派则据外国理论解释中国材料，并标榜"以科学方法整理国故"者。　在陈寅恪看来，旧派之闭目塞听、陶然自醉，固然难有作为；新派之高自标置、鲁莽夸诞，时或流于"画鬼"。　他在 1931 年所强调的"今世治学以世界为范围，重在知彼，绝非闭户造车之比"⑤，体现的正是立足中国文化而又放眼世界的学术胸怀和气魄。　宁乡程氏与义宁陈氏为世交，千帆先生在学术思想上也受到陈寅恪的影响⑥，因而逐渐形成其"开放的文化保守观"（姑以名之）。　一是立足中国文化传统，二是不断吸取现代新知。　这种学问品格，奠基于孔子的

---

①　现存的著述中，《少陵先生文心说》、《杜诗伪书考》写于 1936 年，《目录学丛考》出版于 1939 年，所以，我们可以将这个时期看成其进入学术之始。

②　《北大学院己巳级史学系毕业生赠言》，陈美延、陈流求编《陈寅恪诗集附唐篔诗存》，清华大学出版社，1993 年版，页 18。

③　蒋天枢《陈寅恪先生编年事辑》（增订本）附录二，上海古籍出版社，1997 年版，页 222。

④　卞僧慧《陈寅恪先生欧阳修课笔记初稿》，载刘东主编《中国学术》第二十八辑，商务印书馆，2011 年版，页 2。

⑤　《吾国学术之现状及清华之职责》，《金明馆丛稿二编》，上海古籍出版社，1980 年版，页 318。

⑥　千帆先生曾将陈寅恪《韩愈与唐代小说》的英文本翻译为中文，其《唐代进士行卷与文学》也受到"寅恪先生谈唐朝行卷的文章"的启发。　他晚年给门人的信中也说："陈先生说'寅恪平生为不古不今之学'。　汪荣祖竟然认为这是指他专攻中古史，即魏晋六朝、隋唐五代。　这不但与事实不合，也完全不解陈先生的微旨。'不今不古'这句话是出在《太玄经》，另外有句话同它相配的是'童牛角马'，意思是自我嘲讽，觉得自己的学问既不完全符合中国的传统，也不是完全跟着现代学术走，而是斟酌古今，自成一家。　表面上是自嘲，其实是自负。　根据他平生的实践，确实也做到了这一点，即不古不今，亦古亦今，贯通中西，继往开来。"（《闲堂书简》，页 425）可见其认识之确、体会之深。

"因革损益"说，而朱熹"旧学商量加邃密，新知培养转深沉"（《鹅湖寺和陆子寿》），也明确昭示后人，旧学不经过新知商量，难臻邃密；新知不经过旧学培养，也难致深沉。所以，不吸收新知，也就无可能"保存国粹"。二十世纪以来的"新知"，就是世界范围的人文学术研究，至少也是国际上的汉学研究。千帆先生发表的第一篇学术论文《杜诗伪书考》，就曾寄呈日本京都大学铃木虎雄请益。直到晚年，在接受《文学研究参考》记者采访时还指出：

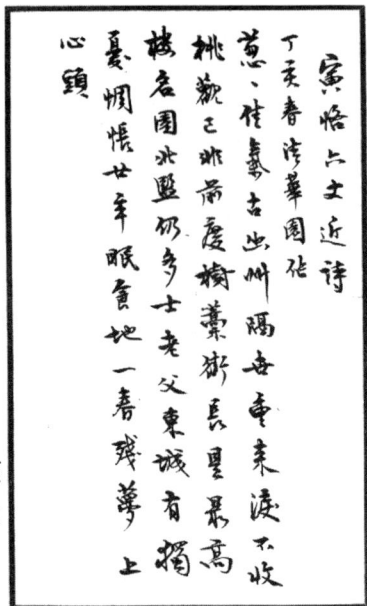

千帆先生手书陈寅恪诗

> 不少人认为，中国人研究中国文学理所当然是最高水平，外国人总难免隔雾看花，郢书燕说。因此没有必要去看国外同行的工作。具体分析起来，这种说法恐不尽然。……我认为国外中国学的某些成果是值得国内学者认真学习的。……国外中国学研究是随整个科学的发展而发展的，国外的科学发展较快，这是不能否认的事实。西方社会科学乃至自然科学的研究成果直接影响到国外中国学研究，是顺理成章的事。……重视国外的研究，还有另一个意义，就是，也有必要输出我们自己的优秀的东西。①

这里蕴含的意义有：要"保存国粹"，必须放眼世界。一方面是吸收国

① 《访程千帆先生》，巩本栋编《程千帆沈祖棻学记》，贵州人民出版社，1997 年版，页 91—92。

外同行的优秀成果，一方面是反思自身的学术工作①。 国外中国学是西方学术整体的一个分支，通过对这一分支的理解，也能吸收到西方学术（包括社会科学和自然科学）的优长。 而最重要的一点，就是在学习国外中国学成果的基础上，逐步形成深度的学术对话，从而"输出我们自己的优秀的东西"，即"国粹"。 这就是我所理解的"开放的文化保守观"的内涵。 它植根于中国传统的学术品格，又经受了现代学术精神的洗礼，既针砭中国的学术现状，也为中国学术的发展在观念上廓清了是非。 重要的是，千帆先生以自己的实践，给我们树立了一个光辉的榜样。 用禅宗"云门三句"来形容，要的是"截断众流"，而非"随波逐浪"，这才能"涵盖乾坤"，至少也应做"乱流"中的"孤屿"吧。 当年陈寅恪曾为自己"论学论治，迥异时流，而迫于事势，噤不得发"②而叹息，今日各大学纷纷以"与世界接轨"为口号，对国外汉学更是拥有了前所未有的热情。 学者撰文著书，不用说理论框架，甚至连制题都仿效欧美，几乎成了"匪女之为美，美人之贻"（《诗经·静女》）了。 从陈寅恪到千帆先生，他们的学术精神是一脉相承的，但何时才能使"要待诸君洗斯耻"的期望得到落实呢？ 这样看来，中国学术真应该用"任重道远"来形容了。

因此，学人的一生，就应该是不断追求新知、不断创造新知的一生。"学而不厌"、"不知老之将至"（《论语·述而》）、"不学，便老而衰"（《二程遗书》卷七），就是中国知识传统中对学人的精神状态的描述。 有志于"保存国粹"的学人，无一不具有这样的精神状态。 在这

---

① 千帆先生对海外汉学极为关心，如1979年10月12日致叶嘉莹、周策纵的信中就列出了三项"所欲知晓各事"，分别为"一、欧美著名汉学中心（包括图书馆、研究所及大学亚洲学系）之名称、地址及主持人。 二、欧美著名东方学（汉学）学术刊物之名称、出版地址及主持人（此项旧有者多知之，乞详示近二十年新出者）。 三、研究汉语古典诗歌及中国古代文艺理论之学人（特别是华族学者）及其主要著作（专书或论文，发表刊物及出版书店）。"（《闲堂书简》，页257、274）即可略窥其旨。

② 《读吴其昌撰梁启超传书后》，《寒柳堂集》，上海古籍出版社，1980年版，页150。

里，我再引用两段千帆先生给门人书信中的话，以结束此节：

> 就我来说，劳动有个效果问题，知识有个更新问题。人老了，知识不更新，劳动也就往往无效了，并非只要在不断地做，就是好的。①
>
> 真是新的、突破性的、创造性的，皆来自自己的"心潮"而不是举国逐狂的"新潮"，当然，并不排斥应当受到"新潮"的影响。②

二

以大学教授来说，如果"保存国粹"偏重在知识传统的话，"行道救世"就偏重在忧患传统。一重在知，一重在行；一强调知识，一强调人格；一通过学术传承，一通过人才培养；而两者在实际运作时又是统于一身的。就千帆先生而言，他是充分自觉到这一点，并且为之付出了终生的努力。我们可以看这样两份文献，一是临退休前他给南京大学校系党政领导的信：

> 十一年前我才到南京大学的时候，就暗自立下了两条誓愿：一是要争分夺秒，把在政治错案中损失了十八年的时间抢夺回来，这一点现在看来并没有能完全做到；二是在教学科研中要认认真真地走路，在培养青年教师和学生中要勤勤恳恳地带路，在应当退休的时候要高高兴兴地让路。现在是该让路的时候了，我要向你们说，我的确是高高兴兴的。③

这里所发的"两条誓愿"，显然一属于"传承"，一属于"救世"。再看

---

① 《闲堂书简》，页60。
② 《闲堂书简》，页341。
③ 《闲堂书简》，页579。

他手书的遗嘱：

> 千帆晚年讲学南大，甚慰
> 平生，虽略有著述，微不足道，
> 但所精心培养学生数人，极为
> 优秀，乃国家之宝贵财富。望
> 在我身后仍能恪守敬业、乐
> 群、勤奋、谦虚之教，不坠
> 宗风。①

这里所说的两点，一为著述，一
为育才。在他的心目中，后者显
然更重于前者。也可以说，"行
道救世"是目的，"保存国粹"既
是为达此目的的手段，也是能达
此目的的资本。作为千帆先生的

千帆先生手书遗嘱

弟子，决不敢自认已如老师评价的那样，只能以老师为榜样终身孺慕、
无限接近，或可少愧于老师的期待。

"行道救世"本是中国士阶层的传统，士阶层因读书而明道，于是
对待人生、社会便油然兴起一种不可推卸的责任感，总是希望有一个更
加美好的社会，也因此觉得当今社会之不圆满、有缺憾，无论是将美好
追溯到远古的"三代之治"，还是系于未来的"乌托邦"。陶渊明眼见
"大伪斯兴"之世，哀叹"羲农去我久，举世少复真"，因而想象"汲汲
鲁中叟，弥缝使其淳"（《饮酒》其二十）；杜甫身处大唐盛世，在莺歌
燕舞的太平光景中，清醒地认识到"表面上似乎很美妙，而实际上却不

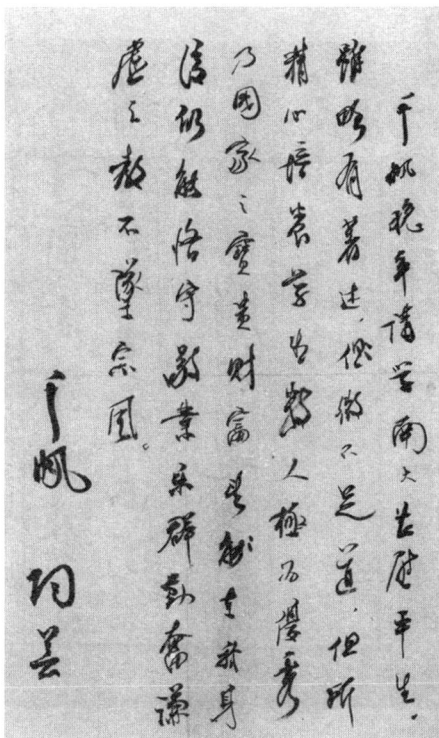

---

① 徐兴无编《程千帆书法选集》，南京大学出版社，2013年版，页66。

很美妙乃至很不美妙"①。 这不仅仅来自诗人的敏锐，也是中国士大夫的忧患传统所导致。 千帆先生也是如此，对于自身所处的时代总有着不可抑制的关切。 1936 年，还是学生时代的他，在《苏诗讲义》后写了这样一段话："丙子正月八日，宪兵围金陵大学，时距大考方二日。十五日则当局召集教育界谈话期也。 汉、明学生清议，所遇未尝视今日为尤酷，所谓民主政体，乃如是乎?"②1946 年，已是副教授的他批校《鲍参军诗注》，每卷之尾皆有跋语。 如卷一跋云：

三十五年二月二十五日，学生以东北问题罢课，午后教授亦相与集议，又仿佛九一八在金陵时矣。夜不能寐，校鲍诗卷一讫，万感柴胸。

又卷二跋云：

三月一日夕校卷二讫。报载苏联增兵东北。

又卷三跋云：

三月六日校卷三讫。报载苏军在东北演习战斗。

卷末跋语有"兼旬卒业，民国三十五年丙戌三月十日"③，而《吴宓日记》中说程、沈"均有行道救世、保存国粹之志"，就在同年三月八日。 五十年代后期，他怀着满腔热情"帮党整风"，迎接"更美妙的社

---

① 程千帆《一个醒的和八个醉的——读杜甫〈饮中八仙歌〉札记》，张伯伟编《程千帆诗论选集》，山西人民出版社，1990 年版，页 201。

② 《闲堂序跋文抄》，附载《程千帆诗论选集》，页 257。

③ 此书为千帆师惠赠，今藏百一砚斋。

会"的到来，结果成了"右派教授头子"，被迫中断教学工作二十年。1980 年 6 月，他在山东大学中文系对研究生讲《关于治学方法》，仍然强调古典文学的研究者要关心现代当代文学："关心当代文学，就是关心人民。因为当代文学提出有关人民命运的问题。""没有一部真正有价值的文学作品不是回答现实生活当中的问题的，指引读者走上美好的生活道路的。"①纵然受到如此重大的人生挫折，也没有能改变他的初衷。当然，千帆先生的"行

千帆先生批校《鲍参军诗注》手迹

道救世"，更多的是透过对于学术人才的培养来进行的。

人才培养，首先在于确立起敬业精神，这才能够养成对于知识的忠诚。我最近无意间看到千帆先生在一个本科生作业上的批语："一定要把字写端正，不要潦草，更不要自己以意为之。从事科学研究，要每一个细节都对人对己负责。"看起来似乎只是对写字的要求，实际上是在训练从事学术研究的态度。程颢曾云："某写字时甚敬。非是要字好，只此是学。"（《近思录》卷四）他是要通过写字的一丝不苟培养起从事学术的敬业精神。敬业不在于空泛言说，而是通过学术训练中各种规范的建立和遵守以达到的。1980 年 3 月，我还是一个大三的学生，写成一篇习作《钟嵘〈诗品〉推源溯流论——兼评中国古代的说诗传统》，并参加了当年的"五·二〇"学生学术报告会。在那篇习作的

_____

①　《闲堂文薮》，齐鲁书社，1984 年版，页 329。

最后，我引用了恩格斯这样一段话："科学的历史就是这种荒谬思想渐渐被排除的历史，是它被新的、荒谬性日愈减少着的荒谬思想所替代的历史。"①但我当时没有查明其出处，所以用了"记得恩格斯说"这样的表述法，结果受到千帆先生的严厉批评。后来，他还在许多不同场合举出这个例子，以强调学术规范的重要性。中国传统的教育理念，用西汉扬雄《法言·学行篇》的说法，就是"铸人"，其最高典范就是"孔子铸颜渊"。司马光曾这样注释："借令颜渊不学，亦常人耳。遇孔子而教之，乃庶几于圣人。"无论是模铸、范铸还是陶铸，都是要用外在规范使得事物成形，成为合格产品。学者的培养，也离不开学术规范的训练，逐步形成在"每一个细节都对人对己负责"的习惯。尽管今日大学生、研究生毕业后未必都从事学术研究，但只要有了这种习惯，在任何一个工作岗位上，都会是一个敬业的人，一个有益于人民的人。这样的人在社会上越来越多，就必然形成良风美俗，使得社会朝着愈加美好的方向变化发展，达成"行道救世"的目的。这就是办教育的意义所在。可惜这样的教育理念，在今天的大学里已经日益淡漠甚至被人遗忘。有时我也想，千帆先生对于学术规范的强调，似乎在八十年代初变得极为严格②，这是为什么？陈澧曾经说："天下乱由于学术衰，学术衰由于懒读书，懒读书，乱天下矣。"(《东塾读书论学札记》)千帆先生是不是在经历了"文革"的大动荡之后，对于导致"天下乱"的原因与陈澧有了同感和共鸣呢？或者他真的是预见到十年以后中国学术风气的堕落，为此而向初学者作"狮子吼"吗？无论如何，这样的"棒喝"对我来说，不仅是及时的，也是终生受益的。

在千帆先生晚年，已经目睹学风和社会风气败坏的情景。1988 年

---

① 《恩格斯给史密特——一八九〇年十月二十七日于伦敦》，载《马克思恩格斯关于历史唯物主义的信》，艾思奇译，人民出版社，1962 年版，页 88。

② 如果我们看千帆先生在五十年代出版的论著，其中引用他人的言论，也未必皆有出处。我相信这些引文都是有依据的，但在注释方式上却并不严格。

8月8日给门人的信中说："国步艰难，大约'上下交征利而国危矣'，'上下相蒙，难与处矣'二语足以尽之。"①此语一出于《孟子·梁惠王》："王曰'何以利吾国'？　大夫曰'何以利吾家'？　士庶人曰'何以利吾身'？　上下交征利，而国危矣。"一出于《左传》僖公四年。　一个社会若群相取利，上下欺瞒，没有是非，不知羞耻，其结果能是怎样呢？　1994年1月2日的日记云："文风之变，皆急于成名所致，恐非少年文士之福。"②1995年10月3日，他在给一位老门生的信中说：

> 方今学术，哗众取宠欺世盗名者比比皆是，然荀子云："狂生者不胥时而落。"君子之道，仍必闇然日章，我行我素，终必为今日后世所承认接受。吾湘船山先生隐居苗峒，著书数百卷，终能发其潜德幽光，其著例也。愿坚持勿懈。③

从这封信到现在，又是将近二十年过去，学风败坏之状已如沦肌浃髓，不可救药。　但只要有人能够坚持理想，哪怕只有少数人在"风雨如晦"的世界中"鸡鸣不已"，也终究能够扭转颓势。　一方面诅咒社会的丑恶，一方面坚持自己的理想，千帆先生的这个信念总让我想起十九世纪瑞士历史学家布克哈特（Jacob Burckhardt, 1818—1897），这个被称为"十九世纪最有智慧的心灵"在诺贝尔文学奖得主斯彼德勒（Carl Spitteler, 1845—1924）的回忆中是这样的："我最常听他嘴里冒出来的话是：'这是一个邪恶的世界。'他每次都说得那么认真，那么斩钉截铁。　……这是他人生观里不断回旋的韵律。"④然而，他又在其著作中充分展示出"人文涵养"对人类的重要，使得读过他的书的人，都变得

---

① 　《闲堂书简》，页412。
② 　转引自《程千帆沈祖棻年谱长编》，页676。
③ 　《闲堂书简》，页720。
④ 　转引自花亦芬译《意大利文艺复兴时代的文化·绪论》，台湾联经出版事业公司，2013年修订版，页50。

与过去不同。 也让我想起当代美国史学家娜塔莉·泽蒙·戴维斯（Natalie Zemon Davis）的一句话："无论现状看起来多么陈腐不堪和不可救药，过去总是在提醒我们，变化是可以发生的。"①我从这些言论和表现中，分明听到了孔子"人能弘道，非道弘人"（《论语·卫灵公》）的回响。 佛教中也有"千载一时、百世一人"的说法，千载理想，百世事业，全系于一时又一时、一人又一人的不断努力；反之，一时一人的努力，也能够决定千载百世理想和事业的成功。 颜元（习斋）在《唤迷徒》第四唤中说："非一人所可为，虽千万人亦一人之倡也；非一日所可为，虽千百年亦一日之积也。 救得一人是一人，转得一日是一日，正得一分是一分。"（《存人编》卷二）因此，无论现实多么令人窒息和失望，也要做一个永恒的发光体，向这个世界放射无休无止的"正能量"。

"人非圣贤，孰能无过。"（倪岳《会议》）面对自己的过失讹误，无论是教学还是科研，应该采取什么样的态度？ 千帆先生曾多次告诉门人，1936 年他从金陵大学毕业，拟往金陵中学任教时，刘国钧（衡如）先生给他的临别赠言是："只告诉你一条，你肯定会有讲错的地方，什么时候发现了什么时候告诉学生，说：'我讲错了！'"所以，他要求于我们的，一方面是"道之所存，师之所存"，另一方面则是"吾爱吾师，吾更爱真理"。 这在其著述上表现得尤为充分。 千帆先生晚年给本科生上大课，一次是 1979 年 2 月至 1980 年 1 月，为七六级工农兵学员讲"历代诗选"课，我曾去旁听；另一次是 1980 年 9 月到 12 月，为七七级同学讲"古代诗选"，我担任课代表。 使用的教材都是中文系自印的《古诗今选》。 学期结束，布置作业，其中之一就是为该教材匡谬指疵。 有的同学就其中的注释问题提出了自己的意见，千帆先生非常高兴，择其合理者吸收，在正式出版时还一一写上这些同学的名字。

---

① 玛丽亚·露西娅·帕拉蕾丝—伯克编《新史学：自白与对话》，彭刚译，北京大学出版社，2006 年版，页 56。

比如曹植《白马篇》"左顾凌鲜卑"注："左顾即东顾，向东看。（张觉君举扬雄《解嘲》："今大王左东海，右渠搜，前番禺，后椒涂。"证明左顾即东顾，其说甚是。）"①又如繁钦《定情诗》"日旰兮不来"注："旰，晚。孙月沐君说：旰当为旰之误。旰，训日初升。诗由日旰、日中、日夕写到日暮，是一天之内事。若作日旰，就变为两天了。按孙说可取。"②注释中提及的张觉、孙月沐都是我当时的同班同学。千帆先生与祖棻先生嬿婉情深，祖棻先生不幸去世后，他为之整理出《宋词赏析》、《唐人七绝诗浅释》等，寄托哀思。但当他看到有年轻学子撰文与祖棻先生商榷且言之成理，却高兴地予以好评。③ 1989年，我受命为千帆先生编其诗论选集，选入其《从唐温如〈题龙阳县青草湖〉看诗人的独创性》一文，此文据《全唐诗》而将唐温如当做唐代诗人，文章刊出后，中山大学陈永正先生撰文指出，唐温如生活于元明之际，并非唐人，千帆先生特地为此撰一跋文，介绍陈氏批评意见，并坦言"因为不想掩饰自己读书不多，见闻弇陋而造成的失误，没有对已发表过的文章再加修订，读者谅之"④。这里，我想谈谈对于千帆先生非常强调的"谦虚"一语的认识。谦虚固然涉及日常生活中对人的态度，但更重要的是如何对待知识世界，是否具有忠实知识、敬畏知识的态度，对学人的"谦虚"来说，应该是更为重要的本质。前者即孔子所谓"知之为知之，不知为不知，是知也"（《论语·为政》），后者即庄子所谓"吾生也有涯，而知也无涯。以有涯随无涯，殆已"（《庄子·养生主》）。忠实知识，就既不能在知识面前猖狂放肆，大言不惭，又不能固步自封，不思进取；敬畏知识，就既不宜对他人吹毛求疵，尤不可

---

① 程千帆、沈祖棻选注《古诗今选》上，上海古籍出版社，1983年版，页52。
② 同上注，页57。
③ 千帆先生1981年12月7日记载："下午《江海学刊》许总、曹朋二君来，出示华师中文系七七级喻志丹君秦少游二词考辨，驳祖棻说，甚佳。"（《程千帆沈祖棻年谱长编》，页359）
④ 《程千帆诗论选集》，页246。

对自己文过饰非。孔门弟子中，以颜回最为好学，其特征之一便是"不贰过"（《论语·雍也》）。能做到"不贰过"，就是因为他能"过则勿惮改"（《学而》）；因为"过而不改，是谓过矣"（《卫灵公》），只有"小人之过也必文"（《子张》）。蘧伯玉"欲寡其过而无能"（《宪问》），连孔子都表示钦佩，可见进德修业，老而不倦，在实际的道德活动和知识活动中是不容易做到的。个人如此，群体也是如此。

三

"行道救世，保存国粹"，虽然可以分而论之，但实际上，这种精神遗产是融合为一地体现在千帆先生身上的。尽管作为一个教授，他的日常行为更多地体现在其知识活动中，无论是知识的积累、创造还是传承，但是归根结底，认识世界的目的还是为了改造世界。儒家讲"知行合一"，佛教重"行解"胜过"知解"，作为浸润在传统文化中的千帆先生，对于这些观念不仅耳熟能详，而且身体力行，他是要透过其知识活动以达到其"行道救世"之目的。所以，对于知识的积累，是不停歇的积累；对于学术的创造，是无止境的创造；对于文化的传承，是不疲倦的传承。未有"不学"而能有真学者，未有"不学"而能有真学术。故曰："圣人生于疾学，不疾学而能为魁士名人者，未之尝有也。"（《吕氏春秋·劝学》）若滚滚滔滔尽为"魁士名人"，而罕见以"疾学"（即努力学习）所致者，真要令人慨叹"天下事可知矣"（借用晋人桓冲语）。

我在千帆先生身旁二十二年，多受其言传身教之熏陶，所学所感所思所悟实不止上文所述，但能够理解、把握到的其精神遗产，尤其是对当今大学的教育、学术能收"应病施药"（借用《临济录》语）之效者，大体在此。引经据典，似乎了无新义。然在今日之诸公、诸君、诸生骤而读之，或将疑其与当下所见、所闻、所受殊途异趋，则我之所述者，不啻寱言独语。 但如果从这些精神遗产的渊源来看，在中国的知识传统中每能听到其回响，又可谓恒语共识。 但正如晋人所言："夫学之所益者浅，体之所安者深。 闲习礼度，不如式瞻仪形；讽味遗言，不如亲承音旨。"（《世说新语·赏誉》）千帆先生给我们的，是一个触摸可及的活生生的模范。 我如今忝为人师、讲学南京大学垂三十年，虽然无法企及老师教书育人的水准，但也渴望能够将其精神延续下去。

十年前在韩国，曾在李恒老（1792—1868）故居遇一张姓后人，问我"张姓在历史上以何人最伟大"？ 继而自答："是宋代的张载。"那就让我再次引述这位伟大先贤的诗："愿学新心养新德，旋随新叶起新知。"宋人熊刚大注解此诗，以为上句是"尊德性功夫也"，下句则"道问学功夫也"（《性理群书句解》卷四）。 既"尊德性"又"道问学"，由"一己之心"而推广至四海天下。 这，也许就是中国学术伟大的道统所在吧。

癸巳除夕

（原载《中国文化》2014 年春季号）

一件化俗为雅的小事

我与千帆师之间的感情极为融洽，师弟相处，犹若父子，几乎无话不谈。我们谈学问，谈人生，谈历史，谈现实，有时还谈家庭，谈爱情。先生有快乐的事情，总愿与学生分享；学生有失意的心绪，也愿向先生倾诉。我总觉得，这样的师生关系，大概也就是古代鹅湖、鹿洞之遗风吧。海阔天空的漫谈，时时迸发机智和幽默的火花，学生从中受到的教益，较之于课堂讲授有时甚至更多。然而在我们众多的话题中，有一个问题则很少涉及，那就是——钱。

不知是什么缘故，我给很多人留下了从来也不缺钱的印象，而哭穷告贫、叹苦嗟悲似亦与我的性格不合。所以，尽管在我攻读博士学位期间，正是国内物价飞涨、通货膨胀，读书人日暮途穷之际（社会上流行着"穷得像个教授，傻得像个博士"的俗语），但我们这"穷教授"和"傻博士"之间却很少论及"经济基础"，只是沉迷于"上层建筑"的讨论中。然而现代社会与钱的关系千丝万缕，终于有一次，钱的问题摆到了我和千帆师的面前。

1989年10月，我应千帆师之命，编了一册《程千帆诗论选集》，并撰写了一篇后记，较为系统地总结了先生的诗学研究方法，交山西人民出版社出版。后出版社寄来几千元稿费，让我们自行分配。按照我的初衷，编校先生的诗论选集，是对社会、对学术做了一件有意义的事，先生命我编选此书，不仅是师生间的深厚感情的纪念，也是对我的浅薄能力的充分信赖。至于稿费，我实在不愿支取。我将此意向千帆师说明后，先生说："我们师弟间在钱的分配上，宜粗不宜细。"究竟怎样"宜粗不宜细"，我也不甚明了。那天下午，我从邮局将稿费取出后来到先生的寓所，带着几分疑惑和好奇。先生从桌上拿起宋人邵伯温撰写的《邵氏闻见录》，翻到一处让我阅读：

千帆先生自书诗作

> 范鲁公质举进士，和凝为主文，爱其文赋。凝自以第十三人登第，谓鲁公曰："君之文宜冠多士，屈居第十三者，欲君传老夫衣钵耳。"鲁公以为荣至。先后为相，有献诗者云："从此庙堂添故事，登庸衣钵亦相传。"

千帆师接着说："我给先师汪辟疆先生编《文集》，出版社给了我陆佰叁拾元稿酬，我现在也想给你这么多稿酬，欲衣钵相传耳。"又戏仿上诗为句云："从此学林添故事，编书稿费亦相传。"言罢，师弟相视，嗢噱不止。

自从孔子"罕言利"，孟子"何必曰利，亦有仁义而已矣"，传统的读书人总以一身正气、两袖清风为理想，而以谈钱言利为耻。或者反之，以哭"穷"为癖，如黄庭坚所谓"管城子无食肉相，孔方兄有绝交书"。孔、孟圣人，固然令人兴"高山仰止，景行行止"之叹，但我总是更喜欢王弼标举的魏晋"新圣人"的理想人格形态："圣人茂于人者神明也，同于人者五情也。神明茂，故能体冲和以通无；五情同，故不能无哀乐以应物。然则，圣人之情，应物而无累于物者也。"钱本是"俗物"，而千帆师在处理此"俗物"时，却能"化俗为雅"，这不正是

"应物而无累于物"吗？ 记得有一次与先生谈到钱宾四（穆）的学问人品，先生喟然而叹曰："钱先生的学问就是他的为人，两者是统一的。"是的，读古圣先贤的著作，岂只是在于积累学问，更重要的不是在"变化气质"吗？ 现实社会里的俗人、俗事正多，能够在生活中"化俗为雅"，而不仅仅是"避俗趋雅"，这样的学问也许才算没有白做。 否则，对学问恐怕也只是一个"知解宗徒"而已。 我常常这样问自己："你能够把学问融入自己的生命中吗？ 你能够把古老的美德在现实生活中加以实践吗？"从这件"化俗为雅"的小事上，我似乎依稀看到自己在学问上进一步努力的方向。

（原载《文教资料》1992 年第 4 期）

程千帆先生的治学与教学

一

程千帆先生原名会昌，湖南宁乡人，1913 年 9 月 21 日生于长沙。叔父名颂万，字子大，别号石巢，晚号十发老人，著有《十发居士全集》。十发老人的长子名士经，字君硕，号苞轩，著有《曼殊沙馆集》。父名康，字穆庵，别号顾庐，著有《顾庐诗钞》。十发老人是清末民初的著名诗人，与易顺鼎、曾广钧齐名，称湖南三诗人；穆庵先生年轻时，即蒙陈石遗（衍）的赏识，诗作被选入《近代诗钞》。程先生从小在他们身边长大，耳濡目染，又跟君硕先生念过几年书，所以，在进入大学之前，程先生已经广泛地阅读了古代典籍，对古典文学的通解及古体诗文的写作，已略窥门径。

1932 年秋，程先生进入金陵大学中国文学系，从黄季刚（侃）、吴瞿安（梅）、胡小石（光炜）、刘确杲（继宣）、刘衡如（国钧）、胡翔冬（俊）、汪辟疆（国垣）诸名师学习，在朴学、诗学、古文、文学史、目录学等方面都下了工夫，为日后的研究工作打下了深厚的基础。在校期间，程先生一方面从事古典文学的钻研，另一方面也积极从事现代文学的活动。他与常任侠、汪铭竹、孙望等人组织了土星笔会，出版《诗帆》，并主编《金陵大学文学院专刊》，发表了一些文学创作和研究论文。这一段生活，在程先生的脑海中留下了难忘的记忆。40 年后尚有诗写道："土星诗屋久烟埃，童子雕虫也费才。莫厌鸡鹅恼邻里，此生无复踏莓苔（诗屋在金陵鸡鹅巷，铭竹所居，为土星笔会同人觞咏之地）。"流露出深深的怀念。

1937年，程先生与沈祖棻先生结婚。沈先生是著名的女词人，汪旭初（东）先生评其词"风格高华，声韵沉咽，冯、韦遗响，如在人间"。程、沈二先生的结合，在学术界一时传为佳话，谓前有冯（沅君）、陆（侃如），后有程、沈。在40年的患难生活中，虽然充满了乱离坎坷，但他们相濡以沫，不废切磋，箪食瓢饮，不改其乐。

从1942年起，程先生一直在大学担任教学工作。他先后在金陵大学、四川大学、武汉大学及南京大学任教，讲授古代文学史、文学理论、古代诗歌以及校雠学等课程。由于工作地点的转移，在客观上也提供了程先生广收众长、转益多师的条件，其中经常为程先生提及的有川大的庞石帚（俊）先生和武大的刘弘度（永济）先生。尤其是刘弘度先生，他的为学、为人曾给程先生很大的影响。程先生曾口诵弘度先生书赠的一副对联："读常见书，做本份事；吃有菜饭，着可补衣。"对联表现了一个真正的中国知识分子的平凡而伟大的风范。可惜这副对联及弘度先生的近百幅手书词稿均毁于"文革"浩劫之中，永不可复得了。

此外，在前辈学人中，如陈寅恪先生、朱佩弦（自清）先生，他们的文章、著作也启发、影响了程先生的治学。正因为程先生的转益多师，所以其成就也是多方面的。关于史学的，有《史通笺记》；关于校雠学的，有《目录学丛考》、《校雠广义》；介于文、史之间的，有《唐代进士行卷与文学》；关于古代文学的，有《古诗今选》、《古诗考索》、《被开拓的诗世界》、《两宋文学史》等；关于古代文学批评的，有《文论十笺》。在50余年的学术生涯中，程先生虽备遭坎坷，却从不辍学；晚逢盛世，其志弥坚。在文、史领域中多有建树，卓然成家。执教讲坛40余年，桃李遍地。

二

　　程先生的学术成就是多方面的，仅就古代文学及文学批评的研究而言，虽然没有多少鸿篇巨制，但却总是能给人们留下深刻印象，并形成很大影响。根据我个人的理解，这一方面是因为程先生对研究对象体悟之深、把握之切，另一方面，则是因为程先生提出了一整套治学方法，并身体力行。程先生曾说，他是"通过创作、阅读、欣赏、批评、考证等一系列的方法，进行探索"的。而在这一系列的方法中，程先生抓住的中心环节是具体作品。

　　如前所述，程先生在大学期间已奠定了考据学与文学的坚实基础，所以，对于研究古代作品，程先生最早提出并运用的方法是将考据与批评相结合。在与沈先生合著的《古典诗歌论丛》一书的"后记"中，沈先生对程先生的治学方法作了简要的说明，指出："在过去的古代文学史研究工作当中，我们感到，有一个比较普遍的和比较重要的缺点。那就是，没有将考证和批评密切地结合起来。"在程先生看来，诗歌研究的终极目的是要使诗人所使用的艺术手段，以及凭藉此手段所展示的心灵世界重现在大家面前，而考证则是为了扫除再现过程中的在语言上、背景上的种种障碍。考据而无批评，则研究会失去目的；批评而无考据，则研究会流于空洞。需要说明的是，程先生所说的"考据"，其范围及手段较之乾嘉朴学要广泛而多样，既利用校勘学、训诂学，又利用语法学、社会学乃至物理学的知识，以解决诗歌研究中的一些疑难问题。他写的《诗辞代语缘起说》、《郭景纯、曹尧宾〈游仙〉诗辨异》以及《韩诗〈李花赠张十一署〉篇发微》等文，都很好地体现了将考据与批评相结合的特点。

　　考据是扫除外在的隔膜，批评则是"披文以入情"。所以，感受力对于一个批评家来说是极其重要的。所谓"睹文辄见其心"，是需要以心会心的。 这里，是"感"字当头，而非"知"字当头。 而感受力的培养，由创作经验的积累而来最为直接有效。 程先生强调："从事文学批评研究的人不能自己没有一点创作经验。"朱佩弦先生曾云："千帆释诗诸作，剖析入微，心细如发。"之所以能臻此境，乃在于程先生自己就有着丰富的艺术创作经验，所以能对其批评对象的艺术经验有较深刻的理解。 程先生是土星笔会的组织者之一，从事过新诗创作。 不过，程先生更多、更主要的还是创作旧体诗。 数十年来，不废吟咏，所作有 1000 余首。 十年浩劫，毁于一旦。 劫后记忆所得，益以新制，都为一集，曰《闲堂诗存》，近 200 篇。 钱仲联先生《序》中推其"神思之骛远，藻采之芊绵，不懈而及于古。 空堂独坐，嗣宗抚琴之怀也；天地扁舟，玉谿远游之心也。 时复阑入宋人，运宛陵、半山、涪翁于一手。 ……谓为并世一家之《离骚》可也。"程先生作诗，最重有感而发。 记得我上大学时，程先生讲授古代诗选课。 有同学问"如何写诗"，程先生就着重谈了这一点，并以其自作《得彦邦书却寄》诗为例加以阐述。 无论是作诗还是论诗，程先生都强调"感"字当头，所以能真正把握住艺术的三昧。 古代文学研究工作者的研究对象是古代的文艺作品，而目的应该是能为当代文艺的发展提供借鉴。 作品表现的媒介固然有文言、白话之别，但是，表现在作品中的"文心"却是能千古相通的。 程先生以其自身丰富的艺术经验，挖掘、概括古代作品中的艺术真谛，从而使他的研究工作能沟通今古，古为今用。

由于对具体作品的重视，所以在古代文学批评的研究中，程先生强调"两条腿"走路。 他指出："从理论角度去研究古代文学，应当用两条腿走路。 一是研究'古代的文学理论'，二是研究'古代文学的理论'。 前者是今人所着重从事的，其研究对象主要是古代理论家的研究成果；后者则是古人所着重从事的，主要是研究作品，从作品中抽象出文学规律和艺术方法来。"程先生的这一思想，概括起来就是研究理论要与研究作品相结合。 一方面，任何理论都是由对作品的研究而来，是从具体的创作中抽象而来。所以，单纯地从理论到理论，可以讲得天花乱坠，但一碰到具体作品，就会变成毫无意义的空话。同时，离开作品而谈理论，也很难把握住古代批评家理论的精髓。另一方面，正因为理论来自创作实际，因此，着重研究作品，还能够从作品中提炼出新的理论，以丰富古代文学理论的宝藏，并且使今天的文学创作能够从古代的理论、方法中获得更多的借鉴和营养。这是更重要、更困难的工作，也是人们注意得不够的工作。而程先生的《古典诗歌描写与结构中的一与多》一文，正是这方面研究的代表作。随着古代文学理论研究的深入，我相信，程先生的这一看法会得到愈来愈多的重视，这方面的成果也会愈来愈多的出现。

熟悉程先生的人都知道，程先生有着强烈的"通"的意识。他强调对问题的把握要有"通识"，他注重对学生的培养要成为"通才"，他希望教师授文学史能授"通史"。但是，细心的读者同时也会发现，程先生很少写那些"概论性"、"宏观性"的论文，他解剖问题的切入口往往是某一作家、某一作品甚至是某一诗句。他往往是将某一问题放在一个大背景中加以抚摸，同时又从一个别问题导引出一般的、带有普遍意义的结论。孔子云："我欲载之空言，不如见之于行事之深切著明也。"程先生解决问题，往往从个别到一般，由具体见普遍。执一以观多，固然是因为他重视具体作品而又有全局通识的缘故，同时也是因为用这种方法得出的结论更加"深切著明"，更便于接引后学，所以，他不欲"载之空言"。正因为这样，程先生着手直接处理的问题可能很细小，却不是琐屑；其结论虽然很大，但又不觉空泛。例如，程先生所写的《一个醒的和八个醉的》一文，从内容上看，只是剖析了杜甫的《饮中八仙歌》一首诗，但是实际上，程先生所提出并试图解决的却是文学史研究中一个重大的理论问题。在长期的研究工作中，程先生发现，一些伟大诗人的成长、成熟是经历了几个阶段的，而每一转折总是由一首或几首作品为标志的。抓住其转折的关键，也就抓住了研究对象的特征。 众所周知，杜甫是我国诗史上一个伟大的现实主义诗人，程先生敏锐地发现，杜甫成为一个清醒的现实主义者，这一转变的完成是在唐帝国天宝盛世，而《饮中八仙歌》正是其标志与起点。 抓住这一转变，才能看清诗人成长、成熟的关键，才能看清诗人心路历程的变化，才能看清诗人创作风格的递转，才能对诗人的地位作更深层次上的把握。《周易·系辞》云："探赜索隐，钩深致远。"又强调"知几"、"知微"。 这难道不正是学术研究的任务吗？ 而程先生在这方面的工作，正为后学者树立了样板。

三

大学教授，一方面是学者，一方面又是教师，二者实不可偏废。我是 1978 年春进入南京大学中文系学习的，同年夏季，程先生重返母校执教。 10 年来，在程先生的身边学习、工作，使我深切地感受到，程先生不仅是卓越的学者，同时又是诲人不倦的教师。 而在学者与教师之间，程先生更重视的毋宁说首先是教师。 他常常对学生说，在大学里工作，首要的是教好书，当好教师。 这不是一个抽象的要求或标准，而是有着具体的内涵。 这具体的内涵，在程先生并不仅是以言传，更重要的是以身教。

程先生一辈子爱好诗词，创作诗词，研究诗词，在课堂上也讲授诗词。 但程先生却是以一种不断探索的精神来讲授的。 我在大学期间曾两度听取程先生开设的古代诗选课，从讲授的内容到讲授的方式，两次都是不同的，而其间仅隔一年。 我每听一次，都有新的收获。

作为教师，程先生也十分重视给学生改作业。 从文章的结构到字句的安排，程先生都仔细推敲，一丝不苟。 他认为，改作业是培养学生研究能力、端正学生研究态度的好方法。 呈交程先生并经他修改过的作业，几乎每页稿纸上朱墨粲然，浸透了他的心血，使每一个学生，

南京大学中文系古典文学教研室 **1985** 年举办文艺沙龙时合影。前排坐者左起为程千帆、王气中、陈瀛、管雄，后排站者左起为钱南秀、吴翠芬、郭维森、周勋初、杨子坚、王立兴、吴新雷、周一展、莫砺锋、张伯伟

从中都得益非浅。程先生曾说，如果有朝一日他不能亲自给学生修改作业，就不再带研究生了。可见程先生对此事是何等重视。

谈到修改作业，很多人都熟悉程先生要求学生无论是交一张纸条，或是交一篇论文，都必须一律用正楷，不准写草字。这一点，程先生还在许多场合下反复声明。就这一要求本身而言，也许并不具备普遍意义。但若就这一要求的精神而言，其中所蕴含、凝结的是每一个从事学术研究者所应该具备的基本态度，即对学术研究的"敬"的态度。这是研究学术的最基本、最正大的起点。程明道曾云："某写字时甚敬。非是要字好，只此是学。"正是此一思想的说明。每届博士研究生入学，程先生口赠的八字真言（"敬业、乐群、勤奋、谦虚"）中，"敬业"居其首。古人以为"蓄道德而后能文章"，"敬"正是一种道德修养上的要求。但这种要求实际上也是贯穿于道德活动和知识活动之中的共同的精神状态。黄勉斋曾云："致知不以敬，则昏惑纷扰，无以察义理之归；躬行不以敬，则怠惰放肆，无以致义理之实。"在学术研究中，具有"敬"的精神状态，就能面对研究对象，保持清明的智性，从而发现客观材料中的意义。否则，就容易掉以轻心，信口开河，使学术研究走上虚浮不实之路。我的理解，由写字而逐步使学生认识到治学之难，并逐步培养起对学术研究的"敬"的态度，是程先生这一要求的用心及意义所在。

程先生培养学生的最终目的是要使祖国的文化事业后继有人。《庄子·养生主》云："指穷于为薪，火传也，不知其尽也。"程先生也反复强调继往开来，薪尽火传。为了达到这一目的，程先生使用的方法之一就是与学生合作撰写论文、专著，在合作中给予学生更具体、更切实的指导。所以，程先生用这种方法，实际上也就是以自己的研究带动、促进学生的研究，使学生加快成长、成熟的速度。即将出版的《校雠广义》及《被开拓的诗世界》两书，就是这种师生合作的产物。

作为程先生的门人弟子，其兴趣及研究方向固然有别，而更大的区别则在于"气质之性"。程先生对学生的培养，就根据不同的性格特点而因人施教。对性格内向的学生，程先生总是注意激发其自信心，鼓励学生发表自己的见解，甚至是与老师不同的见解；而对于性格外向的学生，程先生又总是注意培养其谦逊的态度，使学生努力向既谦虚又自信；既坚强又不固执的方向发展。正如孔子所说："求也退，故进之，由也兼人，故退之。"这也是中国传统

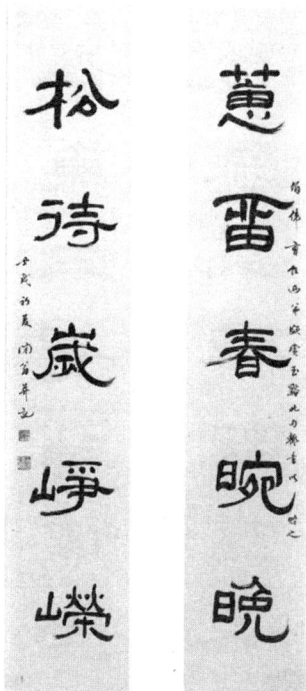

千帆先生书李商隐诗句

的教育方法之一。

"蕙留春畹晚，松待岁峥嵘。"这是李商隐的两句诗。六年前，当曹虹与我将合作的《李义山诗的心态》一文呈交程先生之后，他从文中选取这联诗书作对联送给我们。这一方面固然是出于程先生对我们的爱护与鼓励，另一方面，程先生选用这联诗，也反映了他要以加倍的工作夺回失去的时间，充分实现其生命价值的心情。程先生呕心沥血，教书育人，而他十五年前写的《破角诗》一首，歌咏老黄牛的品德，我认为正是程先生自我精神的真实写照。节录之以结束本文：

　　贡献罄其有，身后继生前。所与者何厚，所取者何谦。爵赏所不及，书史所弗传。迅翁咏甘牛，名言著遗篇。破角诚可师，吾曹当勉旃。

　　　　　　　　　　　　　　　（原载《古典文学知识》1988 年第 6 期）

老师，我舍不得您！

　　亲爱的千帆老师永远离开了我们，我到现在也不敢相信这是真的。六月一日下午我从镇江赶回南京，接到砺锋师兄的电话，说老师前一天喊着我的名字，于是就立刻赶往医院。老师听到我来了，突然睁大了眼睛，非常清晰地发出了三个字："你好吗？"接着又对我讲了一些勉励的话，每一个字的发音都清楚有力。我告诉老师，《中华大典·文学理论分典》的工作正按部就班地进行，老师的回忆录《桑榆忆往》在下个月也将由上海古籍出版社出版。老师用右手紧紧握住我的手，又用右臂勾住我的头久久贴紧他的脸。老师留给我的最后一句话是"我舍不得你"。我怎么也没有想到这就是老师留给我的最后一句话。五时许，我离开了医院，听丽则师姐说，后来老师就几乎再没有能说什么话。老师以学术为第一生命，在弥留之际，老师对这个世界难以割舍的还是作为他学术生命延续的学生。

　　老师舍不得学生，学生也舍不得老师。这几天，无论是在前往殡仪馆的路上，还是在为老师守灵的时候；无论是在无声饮泣之际，还是在夜深人静睁大着眼睛难以入眠的时候，我心里反复低吟着的总是这句话："老师，我舍不得您！"

　　我是个让老师操心很多的学生。老师总说我的脾气急躁很像他年轻时，容易得罪人，也容易吃亏。所以在学业以外，对我又更多了一份操心。这几天，我偶尔找到了一份老师当年给我的便笺，上面写道："某禅师云：'轻轻只一扇，炉内便起烟。'学道人正不当如此。兄七十年来深受此病患，故虽老而废学，犹愿与吾弟共勉之也。"就是针对我的毛病而发。如今我的脾气改好了一些，但病根未除，时有复发。我多么需要老师对我的继续鞭策。笔迹虽存，而人隔重壤。老师，我舍不得您！

老师和学生感情很好，学生也总是愿意将心里话告诉老师。回想这二十多年来追随在老师身边，不仅学术上的疑问可以得到及时而圆满的解答，而且有时遇到人生困境，也常常得到老师的指点和帮助。无奈的人生啊，我今后的困惑该向谁倾诉、由谁解答呢？

在先生灵堂前。左起为蒋寅、张宏生、莫砺锋、张伯伟、曹虹、巩本栋、陈书录、程章灿

老师思维敏捷，出语风趣，即使在上个月十五号——生病住院的前两天，在《中华大典·文学典》两个分典的样稿论证会上，老师的发言还是那么情理兼胜、一语中的，给与会的每一个人都留下了深刻印象。如今，由我负责的《文学理论分典》的工作还刚刚开始，我浅薄的能力如何能对付得了那纷繁的问题？

老师为中文系特别是古代文学的学科建设付出了巨大的心血，使我们的学科能够在全国学术界保持领先地位并继续前进。 即使老师退休了，也常常关心着学科的发展。 如今，这副担子已完全落到我们的肩头，我们多么需要老师的智慧、经验和对学术的洞察力继续为学科导航！ 老师，我们舍不得您！ 南京大学舍不得您！ 中国的学术界舍不得您！

这些天，我常常想起临济禅师那么动情地回忆他老师的话："我二十年在黄檗先师处，三度问佛法的的大意，三度蒙他赐杖。 如今更思得一顿棒吃，谁人为我行得？"夫子往矣，谁能予我棒喝？ 老师，我舍不得您！

（原载《南京大学报》2000 年 6 月 10 日"程千帆先生纪念专刊"）

说先师闲堂赠潘石禅先生诗兼述往事

这是一篇纪念性的文章。 今天既是在这里举办潘重规（石禅，1908—2003）教授捐赠图书特藏室揭牌仪式和潘先生学术思想研讨会，而按照传统的计算法，今年也是先师程千帆（闲堂，1913—2000）先生的百岁冥诞，所以我就写这样一篇文章，重心不是研讨，而是纪念。仓促成文，多有不周，乞各位指正。

1990 年 10 月，首届唐代文学国际学术研讨会举办在即，闲堂师以心脏病复发入住南京工人医院。 石禅先生由台北赴敦煌开会，返回时转道南京，至医院探访，出示怀念老友之作。 不久，闲堂师酬赠六首。诗题如下：《余以病入医院，而石禅适自台北赴敦煌开会，会后枉道过存，出示见怀新作，奉酬六首，兼寄仲华》。 其一云：

> 西风破睡入匡床，斗室孤呻亦自伤。失喜故人归故国，不遑颠倒着衣裳。

"西风"点出时间乃在秋季，肃杀秋风，砭人肌骨，病中孤吟，辗转反侧，犹见其情之难堪。 此时故人返归故国，远道相访，真如喜从天降，不能自制，手忙脚乱，竟至颠倒衣裳，可谓善于形容。 抗战时，闲堂师避地四川，曾先后在武汉大学（当时迁至四川乐山）、四川大学和金陵大学（当时迁至成都）任教，石禅先生也在四川大学任教，当有过从。抗战胜利后，武汉大学从乐山回到武昌珞珈山，闲堂师遂离开四川，石禅先生则去安徽大学任教。 其后国共内战，潘先生泛海赴香港，任教香港新亚书院，后再转赴台湾。 一别四十余年，至此重逢。 这一天是1990年10月20日。 末句语出《诗经·齐风·东方未明》之"东方未明，颠倒衣裳。 颠之倒之，自公召之"，陶渊明《饮酒》亦有"清晨闻叩门，倒裳往自开"之句，此处则变换其意，写出喜极失措之状。 其二云：

> 八十犹堪事远游，敦煌访古气横秋。前身未必梁江总，重到秦淮也黑头。

石禅先生由台北飞赴敦煌出席国际学术研讨会，以实际年龄计算，此年已是八十三岁高龄。"八十"取其整数而言。 他精神矍铄，中气十足，面色如古铜，发无一丝白。 此诗即写闲堂师眼中的石禅先生。 黄庭坚《次韵德孺五丈惠贶秋字之句》云："少日才华接贵游，老来忠义气横秋。 未应白发如霜草，不见丹砂似箭头。"此诗用其韵，兼采其词。 三、四句乃反用杜甫《晚行口号》及李商隐《赠司勋杜十三员外》句，杜诗云："远愧梁江总，还家尚黑头。"李诗云："前身应是梁江总"，"鬓丝休叹雪霜垂"。 江总在梁亡后流落岭表百越十余年，入陈后又自陈入隋。 故后人对杜诗"还家尚黑头"句颇有质疑，如吴曾《能改斋漫录》卷六《事实·江总还宅诗》云："'红颜辞巩洛，白首入轘辕。 ……百年独如此，伤心岂复论。'乃江总《自梁还寻草寺宅》诗。 杜子美《晚行口号》云：'远愧梁江总，还家尚黑头。'据总诗'白首入轘辕'，则非黑头矣。 不知子美将有别本邪？"胡震亨《唐音癸签》卷二十二"诂笺"七"郴州省家"条云："今考总放还时，年已七十余，故其诗亦自有'白首入轘辕'之句，何言黑头？ 此自就总初陷侯景时事自比耳。"仇兆鳌《杜诗详注》卷五《晚行口号》下引顾炎武曰："考《江总传》，梁太清三年，台城陷，总年三十一。 自此流离于外十四、五年，至陈天嘉四年还朝，总年四十五，所谓'还家尚黑头'也。……
《传》又云：开皇十四年，卒于江都，时年七十六。既无还家之文，而
祯明三年为陈亡之岁，总年已七十一，头安得黑乎？"其实，江总自称
"黑头"，还是有迹可寻的，其《让尚书令表》云："使臣暮齿，岁制月
制，赊臣皓发。"江总官拜尚书令，已在陈后主至德四年（586），临近
古稀之龄，而当时尚无"皓发"。但诗人作诗，为突出主题，或改造事
实，正不必"实事求是"。将诗句一律当作历史，以史证诗，而云诗句
有误，难免"固哉高叟"之讥。杜甫历尽艰辛，自伤年老，故远愧江总
之"还家尚黑头"；李商隐以杜牧比江总，则云"休叹雪霜垂"。白首
黑头，岂有一定之说？吴旦生《历代诗话》卷三十五"白首黑头"条指
出："其遇乱时尚少，正于梁字见'黑头'，乃老杜笔妙。……而南还
寻故宅，又别是后来事，故'白首'、'黑头'各不相碍。"可谓善解诗
句。不过，闲堂师赠石禅先生之"重到秦淮也黑头"句，乃确为写实。

作者与石禅先生合影于 1990 年 10 月 20 日

那一天，我恰好也去医院探视，有幸巧遇石禅先生，并合影留念。 他真正是一头黑发，且自嘲云"有不白之冤"，引得闲堂师亦开怀大笑。设若顾炎武地下有知，大概也会对其"总年已七十一，头安得黑乎"的结论再加考虑吧？ 其三云：

> 戴（东原）钱（晓徵）屐齿未经过，石窟灵文入网罗。独发校雠千古覆，俗书非雅亦非讹（君论敦煌卷子字多俗体，若以为误而改之，则转滋讹谬。其说极精创）。

"石窟灵文"指敦煌遗文，此诗盛赞石禅先生论敦煌卷子中的俗体字非讹字之说"极精创"，发校雠学千古之覆，乃清儒戴震、钱大昕等所未及者。 兹举一例：敦煌写本中《父母恩重赞》有"弟一怀㧌受苦难"，有不少学者认为"㧌"乃"胎"字之误，遂臆改之。 但石禅先生指出："㧌，俗字耽，与'担'通。 此卷'怀㧌'凡十余见，《敦煌变文集》皆臆改为'怀胎'，甚误。 此变文引'经云：阿娘怀子，十月之中，起座不安，如擎重担。''慈母身从怀任，忧恼千般，或坐或行，如擎重担。'是怀㧌即怀担。 P二〇四四卷背《劝善文》：'第一嘱，发愿耶娘长万福，怀担十月受苦辛，乳哺三年相菊（鞠）育。'是怀担十月即'怀㧌十月'也。 任二北《敦煌曲校录·十恩德》，第一怀躬守护恩，校云：'题目"怀躬"，原作"怀㧌"。"㧌"亦可能为"胎"，或"将"。许书《佛说诸经杂缘喻因由记》，有"夜叉交下界来，㧌此鸟上天去"语，未详其字，可能为"将"。'规案：'㧌'皆为'担'字通用字，任说误。"1996 年 12 月 15 日，我陪同闲堂师及师母一起和从美国来访的谢正光教授共进午餐，谢教授谈起自己在美三十年，而研究方法却越来越传统，对于新的理论一概不知。 先师指出："传统的魅力在于不断能从古老的东西中发现新的、与现代相合的东西。 万古常新，既是万古，又是常新。 学术研究如陈寅老说要预流，这只是一方面。 也有通过自己的专业，对于新兴学科有所贡献者，如潘重规先生。 他是季刚先生音韵、训诂学的传人，但他接触敦煌学，发现敦煌的俗字非错字，就是对于敦煌学的贡献。"我当晚就把这段话写入日记。 这里所揭示的石禅先生学术创见的意义，就不止于为校雠学新增一例，而且涉及学术的新与旧、传统与现代的关系问题。 其四云：

> 颇忆平生高仲子，英年橐笔共征西。行吟每作伤时语（时仲华赠诗有"醉来蚁梦花前酒，醒去鸡声雪里寒。愁绪万端遭世乱，狂名几日满人间"之句），好事偏耽打劫棋。

首句乃用杜甫"复忆襄阳孟浩然"或黄庭坚"颇忆平生马少游"句法。高明（1909—1992）字仲华，一字尊闻，江苏高邮人，1930 年毕业于南京国立中央大学中文系。 其间从游于季刚先生之门，与石禅先生为同年级同学。 黄先生赐以嘉号曰"淮海少年"，乃用陈师道赠秦观（高邮人）"淮海少年天下士"（《九日寄秦观》）句，以"天下士"勉励之。仲华先生乃一热血青年，目睹"九一八"事变，遂钻研国防问题，遍读中外兵书。 年二十六，即任江苏省政府保安处主任秘书。 1937 年，日寇进攻上海，政府拟建西康省，仲华先生承陈果夫之命，入西康省党部任书记长，创办《西康国民日报》，自任社长。 而闲堂师亦于 1939 年至西康省建设厅任科员，"共征西"即写其事。"橐笔"语本《汉书·赵充国传》之"安世本持橐簪笔，事孝武帝数十年"，张晏注曰："橐，契囊也。 近臣负橐簪笔，从备顾问，或有所纪也。"颜师古曰："橐，所以盛书也，有底曰囊，无底曰橐。 簪笔者，插笔于首。"借指仲华先生办报写社论事。 1940 年，武汉大学迁至乐山，仲华先生也转抵四川，曾为闲堂师代课，又时往乌尤山复性书院听马一浮讲理学，闲堂师亦有《诵避寇集怀蠲戏老人》。 其时仲华先生有诗赠闲堂师，即"醉来蚁梦花前酒"云云，刘过《东林寺》有"买得狂名满世间"句，洪适《江城子》也有"晁董声名、一日满人间"句，故"狂名几日满人间"当指才华横溢的闲堂师，正王国维所谓"一事能狂便少年"。 末句或谓仲华先生有坐隐手谈之好。 其五云：

> 蕲春学派绍余杭，骆（绍宾）陆（颖民）刘（博平）殷（石臞）并擅场。休怅一流今向尽，海隅犹立两灵光。

黄侃先生（季刚，1886—1935），湖北蕲春人，早年投身革命，入同盟会，主《民报》社。 学贯四部，尤邃经学、小学。 中年转入教育，历任北京大学、武昌高等师范、中央大学教授，不轻易著述，但"晚有弟子传芬芳"，学界有"蕲春学派"之目。 章太炎先生《黄季刚墓志铭》云："余违难居东，而季刚始从余学。"太炎先生为余杭人氏，故此诗云"绍余杭"，其学派亦称"章黄学派"。 骆鸿凯字绍宾（1892—1955），陆宗达字颖民（一作颖明，1905—1988），刘赜字博平（1891—1978），殷孟伦字石臞（1908—1988），诸先生皆黄季刚先生弟子，且年长于闲堂师，在文字音韵学研究上均有很高建树，故云"并擅场"。 杜甫《冬日洛城北谒玄元皇帝庙》诗，也有"画手看前辈，吴生远擅场"之句。至闲堂师写此诗时，诸先生已先后谢世。 然而远在宝岛台湾，仍有潘石禅、高仲华两先生在，堪称硕果仅存，故有三、四句。 庾信《哀江南赋》云："死生契阔，不可问天。 况复零落将尽，灵光岿然。"倪璠注云："喻知交将尽，惟己独存，若鲁灵光矣。"此诗则反用其意，尽管老成凋零已"向尽"，但幸有潘、高二先生在，如鲁灵光殿之岿然独存，延续蕲春学脉，则亦可稍减怅惘之情。 其六云：

> 蟪蛄鲲鹏各一天，梦中占梦转茫然。人生只合随缘住，流水征蓬四十年。

"蟭螟鲲鹏"皆出于《庄子》，蟭螟为极小之虫，鲲鹏为巨大之鸟，前者出于《田子方》："丘之于道也，其犹酰鸡与？"郭象注："酰鸡者瓮中之蟭螟。"后者出于《逍遥游》，乃人所熟知。鲲鹏"徙于南冥"，台湾古称"鲲岛"，借喻潘、高；蟭螟自况，亦乃谦词。二者虽有小大之异，但各有其天命，有差别而同样无从自主。将小大对比写来，如葛洪《抱朴子·刺骄》云："蟭螟屯蚊眉之中，而笑弥天之大鹏。"蟭螟乃一种微虫名，此讥讽以小而笑大者，若蜩与学鸠之笑鲲鹏。石介《予与元均、永叔、君谟同年登科，永叔寻入馆阁，元均今制策高第，君谟复磨励元均事业，独予驽下，因寄君谟》云："蟭螟何计逐飞鸿。"此自比微虫之不及大者。查慎行《野气诗》云："大哉古今宙，都摄一气中。巨者运鲲鹏，细或吹蟭螟。"则以无论大小，皆为一气所化。既然各有天命，也就是人力所难为。《庄子·齐物论》云："方其梦也，不知其梦也。梦之中又占其梦焉，觉而后知其梦也。"觉后知梦，方有一片茫然之感。故白居易《和送刘道士游天台》云："人生同大梦，梦与觉谁分。况此梦中梦，悠哉何足云。"黄庭坚《写真自赞》更有"作梦中梦，见身外身"之句。人生之不可预测、难以把握有如是者。先师生前曾说，年轻时学习形式逻辑，后来掌握辩证法，以为可以用来解释世界，却时有窒碍难通处，到晚年则信奉佛教所谓的"缘法"。"梦中占梦"本出《庄子》，但这种思想也同样为佛教所有。宋代《道院集要》卷一"梦幻归真"条云："世即是梦，梦时所见，又是梦中之梦。展转虚妄，如声外有响，形外有影……影外影为三等妄，梦中梦是两重虚。"回首往事，四十年悲欢离合，时光如流水逝波，一去不返；人生如蓬转萍飘，不得自主。真有"四十年来家国，三千里地山河"之慨。大而至于国家，小而言之个人，其命运之无法捉摸、不可思议，除却"随缘住"，难道还能有更好的精神安顿吗？

我与石禅先生的缘分，并没有在 1990 年一面之后便结束。1998 年 8 月，我应邀赴台北参加"世界华文作家协会第三次大会"，闲堂师托我带一枝长白山野山参给石禅先生。 8月5日下午4：30分，在静宜大学中文系戴丽珠教授的陪同下，我们敲开了位于台北市仁爱路四段300巷19弄2号6楼石禅先生家的大门，潘师母开门请我们进去（以下据当天日记转录）。

八年未见，石禅先生腿脚稍有不便，但思路清晰，听力极佳，且精神良好。 虽已91岁高龄，每周仍有东吴大学和台湾师范大学的研究生来家中听课，他总是连讲两小时不中辍。 我询问其养生秘诀，他回答说："只是保证睡眠，从晚上十点到早晨七点。 三餐饭定时定量，基本上半碗米饭，蔬菜、鱼肉少许，外加水果。 此外就是喝水，不吃任何零食。"接着就打开思绪，回忆起往事种种：

"我小时候二三岁时，眼睛深陷，看起来是养不活的样子，以后一直身体很弱。 到南京读中央大学，几乎每周去一次医院。 四年读下来，医生如同自己家人一般熟悉。 后来有个医生说，要给我打一种叫606的针，这个针你们可能不熟悉，那是要得了花柳病的人打的针，但对于感冒发烧很有效。 打了一针后，果然见效。 大学毕业后，我到湖北高级中学教书，那时湖北的教育不很好，很少人考入北大、中大，所以就成立了湖北高级中学。 当时的教师都是从大学里的讲师以及较好中学的资深老师中聘请的。 我一个大学刚毕业的学生，有何资格到那里教书？ 原因是当时的教育厅长黄建林（音）是季刚先生的学生，季刚先生要他把我介绍到那个学校，他也不好违抗。 当时的教师都是四五十岁，而我只有二十一二岁。 有一次教育厅长和校长来检查，到我班上，我要学生不许起立迎候，照样讲课，他们就站了一小时听课。 我那时年纪最轻，却身体最差，讲完两小时就要在躺椅上休息半小时才起得来，而其他老师却仍然精神很好，有的甚至继续上两小时课。 每年秋风一起，我是最早穿棉袄的。 别人还没有穿夹袍，我已经要穿皮袍了。 我想那怎么办，正好那时太极拳从北方传到南方，我就学了。从那时开始到现在，打了六七十年，前三十年有间断，后来三四十年就无间断，不管是在台湾、香港、伦敦、巴黎，即使到了列宁格勒，在很小的旅馆房间中，也要打太极拳。 我的身体与此很有关。 现在因为前年脚上的鸡眼挖坏了，没有打拳。 去年到上海治疗了两个月，已基本上好了。 我想尽快恢复太极拳。"

我讲到曾读石禅先生的《列宁格勒十日记》一书，很受感动。 他说："此书大陆方面看到后，就向苏联要回了那些藏书。"我说："先生是使国宝回归的功臣。"我们一起合影留念，随即告辞。

1998 年 8 月 5 日作者在台湾拜访石禅先生

走出潘府，已是黄昏时分。 戴教授提出请我吃台湾小吃，在福华大饭店的底下。 路上我问起现在的潘师母，戴教授告诉我，这位潘师母原来是李渔叔教授的太太，她十九岁就结婚，有两个女儿。 李先生去世后，她守寡抚养二女。 后来林尹先生作伐，介绍给潘先生，她征求了许多李先生学生的意见，大家都赞成，她就嫁给了潘先生，二十年来对潘先生照顾得很好。

闲堂师在 2000 年去世，石禅先生也在 2003 年走完其人生里程，那时我正在韩国外国语大学任客座教授，未能及时得到这个消息，也就未能有机会表达自己的哀悼之情。 今天可以在此述说往事，多少弥补了一些长久以来的缺憾。

二〇一二年十月十九日于南京朗诗寓所

（原载《想念程千帆》，新世界出版社 2013 年版）

天真的浪漫诗人——赵瑞蕻先生

　　一想到赵先生，他说话时特有的调子就在耳边萦绕起来，大三时给我们讲授"西方浪漫主义文学"课程，比如说"什么是浪漫主义"吧，常人的节奏一般这样："什么是/浪漫主义"或"什么/是/浪漫主义"，赵先生总会说成"什么是/浪漫…主……义"。 如此的自问配上其自答，就更有趣了。 他随身带着一只日本 SANYO 牌的单喇叭录放机上讲堂，说一声"请……听"，手指一按播音键，电影《魂断蓝桥》的主题曲《友谊地久天长》便回荡在教室里。 一曲完毕，赵先生总结道："多……美啊。 这…就是。 浪漫…主……义。"

　　想到赵先生，另一个深刻印象是他的头发。 第一次见到他，是 1978 年的初春。1977 年高考制度改革，考试拖延到十一月，入学则到了次年二月下旬，中文系的迎新会也就安排在三月。 一个下午，在食堂的二楼，例行的领导讲话之后，就是师生的节目表演。 赵先生出场了，虽然还是与常人一样的中山装，但一

赵瑞蕻先生

头飘逸的美发，清秀脸庞配戴一副玳瑁框的眼镜，就显得特别的斯文，一开口，更是让我们这群没经过世面的学生崇拜到五体投地。他说："我今天要给大家朗诵一首英国诗人雪莱的《西风颂》，准备用五种语言来朗诵。"于是，雷鸣般的掌声响起。"很可惜，我只找到了三种语言的版本，就用三种语言来朗诵。"打折了？不过也还是了不起，又是一阵掌声。"但是最近身体不是太好，所以今天只用英语给大家朗诵。"剩下一种了？唉，遗憾归遗憾，还是崇拜的，掌声响起，不次于之前。虽然一句也没有听懂，但赵先生抑扬顿挫、充满激情的朗诵，还是有一种激动人心的力量。"If winter comes, can spring be far behind?"因为知道中文的名句"假如冬天来了，春天还会远吗"，所以当赵先生激情澎湃地朗诵到这里的时候，也就大概"猜"出其意思了。说起这个节目，在半年之后七八级同学的迎新会上，又如此这般地表演了一回，从五种语言递减为一种。对于七八级的同学还有新鲜感，对于七七级的我们来说，就变成一个早知道答案的相声里的"包袱"了。以后的迎新会我再也没有参加过，也不知赵先生的节目可曾有什么变化。但七七级的迎新会过去了三十多年，印象最深的还是赵先生的节目和他的头发。

赵先生对自己的头发一定是很陶醉的，他自己设计的藏书票，格外突出了头发的形象，或正面或侧面，在《我的藏书票》一诗中说："哦，我的 Ex Libris!①/画面上是我的头发似流云。"他甚至还专门写了一首诗《我的头发》：

我珍惜我的头发蓬蓬，
那是我长年滋生的树丛；
我已到了生命的冬季，
我的头发却仍能顶得住寒风！

① 自注：藏书票，西方一般用拉丁文 Ex Libris，即英文"from the liberary of —"（某人的藏书之意）。

　　但全给吹白了,哦,可爱的叶子,
　　发脉中似有静电在流动;
　　我沉思,喜欢用手抚摸柔发,
　　它们跟自然万物息息相通。

这首诗属于赵先生自创的"八行新诗",他不满于现代新诗在形式上的冗长,想给新诗找到一件合适的"外衣"。 中国的五七言律诗是八行,西方也有意大利的"八行体"(Ottava rima),所以在晚年,他就尝试用八行写诗:"我想用八行体抒发晚年所见所感,150 首《诗的随想录》算是一种尝试。"(《我的尝试》)这些作品都汇集在 1995 年出版的《诗的随想录》中。 新诗从胡适的《尝试集》开始,经过八十年的努力,到《诗的随想录》,看来还在尝试中。 这也不算什么,如果把班固的《咏史》看作文人五言诗的开端,到初唐五言律诗的形成,可是经过了六百多年的时间呢。 所以,从各个不同方面加以实践,吸收中国的、外国的、文人的、民间的各种营养,总有成形的一天。

　　赵先生是这样努力去实践的,态度是认真的,用力是持久的。 用他《七十五岁之歌》中的诗说:"最愉快的是唱自己心爱的歌,最幸福的是活着仍能探索。"作为教授兼诗人,他的诗在传统上可以归为"学人诗"。"学人诗"最大的毛病是"掉书袋",喜用典故。 赵先生写诗也用典,但并不生硬难懂。 举一首我喜欢的《李商隐》吧:

　　夜晚,春雨,提着一盏灯,
　　忧郁地徘徊在深巷楼前。
　　就是你吗? 唉,李商隐!
　　像只飘荡的鸟儿,多孤单,
　　你怎能管得住自己的命运?
　　当鸱鸮鼓噪,豺狼喧嚣的凶年,

　　你沉吟,将满腔愤慨悲戚,

　　倾注在流芳百世的清词丽句里。

熟悉李商隐诗的读者,从前五句中自然会联想起他的"红楼隔雨相望冷,珠箔飘灯独自归"(《春雨》),以及"流莺漂荡复参差,渡陌临流不自持"(《流莺》),然而融化在这一首诗中,却如盐着水,既不隔断,又不难解。 再看一首《李贺、济慈、兰波》:

　　三大诗人:李贺、济慈、兰波,

　　九世纪和十九世纪,相隔千年之多。

　　在梦幻奇想中创造撄人心的诗,

　　短暂的生涯,不朽的光焰闪烁!

　　生活的鞭子抽打着各自的身世,

　　最憎恨黑暗的是最光明的歌!

　　七色的水晶球旋转,天才的投射,

　　来自民族的精英:李贺、济慈、兰波!

这里除了"撄人心"三字出于鲁迅的《摩罗诗力说》,用得稍显生硬①,其他都很恰当,"最憎恨黑暗的是最光明的歌"无疑是其中警句,作者几乎是用以概括古今中外所有优秀诗人的创作精神了。

　　赵先生写诗,强调得最多的是"真"。 他说:"决不虚伪,假如我是一个诗人。"(《假如我是一个诗人》)又说:"这里没有庄周梦蝶式的迷惘,我所追求的是你啊:真实和明丽。"(《〈梅雨潭的新绿二集〉小序》)这除了诗人的秉性之外,也与他的师承和前辈影响有关。 比如沈

---

　　① 虽然作者有自注,"撄人心"语见鲁迅《摩罗诗力说》,原文是"盖诗人者,撄人心者也"。 但即便如此,读者恐怕还是难以会意。 案:"撄"有扰乱缠绕之意,在鲁迅文中似可解作"撩拨"。

从文，给他最多的劝导是"一定要保持童心"。他曾引用沈从文致他与杨苡先生的信："和人争是非得失，虽挺不中用，毫无'战斗力'。但在工作上争成就，似乎始终还保留一点永不消失的童心。"并强调"信中重点是沈先生自己打上的"（《诗的随想录·编后絮语》）。又如吴宓，"'文革'中他吃了那么多苦，却还是那样耿直天真——这位中西比较文学的先驱"（《怀念吴宓师》）。还有巴金，"最可贵的是敢讲真话，犹如一盏明灯照亮四周，不再有蒙混的阴霾"（《读巴金〈随想录〉》）。其实，赵先生的《诗的随想录》，书名即取自巴金的《随想录》，甚至150首的数目，也是为了与《随想录》相呼应。巴金《随想录》的最大特点，就是讲真话（其第三集即《真话集》）。在很长一段时间里，中国人不仅没有讲真话的自由，也没有不讲假话的自由，这是多么的可悲。陶渊明说："羲农去我久，举世少复真。"所以他的作品，展现的就是对于"任真"生活的不懈追求。萧统说他"论怀抱则旷而且真"（《陶渊明集序》），元好问评论他是"豪华落尽见真淳"（《论诗三十首》之四）。赵先生的"真"更多的是单纯，是天真，与陶渊明"质而实绮，癯而实腴"（苏轼《与苏辙书》）的绚烂至极而皮毛剥尽后的"真"是不同的。

单纯的天真是可贵的，但在生活中有时也是逗笑的。现代文学史上，戴望舒有一首名作《雨巷》，赵先生很喜欢，也用此题写了两首：一首48行，写于1959年；一首54行，写于1962年。赵先生对自己的《雨巷》十分钟爱，1983年3月，在印度新德里尼赫鲁大学参加"首届国际翻译文学讨论会"时，他曾经用中英文朗诵了1959年版的《雨巷》。他还请江苏人民广播电台的播音员录制此诗，带到课堂上放给同学们听。一遍放完，他会亲切地问："怎么样？好听吗？"见同学未有反应，他就会自我评价道："太…好了，请再听一遍。"引起全班大笑。有一年江苏省社科成果评奖，赵先生的著作被评为三等奖，他老大不喜，乃至拒绝领奖。赵先生喜欢讲浪漫主义文学，总要归纳其若干特点。 八十年代初，严迪昌先生告诉我，他有次去参加南京市文联的活动，有人问及"赵先生讲浪漫主义的特色，有时是七个，有时是九个，到底是几个"，我前时又读了赵先生的《诗歌与浪漫主义》一文，浪漫主义的特色一共列了十项，此文写定于 1990 年，应该可以视作最后定说了。 赵先生是温州人，从年轻时就酷爱自然，所以特别喜欢谢灵运的诗。 他初中时上的第十中学在"春草池"畔，这个名称就是从谢诗名句"池塘生春草，园柳变鸣禽"（《登池上楼》）而来。"池塘生春草"很容易理解，"园柳变鸣禽"的意思，根据习惯上的解释是，在林园的柳树间改变了鸣禽的种类，也就是暗示了季节的变换。 但赵先生别作新解道："我感到这里'变'字就是一个及物动词，也必须是个及物动词。'鸣禽'就应该当作'园柳'的宾语。 这句诗的神妙正在此。"这样，此句的意思就是"柳枝都变作鸣禽了"（《池塘生春草，园柳变鸣禽》）。记得 1982 年南大八十周年校庆，中文系也隆重举行论文报告会，赵先生也报告了这篇论文，很多先生，包括研究训诂学的洪诚先生以及古代文学教研室的一些老师，都对赵先生的这一说法予以严厉批评。 但赵先生却总是温和地坚持自己的看法。 这个看法形成在 1962 年，文章几经修改，最后刊发在 1991 年的《南京大学学报》上，还是这个观点。虽然学术界几乎无人理会这个解释，但赵先生认为就是该这样解释，还将这一新解写进了诗中。《琅琊山行》有云：

> 正如那个著名的山水诗人，
> 在"新阳改故阴"的春晨，
> 由于激情，诗的想象，他以为
> 所有的园柳都变成了鸣禽。
>
> 多么奇妙的想象呀！没有想象，
> 一切的诗歌都会去了亮光；

正如没有激情,怎会发出歌声,

没有翅膀,诗歌怎能飞翔?

多么可爱的赵先生! 多么天真而又认真的赵先生!

想起赵先生的一些往事,有时令我暗自发笑,但笑过之后,却不免又有几分苦涩。 今天的大学教授身上,还有这样的天真吗? 这样的天真,在今天还能够生存吗? 当下的知识界、教育界,太多的教授、学者更接近王朔笔下的"顽主",有着过于浓郁的江湖气息。 本来,理想破灭的知识人"以天下为沈浊,不可与庄语",故出以"谬悠之说,荒唐之言,无端崖之辞"(《庄子·天下篇》),实有其意义所在。 但若熙攘天下,一片"忽悠"成风,知识人也在与世浮沉中溺而不返,凡事便再无"认真"可言了。

赵先生的天真,更多是接近于"童真":单纯、明朗、主观、无机心,对于自然、人间总是充满了爱。 也许爱本来就是浪漫派文学的一个真谛吧,心灵与物质、精神与自然、过去与现在、天堂与人间,一切都融化成无限的爱。 仅看他对自己的老师和学生吧,在 150 首八行诗中,就有《赠沈从文师》、《沈从文的微笑》、《赠王季思师》、《赠冯至师》、《赠柳无忌师》、《赠钱锺书师》、《赠我的研究生》、《再赠我的研究生》、《怀念吴宓师》、《怀念吴达元师》、《怀念威廉·燕卜荪师》、《怀念朱光潜先生》、《怀念我的小学老师们》等等,而"悼念沈从文师"的诗作更是多达八首。 王国维说:"主观之诗人,不必多阅世。 阅世愈浅,则性情愈真。"(《人间词话》)所谓"主观之诗人",在王国维的认知中,就是"纯粹之抒情诗人",比如拜伦,或者说,就是浪漫派诗人,所以天真是"主观之诗人"的条件。 赵先生生活在二十世纪,但他的艺术趣味还是在十九世纪的浪漫派文学,单纯、热烈、善良、清显。 虽然他也研究过鲁迅,但用力所在,却是其早年的《摩罗诗力说》,而不是后期的如匕首、投枪、解剖刀一样的杂文。 在赵先生看来,鲁迅的这篇文章可以毫无愧色地"列入世界浪漫主义的文献宝库中"（《诗歌与浪漫主义——读鲁迅〈摩罗诗力说〉漫记》）。 试读其《东北虎——在南京玄武湖动物园里》：

> "我暂时认输了，被赶出山林，
> 把我当个观赏物？忍气吞声！
> 用铁栏隔开你们和我——
> 否则，你们敢挨近！"
> 迈着毛茸茸的雄壮的四条腿，
> 在笼子里，成天来回走动；
> 瞪着眼睛，在不眠的深夜里，
> 它神驰于大兴安岭丛林。

我总觉得这首诗是从奥地利诗人里尔克（R. M. Rilke）的一首诗中得到灵感，但意味却大有不同，试看其《豹——在巴黎动物园》(冯至译)：

> 它的目光被那走不完的铁栏
> 缠得这般疲倦，什么也不能收留。
> 它好象只有千条的铁栏杆，
> 千条的铁栏后便没有宇宙。
>
> 强韧的脚步迈着柔软的步容，
> 步容在这极小的圈中旋转，
> 仿佛力之舞围绕着一个中心，
> 在中心一个伟大的意志昏眩。
>
> 只有时眼帘无声地撩起。——

于是有一幅图像浸入，

通过四肢紧张的静寂——

在心中化为乌有。

里尔克是一个现代派诗人，他的诗不重在描写而重在表现。 借助于笼中豹的感觉（实际上是诗人的感受），写出当今世界中社会对人的压抑和人对社会的厌倦。 其看待人生的目光是冷峻的，他对于世界的剖析是严酷的。 而赵先生笔下的"虎"，尽管被关在笼子里，却依然有着对自由的渴望和重新称霸森林的雄心，并且坚信这种雄心是可以实现的。除了用浪漫主义的框架来说明，还能有更好的解释吗？

赵先生在 1999 己卯年的大年三十去世，走完了其八十五岁的旅程，生命被永远定格在二十世纪。 他生前爱美，爱自然，追悼会上我们每人手执一朵玫瑰为他送行，他的骨灰也埋在南大校园北大楼旁的丁香树下。 每当风儿穿过周边的枝叶，发出簌簌声响的时候，仿佛诗人在另一个世界中还在不倦地吟唱。

二〇一四年一月十七日

（原载《随笔》2014 年第 3 期）

有思想的顽童——许志英先生

2007 年 9 月 14 日，志英师以一种决绝的方式结束了自己的生命。在我的师友中，强行中断自己人生历程的，之前有本系的张月超先生（1911—1989），在春光明媚的正午，像轻鹤从楼顶纵身一跃；有上海友人胡河清君（1960—1994），在大雨滂沱的子夜，像惊叹号一般倒竖而下。听到这样的消息，总是令我的心灵遭到重击和震撼。人，究竟遇到了多少磨难，才会觉得生不如死？究竟要有多大的勇气，才会走得那么义无反顾？志英师是以这样的态度作自我了断的第三人，他从容安排好一切，在万籁俱寂的时分，轻轻地、默默地走了……

志英师离开人世的时候，我正在台湾大学客座，既未能及时得到消息，也无法亲临吊唁。他离开我们已经六年多了，对于他的前言往行，并不常常想起，但也难以忘记。

志英师是研究中国现代文学的，我在大学时曾受教于他。说起现代文学和现代学术的鼻祖，胡适不仅人长得英俊，同时又以知识渊博和服饰考究著称，据说可以和西洋历史上的亚里士多德相媲美。这么说来，志英师的外貌就有点"土"，也不甚讲究衣着（他有一张口叼烟头、赤膊上阵做泥瓦匠的照片）。但只要注意到他闪在眼镜背后的眼睛，就能感受到这是个有思想风华的人；而当他侧着脑袋露齿一笑，又显出了喜好作弄人的顽童模样。他是个有思想的顽童。

大学教授，他的思想首先就表现在学术研究和人才培养上。以学术研究而言，坚持独立思考，不人云亦云，大概是所谓思想的最基本的

许志英先生在做瓦工

表现。 学术研究离不开著述，旅美学者陈大端教授有句云："著书原为仆谋升。"虽然化自龚自珍的"著书皆为稻粱谋"，却是形象地写出了当今的学术生态。"仆谋升"从字面上理解，就是"为自己谋求升等"，最妙的是，这实际上也是英文单词 promotion（提升、晋级之意）的音译。 志英师对于论文写作有着明确的理念，就是要"产生思想"。 所以，他的著述虽然不多，但往往启人深思，发人深省。 但要坚持独立思考，就无法违背自己的良能与良知，就无法株守既定的模式和结论，而一旦与现实政治的观念相冲突，就会引火烧身。 他的《"五四"文学革命指导思想的再探讨》就为此而惹祸。"五四"新文化运动的性质和意义，是中国共产党人所领导的彻底地不妥协地反帝反封建运动，其根本思想是共产主义的宇宙观和社会革命论。 这个结论出自"钦定"，在上世纪八十年代的学术界，自然是不敢怀疑也无可怀疑。 但志英师通过甄别史料，考索思辨，针锋相对地指出："五四"文学革命的指导思想属资产阶级，其核心是个人主义。 这个结论在今天看来，不仅正常也很平常，但三十年前的中国政治，可用"乍暖还寒"来形容。 中宣部组织"清除精神污染"运动，在下发的文件中，指名道姓地批评此文。 虽然这场政治闹剧在中央仅折腾了不久便戛然而止，但在"文革"遗风尚存的彼时彼地，遭到这样的点名，很可能就会有灭顶之灾。 有些持相同观点的论者也深感压力，志英师则写信相慰道："中央文件点的是我老许的名，我都不害怕，你怕什么?"他还因此戏称自己的教授是胡乔木批准的，因为写文章的时候他只是讲师，而胡说"南京大学的教授许志英"。 这些调侃又显示了他顽童的一面，但顽童的背后却是不可撼动的人格尊严。 学术和政治，在中国历来关系密切。 把政治向着学术的方面引导，政治会日益清明；把学术变为政治的宣传工具，学术会日益堕落。 志英师的这篇文章，是一个身心都充满着乡土气的读书人在大时代的风潮中所发出的独特喊叫，是人格尊严的自觉在学术上的表现，是对精神上的专制和暴戾的挑战。 回想起来，他能拥有这样的精神状态，一方面来自于自身的理论自信和道德勇气，另一方面，其外缘环境也给了他很大的宽慰和扶持。 老剧作家陈白尘先生就对他说："吃你的饭，读你的书，做你的事，不要管它!"中文系的其他师生员工也都站在志英师的一边。 这让我想起苏东坡被贬岭南的时候，答友人书信时则以谈笑自若相勉，而夜间却不免遗尿。 在理学家看来，这是因为东坡仅有"血气之勇"而缺乏"浩然正气"，所以朝鲜时代的宋子(尤庵)在贬谪时便有"闲吟晦父区中句，不读坡公岭外文"(《春日示孙儿》)之诗。 而在我看来，这更多是因为其孤独无援的环境所造成的。从这一点来说，志英师又是幸运的。 在南大，丝毫没有因为此事而影响他的职称晋升，同时，他还担任了系主任。

从 1988 年到 1993 年，志英师出任中文系主任一职。 在此之前，他是主管科研的副系主任。 南京大学作为一所有着悠久历史的名校，怎样才能办好中文系，志英师着重抓了两方面的工作：一是学科建设，二是人材培养。 将这两者加以结合，就是注重学科梯队。 以古代文学专业来说，1989 年 6 月，我们有四个人同时博士毕业，也同时留校，这在通常情况下是很难发生的。 但志英师从学科梯队建设的战略眼光出发，坚决支持千帆师和勋初师的主张，使这一主张得到落实。 一年半以后，我在申报副教授的述职会上，不说自己的研究业绩，却高谈南大中文系对中国学术担负何种责任，以及年轻一代在其中当有何种贡献时，志英师非但不以为谬，反而认为这是值得赞赏和肯定的学术追求。我猜测，其中的一些议论可能与他的想法有某种程度的契合。 当系主任，自然免不了烦琐具体的事务，但志英师却能不为事务所桎梏，常常超越细故鄙事，而有更为深邃高远的追求，并且将这种追求由个人推广到全系。 有时开全系大会，在布置完具体工作后，他就要谈谈国际国内形势。 我知道，他是想通过这种方式提醒大家，不要做"两耳不闻窗外事"的书生。 思想的产生，其实就是以现实为考量、为征验的。1984 年以后，我迷恋上徐复观的书，作为一个学者，我觉得他最为可贵之处，就是在对思想文化历史的考索中，始终保持一颗对现实社会的关怀、感愤之心。 他在 1982 年 2 月临终口述的《中国思想史论集续编自序》，曾经是我反复诵读过的文字：

　　余自八岁受读以来，小有聪明而绝无志气。四十年代，始以国族之忧为忧，恒焦劳心力于无用之地；既自知非用世之才，且常念熊师十力亡国族者常先自亡其文化之言，深以当时学风，言西学者率浅薄无根无实，则转而以"数典诬祖"为哗众取宠之资，感愤既深，故入五十年代后，乃于教学之余，奋力摸索前进……三十年之著作，可能有错误，而决无矫诬；常不免于一时意气之言，要其基本动心，乃涌出于感世伤时之念，此则反躬自问，可公言之天下而无所愧怍者。然偶得摸入门径，途程尚未及千万分之一，而生命已指日可数矣。

在这种"感世伤时"的精神召唤下，我也曾经在子夜冲向黑暗，唱响"让思想冲破牢笼"的《国际歌》。留校工作后，每次听到志英师对于文化现状的揭示，也就特别心有感触。尤其自己从事的是传统文化的研究，平日浸淫在古代典籍中，很容易在文献中迷失了思想。其实，即使在清朝乾嘉年代，第一流的学者也不是只懂得在文献考据中浮沉的人。那样的人，是被章学诚嘲笑为"有如桑蚕食叶而不能抽丝"（《文史通义》外篇《与汪龙庄书》）、"犹指秫黍以谓酒也"（内篇《博约》）的人。董健先生认为，那几年，中文系学风纯正，思想开放，学科建设和年轻教师的成长都很健康，这与主事者的精神状态、思想作风有很大关系。我是很同意这个判断的。

1989 年 12 月，我在南京大学第一次分配到自己的住房，就在北京西路二号新村，和志英师住在一个大院里，也开始有了一些个人的来往。有时在院子里见到，就站在路旁闲谈几句。记得我的《摘句论》一文在《文学评论》1990 年第三期刊出（后来又被《新华文摘》1990 年第七期全文转载），有天遇到志英师，他对我说："前几天《文学评论》的王信来南京，讲到你的《摘句论》，评价很高。"我当时还不知王信为何人，后来才听说，他是被认为《文学评论》杂志社看稿水平最高的编辑，也是志英师极为信任的编辑。有时我会去志英师家中聊天，他也偶尔回访，谈话的内容总是围绕着学术和学林人物。有次他转述何其芳说做学问有几项必要条件，我还不知天高地厚地再补充一项，居然得到志英师的首肯，后来还被引用过一回。渐渐地，我发现在他不苟言笑的表象下，其实还揣着一颗"顽童"的心。

顽童的特点之一是率性。1990 年下半年，职称评定工作开始，古代文学专业设置了一个副教授的名额。申报工作进行了多日，有天在院子里见到志英师，他突然问我："你怎么没有申报？"我一愣，回答说："那个名额不是我的。"志英师的回答让我吃惊："不是你的是谁的？"1992 年 7 月，南京大学开始评选中青年学术骨干，我作为候选人去学校述职。 当时正沉浸在民国时期的学者，像王国维、陈寅恪、钱穆等人的著作中，觉得比起他们那一辈，自己所学所知简直少得可怜，哪里有什么值得夸耀的成绩在大庭广众下显摆呢？ 所以讲了一通自己的不足和希望努力的方向，这也是当时的真实心理。 可这样一来，怎么可能被当作骨干教师而受到提拔呢？ 志英师是评委之一，当时的表情好像很诡异。 那天下午，志英师来到我家，把我狠狠地埋怨了一通。 第二年再次评选，我问志英师该怎么讲，他的回答很简捷："给自己评功摆好。"结果，这一年就评上了。 也不知那年的候选人是否有限额，听说后来还有同事给学校写"人民来信"，抱怨自己未能得到公平待遇呢。 好多年后，我已搬家至龙江小区，一日，有人敲门，开门一看，竟然是志英师，他拎了几瓶酒来找我聊天。 那天的谈话，除了褒赞学林人物外（他很少在我面前贬低人，我也因此而知道了一些有成就的现代文学研究者），还略涉系政。 比如现代文学研究中心的人事安排，讲到将来的主任人选，他忽然说："讲给你听也没关系，就是某某。"本来，这些事我一不关心，二无关系，但志英师就这么直率地说出来，我觉得只有顽童才有这样的秉性。

顽童的特点之二是淘气，志英师有时可真是够"淘"的。 1992年，妻子在日本访学，我有时要自己上菜场采购。 一个雨天，我正在菜摊前挑选，忽然感到串串雨滴从我的后颈灌入，这分明是有人在使坏，我转身正待发作，对着我的却是一张笑嘻嘻的脸，是志英师，他正把滴雨的伞沿冲着我的后脑勺呢。 他当系主任的时候，有次为了公务，某办公室主任惹急了他，只听他大声骂道："你这个鸟人！"哎呀，那可是李逵口中的"鸟"，声母属"端"呢。 2004年的夏天，听说志英师中风了，起因竟然是为了打牌，打到兴高采烈，忘记了时间，风扇一直对着他狂吹，结果可想而知。 有天我陪着几个外国学者在校园里参观，突然觉得小腿被人用棍子敲打，回头一看，又是志英师，中风后行走要用拐棍了，他就用这种方式来招呼我。 很久没有见到他了，他说自己编的《学府随笔：南大卷》即将出版，入选数目每人最多三篇，居然也有我的三篇。淘气的另一表现，就是喜欢在朋友圈中喊人绰号，什么"保长"啊"老太"的。当然，来而不往非礼也，别人也给过他不少"雅号"。志英师没有什么运动天赋，但却有最喜爱的运动项目，居然是拳击。我觉得这还是一种顽童心理的表现。

志英师去世前留有遗嘱，第一句话是："生死之间，只有一念之差，而我'生意已尽'。"语气平静而决绝，字迹从容而有力。死生为人生大事，轻生就死，实非他人可以妄加评论。究竟因为什么，志英师觉得"生意已尽"，选择自经而亡，我实在无从揣测也不愿揣测。但我相信，在他临终之际，其精神状态是可以用陶渊明"纵浪大化中，不喜亦不惧"来形容的。庄子说："古之真人，不知说（悦）生，不知恶死。"（《大宗师》）彻悟人生，才能做到不喜不惧；而用"纵浪"的方式拥抱死神，又何尝没有一点率性的成分呢？有思想的顽童，活着的时候如此，离开的时候也如此。

二〇一四年一月十九日，谨以此文纪念志英师八十周岁冥诞。

（原载《美文》2014 年 5 月上半月刊）

痴雁——严迪昌先生

2013 年 8 月 4 日，严门弟子在苏州大学举办了纪念严迪昌先生逝世十周年纪念会，邀请了我和曹虹参加。十年前，当江苏古籍出版社的朱野坪学棣来电话告知严先生不幸去世的消息时，我正在上海一家医院的手术室外，等待妻子的手术结果，未能亲赴苏州吊唁。十年后的这个会议，我是理所当然要参加的。十年，那么漫长又那么短暂。当我在会上预备发言的时候，猝不及防间，李商隐怀念其师的诗句"十年泉下无消息，九日樽前有所思"（《九日》）便闯进了我的脑海。

说起和严先生的缘分，可以追溯至五十年前。其时家母在南通中学任教，先父则供职于南通市第一中学，我们全家都住在通中校园里。严先生 1959 年毕业于南京大学中文系。在那个年代，他本是所谓"根正苗红"，在读期间发表的文章，就有以"工人子"为笔名者。偏偏性嗜读书，遂有"白专标兵"之恶谥，毕业后未能如愿留校，分配到南通师范专科学校。1962 年师专停办，遂移砚南通中学任教，与家母成为同事。因为都是上海人，又同在语文学科，所以与我家往来颇为密切。他好甜食，特别喜欢吃家母手制的八宝饭。我那时也就三、四岁，总是喊他"爷叔"（上海话"叔叔"的意思），据他说也曾抱过我。但到了 1964 年，家母调动至市一中，我们也搬离通中，住到校外的公房里，往来就不多了。接着是"文革"，先父因《海瑞罢官》一剧撰文与姚文元商榷，结果成了南通市中教界第一个被打倒的。 1969 年，组织上作出"敌我矛盾按人民内部矛盾处理"的结论，全家下放到江苏省启东县通兴公社五大队十九小队。 先父名讳"启东"，似乎冥冥之中早有定数一般，中年竟发配此地。 直到"文革"结束，1977 年高考制度改革，我考取南京大学中文系，父母也从县里重返南通市第一中学工作。 严先生则一直在通中，"文革"时挨了不少整，吃了很多苦。 1980 年 5 月，他调至南大中文系工作，我是大三学生，又有了与他接触的机会。 称呼则按照南通人的习惯，变为"严先生"。

作者与严迪昌先生（左）

严先生现在是以古典文学研究名家为学术界所熟知，但他调进南大的名义却是陈瘦竹先生的助手，主要从事现代文学研究。 五十年代以来的大学体制，因为向苏联学习，以成就窄而深的"专家"为追求目标，所以一个系就按专业方向分为不同学科，各人严守畛域，既不跨越，也不往来。 即便在一个学科里，也是各人分头把守一段，你研究唐代，他研究宋代，甚至一辈子只研究某个作家或某本专书。 严先生因为身在边缘，就没有那些限制，只要兴趣所在，便是研究对象。 所以，他不仅因此而研读了许多人不甚在意的清人诗词，对现当代的新诗也颇多关心，在《诗刊》、《雨花》、《钟山》等文学杂志上，屡有大作刊登。 从数量上说，似乎还多于古典文学的研究论文。 只是他兴趣更大的在古代，所以进入南大之后，授课与研究的主要方向也是古代，但始终不脱现当代。 直到他去苏州大学工作后，因全力投入清代文学研究，才减少了对现代诗坛的评论。 2003 年 3 月，他写了《游弋"古""今"两界间》，数月后便去世了。 这篇文章不妨视作是他对自身学术的总结。 他身后出版的《霜红簃文存——严迪昌诗文选》，编者以此文作为"代自序"，是非常恰当的。 对于"古今"不作壁垒森严观，研究古代的人要关心现当代文学的发展，这也是先师程千帆先生极为关注的一个方面。 他曾特别强调说："研究古典文学的同志要重视现代当代文学。"（《关于治学方法问题》）而严先生对于现当代文学堪称深度介入，已经远不止是"关心"了。 他自己颇为得意在 1981 年第六期《文学评论》上刊出的评《九叶集》的文章，曾经被《新华文摘》全文转载，他说："与 1984 年 11 月号《新华文摘》全文转载我的《清诗平议》放在一起审视，除了又一次表证始终游弋在'今''古'之间的学术定位外，我的喜生不喜熟，'喜新厌旧'的学术作派似也凸现分明。"（《游弋"古""今"两界间》）在这一点上，倒是"夫子言之，于我心有戚戚焉"的，尽管我从不公开发表对于现当代文学的评论。 2013 年读了阎连科的《炸裂志》，实在是三十年来中国社会的缩影。 这一虚构的城市以"炸裂"为名（不是"破裂"、"爆裂"，这些都有一个过程），更是象征着其变化之速有如迅雷。 孔氏家族，几乎就是中国传统的代表；而那个朱姓女子，究竟代表了"程朱"之"朱"还是"朱红"之"朱"呢？在"利益"面前，无不纷纷崩坏。 唯一留有希望的是孔家老四这个读书人，也许拯救这个世界的最后力量就在教育和学术了，至少作者对此还持有一点稀薄的乐观。

严先生来南大，先是只身一人，住在单身教工宿舍，那是一个筒子楼，房间大小约 12 平方米，他戏称"螺壳居"。 就在我们学生宿舍的后面，所以晚饭后，我常常跑去他那里，请教一些学问上的事，也报告一些自己的浅薄心得。 大学毕业后，我顺利地考取了硕士研究生，还在南大就读。 1982 年 3 月，我把与曹虹合作新写就的《李义山诗的心态》呈交批阅，并且准备提交当年"五·二〇"南京大学八十校庆的论文报告会。 他让我一小时后再去，等我再去的时候，他正在给系里负责科研的副系主任包忠文老师写推荐信，让我们参加这场报告会。 印象最深的是，严先生说："写得很好，后半部分比前半部分好，看到最后一节的时候我眼泪都要下来了。"那年的论文报告会非常隆重，当时研究生的数量很少，佩戴的是红校徽（后来才改成橘黄色校徽），论文报告也是参加教师组。 现任中华书局总经理的徐俊，当时还是大三的学生，参加了这场报告会，二十多年后仍然印象深刻，总是说"那时有谁研究心态啊"！ 不过，文章的刊登已是在三年之后了。 去聊天的内容很多，除了学问上的，也有生活上的。 那时在谈恋爱，曾经讲起曹虹好吃甜食，严先生立刻评论道："好吃甜食的人多情。"此话是否具有普遍性我不敢说，但严先生好吃甜食，他本人"多情"恐怕是事实。 还有一次，他告诉我年轻时曾有一号"痴雁"，这个号大概不常用，所以从来没有看到别人提及，但我确实曾经在他的某册书上见到"痴雁"的印章。 这么说来，严先生岂止是"多情"者，更是"痴情"者。 他把他的痴情用在事业上，用在生活中。 二十年行走在学术研究的边缘，如果没有"痴"的精神，如何能坚持不懈用志于学术呢？ 二十年间也有从政的机会和经历，如果没有"痴"的精神，又如何会弃之如敝屣，而对荧然青灯泠然雨窗情有独钟呢？ 读古典文学的人都熟悉元好问的"雁丘辞"："恨人间，情为何物，直教生死相许？"（《摸鱼儿》）据元好问所述本事："乙丑岁赴试并州，道逢捕雁者云：'今旦获一雁，杀之矣。 其脱网者悲鸣不能去，竟自投于地而死。'予因买得之，葬之汾水之上，累石为识，号曰雁丘。"我 1992 年夏天在日本京都，曾在正午街头见到一幕，堪与比配。 那是一只燕子中暑后暴跌街头，另一只燕子就始终围绕其旁，不肯离去。 人总是自傲为万物之灵，"禽兽不如"乃詈骂语。 殊不知禽类中有衔石填海的精卫，有濡羽救火的鹦鹉，有因爱殉情的大雁；即便是兽类，也有如《庄子》所说"虎狼仁也"，"父子相亲，何为不仁?"(《天运》)有被其子（是人而非小狮子）"以利刀开喉破腹，虽加此苦，而慈爱情深，含忍不动，因即命绝"(《大唐大慈恩寺三藏法师传》卷四）的狮子王。 马克·吐温说："人类是唯一会脸红的动物，或是唯一该脸红的动物。"人类需要向他类学习的地方太多了。"痴雁"，一个多么有意味的名号啊！

因为是单身一人，严先生总是在食堂吃饭，有时饭堂也成了我们交谈的场所。 虽然他是父母执，我却未能遵守古礼"不谓之进，不敢进；不谓之退，不敢退；不问，不敢对"(《礼记·曲礼》)，说话反而比较随意。 那时他是《全清词》编纂研究室副主任，对清代文献用力甚深。我从一些资料中获得信息，知道在台湾曾影印了一批中央图书馆的善本书，内容为宋代至清代的诗话，当时正治中国文学批评史，其中有很多为昔日闻所未闻者。 有一次在饭桌上，我举出一种清诗话向严先生发问，答曰"不知"；紧接举出第二种，答曰"不知"；继而再举第三种，答曰"不知"。 我本意是想请教这些书是否有购买价值，但当时不知怎么，连听三个"不知"后竟然"扑嗤"一笑，就变得有点考问人、讥讽人的意味了。 严先生肯定不高兴了，遂自我解嘲道："我是一问三不知啊，这叫'师不必贤于弟子，弟子不必不如师'。"日常谈话间，这种无意之中的"得罪"恐怕也不止一事二事，有段时间，我们的关系变得有点儿紧张，交谈也变得有点儿"话不投机"，所以无事再也不敢去他那里了。

严先生是个骄傲的人，他的前后同学留在南大工作的，学术成绩或不如他。 即便有成绩的，在他看来，也不一定做到兼通古今，所谓"善言古者合之于今，能述远者考之于近"（陆贾《新语·术事》）。 加上长期的中学教学生涯，使得其授课极受同学欢迎，"宋词流派研究"一课获得南京大学教学优秀一等奖。 而一般大学老师并不讲究教学法，受欢迎程度就没有那么高。 继而又被评为"优秀共产党员"，一时荣誉纷至沓来。 我记得他在"宋词流派研究"课上讲到苏轼的时候，曾引用其"忍痛易，忍痒难"的话（完整的表达见《春渚纪闻》卷六："处贫贱易，耐富贵难；安劳苦易，安闲散难；忍痛易，忍痒难。 人能安闲散、耐富贵、忍痒，真有道之士也"），他对这番话曾感慨系之。 但天下事"非知之难，能之难也"。 当严先生身处顺境之时，他未能"夹紧尾巴做人"，在日常的言谈之间，大概无意中也得罪了一些人，一旦在某个契机爆发，就往往难以收拾。

八十年代中期的南大，住房极为紧张。 1985 年，严先生的夫人调入南京大学，在出版社工作，他的住房也调整到陶园北楼，原先只有一间，后来实在拥挤，学校又将对面一间"借"给他。 次年春，某天晚饭后我去严先生那里，见他一人兀坐，闷闷不乐地抽烟，急询其故，原来下午主管后勤工作的"阎武"副校长值班，可以向他申请改善住房的要求，严先生去了，表明来意，该副校长以不友好的态度质问："不是已经给过你一间了吗？ 又来做什么？"严先生把手掌往前一伸说："好！ 那你把借条还给我。"以这样的气氛开始，接下去的谈话可想而知。 副校长说："你对我不尊重。"严先生说："你要我一进门就对你三鞠躬吗？"结果自然是不欢而散，无功而返。"文革"以后，中国的大学出现两种状况：一是工人阶级领导一切的观念深入人心，所以职员对大学教授无恭敬之心；二是官本位思想抬头，所以各级行政领导对教授也乏尊重之意。 据说这位副校长自己是"不粘锅"，有"青天"之美誉，但人文素养极低。 十六世纪法国人文主义者夏尔·德·布埃勒（Charles de Bouelles）曾经用一张图表简洁说明了人文主义者的基本设想，即人的生存有四个水平，自下而上依次为存在（像石头）、活着（像树）、感觉（像马）和理解（像人）。这位副校长的生存水平，在我看来，迹近乎石头，所以既无生气，也无感觉，更无理解，有的只是如石头一般冷冷的心。因为得罪了副校长，引起一些非议，《全清词》风波趁势而起。他似乎有满腹委屈，但一个骄傲的人，大概既不想平心静气听人意见，也不愿絮絮叨叨为自己多作解释，于是选择了离开，1987年夏初转赴苏州大学，结束了在南大七年的工作。离开之前，我们在夫子庙附近的江苏酒家给他们一家送行，好像是唯一的送别宴。夫人曹林芳老师说："严先生今天特别高兴。"他是个不胜酒力的人，而我当年的酒量也远远不能与今天相比，但那晚我们喝光了一瓶红葡萄酒。

严先生离开南大后，我们见面的机会屈指可数。有次他来南京，曾到我家吃了一顿便餐。1991年曹虹拟赴日本京都大学访学，我知道严先生因为作《阳羡词派研究》，对宜兴茶具颇有研究，也购藏了一些。于是托他购买几把能送人的茶壶，曾为此去过苏州。1993年他的两个硕士生毕业，曾请我去参加答辩，一同被邀的还有华东师范大学的马兴荣教授。1994年，曹虹为其著作申请列入"中国传统文化研究丛书"，先师修书一封，让我去苏州大学请钱仲联先生写推荐，曾顺道在严先生家小坐。我曾托他在苏州购买一套《文苑英华》，但书已售罄，他将自藏的一套赠送给我，算是对我多年前帮他在香港购买叶恭绰《全清词钞》的回报。虽然见面很少，书信亦疏，但还是留下了两点深刻的印象：

王元化先生生前曾提倡"有思想的学术，有学术的思想"，我觉得，严先生的学术是有思想的。这也不是我的一己"私见"。严先生逝世十年纪念会之前，我曾收到加拿大维多利亚大学中文系主任林宗正教授的邮件，称赞"严先生是一位很有思想的学者"。1991年去苏州，听严先生讲他的《清诗史》写作，其中有一个重要观点，就是"在朝"

与"在野"两派的更迭消长，这个观点对我来说真如石破天惊。 而他更有其史家见识，就是特别要为清代皇权统治下的"布衣寒士、风尘小吏"撰著一代"心史"，让那些被侮辱、被损害的人堂堂正正地走进历史。 但此书的出版命运颇为曲折，我看到的人民文学出版社的版本，已是在他去世后八年了。

严先生在南大的时候，除了单篇论文，真正成为专书的仅有《文学风格漫说》，只是一册小书。 他的洋洋巨著，都是去苏大后完成的。 以我手头所有者看，如《清词史》(1990)、《金元明清词精选》(1992)、《阳羡词派研究》(1993)、《近现代词纪事会评》(1995)、《近代词钞》(1997)、《清诗史》(1998)等；身后出版的有《严迪昌论文自选集》(2005)、《霜红簃文存——严迪昌诗文选》(2009)；未完稿八种，包括《清代三千词人传略》、《清代词人疑年录》、《清三百年词人年谱汇编》、《明清文化世族史》、《清代文学史案》等。 在他离开南大的十六年中，他是以何等高昂的斗志投入工作？ 他在《清词史·后记》中写道："去年夏初来吴门定居，此间著述风气甚浓，闲散嬉逸者少，我很受鼓动。"那会是一种怎样的鼓动呢？ 我想是他的"痴"劲又犯了。 在纪念会上杨海明先生曾经说，每次与严先生一起外出开会，他总是带着一只重重的箱子，里面放满了需要的资料。 有时杨先生一觉醒来，看到严先生仍然在挑灯工作。 在会议期间，依然刻苦用功如此，则平日可想而知。 如果不是那样做"拼命三郎"，他应该能够活得更长，贡献更多的。 67 岁的生命，对于一个学者来说，实在是过于短促了。 对于一个有思想的学者来说，实在是太令人惋惜了。

很多年前，严先生写过一篇《论"痴"》，引到陆游的"我辈情钟不自由，等闲白却九分头"诗句，以及《聊斋志异》中的《石清虚》和《书痴》，并总结道："在生活上，在事业上，这'情钟不自由'的'痴'实在不可少。 情之痴者爱必深。"不啻夫子自道。 但我觉得更能传出"痴"之"神"与"妙"，也更契合严先生的，是蒲松龄《阿宝》中的这段话：

> 性痴则其志凝：故书痴者文必工，艺痴者技必良。世之落拓而无成者，皆自谓不痴者也。

二〇一四年一月二十四日

（原载《国学茶座》2014 年第 4 期）

晖弟已矣，虽万人何赎

2013 年 3 月 15 日清晨六点多，一阵急促的电话铃声把我从梦中唤醒："张老师，我是徐雁平。 刚刚接到张剑的电话，说张晖可能快不行了。"我一下惊呆了，怀疑是不是听觉有误："你说的是张晖吗？ 怎么可能？""是的，我打算等一下就去北京。"上午八点多，我给雁平电话，他告诉我正在赶往火车站的路上。 下午四点多，雁平发来短信，说医生已无力回天。 我立刻与张霖弟联系，想谋求一点绝处逢生的希望，她回答："医生已宣布脑死亡。"就在那个瞬间，我的脑子里一片空白，失去了记忆，失去了感觉，失去了一切判断。 稍稍恢复，我在本子上记下几个句子，应该就是当时最强烈的感受吧：

> 天欲丧斯文！
>
> 天丧予！
>
> 少游已矣，虽万人何赎！

老泪纵横，一下就弥漫开来，身心沉浸在无尽的悲哀之中。 自己是读过佛教书的人，对于世事的无常早就在理智上有所领会。 但十小时内，就是生与死的两个世界的区隔，并且发生在一个年轻的三十六岁的生命中，这是无论如何也教人难以接受的现实。 两天后，不求工拙地拟了一副挽联，聊以寄托哀思：

天丧予恸乎,无言永夜思公子

春来君去也,千古文章未尽才

霖弟曾要我为晖弟写点什么,但相当一段时间以来,只要想到他,我的心情便大乱,完全无法作文。 现在,晖弟已长眠于北京昌平长陵附近的景仰园公墓,而距离那个悲痛的日子也已过去了三个月,痛定思痛,我是应该写点什么了。 就截取挽联为题,让他在我的记忆中复活吧。

一、无言永夜思公子

1996 年初,南京大学决定建立文科强化班,与原有的理科强化班一起,组成新的基础学科教学强化基地(后更名为基础学科教育学院,今匡亚明学院)。 文科强化班专业是纯粹的人文学,首届学生即从中文、历史、哲学三系的 1995 级学生中挑选,并且由中文系负责对学生的日常管理工作。 我经不住老同学吕效平(他时任中文系党总支书记)的语言力劝和美酒诱惑,答应出任文科教学基地主任一职,全面规划文科强化班的教育理念、课程设置、教师配备以及未来发展。 3 月 11 日,首届文科强化班开学,我在开学典礼上作了一个简短的发言。 大意是说过去的 1995 年,是具有中华血统的文化人或者叫文曲星集中陨落的一年。 在《中国文化》第 12 期的编后记中,开列了上一年去世的学术耆宿、文坛巨匠、艺苑胜流的名单。 这一世纪的精英人物,到了现在也已是凋零无几了。 面对即将到来的 21 世纪,如何开创学术新貌,造就新一代的学术人才,是摆在高等教育面前的非常艰巨也非常现实的任务。 就是在这样的背景下,我们成立了以培养基础知识坚实、学术眼光阔大、专业技能熟练的专门人才为宗旨的文科强化班,是非常及时也是非常必要的;对于各位同学来说,是非常幸运也是责任重大的。 然后,我向他们提出了两点希望:

第一，要有高远的志向。孔子说"吾十有五而志于学"；禅宗和尚说："学者须从最上乘，具正法眼，悟第一义"；《庄子·逍遥游》说："适彼莽苍者，三餐而反，腹犹果然。适百里者，宿舂粮。适千里者，三月聚粮。"爱因斯坦则特别强调科学的动机。为了达到心中的目标，就要做好"三月聚粮"的准备。

第二，要有高尚的精神。落实在学习生活中，就是将求学与做人的二者齐头并进，进而融通为一。孔子说"志于道，据于德，依于仁，游于艺"。懂得道理、相信真理是"志于道"，有德性、有修养是"据于德"，不离群索居、有同学朋友是"依于仁"，生活多彩多姿，为人多才多艺是"游于艺"。所以，我送了八个字给大家，表达这样的意思："通情达理，敬业乐群"。

这些话对于入学不久的学生来说，还是很有些鼓动性的。我又从《论语》中选出两句话作为"班训"，即"博学于文"，"行己有耻"。这也是顾炎武特别强调的："士而不先言耻，则为无本之人；非好古而多闻，则为空虚之学。"（《与友人论学书》）一时班级上求学风气浓厚，科研热情高涨。在这些学生中，有一个男生渐渐引起了我的注意，他就是张晖。

在我的基本理念中，"有志者，事竟成"是一句颠扑不破的真理。因此，既然出任这一职务，如何对学生"劝学"就是一项重要的工作。我和每个同学都谈过话，跟晖弟的接触大概从那时开始。印象中的他是朴实的、好学的、温和的，眼神里总是透露出专注和坚定，但学习有点"偏科"。重视专业，而不愿在英语上多花时间。当时强化班实行淘汰制，未能达到标准的就要转入普通班，通过英语四级考试是标准之一，而他第一次考试居然就没有通过。南大每年的"五·二〇"校庆，都要组织论文报告会。我在强化班同学中也组织了，那是从1997年开始的。班上有个女生叫马峡，擅长乐器，琵琶、二胡都经过名师指授，晖弟爱读宋词，姜白石又擅长自度曲，那年他就和马峡合作了一篇论文提交报告，题目是《白石词三论》，颇有见地，受到好评。他当时已有为龙榆生撰作年谱之心，正发愿遍搜材料。因此，尽管四级英语没有通过，还是被我留在强化班。我又找他谈心，一方面勉励他努力向学，一方面告诫他要舍得花时间学外语。又特别安排他陪住外国留学生，以便加强英语练习。事实上，他的英语成绩也因此而大有提高。硕士毕业后去香港科技大学攻读博士学位，英语完全没有问题，但这已是后话了。晖弟在班上脱颖而出，是在 1998 年。那年的"五·二〇"报告会，他以二十余万字的学年论文《龙榆生先生年谱稿》为题，受到高度赞美。而如何评价龙氏在汪精卫政权任职一节，也很见判断，当然也不免有争议。作为一名大三的学生，在学术上能够达到这样的高度，既有其自身的天赋和素质，也有得于强化班的环境和气氛。学校创办了文科强化班，当然也觉得这是一个难得的典型，因此，只要介绍强化班，无论是校内外的会议，还是报纸上的文章，抑或电视台的报道，必定要提及张晖。次年，北京大学吴小如教授在 7 月 31 日的《文汇读书周报》上发表文章，评论了《龙榆生先生年谱》（未刊本），其中说到："我不禁惊诧，以这部《年谱》的功力而言，我看即此日其他名牌大学的博士论文也未必能达到这个水平。甚至有些但务空谈、不求实学的所谓中年学者也写不出来，因为当前中、青年人很少能耐得住这种枯燥与寂寞，坐得住冷板凳。我为南京大学出了这样的人材而感到由衷骄傲和庆幸。"我曾经担心过早出名会"捧杀"人才，有时会压抑自己公开表彰他的冲动，但令我高兴而深感难得的是，在这么高调的赞扬声中，晖弟依然保持着朴实而温和的风格，眼里闪动的也依然是专注和坚定的目光，踏踏实实地行走在求学的道路上。

大学毕业后，晖弟被免试保送进入本系研究生阶段学习。不久，我也辞去了基础学科教育学院副院长之职。研究生入学后，日常多与自己的导师接触。所以虽同在一个系，但除了上课，大概也很少接触。我因为当了四年的"孩子王"，学术上迟滞不前，2000 年辞职后即赴日本京都大学文学研究科担任客座教授，发愿全力工作三个月，如果学术上没有寸进，就打算改行。 对自己来说，这大概也是一种破釜沉舟的决心。 幸运的是，我写出了自己在 20 世纪所写的最满意的论文，毫无疑问地，我没有改行的必要了。 但是，我有必要继续全身心投入工作。 出国归来，与晖弟也依然没有多少见面的机会。 为了写作此文，我把他的书都拿了出来，无意间在《龙榆生先生年谱》中发现他 2001 年 7 月 14 日给我的短笺，节录如下：

> 《年谱》已出版，昨日才运到南京，赶快给您送上一本。
>
> 您从日本回来后，我一直没有碰见过您，仅从东波处略微得知您的一些近况。
>
> 下学期起，我便是研究生三年级了，面临考博士，写论文。前几天，95 文强在南京聚了一次，都觉转瞬之间，已然六七年。回想大学一年级第一节课便是您的课，您在讲台上面的授课情形仍历历在目。

大概能够透露出当时的交往状况。 总之，在他继续读书的生涯中，我们形迹上的接触很疏，无论是在南大读硕士，还是后来去香港读博士，大致皆如此。 但是师生之情并不因此有丝毫减弱，也许可以用"落花无言，人淡如菊"（《二十四诗品》句）来形容吧。

2005 年的 12 月下旬，我有事到香港，那天正好是冬至日，老学生冯翠儿特意在家宴请，也邀请了在科大读书的张晖，他那时正面临毕业找工作。 从他 2002 年 7 月毕业后，这是我们第一次重逢。 他比过去成熟了，我的白发增多了，他的体态胖了一些，我也堪与"同步发展"。 不变的是他的朴实、好学、温和，不变的是师生间平淡而又真挚的感情。

不久，晖弟到中国社会科学院文学研究所工作。 这个单位自成立起，就有领导中国学术的雄心，大概是搬用前苏联的模式。 即便在今

硕士毕业谢师宴含泪带笑照。站立者左起为张晖、石旻、马燕、龚敏、万静

天，意识中或潜意识中也还多少拥有这样的自我期待或云自负。从某种意义上说，自负可以成为推进一个人不断向上的动力，到这样的单位工作，周围多是"一时之选"的才俊，身在其中当能发愤向前，自强不息。所以，我对他选择这样的工作单位还是首肯的。我一直以为，博士毕业的最初几年在一个人的学术生涯中非常重要，必须勇猛精进，开创一片属于自己的天地。不然，蹉跎数年，锐气殆尽，就只能拖沓如"疲驴"了。但以今天的学术生态来看，很多正常的应得的东西，并非必然可以通过正常的手段或渠道获得。因此，需要精进，也需要悠然；要"志于道"，也要"游于艺"。令我懊悔的是，在这一点上我几乎没有对晖弟再有任何提醒。

2007 年 5 月，晖弟寄来了他在台湾学生书局出版的新书《诗史》，并且给我邮件，说 6 月要去上海，届时转道南京，希望能够见面。几天后，我回了他的邮件：

我刚从韩国开会回来,今天收到大著,很高兴。

"诗史"的概念最早应该出于沈约《宋书·谢灵运传论》,不过其含义与后人称杜甫为诗史有所不同。但追溯渊源,似可及此。孟启(此字似乎才是正确的)记录了当时人对杜甫的称号,所谓"当时号为诗史",所以也不一定非扣紧《本事诗》一书来探讨。但你说此说提出后笼罩在《春秋》义理和"缘情"理论之中,我认为是恰当的。反之,我认为将诗史传统置于抒情传统之外,并有并列倾向的看法是不妥的。"延续"之说亦须有分寸,因为抒情传统并没有被取代,而依然是强劲的,直至清代边连宝亦云"所谓老生常谈,正不可易者也"。我废学良久,故技已忘,新知未明,以上意见仅供参考,亦或不值一哂。

他回我邮件说:

孟启名字的用法,我是第一次听说。其他意见,待我仔细消化。到南京一定再仔细聆听您的教诲。有老师在,就永远能听到批评,自己也就能得到提高。

那次见面聊天,大家都很高兴。只是他来也匆匆,去也匆匆,完全是现代都市人的生活节奏。

此后见面的机会极少,偶尔有电子邮件往来,能够略知其行踪和学术上的某些计划。2007年底,他来了一封电子邮件:

我元旦后将去新加坡南洋理工大学中文系担任客座教授,负责讲授"中国文学批评史"和"唐宋文学"的课程。想起当年听张老师讲授古代文论,今天也要用上了。还有,我最近开始编译陈世骧先生的古典文学论文集,大约有十余篇文章需要翻译,记得最早知道陈先生的名字,是在张老师的古代文学史课上。一晃十多年过去了。

　　张老师不知道有没有从台北回来？我明年新加坡的课程结束后，马上要去台北中研院文哲所做博士后研究学者，研究明清之际钱澄之的诗歌，时间截止到 09 年年底，非常遗憾和您错开了。

我从 2007 年 8 月到 2008 年 1 月在台湾大学中文系客座，2008 年 9 月到 2009 年 1 月在香港浸会大学客座，更早的时候也还常去新加坡短期授课，真有"与君前后不同时"（白居易《广宣上人以应制诗见示》）之憾。

2009 年 1 月 8 日，收到晖、霖二弟贤俪的邮件，难得他们如此有心：

　　记得明天是您的生日。想起入大学后的第一堂课就是您的古代文学作品导读，您神采奕奕地给我们讲述南大的学术传统，一晃十几年过去了，但至今想来仍十分温暖。在您五十寿辰的时刻，作为老学生，谨遥祝您身体健康！万事如意！

我在回邮中写道：

　　前时去科技大参加你师弟的论文答辩，国球兄还讲起该生与你不同，当然对你有更多的夸赞，我亦很高兴。强化班已经成为历史，初期的几个班级还是出了一些成绩，不在于是否有人拿到博士学位，而在于是否有一种精神贯注于自己所从事的工作。

　　差以自慰的是，我争取每年能够写出一篇令自己满意的论文，这样的目标基本达到。定出这项目标，已经过了 45 岁，所以看到自己学业还有所进步，就和看到学生的成长一样高兴。虽然写得少，还是觉得有些意义。

这一年四月，95 级文强在南京举办了一次毕业十周年聚会，霖弟是当年的班长，聚会还是由她主持，依然的富有才华，依然的满怀感情。班上的男生本来就不多，来参加聚会的又更少一些。晖弟在台湾做博士后研究，也未能出席。但我们也没有觉得有太多的遗憾，想着反正来日方长，以后还有毕业二十年、三十年、五十年的聚会呢。

就我而言，几个月后就有机会与晖、霖二弟见面了。2009 年 7 月，我应北京外国语大学日本学研究中心的邀请，在"第四届汉学工作坊"作一场演讲。这正是霖弟的工作单位，他们的家应该也就在附近。于是与他们联系，晚上一起吃饭。我本意小酌即可，想买一瓶半斤装的酒，但店里都是一斤装的。霖弟说家里有刚从台湾带回的金门高粱，我一听大喜，让她取来痛饮。与晖弟又是两年多未见，那晚大家谈论得极为畅快，我仿佛又回到了做"孩子王"的年代。我们谈学术，谈人生，谈未来，那么坦诚，那么直率，那么投入，不觉把那瓶至少有 600 毫升的酒喝了个底朝天。饭后，我们又一起在校园散步。那个闷热的夏日夜晚，具体说了些什么，现在已全然不记。铭刻在心的是当时的气氛，是心灵之间真率的交流，还记得的是，临别时我对霖弟说："不要辜负了自己的才华。"接下来的两个月，每月都有好消息传来：先是迁入了新居，继而是霖弟升上了副教授。我知道文研所的职称晋升不太容易，但心里觉得，以晖弟的业绩，升上副研究员不该十分遥远吧，毕竟他博士毕业参加工作也快三年了。直到他去世，我才知道是去年十二月刚刚评上，用了六年的时间。第二天我在文研所演讲，晖弟也参加了。共进午餐后，我就离京返宁了。

2010 年 3 月 20 日，晖弟到南大，在母系作了一场报告，题目是"诗与史的交涉：钱澄之《所知录》书写样态及其意涵之研究"，由徐雁平博士主持，我也参与了讨论。很多仰慕他的学弟学妹见到了心目中带有传奇色彩的本人，都非常兴奋。而这也是我和他的最后一面。

此后，只有稀疏的电子邮件联系。2011 年初，我推荐了一篇文章给晖弟，他回信时告诉我，霖弟的分娩日期在正月，正做准备工作，比较忙。 再后来，就到了 2012 年底，香港城市大学的董博士对我说，他有个在美国斯坦福大学获得博士学位的友人，目前在北京从事科技工作，想找一位"国学增益导师"，讲述一点儒道释思想以及文史方面的知识，会提供报酬（我猜不会太低）。 于是我就想到晖弟，去信询问他的意见。 顺便告诉他前时购买了《施淑仪集》，意外发现是他辑校的，顿生亲切之感云云。 他回信说：

> 非常高兴收到您的来信！百忙之中仍想到改善我们的生活，真是感动。但自从到编辑部工作后，杂事多了不少。家里小孩又小，需要随时搭手。加之北京交通不便。所以这份工作暂时不能考虑了。但仍感激您的关照。
>
> 说起《施淑仪集》真是不好意思。出版过程中恰逢周绚隆视网膜脱落，由于我经验不够，导致书中有一些错误。拿到书后觉得惭愧，就没有寄给您。其实，也没有想到您还会关注我们崇明的这位女诗人。
>
> 最近将旧作改写成《中国"诗史"传统》，另有一册书评集《无声无光集》已经下厂印刷。届时一起呈上。

我告诉他因为关注东亚女性创作，编纂出版了《朝鲜时代女性诗文全集》，所以也留意中国女性的作品，并且说新出了一册《域外汉籍研究入门》，等抽空寄给他。 另外也想介绍香港城市大学的董先生与他认识。 他又回信说：

> 感谢您惠赐新著！《古典文学知识》上您谈汉学会议的文章看到，读了几遍，很有感触。
>
> 董先生十分乐意认识。

时间是 2012 年 12 月 30 日。 这是晖弟给我的最后一封邮件。 他上一封邮件中提及的两部书，一部在今年 1 月收到，而他的《无声无光集》，则是在他去世的次日——2013 年 3 月 16 日，由霖弟代笔签送的。

记忆中有关晖弟的一鳞半爪，大概就止于此了。

在做"孩子王"的时候，有人戏称我是"禁军教头"。 其实，也就是把自己的学术理想贯注到日常工作之中，同时，也慢慢地使这种理想成为学生生命中的组成部分。 记得强化班开学典礼几天后，我给班上的学生写了一封信，其中用到了王国维《人间词话》中所标举的成就大事业、大学问者的"三境界"，我这样写道：

> 在通往未来的多歧之路口，最为关键的便是"择善而固执之"。没有一点固执的精神，学问永远也不会生根。为了学术事业而"颠沛必于是，造次必于是"，这是成就大事业、大学问者的第二境界，即所谓"衣带渐宽终不悔，为伊消得人憔悴"。经过这样的千辛万苦，终于来到了"众里寻他千百度，蓦然回首，那人却在灯火阑珊处"的第三境。"那人"就是你们苦苦追寻的"伊人"，就是大事业、大学问的正果。但她不是在香车宝马的街市，而是在灯火阑珊的雨巷。

晖弟无疑是最彻底地接受了这一理念并且贯彻在自己的人生与学问中的，这曾经是我的骄傲。 晖弟过早离开我们之后，我常常反省，假如我给他的是另外一番影响，他的人生之路一定会更加长久吧；假如在以上的表述后再益之以随顺世缘的一面，他的压力也许不会那么"山大"吧。 无论如何，我痛感当年对他们的教育是有缺陷的。 而我自己给晖弟留下的学者形象，好像也就是"刻苦"。 前时霖弟将晖弟在大学期间一些书信的相关内容抄示我，1996 年 12 月 7 日给"茂兄"的一封信中这样写道：

伯伟先生极其刻苦,方有今日的成就,待学生又好,学问又好,所以很是受到学生的欢迎,今年获我校特等奖教金。前日,伯伟先生邀请扬州大学王小盾先生(任二北、王运熙学生)来做报告,讲音乐文学,极为精彩。

这样的印象自然是不全面的,但也可以看出晖弟所愿意理解和认同的是哪一面。 我曾经戏言:"鲁迅先生说,他是把别人喝咖啡的时间都用来写作。 我是把别人写作的时间用来喝酒。"如果老天能够赐我有更多的机缘与晖弟论学,如果时光真的能够倒转回去,我会更愿意把陈澧的话讲给他听:

> 《论语》第一章,即说一个"说"字,一个"乐"字,一个"不愠",可见为学是一片欢喜境界。(《东塾读书论学札记》)

今年3月31日,文学院举办"第二届青年教师座谈会",徐兴无院长、姚松书记也邀请我参加,让我跟青年教师讲话。 兴无院长对青年教师说:"我特别给你们找来了一位禁军教头。"他也许不会想到,"禁军教头"四个字,引起我的是多么伤情的一段回忆。

历数与晖弟交往的点点滴滴,实在谈不上频繁,每次相聚也都是来去匆匆,但为什么,只要一见面,无论相隔的时间有多久,立刻涌上心头的就是一种平淡、自然、真挚的亲切感。 我相信其中有一种神秘的力量,在他是处于单纯的青春时代,在我则是虽近"初老"①但还未失单纯,我们可以把这种单纯形容为"素心",单纯与单纯的交汇,素心与素心的碰撞,便形成了一种朴素而恒久的力量。 1996年9月,我曾经在中文系发起了一个"素心会",旨在推进不同年龄的读书人之间真

---

① 平安时代的日本人以四十为"初老",我做"孩子王"时的年龄是从37岁到41岁,姑借用之。

诚平等的学术对话，在喧嚣浮躁的人海尘世中，造就一个专以学术为内容的清明而纯洁的空间，期待她能吸引更多纯净而朴素的心灵，并在这心灵上燃烧起热爱学术的激情。 上面引及晖弟信件中提到我邀请王小盾教授来做报告，就是一次"素心会"活动。 而只要是素心人，对于学术就必然拥有一种单纯的信仰。 因为单纯，所以始终保持着童真；因为单纯，所以能跨越时间和空间；因为单纯，所以容不得半点的矫情和装饰；因为单纯，所以形成了一种有魅力有魔力的神秘的力量。 陶诗云："闻多素心人，乐与数晨夕。"（《移居》）在一个"大伪斯兴"（《感士不遇赋》）的世界中，即便是学术圈里，无论年轻的或不年轻的，素心人也已寥若晨星。 晖弟往矣，对我而言，是少了一个年轻而素心的朋友，而这个位置，是永远也无法填补或替代的。

二、千古文章未尽才

两个多月前霖弟给我邮件说："在晖心里，您是对他有关键性影响的老师。 我想，晖一定非常想知道您是怎样看他的。"要我为晖弟写点文字，"回忆性的散文或学术评论都可以"。 所以，这一节要着重谈他的学术。 古人云"其人既往，其文克定"（钟嵘《诗品序》），但真的要我对晖弟的学术作评价，面对一个尚未完全绽放的学术生命作一个哪怕是大概的考量，也是一件令人痛惜且难以下笔的事。 也许，只有这七个字能够表达我的看法——千古文章未尽才！

晖弟的成名作当然是《龙榆生先生年谱》，初稿成于 1998 年，正式出版于 2001 年。 龙榆生是二十世纪词学大家之一，但由于他在四十年代初期，曾于南京出任汪精卫政权的立法委员、中央大学教授、文学院院长，其词学成就和学术地位长期以来未能得到客观评价。 大陆如此，台湾亦然。 1972—1974 年在正中书局出版的《六十年来之国学》，其"文学之部"中有一篇《六十年来之词学》，对龙氏著述不着一字。

即便介绍《词学季刊》、《同声月刊》，也不提编者。 晖弟乃发愤为撰年谱，透过龙氏一生行事，不仅提供了对一个在动荡翻覆的社会中普通读书人出处心迹的一种理解，也企图勾勒出二十世纪六十年代以前文坛学界的侧影。 其材料之丰赡，编排之得法，用心之密致，论断之审慎，只要对该书略事翻阅，就不难得出以上印象。 由于材料分散，纠集不易，晖弟所付出的辛勤劳动是可想而知的。 我特别要指出的是，《年谱》采入大量的书信文献，这类文献虽然极富价值，但识读颇为不易，凡是使用过此类文献的人都知道其中甘苦。《年谱体例》之一云："本谱编入大量书信文献。 凡字迹一时无法辨认清楚者，一律加口，谨此说明。"我可以负责任地下一断语，仅仅就识读书信文字一项，就应该耗费了他大量的时间和精力。 2005 年，台湾"中研院"中国文哲研究所影印出版了张寿平辑释之《近代词人手札墨迹》三册，基本内容是龙榆生旧藏之师友信札，益之以辑释者所藏词人信札。 如果将《年谱》中引及的书信与原件仔细核对，堪称大致无误。 也许这四个字的评价在有些人看来似乎无足道哉，但有过处理此类文献经验的人都知道，这项工作对一个人的知识储备是相当大的挑战，就算学问很好，只要稍有疏忽，就会发生讹脱衍倒。 沈津教授曾撰《翁方纲年谱》，由台湾"中研院"中国文哲研究所 2002 年出版，其中使用到不少新出现的翁氏手稿，主要是信札、序跋等。 沈氏自陈："由于原稿字小且密，又多行草，不易辨认，故从中探索者多望而却步，而整理引用者鲜见其有。我在阅读并作抄录时，耗在辨字读句上的时间实在是很多的，有很长一段时间，差不多每天晚上和休息日都用在这上面。"（《序》）以一个经过专业训练的教授而言尚且如此，而晖弟当初还只是一个大三的学生，出版时也不过硕士二年级，他在学术上的早熟和用功程度就可想而知了。

《年谱》代表了晖弟在学术上的一个高起点，而事实上，他的人生态度和学术方向的形成，也受到谱主很深的影响。 龙榆生的人生态度，可以用"刻苦"二字概括之。 龙氏早年受教于蕲春黄季刚（侃）先生，一度曾住在黄家，往往亲见黄氏之为学。 他说："予每见其夜深兀坐，一灯荧然，时或达旦方休。 以此知专业之成，非积年累日，锲而不舍，好之笃而习之勤，莫由倖致也。"（《蕲春黄氏切韵表跋》）由此而影响及自身的作风，据龙氏自述："我是一个主张硬干、笨干的人。 我的任事是这样，我的治学也是这样。"（《忍寒词人自述》）"硬干"、"笨干"就是"刻苦"。 晖弟在大三撰《年谱》，而大学毕业论文则以《梦窗词》为研究对象，我想也是受到了谱主的影响。 据龙氏自述："黄（季刚）先生除声韵文字之学致力最深外，对于作诗填词也是喜欢的。他替我特地评点过一本《梦窗四稿》。 我后来到上海得着朱彊村先生的鼓励，专从词的一方面去努力，这动机还是由黄先生触发的。"（《忍寒词人自述》）龙氏的另一个老师朱祖谋（彊村），也曾经与王鹏运（半塘）同校《梦窗四稿》。 而朱氏作词瓣香所在，正为梦窗。 王国维评"彊村学梦窗"，又评"学人之词，斯为极则"（《人间词话未刊稿》）。晖弟之研究《梦窗词》，不是偶然的。 他迷上了词学，一度用功在晚清民国。

晚清自王鹏运之后，词学大盛，朱祖谋、况周颐、郑文焯、王国维等，或刊校词书，或说为词话，流风所被，及乎上庠，遂展开了二十世纪的研究新貌。 晖弟对此亦有较为全面的探索，有两篇文章还刊登在蒋寅和我主编的《中国诗学》上，后来结集于《清词的传承与开拓》（与沙先一合著，上海古籍出版社，2008 年版）一书，其中讨论朱祖谋、况周颐、词籍校勘以及龙榆生等章，即出自其手。 总体来看，他以讨论学人之词为主，有词籍校勘、词学思想以及词人活动等，使以往未曾受到重视的晚清词学活动面貌，得到了一次较为全面的展现。 1997 年 4 月，我承乏《中华大典·文学典·文学理论分典》的主编，经过 12 年努力，最终在 2008 年由凤凰出版社出版。 此书采撷了 1200 多种文献共500 万字，是有史以来中国文学理论文献的第一次大型集结，在历代类书编纂传统中也属于创格。 其中"词论部"的文献收集工作，主要由晖弟完成。 根据主编确定的编纂框架，将历代词论以本原、法则（其中又分总说、命意、韵律、结构、技巧）、类别、风格作划分，各种资料以类相从。 虽然这一部分的字数仅 7 万，但通过此项工作，他对于传统词学理论还是进行了一次系统梳理。 由于《中华大典》的署名原则，晖弟的名字只是列于主要编纂人员名单中，他的这项工作很少有人提及。

2002 年秋，晖弟负笈香江，在美丽的清水湾畔——香港科技大学跟从陈国球教授攻读博士学位，方向是文学理论和中国文学批评史。 从词学向文论的转移，既是求学空间的变化导致，从他自身的内在发展来看，似乎也是有其必然性的。

二十世纪的词学大家，被学界公认的有夏承焘、唐圭璋和龙榆生，三人的年龄也以一岁相次。 尽管他们在词学上都有非常全面的造诣，但相对而言，各人有不同的侧重。 夏承焘的代表著作是《唐宋词人年谱》和《唐宋词论丛》，重在词韵、词谱以及词人词作的行实和本事；唐圭璋的代表作是《全宋词》和《词话丛编》，重在文献整理，又有《词学论丛》，略分辑佚、考证、校勘、论述，而论述或非其优；夏、唐之所长皆偏于"考"。 而龙榆生虽然也有校辑、笺注等著，但尤长于持论。 晖弟服膺龙氏词学，在辑佚、考证、校勘、论述诸门中，自当偏于论述。 其现有的词学研究，主要体现的也是这一特征。 但词学素来号称"倚声之学"，只有深入于声韵音律，才可能触及词体的本质，否则，只不过是把词当成了"句读不葺之诗"。 北宋李清照已经对此提出了批评："盖诗文分平侧，而歌词分五音，又分五声，又分六律，又分清浊轻重。"（《词论》）清代万树《词律·发凡》也说："平仄固有定律矣。 然平止一途，仄兼上去入三种，不可遇仄而以三声概填。 盖一调之中，可概者十之六七，不可概者十之三四。"这些虽然是针对创作而言，其实也指示我们，研究词学当精通音韵。 龙榆生年轻时从学于黄季刚先生之门，固然精通音律。 所著《唐宋词格律》、《词学十讲》、《词曲概论》等，虽然是入门书，但深入浅出，正是老于此道的标志。 晖弟并未对音韵之学下过功夫，若继续研究词学，势必受到限制。 我不能很肯定地说，他在多大程度上对此已经有所自觉，既然龙氏之擅长持论已经对他形成影响，故转向中国文学批评史研究，从其学术发展的内在趋势看，也是有其合理性的。

《诗史》一书，是晖弟以其博士论文《中国文学批评史上之"诗史"概念》为基础修订而成，台湾学生书局 2007 年版。 其后，他又在此书基础上再作增补改写，易名《中国"诗史"传统》，北京三联书店 2012 年版。 与初版相较，其视野更为开阔，思理更为缜密，就以引言部分来说，新版追溯了"诗史"的语源，并辨析其原意；对"诗史"的各种不同英译也有所补充；特别是如何阐发诠释中国文学批评史上的概念，他从方法上作了更为剀切的说明。 可以看出，晖弟在学术上又有了一大步新跨越。 毫无疑问，这部书代表了晖弟一生学术的最高水平。 我这样说的时候，内心可谓"悲欣交集"。 从这部书体现出的深厚学养和敏锐眼光来看，不能不令人发出"后来谁与子争先"（欧阳修《赠王介甫》）的由衷赞叹；而这竟为其生前出版之最后著作，又如何不令人兴起"残阳绝响，消得西风肠断"（陈恕可《齐天乐》）的痛悼之情？

对中国文学批评史上的概念作研究，是一个非常重要同时又相当困难的课题。 大概在 2006 年，北京外语教学与研究出版社刚刚出版了《西方文论关键词》一书，曾经向我约稿，编纂一部与之雁行的《中国文论关键词》。 我承认这是一个很好的选题，但我自认没有完成的能力，故婉言谢绝。 我一直以为，古代文论中的概念，就其形成而言，有自身直承者，有横向移植者。 就后者而言，有的来自儒家、道家、名家、兵家等思想性著作，有的来自人物品评，也有的来自音乐、绘画、书法批评，还有的来自宗教，可见其丰富而复杂。 这些概念在其原先的语境中固然有其不同的含义，而进入文学批评领域，又获得了新的意义。 更为复杂的是，不同时代或不同批评家在使用这些概念的时候，并不严格遵守某种"共识"，而常常根据其所针对的问题，作上下左右等不同方向、不同层面的偏重或强调。 因此，讨论一个关键词，往往就是从某个特定角度展开的一个长时段的批评史。 台湾学生书局"中国文学批评术语丛刊"，从 2004 年到 2007 年，也不过出版了三种，可见此事之不易为，晖弟的《诗史》就是其中之一（另外两种是黄景进的《意境论的形成——唐代意境论研究》和龚鹏程的《才》）。

"诗史"是中国文学批评史上的一个重要概念，初初或粗粗一想，这个概念并不复杂，但深入下去，却发现实在很不简单。 晖弟在新版中用了七章加三个附录的篇幅，总结出这一概念自唐末至清初的 17 项意涵，对此作出了迄今为止最为全面、系统、深入的梳理和研究。 对该书的评价，已有陈国球、蒋寅教授的推荐词（见该书封底），以及张剑博士的书评，无需我再多讲，这里只想就其中一点发表一些感慨。

此书的基础乃晖弟在香港科技大学所写博士论文，科大的办学模式是偏重美国的（2011 年下半年我在科大客座一学期，略有体会），中文系虽然未必如此，但多少也要受到影响。 晖弟论文涉及少量在当时很流行的西方理论，应该与那些影响有关。 在此之前，他是在南京大学中文系接受了本科和硕士阶段的教育，这所处于中国东南部的学校，在民国初年就被视为保守力量的大本营。 而人们往往习惯于用贴标签的方式去理解事物，容易对今日南大中文系古代文学专业产生重文献轻理论的印象，也不能说完全没有道理。 因此，经过科大的训练，应该使晖弟在从事课题研究之前，首先拥有一个理论的自觉。 以"诗史"而言，在设定自己的研究重点时，晖弟自陈是受到韦勒克（René Wellek）、沃伦（Austin Warren）《文学理论》（*Theory of Literature*）和刘若愚（James J. Y. Liu）《中国文学理论》（*Chinese Theories of Literature*）的启示。 这些当然是二十世纪六、七十年代的书，算不上流行。 比较晚近的理论，一是福柯（Michel Foucault），另一是怀特

（Hadyen White），都与后现代相关。 晖弟对这两家理论的引用并不多，一处见引言第 9 页注释 2，另一处见第二章第 27 页注释 1，但都牵涉学术上的一些大判断。 这些判断的得失是非如何，又牵涉人文学研究中的重大问题，实在有"细论文"之必要。 近年来，我在南大古代文学专业有意识地强调理论的重要性，多次呼吁，套用西方理论固不可为，无视西方理论更不可为。 然而在实际运用中，如何能够做到得其利而不受其累，虽然可以提出若干原则，如批判性运用，但还是存在许多困惑，至少在我心里是这样的。 我多么希望有机会与晖弟展开讨论，而且就可以从他的这部书谈起。 我相信他会有心得，也会有疑惑。 陶渊明说只有在"素心人"之间才能够"奇文共欣赏，疑义相与析"，但是对我来说，已经永远失去了与晖弟讨论的机会，永远不再有接受他挑战的可能。 十三年前，当先师闲堂去世以后，萦绕我心头的是临济禅师那么动情地回忆他老师的话："我二十年在黄檗先师处，三度问佛法的的大意，三度蒙他赐杖，如蒿枝拂着相似。 如今更思得一顿棒吃，谁人为我行得?"（《临济录·上堂》）如今，我又失去了一位心爱的学生、年轻的朋友、有志的学侣，只能低声吟咏龙榆生《浣溪沙》句以自解："文字因缘逾骨肉，匡扶志业托讴吟。 只应不负岁寒心。"泉下若有灵，晖弟当能感知。

晖弟生前出版的最后一本书是《无声无光集》。 看到书名，就让人强烈地感觉到一种不祥，而自序中"正是书中这些有声有光的人与文，陪我度过了无声无光的夜与昼"云云，简直就是鬼使神差的"文字谶"。 就内容来说，这是一本随笔、书评、访谈集，其中蕴含了晖弟的一些思考，如果天假以年，完全可能发展出一些新的研究方向。 比如他已从理论上对"诗史"概念作了梳理，可能重新回头运用这一概念作诗歌史研究，《诗歌中的南明秘史》已经初露端倪；出于对二十世纪词学研究的关心，他的兴趣也可能扩展为现当代学术史的探索，书中对黄侃、俞平伯、龙榆生、陈垣的论述，对于《现代学林点将录》的书评，对于当代学人的访谈，结合他所编纂的《量守庐学记续编》、《忍寒庐学记》、《陈世骧古典文学论文集》等，在在具有学术史的眼光和意识；如果再看其辑校之《施淑仪集》，他也还可能涉笔到女性文学的研究中……

这一切的一切，随着他生命的过早陨落，都变成了想象中的无限可能。 而只要想到这些，就不能不再次痛惜：千古文章未尽才！

秦观有一阕名作《踏莎行》，最后两句是："郴江幸自绕郴山，为谁流下潇湘去？"郴江本应围绕着郴山宛转，可为了什么却偏要离开郴山，向着悲情迢递的潇湘奔流而去呢？ 传说苏轼绝爱此句，秦去世后，东坡自书于扇曰："少游已矣，虽万人何赎！"清初的李雯也一再追问："谁教春去也？ 人间恨，何处问斜阳？"（《风流子·送春》）春代表了生命，代表了希望，代表了未来，而这美好的季节偏偏要倏忽而逝，人世间的千古遗恨，究竟该向谁询问？ 向谁诉说？ 晖弟晖弟，春来君去。 谁教你去？ 为谁而去？

二〇一三年六月十一日于南京

（原载《中国文化》2013 年秋季号）

六十年间几来往——我与《文学遗产》

　　文章的正标题借用了陆游的诗句，以贺《文学遗产》创刊六十年。我生于戊戌年腊月，尚未满六十，但举其成数，或无不可。回顾自己的学术道路，如果要举出一种关系最为密切的期刊，毫无疑问的是《文学遗产》。谓予不信，那就检点一下：最早的古典文学研究论文刊发在《文学遗产》；发表的文章最多刊登在《文学遗产》；影响最大的论文发表在《文学遗产》；收藏最齐全的杂志也是《文学遗产》。这"一早二多三大四全"，就构成了"我与《文学遗产》"。

　　《文学遗产》六十年前创刊的时候，是以《光明日报》副刊形式出现的，1980年复刊，才有了期刊形式的《文学遗产》。1963年起编辑书籍形式的《文学遗产增刊》，2009年又创办了网络形式的电子版。不过，我与《文学遗产》的关系，主要在副刊版和期刊版。

　　讲起第一篇古典文学研究论文，那是在硕士一年级第一学期写的《李义山诗的心态》。此文呈交先师程千帆先生审阅，他特别从文中选出了两句义山诗"蕙留春婉晚，松待岁峥嵘"，写成条幅相赠，当然也寄寓了他对后辈的勉励和期待。此文中原有一节曰"从自比的古人看义山诗的心态"，认为义山诗中的以古人自比，不是历史上的古人，而是"义山化"的古人，更多的是对历史事实加以引申或改造，因此是"有托而言"。所以研究的时候，"政不必实事求是也"（邓廷桢《双砚斋笔记》卷六语）。此外，在其人生的不同阶段，他也会选择不同的古人来自比。先师认为这是一个新发现，嘱我单独裁出改写为一文，即《李义山诗中的宋玉、司马相如和曹植》，并由他推荐给《光明日报》"文学遗产"版。 先师日记1982年12月10日云："以张伯伟'论义山以古人自比'寄《文学遗产》。"过了三个月，1983年3月18日又记载："函《光明日报》章正续催发伯伟稿。"由此可知，当时的副刊编辑应是章正续先生。 此文刊发在《光明日报》"文学遗产"版第580期，时在1983年3月29日。 这一期的"文学遗产"有个特点，刊发的都是当时年青学子的论文，有社科院文学所青年研究人员韦凤娟，有厦门大学研究生林继中，有社科院研究生院学生阎华，加上我的一篇。 编者还特意写了"编后"语，这已经是一篇历史文献了，故转录于此：

> 近年来，在中国古典文学的研究领域，我们高兴地看到不少青年同志，为了更好地继承祖国优秀文化遗产，在老一辈专家学者的指引下，努力地学习、钻研和写作，取得了可喜的成果。这一期我们集中选编了几篇青年作者的文章推荐给读者。他们或是毕业后刚走上工作岗位，或是正在跟导师学习的古典文学专业研究生。唐朝诗人刘禹锡有诗云："芳林新叶催陈叶，流水前波让后波"，这是符合历史发展规律的。我们欢迎从事古典文学研究的青年同志多给本刊撰稿，为开创古典文学研究新局面而共同努力！

那时的学术界颇有点"青黄不接"的情形，所以对年青学子特别鼓励擢拔，而在古代文学研究领域，除了各高校的前辈先生（先师就是非常有代表性的一位），《文学遗产》显然扮演了极为重要的角色。 1982年第一期《文学遗产》刊出《本刊召开古代文学研究座谈会纪要》，其中一个重要方面就是"队伍建设"，原因就在于"十年动乱时期，古典文学队伍是遭受摧残的一个重灾区"，而当时的整体状况是，老学者"体弱多病"，"来日无多"；五十岁上下的教学科研骨干"专业荒废十年"；青年研究者基础较差，"急需充实和提高"。 因此，"加强队伍建设，改变目前青黄不接的严重现象是刻不容缓的"（引文出《纪要》）。 在同年的《文学遗产》第三期，又刊登了《本刊召开青年作者座谈会》，与会者一致认为这个会议"体现了《文学遗产》一贯注意培养新生力量的作法"。 是的，从创刊初期的负责人郑振铎、何其芳、陈翔鹤等先生开始，《文学遗产》就奠定了对青年作者的研究成果尽量予以扶持的优良传统，并且被后来者继承发扬。 六十年后的今天，古代文学的研究队伍已如浩浩荡荡的洪流，涌现出大量的优秀成果，我们不能忘记一代又一代《文学遗产》的编辑人对此作出的卓越贡献。

细数历年来发表的论文，实在以刊登在《文学遗产》上的为数最多，到 2008 年为止（这之后我文章写得很少，已有五年未曾向《文学遗产》投稿），长长短短的文字居然刊登了 18 篇。 其中三篇是《光明日报》副刊版。 副刊版自 1981 年复刊，1984 年停刊。 2002 年再次复刊，是由全国古代文学研究各博士点和《光明日报》文艺部联合主办的，编辑是曲冠杰先生。 曲先生曾经到南京来找我，一方面约稿，一方面希望推荐稿子，但维持的时间不是太长，也许只有一年。 若干年前有一位学者统计了在《文学遗产》期刊版发表论文的总数，我的印象中除了社科院文学所，南京大学似乎是发表论文较多的一个单位。 期刊版开始于 1980 年，南大在上面刊登文章的，起初都是前辈学者。 青年学者的最早亮相，大概可以 1986 年第六期作为代表，那期同时刊登了蒋寅的《关于中国古代文章学理论体系》和曹虹的《论阳湖派的创作风格》两篇论文，在"论文摘编"栏目中，又摘录了我原刊《中国社会科学》1986 年第三期的《钟嵘〈诗品〉的批评方法论》。 当时，我们都还在攻读博士学位，相对于北京、上海等地其他高校的青年学者，我们在这一平台上的发言是稍晚的。 如果说，其后南大的青年学者在学术成长过程中，有较多论文刊发在《文学遗产》，那我们也可以认为，南大古代文学研究有今日的局面，与《文学遗产》的支持、帮助是分不开的。

　　检阅自己发表的论文，我想提出两篇来谈一下。　一篇是《元代诗学伪书考》，载《文学遗产》1997 年第三期，此文曾于 1998 年获《文学遗产》优秀论文奖。　这一奖项是以"王季思古代文学研究基金"命名的。　季思先生是我校的校友，当年的老师对他的教导，深印其脑海的就是"聪明人要下笨功夫"。　多年以来，《文学遗产》所倡导的学风，是求实的、朴素的，以文献学为基础的理论创新。《伪书考》一文，也许勉强可以归入"下笨功夫"的行列，尽管其功夫还远远不够。　但《文学遗产》将这一奖项颁发给这篇论文，说明了编辑部和评委先生对于实事求是学风的推崇和肯定。　也因为这个奖项，这篇尚存在诸多不足的论文引起了许多学者的注意，因而产生令人意想不到的反响，如罗宗强先生编《20 世纪学术文存·古代文学理论研究》(湖北教育出版社 2002 年10 月版) 时，就将此文作为上一个百年富有代表性的论文收入其书。　另一篇论文是《汉文学史上的 1764 年》，载《文学遗产》2008 年第一期。　这篇文章与《文学遗产》以往的论文全不一样，内容是以汉文学史为背景，考察中国、朝鲜、日本汉文学势力的消长，将其转捩点定在1764 年，并从中看出汉文化发展的走向。　原文有 34000 字，刊出时有删节，但也还占了将近 18 页的篇幅，算得上是一篇长文了。　能够刊出此文，让我感到《文学遗产》编辑思想的开放，以及对于学术新领域、新材料、新方法的热情。　日本学者内山精也教授看到此文对我说："你是把一个球抛给了日本学术界，可是日本没有人来接。"为了让更多的人读到此文，内山教授将它翻译成日语，即《「漢文學史」における一七六四年》，收录在堀川贵司、浅见洋二合编的《苍海上彼此往还的诗文》(《蒼海に交わされる詩文》，汲古书院，2012 年 10 月版) 一书中。　2013 年，此文还获得了第六届高等学校科学研究优秀成果奖。　我想，如果不是刊发在《文学遗产》这么有影响的杂志上，恐怕很难有以上这些回声吧。

　　我从大学时代起就订阅了好几种杂志，有文学的、史学的、哲学的、宗教的，其中有的中断了，有的丢失了，完整保留至今的，只有《文学遗产》期刊版。 复刊的前两年，《文学遗产》是以书号由中华书局出版，而且只通过各地新华书店零售。 第一期的出版已经是当年 6 月了，所以第一年只有三期。 直到 1982 年才有了刊号，可以通过邮局订购。 我很得意自己拥有 1980 和 1981 两年的《文学遗产》并完善收藏至今。 翻阅这一整套的《文学遗产》，其实就是在检阅三十多年来古典文学的研究历史。 那时的年青人，现在大多已经退休了。 复刊第一期的编后记说，本期刊出的几位大家熟悉的专家、学者的文章，"他们都是七、八十岁高龄的老人了"，"《陶诗的艺术成就》和《谈谈李清照的词论》的作者，是两位比较年青的同志，我们欢迎像这样年青的同志陆续参加到我国古代文学研究队伍中来"。 前一篇作者是葛晓音，后一篇是徐永端（徐英之女，南京大学中文系 1959 年毕业）。 到了今天，她们也都是六、七十岁的年龄，或者是接近七、八十岁了。 只是人的身体越来越健康，活得越来越久，这样的年龄好像也还不算是"高龄"了。 而我那时还是一个大学生，读她们的文章，也都是拿着一枝红蓝铅笔、一把小直尺，很认真地学习，将文章的重点用红蓝笔作不同标识。 看着杂志上留下的阅读痕迹，遥想当年，好像又重温了那段美好的青春岁月呢。

二〇一四年二月二十五日

斋名变迁与进德修业

——从"日不知""适其适"到"百一砚斋"

2015 年，南京大学人文社会科学高级研究院十年庆，有人提议了一个纪念形式——学术伉俪系列讲座。5 月 13 日举办了第一场，由曹虹和我主讲，童岭主持，以下内容根据当时的讲话录音整理。

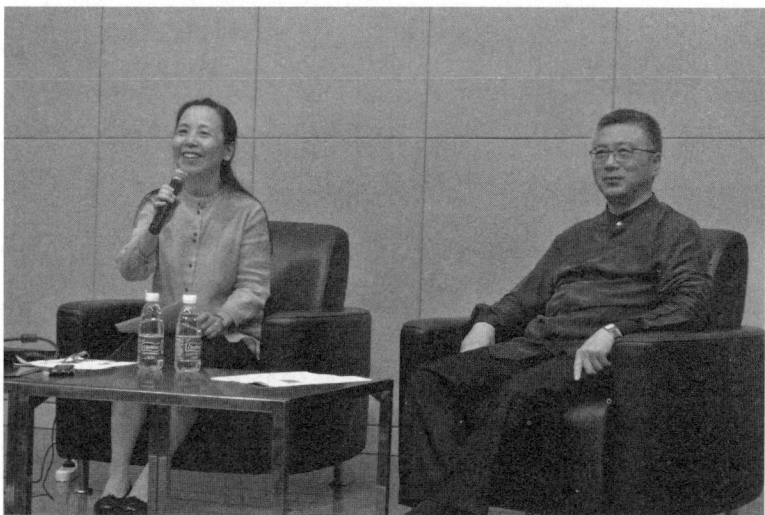

"学术伉俪"讲座上

童岭（以下简称"童"）：各位老师、同学，今天是我们南京大学人文社会科学高级研究院学术伉俪系列讲座的第一讲，非常荣幸邀请到了南京大学文学院的曹虹老师和张伯伟老师。虽然很多同学和老师都非常熟悉他们俩，但我还是以最简单的方式介绍一下。曹虹老师于 1982 年获得南京大学的文学学士学位，1984 年获文学硕士学位，1989 年获文学博士学位，现在是南京大学文学院的教授、博导，曾经担任日本京都大学文学部外国人研究员、韩国高丽大学中文系外国人教授，同时还是全国高等学校古籍整理与研究工作委员会委员、中国骈文学会副会长。张伯伟老师同样是 1982 年的文学学士，1984 年的文学硕士和 1989 年的文学博士，现在是南京大学文学院的教授、博导，曾任日本京都大学文学研究科客座教授、韩国外国语大学客座教授、台湾大学中文系客座教授，也是南京大学高研院的两位特聘教授之一，以及域外汉籍研究所所长、南京大学高层次学科带头人奖励计划的特聘教授。

张老师和曹老师都是南京大学 77 级的本科，1977 年是"文革"十年动乱结束恢复高考的第一年，77 级产生了很多人才，仅就中文系来看，当时北京大学有葛兆光、戴燕，中山大学的陈平原以及同在北京大学的夏晓虹，现在他们正好也是南北两对学术夫妇，分别在复旦大学和北京大学。 我跟张老师、曹老师读书已经很长时间了，他们一起参加过很多学术会议，我想问一下两位老师，像这样的联袂登台的学术讲座有没有参加过？

曹虹（以下简称"曹"）：各位老师，各位年轻的朋友，首先我向大家说声晚上好，尤其对高研院建院十周年表示衷心的庆贺。 说到刚才童岭博士问到的问题，我们作为南大人，去年文学院迎来了百年院庆，张老师特别出版了一本书《读南大中文系的人》。 我和张老师在本科时相逢，因为他为人的纯粹、天性的率真、为学的执着等方面让我感到是一种人生的方向，所以才走到一起。 冒昧地说一句，南大中文系就是我们的"媒人"。

我们 77 级入校之后，国家改革开放，南大迎来了首批外国留学生，中文系有陪住生。 作为陪住生，我结识了当时西德的一位留学生韦荷雅，也成为一直以来的挚友。 她结束留学后到了马克思的故乡特里尔大学做汉学系的教师，她在 1981 年 12 月给我发来了一封贺卡，上面写道"曹虹：祝你和他新年好。"当时她是知道我心目中的"他"是谁的，回想起来已经是 34 年前。 这是我和韦荷雅的合影，当时国内还没有彩色照片的冲印，这是留学生为我们拍摄后拿到国外冲印的。 拍摄者是当时的日本留学生，现在是著名的日本京都大学教授平田昌司先生，那是 1981 年的夏天。 我们确实一起参加过很多学术会议，但没有过以这样的形式做伉俪报告。 说到联袂，最早是 1992 年 7 月 15 日，我们在京都大学同场报告，各人半场，各讲一个题目。 当时的主持人是平田昌司，我们还都不满 35 岁。 结束后在京都有名的瓢亭进行宴请，当时京大的兴膳宏教授、川合康三教授、平田昌司教授，以及比较年轻的木津祐子、斋藤希史都出席了，而当时的年轻老师在各自领域都很有建树。（参见本书 138 页、139 页插图）

童：看照片感慨万千，兴膳宏教授已经退休了，川合康三教授前段时间在台北见到已经一头白发了，平田昌司老师的头发也稀疏了一些。今天的主题，是曹老师和张老师定的——从斋名变迁看进德修业。 我们都知道中国古代的文士包括近代的文士，许多都喜欢用一些斋名来表达自己治学的志趣和理想。 远的不谈，与南京大学中文系学术传统有关的已故的程千帆老先生叫"闲堂"，已经过世的卞孝萱先生用的是"冬青书屋"，还有一方印是"冬青老人"。 张老师你们最早用的室名和斋名是什么？

张伯伟（以下简称"张"）：大家好。 怎么开始有的室名和斋名呢，读大学时爱古代文学，就染上了中国古代文人的这种习气，都喜欢有一个室名或斋名。 其实当时哪有什么斋、什么轩，就是住在集体宿舍嘛。但读的是中文系古代文学，整天研究诗词，自己总得操练几笔，有了一定的数量就要做一个小小的结集，总得有一个名称，就非常随意地取了个斋名。 那时大学宿舍条件不如现在，于是就称作"陋室"，唐代不是有一篇《陋室铭》吗？ 我叫"陋室"，曹虹的是"北窗"，我们也有两本油印的小诗集，分别叫《北窗诗存》和《陋室诗存》。 当时教我们写诗的是许永璋先生（就是我们的同事许结老师的父亲），他为两个集子题词。 永璋先生诗写得非常好，他给我们写过不少诗。 现在我把他为我们两本习作写的题词给大家看一看。 第一篇是《陋室诗存》的题词："欲唤吟魂起国魂，北窗陋室两诗存。 欣看坠绪微茫外，一抹云天几彩痕。"许先生称我为"诗友"，我拿《陋室诗存》给他看的时候，他知道了曹虹也有《北窗诗存》，所以替我题写了一首七绝，又给曹虹的《北窗诗存》写了一首五律，像"北窗容啸傲，陋室亦芳馨"，反正是"北窗"里有"陋室"，"陋室"里有"北窗"。

其实当时有没有在谈恋爱？ 好像在似有似无之间吧，老先生可能看出来了，所以写诗的时候就含有这个意思。 尤其是《北窗诗存》的题词"北窗容啸傲，陋室亦芳馨。 喜把连城璧，还看一榜灵"，最后一句指我们在 1981 年一起考上了硕士。"笔添桃峡媚，眼卷蒋山青"，"桃峡"是南通，曹虹是南通人，我也出生并客居在南通，所以就用了南通的地名。"蒋山"就是紫金山，切南大的所在地。"肸蠁三千载，风骚几部经"，就是勉励我们能把诗写得越来越好。《北窗诗存》、《陋室诗存》编了以后，我自己用文言写了一篇序，现在看起来真是拙俚不堪。 但曹虹自己写的一篇题记倒是不错，现在我们可以欣赏一下。

曹：这篇真的是少作，我当时兴趣偏于文章学史，跟王气中先生学古文。 怎么概括自己学诗的一些内容呢，因为自己住的宿舍经常是朝北的，所以好像很自然就取了"北窗"。"课诗诵文于北窗之下"，当时是三四年级，简单描绘一下窗外的景致，"有一树丁香，数行梧桐，相映成荫"。 当时我陪住德国留学生，住在十舍，也就是现在的南苑宾馆。十舍后面当时有一根水管，经常漏水，让人搞不清阴晴，作为读书的生活就借这个景来简单烘托一下。 我中学小学是在一个小地方，好像很容易就领先，但到了大学以后有各路高手，就觉得自己"资质愚木，治学无方，倍事之，半功之"，常常有"沮丧之心"，所以写诗的时候也"强作壮语以自持"。 另外也有点青春年华的感伤吧，就是"花开花落，岁月惊心"和"恨此身不为须眉，绵绵之思，无计回避"。 诗的内容是励志和抒情，但是归结为夫子的话，就是"不患人之不己知，患其不能也"，也是有这样的一种立意吧。 当时是"辛酉孟冬"，就是1981 年。

童：谢谢！ 刚刚谈的是恋爱阶段，现在渐入佳境，到结婚阶段了，下面我们看一副很珍贵的、张老师刚刚提到的许永璋先生的笔墨。 请当事人来念一下，会有不一样的感觉。

张："瑶池绮户北窗开，陋室雕龙气象回。 鱼水欢情天地阔，文心双照凤皇台。"第二首是"昔年吟咏缔交情，欢愈深时学愈精。 海外有人传信息，汉诗春汛在东京"。 当时我们送结婚喜糖给许先生，他就写了这两首诗贺婚，还有一段跋尾："北窗、陋室两诗棣既同笔砚，又结丝萝，美满姻缘，人咸健羡。 香糖见贻，悦口娱心。 报以小诗，祝偕老百年，文心双照。"陋室、北窗这两个斋名的使用到这地方也就结束了，我

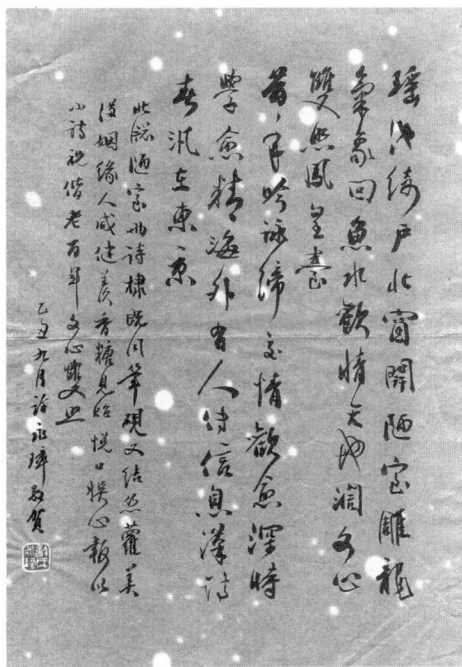

许永璋先生赠诗手稿

们自己的人生从本科学习进入到下面一个阶段，硕士博士阶段了。

童：这是 1985 年。 刚刚曹老师提到斋名仰慕古人，当时住在集体宿舍，下面我们看一张非常珍贵的在集体宿舍的两位老师的合影。 这是什么时候啊？

曹：这是在南园六舍，算是第一个安乐窝。 从这时候开始就是朝南住了，是"南窗"，可以看得出来还有煤油炉，旁边有高低铺，上铺全是书。 能放书的地方都是书，也小小有一种坐拥书城的感觉。

童：这个宿舍当时有多大？

张：18 平方米。

童：这次我们请两位老师的联袂演讲，题目里面有三个斋名。 看到第一个斋名"日不知斋"的时候，读文史哲的同学都知道清代顾炎武有一本非常著名的书《日知录》，那这里为什么叫"日不知斋"？ 我们请教一下张老师。

张："日不知"是我有意识地起斋名的开始，那时候在读硕士，有一天读黄季刚先生的一篇文章，上面说到"学者当日日有所知，日日有所不知"。 当时我想，"日日有所知"，其"所知"并不一定是"真知"，"日日有所不知"，其"不知"就是其所知，这才是真正的"日日有所知"。 所以我就取了一个斋名叫"日不知斋"，写"日不知斋"日记，还请朋友给我刻了一方印，就是上面的"日不知斋"。 我觉得自己当时的作为也还配得上这个斋名，那就是非常地努力，我在使用这个斋名的时候还是在读硕士，就是从 1982 年春天开始，我们虽然是 81 年的硕士，但是在 82 年 2 月入学，到 84 年 10 月毕业。

这里我列了一份当时的写作论文的清单，这些论文后来都是发表的。 82 年的春天写了《李义山诗的心态》，这篇文章写作的时候在谈恋爱，李商隐的诗最出名的就是爱情诗，研究一下情诗可能对人生和爱情有点理解。 而这些李商隐的诗偏偏也特难理解，那就想办法怎么样去理解它，写的时候也有当时的一些体验，也用到一些方法。 我特别强调一个研究方法的问题，能不能用比较新的方法作出一些新探索，发表的时候已经是快结婚了。 第二篇《锺嵘〈诗品〉谢灵运条疏证》写于82 年 7 月，《李白的时间意识与游仙诗》是 83 年 3 月，《金代诗风与王若虚诗论》是 83 年 4 月，《杜甫江村诗心说》是 83 年 7 月，《应璩诗论略》是 83 年 11 月，84 年大半年写硕士论文《以意逆志论》，然后 10 月就毕业拿学位了。 85 年 10 月写了《锺嵘〈诗品〉的批评方法论》，那时候还没有用新的斋名，这篇文章在第二年刊登在《中国社会科学》上，后来还得了南京大学研究生院第一届的新星科学奖。 总之用这样一个斋名就是逼自己非常努力，必须日日有所不知。 如果讲斋名和进德修业的关系的话，这个斋名大概就是这样一种关系。

童：谢谢张老师对第一个斋名"日不知斋"给我们做了一个精彩的解剖。 下面第二个斋名是"适其适轩"，我们请曹老师跟大家分享一下。

曹：说到"适其适轩"，这取意于《庄子》，庄子特别强调不要"适人之适"，而要"自适其适"。 我读硕士的时候，跟王气中先生专门精读《庄子》，理解到庄子的思想其实有一个特点，是贵在持守真性，要摆脱世俗之累。《庄子·骈拇》中有这样一个比喻："凫胫虽短，续之则忧；鹤胫虽长，断之则悲。"如果非要把短腿野鸭用鹤的胫截下来补的话，用郭象的话来说就是"违失本性"。 我自己因为读《庄子》的原因，不知其然而然的就喜欢庄子的这种境界。 庄子说什么叫"适"呢？

"忘足，履之适也。 忘腰，带之适也。 忘是非，心之适也。 不内变，不外从，事会之适也。"我的理解是，人能凝神淡定，才能遇事找到自然的契机，才能有遇事之安适。 还有一句是"始乎适而未尝不适者，忘适之适也"，就是说最本真、最高级的"适"，就是把"适"也忘了。 庄子说过"善游者忘水"，最善于游泳的人实际上是忘了水，最高的"适"就是把"适"也忘了，可见我起这个"适其适"的时候还不是最高的"适"。我觉得我们作为学者，如果把庄子的思想看得过于与世无争和不思进取，这样就落于一边，消极化了，实际上可以把它转化为一种"笃于学"。

我最近在整理韩国人的辞赋，韩国 16 世纪的一位赋家有这样的句子，我觉得正好能说明这样一个意思，就借用一下："心已驰于外物，业何望于内笃。"其实庄子也是教我们凝神，"内凝于神"，要"澡雪精神"、"疏瀹五脏"，这样我们才能不辜负自己天赋的才华，就像刘勰在《文心雕龙·神思》篇中说的，能"陶钧文思"，写出真正有见解的学术文章。

童：谢谢曹老师。 因为我自己关注六朝，曹老师早年有一篇关于魏晋王弼的文章，没有收在后面自己的论文集里，只是收在程千帆先生八十寿诞的纪念文集里：《从老子的"观"到王弼的"忘"》，我自己很喜欢这一篇。 请教一下曹老师，这篇文章当时是怎样的写作背景。

曹：刚刚谈"适其适"的时候也说到道家的"忘"的一个范畴。 我跟随程先生读博士的时候，读道家的书，特别是读玄学的，恰好是在 86、87 年。 读老子、庄子，特别是王弼的一些著述，于是就写了这一篇文章《从老子的"观"到王弼的"忘"》。 现在特别要提一下的呢，是当时我正好怀孕，我希望这也能成为一种胎教，希望孩子也能够"陶钧文思"、"澡雪精神"。

张：他现在法国读博士，前时我应香港《国学大视野》之邀，为这个刊物写了"卷首语"，我发给他看，他的回应很得我心："卷首语中'自立于而不自外于，独立于而不孤立于西方学术研究'的态度格外值得遵循，唯有如此中国的学问才能真正展开与西方世界的对谈，走出模仿或对抗的误区，回归对世界文化共同的眷恋与追索，由此内在地成为一个平等的对话者，并最终走向学术与人格的完成。"

童：在座的同学以后为人父、为人母，胎教的时候也可以读一点老子和庄子，不一定只是教外语（笑）。手头这本《禅与诗学》，是我大学时代钞过的一本半书，一本是上古版的《唐代进士行卷与文学》，半本就是浙江版《禅与诗学》，因为钞到一半时，张老师送了我一册，于是就不钞了（笑）。我注意到此书的《后记》里张老师题的一个斋名，并没有出现在本次演讲这三个斋名里面，《后记》最后署的是一句"独自开门，满庭都是月……1991 年 10 月 23 日于粒粟斋"，张老师可不可以介绍一下这个"粒粟斋"？

张：刚刚讲的"日不知斋"，精神意态是比较偏重于儒家的，"适其适轩"当然是道家的，"粒粟斋"就是佛教的。从 86 年开始，我经常读《大藏经》，因为特殊的机缘得到一套《大藏经》，就在禅宗典籍中读到了这样的话，比如"一粒粟中藏世界"，粒粟很小，但它藏着无限大的世界，三千世界纳于须弥。"天在一粒粟中"，等等。我们的房子很小，当然可以说是"粒粟"，可是我这么小的房子里有《大藏经》，深入经藏，智慧如海，那可就不小了。所以我就起名叫"粒粟斋"。当然从学习的角度来讲呢，那个时候我读了很多佛教的东西，结果就写了这么一本书《禅与诗学》。当时哲学系的赖永海老师约我写这本书，我原来的计划还有三分之一的内容，但是编辑说你必须要交稿，我说还有一部分，她说你现有多少字，我说 18 万字，她说可以了，剩下的以后再说吧，就为她的"以后再说"，从此那部分就没有了。 但是写完那本书以后，我觉得有个问题，就是对禅宗文献泛览太多，没有专精一部基本典籍。 所以后来又做了一个弥补，就是把禅宗语录当中最重要的一部《临济录》做了一个注释与翻译，这总算稍稍弥补了一些缺憾。 这就是与粒粟斋相关的学习故事。

童：刚刚张老师提到的《临济录》是在台湾出版的，是吧？

张：对。

童：很可惜现在大陆还没有，不然的话，同学可以在看张老师这一本《禅与诗学》之外，对读那本专精的《临济录注释》。 前两天为了准备这个讲座，我斗胆请曹老师把家里压箱底的照片翻出来，包括家书，甚至还有 love letter，不过翻的过程中，看到两张很有意思的，不能算家书，不能算 love letter，应该算便笺，大家猜猜这是张老师的笔迹还是曹老师的。

曹：我来说一下吧。 这个是张老师的笔迹，应该是 2001 年从日本回国的时候，有一个信封里面收了一些当时邮书回来的邮单，还有在京都大学借书的借单，还有记事本上撕下来的几页他写的几行字。 其中就有一些研究课题的想法，比如说有"东西方视野里的中国"、"中国视野里的东方与西方"，后来他就是在逐一实现这些构想。 还有一些课题更加专门，比如说涉及诗学交流的"日本诗话与中国诗话"，比如"唐人书论与六朝文论"，这是文学和艺术的结合，因为张老师喜好跨领域的研究，当然他在方法上也会显出一些综合性。

童：我为什么会扫描这一张呢？ 刚刚曹老师介绍，这写在 2000 年前后，可能是 90 年代。　最近南开大学的孙卫国教授对域外汉学界的情况写过一篇综论的文章《东亚汉籍与中国史研究》，开头第一段就说现在有一个趋势，就是从周边看中国，史学是葛兆光教授，就是刚提到同为 77 级的大名人，文学便是张伯伟老师。　其实，在将近 15 年前甚至更早的时候，张老师就有这个想法了，"东西方视野里的中国"，所以这张笔记我特别扫描出来。　还有这篇"日本诗话与中国诗话——以出典论为中心"，可能熟悉比较文学的同学都知道，日本的小岛宪之有一本《上代日本文学与中国文学》。　另外右边这张"唐人书论与六朝文论"，我记得后来张老师给香港的冯翠儿师姐做了后面一部分，冯翠儿的博士论文可能最近要在花木兰出版社出吧。

刚刚是听张老师和曹老师各自介绍自己的斋名，但讲座的题目是"伉俪"，那伉俪有没有共同、共用的斋名呢？

曹：这也是我们的一种荣幸，我们的老师程千帆先生赐的斋名——"静好轩"，他的书法也扫描在这里，先生后面的题记是这么写的："伯伟、曹虹贤俪习于诗教，因取《鸡鸣》语为作斋榜。　丙寅春分闲堂并记。"《诗经》原句是"琴瑟在御，莫不静好"，其实更加宝贵的是，这原来是沈祖棻先生的斋名，她的学生卢兆显刻的印，"静好轩中长物"，"子苾师惠存"，是一方藏书印。　沈先生是著名的词人，跟程先生是四十年患难夫妻、文章知己，程先生把这样的斋名和藏书印赠与我们，是寄予了他美好的祝福，我们非常感戴。

程千帆先生题"静好轩"斋名

童：下面我们再看一些程先生的图片。

曹：程先生八十华诞的时候，我们为他庆贺，这是在会场跟他的合影，算起来（张：1992年）是23年前。 其实我们一家人读书的快乐有时确实不在于书斋的大小，当我们在南秀村的居所里面，把最大的一个房间拿出来三个人合读书，大概也就是十四、五平米吧，其他的房间都很小。

一家人合用一桌读书

童：这个画面很有意思。 这封是家书还是……？ 我只看得见下面的"1997年"。

曹：这是1997年我在韩国任教的时候，张老师的来信，家书吧。首先他有一种惜时的感觉，他觉得当时到了十一月下旬，真有点岁月惊心的感觉，我们就是二十年前参加高考的，所以联想到了鲍照的《拟古诗》，诗中说"幼壮重寸阴，衰暮反轻年"，所以要惜时。 又提到周二给学生讲鲍照的《芜城赋》，张老师说"物质上的芜城易于为人感受，古人每多吊古伤今之作，但是精神上的芜城、文化上的芜城，惟大作家、大诗人方能了解感受，并以笔括写之。 陶渊明在六朝文人中，似可当之，评价文学作品的深度，此似亦可考虑之一角度。"我觉得张老师这话放在今天看，现在我们可能会觉得物质上越来越完足，可是如何保留精神上，或者文化上的一种完足感，可能还需要付出一些努力吧。

童：下面进入新世纪，2004 年的"二庵"文库，请张老师给我们介绍一下。

张："二庵"不是斋名，是号，为什么号"二庵"呢？ 我在 2004 年的时候，有天突然想起了龚自珍龚定庵、王国维王静庵，他们两个人各自的一句诗，我觉得用来描写我中年的状况非常相似。 龚定庵的诗是这样说的，"狂胪文献耗中年"，当然我把它抽出来，已经没有龚定庵那种愤世嫉俗的意思在里面了。 我纯粹把它作为一个描写，一个写实，"狂胪文献耗中年"。 我在 2000 到 2001 年在日本京都大学客座了八个月，有一次花园大学的衣川贤次教授请我去参观禅文化研究所，花园大学是一个非常小的大学，可是禅文化研究所却是一个影响很大的机构。最让我感动的是，它的藏书是以柳田圣山的个人藏书为基础建立起来的。 我当时看到心里就发了一个愿，我要以我的个人藏书为基础，为南京大学域外汉籍研究所建立一个书库，所以就有了这个"狂胪文献耗中年"。

可是接下来一句也是实情，"但解购书那计读"，这是王静安的诗句。 就是只知道买啊、复制啊，可没时间去读啊。 所以呢，书买来以后，放到研究所里面，我就是给大家来读的，给全世界的人来读，有人愿意来读，我就最高兴。 我们的资料都是公开的，让大家都来使用。所以这方印刻了一个"二庵文库"，请我们美术学院的方小壮，他也是我们中文系的学生，请他帮我们刻了这么一方印。 在这个过程中，得到了曹虹老师很多的帮助。 她刚讲到 1997 年的时候在韩国高丽大学工作，大家要有印象的话，97 年是东南亚金融危机，但是韩国的书没有涨价，所以回国前就用她的薪水购买了第一批的《韩国文集丛刊》，我估计总有100多本，现在有500本了。 我记得大概出到300多本的时候，有一次韩国古典翻译院的院长来参观，听说这些书是我自己买了，放在研究所里面给大家来用，他很感动，他就说"以后我们翻译院出版的书就是你们研究所的书"，那意思就是说"你不要再买啦，不要再花钱了"，所以后续的大概有100多本就是他们送的。 但是最开始的这套书还是曹老师买的，所以盖在那套书上的印是特别的一方印——"静好轩中长物"，属于两个人的。 是她提供的钱，她一年在韩国的劳动所得。

童：这幅图上就是张老师提到的《韩国文集丛刊》，现在这套书就放在研究所里，大家可能听过"公车私用"或者"私车公用"，我们张老师是"私书公用"，研究所最早在鼓楼高研院九楼的书库里面，可能百分之八十以上都是张老师的私人藏书。 这几年换到文学院来，地方大了点，但是至少一半以上也是张老师的私人藏书，而且我们域外所是什么人都可以进去看的。 进去之后，《韩国文集丛刊》可以随便拿一本，不会有人说你是来捣蛋的（笑）。 刚刚提到买书是曹老师的钱，是张老师寄回来的，我们还保留了一张珍贵的史料，大家看一下，请曹老师来介绍一下。

曹：这是另外一码，刚刚说的韩国书店很好，它免费寄回来，这个是又隔了几年，20公斤一箱，大概有20箱。 正好单子还在，我就是寄来书籍的接受人，日期是2001年3月26日，日本的寄费昂贵。

童：这是2001年，我们按照时间顺序继续，张老师提到的域外汉籍研究所，这是我们研究所的集刊，已经出版到第十辑，也欢迎在座的同学、老师给我们赐稿。 这是张老师编纂的《朝鲜时代书目丛刊》，一共九本，编这个书的时候，我非常荣幸，当时我是研究生，张老师指导我编过书目索引,当时像老辈学者说的那样,在鼓楼中文系二楼,张老师指导我不用电脑,就是剪刀浆糊,剪啊、贴啊。 一个大夏天,做完之后学到了很多,这本书几乎是做这个领域的学者的必读书。 后面这幅书法,还是请张老师自己介绍一下吧。

张:我们域外汉籍研究所成立以后,就举办读书班,但光读书不行,还要喝酒,所以读书班开班那天我就找我的学生,一个香港学生,她的书法不错,就是刚刚你提到的冯翠儿。 我就从日本的第一部诗集《怀风藻》的序里面选出了两句,我觉得蛮合适的,上面一句叫"旋招文学之士",因为读书班的人嘛,都是文学之士啊,大家一起来,然后除了读书以外,还干什么呢?"时开置醴之游",经常在一起喝点小酒,然后请她写成了一幅书法作品,大概就是这样一个来历。

童:刚刚是 2004 年,现在进入我们讲座中的标题"百一砚斋"。

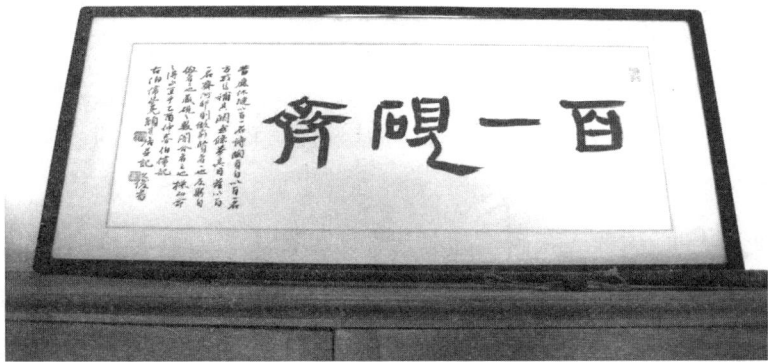

"百一砚斋"匾

张:这个"百一砚斋"一直用到现在,我也是有意起这个斋名的,我写了一个题记,说应休琏以"百一"名诗,陶贞白以"百一"名方,或匡补其阙,或条举其目。 兹以"百一"命名,意思有三:何耶?"则效前贤者一也,反躬自傲者二也,藏砚之数暗合者三也。 采而命之,得非宜乎?"有个朋友看了以后,觉得我这个题记写得没有趣,本来是好玩的事情,搞得那么严肃,还要"反躬自做",没有必要,可以轻松一点,可见我这个人有时候也不怎么好玩,幸好现实生活中也不是常常板着面孔。 下面用一句比较有趣的话,纪晓岚的,其实这句话更符合我的意思:"文人之爱砚,如美人之爱镜。"好像有一部美国的好莱坞电影就是写一个美人迟暮以后,把屋里所有的镜子通通砸掉,但是美的时候她爱镜子。 我一直认为自然界中的精华是石头,人世间的精华应该是人的才华。

童:"百一砚斋"这几个字出自哪位书法家?

张:这是我的研究生同学丛文俊写的,他现在是吉林大学的教授,他的书法现在很有名了,他可以说是书法家里面最有学问的,也不是说其他书法家没什么学问,他确实是很有学问。

童:下面我们看一下张老师藏的一些砚台。

张:我要讲一方砚台,我总觉得老天爷对我是很不错的,标志就是在人生不同阶段的关键时候,老天爷常常会赐给我一个梦。

我40岁的时候,在越南做了一个梦,梦大概是这样的,我们需要进入一个时光隧道,在进入之前,有人跟我讲:进去以后,一旦发出声音就很难出来。 我说"好,行行行"。 接着好像是在一条河流上面疾驶,两岸能看到很多东西,突然看到岸边有个男人在狠命地打一个女人,我就失声"啊!"结果我就出不来了。 但是最后还是出来了,时间已经过去了300年。 我就找南京,南京还在,又找南京大学,南大还在,然后找中文系,中文系也在,我见到两个中文系的年轻人,就问:"你们知道中文系以前有个人叫张伯伟吗?"他们说从来没听说过,我说这个人那时有很多书的，那些书后来全捐给中文系了，那些书应该还在吧？"你说的那些书啊，都几百年前的事了，我们现在读的书都不是那个样子了。"所以没有，什么都没有。 那是 40 岁的时候做的一个梦，我感觉上帝在启示我：个人，怎样来说都是渺小的，但事业是永恒的、是伟大的。

然后就是 50 岁时做的梦，那年在台大客座，我记得是 2008 年 1 月份，梦见自己藏的这方砚台，那么多砚台，就梦见了这一方，它后面有一个砚铭："曾文正以'求阙'名斋，余得此阙砚，名曰'宝阙'，以定石交，并希先哲。"后面还有比较大的字"不求其全，以保天年"，"曼生壶铭"。 陈曼生的紫砂壶做得很好，他有把壶上面的铭文就是"不求其全，以保天年"，所以主人用来铭砚。 其实我们人生中很多时候都是在求全，不求全不是说一个人不求上进，求全往往是求最后的功德圆满，可是就算求到了那个结果，接下来就可能走下坡路，何况你即便付出了无限的努力，也不一定就能求得到。 所以，"不求其全"破除了"求全"的痴妄，但还是没有达到曾文正公的"求阙"境界。 有 95 分成绩，但眼里却是那 5 分的不足，这便是求阙，所以人生可能更重在过程，我想这就是为什么曾文正很喜欢说"但问耕耘，不问收获"，在耕耘的过程中，不可能是全的，但是人生就在这样一个求阙、补阙的过程中不断地前行、不断地向上。 我是这样理解的，我觉得这是上帝在我 50 岁的时候给我的一个启示，我也很感谢上帝。

童：张老师跟我们讲了他 40 岁和 50 岁的梦，特别是讲 40 岁梦的时候，

宝阙砚

我听了有一点类似于六朝人《搜神记》、《述异记》的感觉，日本、韩国的围棋高手喜欢拿一个折扇，上面会写两个字"烂柯"，典故也是出于六朝的时候，一个樵夫到山上去砍柴，看到两个人（一个版本说两个仙人，一个版本说两个童子）在下围棋，他在旁边看，童子或是仙人怕他饿了，给他吃了一个枣子，吃了就不觉得饿，一直看。两个人棋快下完了，就跟他讲，你怎么还不回去，这时他才觉得是看了很长时间了，回头一看，铁斧头已经锈了，柯就是斧柄已经烂了，他下山回到自己的家乡，就像张老师说梦中 300 年之后回到南京大学，樵夫下山，史书上讲"不复旧世"，旧世的人已经不在了，已经过去几百年了，我觉得张老师 40 岁的梦给我的触动非常大。50 岁梦的这方"宝阙"砚台，"不求其全，以保天年"，其实含有更深的人生哲学。我们再往下看一些珍贵的图片。这张，是八十年代，那个时候彩照非常少，但凡有彩照，都有来历。

曹：这一张是穿博士服，是因为比较难得才穿，到鼓楼照相馆照的，后来补拍的。

童：这是曹老师的一部分著作，曹老师太谦虚不肯说，那我就说这一本英文的吧，这本是《洛阳伽蓝记》，是个合璧本，里面附了曹老师在台湾出版的中文的全译本，以及王伊同先生的英译本。王伊同先生跟程千帆先生是上个世纪金陵大学的校友，这堪称是南大两代学者中英文的《洛阳伽蓝记》的合璧本。下面张老师的著作就更多了，其实张老师的书分域内关于中国诗论的，也还有海外的、域外的。今天我从研究所出来，收到二松学舍大学编的最新一期《日本汉文学研究》，川边雄大为张老师的《域外汉籍研究入门》写的一篇非常长的学术书评。这是张老师域外领域的一些书，我们还是选一本请张老师介绍一下吧——《风起云扬》。

张：这是 2007 年在金程宇的协助之下，办了第一届南京大学域外汉籍研究的国际学术研讨会，这是论文集，书名是我起的，"风起云扬"，大家一听就知道是出自汉高祖的"大风起兮云飞扬"，字是辑的汉隶，下方隐约的几行字出自家藏汉未央宫东阁瓦砚的铭文，取义集中在"汉"。 我们后来没有再开这个会，我的想法是十年开一次，所以如果我们条件成熟的话，在 2017 年开第二次，每十年开一次，回过头去检阅一下这十年的成绩和对未来的展望。 不过我想我最多主持到第二次，到第三、第四次的话，该是金程宇、童岭你们来主办了。

（本文删节版原载《文汇报·文汇学人》2015 年 6 月 14 日）

韩国文化散记

今年五月到七月，我应韩国国际交流财团的邀请，赴韩作三个月的研究。在东亚各国中，韩国历史上受中华文化影响甚深，特别是儒家传统，所以古有"小中华"之称。这种影响已成为韩国文化中的重要组成部分，一直延续至今。

一、先贤遗迹巡礼

六月六日是韩国的显忠日，人们在这一天悼念历史上为国家、民族作出贡献的英烈。大田市南涧祠儒会在六、七两日举行先贤遗迹地巡礼活动，我对此颇感兴趣，就和妻子（她正巧在韩国任教）一起参加了。车从大田市新都剧场门口出发，直赴水原。一路上经过的政府部门或重要地点，皆下半旗致哀。中午时分，车到水原，拜谒隆陵和健陵。隆陵即思悼世子陵，他本是李朝英祖（公元 1725—1776 年在位）之子，父子不和，竟被装入箱中致死。英祖殁后，继位者正祖（1777—1800 年在位）是思悼世子的儿子，即位后乃追认其父为王，并为之修建隆陵。健陵则是正祖之陵。韩国历史上的王陵，从三国时代开始，用土、石作为封坟，形状大致有圆形、瓢形和方形。其中瓢形是统和双坟，一般是夫妇或父子的合葬。新罗以来的王陵，大多是圆形。我所看到的庆州新罗古坟群，以及朝鲜时代的这两座王陵，其外形皆十分朴素，就是一个圆土堆。

在车上用餐后，转赴唐津。据说那里是朝鲜时代与中国贸易船的发靠港，故有此名。傍晚至宋龟峰（翼弼）先生墓所，韩国多山，这些墓所也多建在山坡上，四周环抱着参天大树。龟峰是朝鲜时代的著名儒学家，与李栗谷为友。他出身卑微，其母为奴。按照当时的规定，奴隶之子不得参加科举考试。但龟峰才华出众，乃破格而跻身两班（士大夫）之列，得众弟子的尊敬。但终不得任高官，也无法改变其母的地位。其母去世，无人敢写其墓前铭旌，最后由栗谷挥笔写下"贱婢莫德之柩"。站在其墓前，追念这些故事，令人感叹不已。

左起为曹虹、张伯伟、柳花松、赵锺业

这一天又到了舒川、连山，拜谒了李牧隐（穑）、金沙溪（长生）、慎独斋、宋同春堂诸先贤的墓所，参观了文献书院、竹林书院、遯岩书院。在六月骄阳的照耀下，无论老少，依然是怀着虔敬，急匆匆走在乡间小道上。也许，显忠节先贤遗迹的巡礼，不过是一种年复一年的形式，然而老人们在先贤的陵墓、书院前虔诚地致敬中，传统也就在不知不觉中延伸下来。在西风日烈的今天，如何在文化上既适应现代社会，同时又不失传统，对于中国人来说，是值得深长思之的。

二、芝谷书堂

到韩国之前，就听说芝谷书堂。 前几年有个韩国博士生文承勇来南京进修，恰好安排我负责指导，他就是从那所书堂里毕业的。 据说那里继承了韩国古代的书院传统，学生每天在书堂诵读儒家的经典，当然是用韩国特有的方式和语调。 现代社会中如何保持这样的传统？ 现代的年轻人何以对此拥有兴趣？ 它究竟有着什么样的吸引力？ 怀着这样的好奇心，在承勇的安排下，我访问了芝谷书堂，即泰东古典研究所。

七月初的一天下午，全弘哲博士驾车，一行三人往京畿道南杨州市方向开去。 车出汉城，一路向东驶一个多小时。 楼越来越小，路越来越窄，最后开进了仅容一辆小车行驶的乡间小道，周围是玉米地和稻田，远眺则是四面青山。 路边忽现一门，其实是两根相对的砖柱，刻着"泰东古典研究所"七个字。 里面有一座三层楼的建筑，再有两排平房和一、两个亭子，这么小小的规模，就是大名鼎鼎的泰东古典研究所。

书堂初创于 1963 年，由现任所长任昌淳所创。 此地名芝屯里，又在山谷之中，也许就是"芝谷书堂"得名之由。

这是一个很有特点的教学研究单位。 大学毕业以上，男二十八岁、女二十五岁以下即具备入学资格，男长三岁是因为要当兵三年。入学考试科目有英语、汉文（主要是解释古文）、写作（用韩语）。 学制三年，三年的课程，几乎全是中国的古典。 如一年级读"四书"，教学方式是讲读和背诵，考试方式也是背诵。 如要求在一个或一个半小时内背完《论语》，四到五个小时内背完《孟子》。 二年级读"三经"，指的是《诗经》、《书经》、《易经》，亦要求背诵。 考试方式是解释和填空。 三年级读其他古典，如《史记》《左传》等。 也可选修中国文学、国文学（指韩国文学）、哲学、政治、美术、音乐、书法等。 我又参观了学生的宿舍，一人一间，大概七、八个平方米，桌上都放着电脑。《四书》有的是朱熹的集注本，有的是韩文译本，还有的是英译本。 在古典氛围中也透露出一些现代气息。 学生心甘情愿地远离都市，在山谷里接受这样的训练，似乎纯粹是为了求学。 十多年来，这里毕业的学生约有三百人，目前在校还有二十八人。 在韩国我接触过不少青年学生，总的印象是单纯，不像中国学生考虑实际利益太多。 而这里的学生，更是纯之又纯地以追求知识为目的了。 想到这里，一种惆怅之情油然而生。

"芝谷书堂"所长任昌淳先生，已八十多岁，但精神朗然，颇有风骨。 全弘哲博士告诉我，任老的学问很好，连汉城大学的教授都对他很尊重。 我刚巧上午在亚细亚文化社购买了一册《翰苑》，解题就出自他的手笔。 相见后稍作问候，就要我题字相赠。 我自知毛笔字见不得人，他们却再三地说，不在于字写得好坏。 所长拿来题字册，前页是任继愈先生所题。 不得已，我只好提笔在后写下"人能弘道，非道弘人"。 所长见后非常高兴，取来一册《泰东古典研究》题签后送我。任所长是海东名笔，题签也写得苍劲挺拔。

记得去年五月访问韩国的成均馆大学，这是一所儒教大学，每年都要举行祭孔仪式。 我去参观学生的宿舍，宿舍名称都取自《礼记》，有"博学室"、"审问室"、"慎思室"、"明辨室"等。 宿舍墙上也都挂有孔子的画像。 这次听说在汉城市内，也有类似芝谷书堂的机构，即传统文化研究院和儒林会馆。 芝谷书堂不是一个孤立的存在。

三、鹤山赵锺业先生

忠南大学校汉文学科的赵锺业先生，号鹤山，今年六十七岁。 鹤山先生去年退休，他在韩、日、中诗话的整理和研究方面贡献卓著，所以退休时，忠南大学校为了表彰其研究业绩，同时举办了国际东方诗话研讨会，并筹建了国际东方诗话学会。 我因为专业的缘故，与鹤山先生早有书信往返，去年也曾赴韩参加会议。 去年底，他来南京小游，也同样是来去匆匆，未能从容论学。 这次在韩研究期间，他的"宋子学研究所"是我的工作地点之一，因而有较多的机会进一步了解其学问与为人。

从学术渊源上讲，鹤山先生和我同出一脉。 1977 年到 1984 年期间，他留学台湾师范大学国文研究所，师事高仲华（明）、林景伊（尹）二先生，这两位先生都是黄季刚（侃）先生的弟子。 而我的老师闲堂（程千帆先生）、绕溪（管雄先生）也都是黄门弟子。 从这个意义上说，我们都算章黄学派的传人。 当然，从实际年龄和学问上讲，我是不敢和鹤山先生相提并论的。

左二为赵锺业先生

韩国与中国的文化渊源很深，传统上的文化人即使不能说汉语，但都能作汉文汉诗。《韩国历代文集丛书》共计三千册，都是用汉字书写的诗文，拟在 1999 年出齐。 仅此一端，就可知其历史上汉文化积累之厚。 不过到了当代，能作汉文汉诗的已越来越少了。 鹤山先生少年时期从直庵李喆承先生学，通读四书三经、唐宋古文和先贤文字，有《戊子夏课》、《祝犁夏课》、《庚寅夏课》，是十九岁到二十一岁的练习，皆以典雅的古文所作。 鹤山先生学有渊源，是当代韩国学界少数能作汉诗文的学者之一。 我第二次到"鹤山文库"拜访时，他馈赠高丽扇一柄，并自书扇面曰："纸白而竹黄，文质彬彬；卷直而开平，体用方通。君子以行夏之时，其德也风。"这是从宋子（尤庵）的扇铭中化出。

　　鹤山先生对中国有很深的感情。 他在台湾求学时，逢时过节总有中国老师把他请回家，令他终生难忘。 到大田去的中国学者，也总是多次受到他的款待。 留学归国前，他曾请高明、林尹诸师题写册页，装订起来总题为"物外高情"，使人联想起朝鲜时代的文化人，入中原与清代文人的交往，将谈话、赠诗、书信汇编成册，题曰《海邻尺素》（取意于"海内存知己，天涯若比邻"）、《天涯知交书》、《缟纻集》等。他去年底来南京，见到了他的老师当年学习和工作的地方，留下了美好印象。 我们期待着鹤山先生的再度光临。

（原载《江苏统战》1997 年第 11 期）

日本京都大学中国文学研究室印象略记

1992 年 7 月 10 日至 8 月 30 日，我应日本京都大学文学部之邀，在日本作了短暂的五十天之旅。 总括五十天的生活，似乎不外读书、讲书和访书。 虽然三年多过去了，记忆也不免有些模糊，但当时的许多感受却依然那么亲切。 在冬天的寒夜里，灯下独自怀想那些充满温情的山川人物，仍然能够感受到不绝如缕的丝丝暖意。

我到京都大学，名义上有两件事，一是参加京都大学中国文学会年会，并且作一次学术报告，二是参与"京都周围现存汉籍古抄本研究"项目的工作。 这一项目很有意义，京都长期以来传承了博士家的学问，京大附属图书馆所藏文献便是从清原家传来，集中了相当多贵重的古抄本。 项目的研究计划，是要通过对关西地区汉籍古抄本的实物调查，对其版本系统、特征以及抄写形态作正确记述，并且写出解题。除了校内所藏者外，还会关连到东京所藏古抄本、天理图书馆藏书、杏雨书屋所藏内藤湖南旧藏书以及大谷大学藏神田喜一郎旧藏书。 后两位都是非常著名的汉学家。 可惜的是，因为在假期中，研究项目的工作不可能全面展开，我实际上只是参加了一次对京大附属图书馆的善本书库的参观和调查。 从前在国内读过一篇文章，说到京都去适宜两个目的：游山玩水和读书讲学。 我有三个月的签证，便利用整个暑假尽可能地接触京都的山川、人物和学术。

到京都的那一天，正是中国文学会年会召开日。 京都学派系统的学者从全国各地赶来，我在这次会议上见到了许多暌隔已久的旧相识，也新识了一些慕名已久的东瀛学人。晚上举行了"恳亲会",实际上是自助形式的酒会,气氛轻松随意,大约一个多小时结束。然而一些意犹未尽的师生又换了一个酒馆继续喝,日本人称作"二次会"。这次人员比较集中,大多数是京大文学部中国文学研究室的师生,也包括京大人文科学研究所的人员。和"恳亲会"站着喝的形式不同,在小酒馆里,不分师生,不分长幼,大家一律席地而坐,有一种更为亲切的气氛。日本学生平时见到老师都是毕恭毕敬,老师见到学生也大多不苟言笑,而这时都可以相互敬酒,谈笑风生。我第一次参加这种形式的酒会,大家尽情地谈论学问,交流心得,没有一句世故客套的话,让人领略到人情之美。酒阑夜深,我看到一位人文科学研究所的小姐醉倒在地上,样子十分可爱,想起陶渊明"造饮辄尽,期在必醉"和"我醉欲眠卿可去"的话,其情态应该是依稀仿佛的吧。

我的学术报告则安排在 7 月 15 日的下午,共有两个题目,我讲的是"宫体诗与佛教",另一个报告是我的妻子曹虹(她当时正在京大进行合作研究)讲的"陆机赋论探微"。虽然那天下着雨,但仍然有许多学者参加,像入矢义高教授、清水茂教授都已退休,也兴致勃勃地冒雨前来。此外,从大阪、奈良、神户、宇治等地也赶来一些学者,令人感动。即此一端,就可以见出日本学者对学术的重视。世界上研究中国传统学问的人,几乎没有不知道京都学派的。假如以内藤湖南、狩野直喜代表第一代的话,吉川幸次郎、小川环树可说第二代,到了现在,京大中国文学研究室的兴膳宏教授、川合康三副教授和平田昌司副教授,已经是第三、第四代了。兴膳宏教授著述宏富,在中国也享有盛名。1990 年在南京大学召开唐代文学国际研讨会,曾经有缘相识。是在酒宴上,边喝边谈。现在只记得他问我一个问题是对于诗话的总体看法,我回答说:用孙兴公评陆士衡的话说,是排沙简金,往往见宝。并承蒙首肯。这次见面,更加感到亲切。兴膳宏教授特别爱喝酒,知道我亦有此好,所以多次相邀,老杜诗云:"何时一樽酒,重与细论文。"可见论文应该是离不开酒的。 川合教授是第一次见面,他的话不多,但给人的印象是随和的。 读他的文章,则觉得极为敏锐。 平田教授则在南京大学留过学,当时我在读本科,就听说有一位日本留学生特别用功。 后来也常有联系,其学问更是日新月异,气象万千。 京都学派能始终保持儒雅风流于不坠,实在有赖于一代又一代出类拔萃的学者。 这种传承在形式上也有所表现,譬如兴膳宏教授的研究室,就是吉川幸次郎教授使用过的;平田教授的研究室,以前是清水茂教授的。我想,如果在南京也有教师专用的研究室,而我用的恰好是过去黄季刚或胡小石先生使用过的,恐怕也会有一种特殊的心情的吧。

左起为木津祐子、张伯伟、兴膳宏

当时在中文研究室当助手的木津祐子(现在是同志社女子大学的讲师),她原来也在南京大学留过学,除了学问基础很好之外,还是一位很有活力的女性,热情、健谈且亦好饮酒。 她代表的是更为年轻一代的京大学人,他们虽然不能写出漂亮的古体诗文(这在中国学界也是如此),但口语都相当好,而且往往还兼通英、法、德等国的文字(平田教授还通梵文)。 特别是学术研究的方法,目前京大中文研究室的学者，也能在不失以考据、资料擅长的基础上，力图在理论上有所开拓。文学方面固然如此，而研究中国语言学的师生，学术思想也都很活跃。如平田教授的徽州方言研究，使用的当然是传统的方法，但是他的"科举制度与中国语学"的研究课题，则是全新的领域。日本学者的刻苦努力，在京大表现得尤为突出。以吉川雅之君为例，他也是研究语言学的，中文很好，而且会说广东、潮州甚至江苏省的南通方言。他常常一天吃两顿饭，每顿也吃得不多。据说这也是效仿他的平田老师当年做学生的时候，因为经济限制，饿了就是喝咖啡（日本的咖啡是很便宜的）。他的南通方言是跟我的妻子学的。妻子出于关心，常常会有意多带一些饭到研究室去，以便和他分而食之。但是在购买书籍和研究所需的器材时，他却是不吝重金。说到买书，京大学生也有方便的地方。京都有一家朋友书店，专门经销有关中国学方面的书，店员定期到学校，将书目送来，选定以后，到时店员再把书送来。除了可以打折以外，也可以赊欠。但日本书价极其昂贵，学生在买书上的消费仍然是惊人的。

与平田昌司教授合影。上悬条幅为先师所书

在去日本之前，我查阅过《东洋文库汉籍丛书分类目录》以及京都大学人文科学研究所和蓬左文库的书目，所以到了京都以后，就可以按图索骥。 这次搜罗的范围是有关域外汉文学的资料，特别是日本和朝鲜的资料。 除了在东京的神保町旧书店、东洋文库、东京大学文学部的小仓文库（小仓进平教授是专门研究朝鲜学的，生前是东京大学文学部的教授，去世后将藏书贡献给文学部，乃为之专立一"小仓文库"）以及在名古屋的蓬左文库收集的资料以外，多数资料还是在京大所获。京都大学附属图书馆内的河合文库，也是以收藏朝鲜古籍为特色的。此外，无意间还发现一部汉城大学附属图书馆的《奎章阁图书目录》，如果以后有机会去韩国，亦可以按需要查访了。 朝鲜曾经是日本的殖民地，当时不知出于何种目的编写的《朝鲜古书目录》和《朝鲜图书解题》，在学术上还是有价值的。 这些书只能复印。 日本的复印一般是10日元一张，不论大小，当然都是自己动手。 我找到一家最便宜的，7日元一张。 偶尔翻阅当时的记录，有这样一段：

> 以上十二种书九二年八月四日下午二时至四时三十分复印，独立奋战两个半小时，耗资五千零五元。

虽然复印间有空调，记得我当时还是大汗淋漓，然而收获也是巨大的。

京都的自然环境也是值得一书的。 清幽、宁静，像是个城市山林。 一条鸭川，差不多穿过整个京都市区，水又清又急，哗哗的冲击声似乎能荡涤掉人心中的种种欲念和浮躁。 散布在京都市内的大大小小的寺庙，特别是坐落在比叡山上的延历寺，好像镇定了整个京都市的情绪。 京大北白川校区附近的"哲学之道"，据说就是日本一代哲学宗师西田几多郎当年散步、沉思的地方。 这样的环境真是太适宜于读书了。

京都学派的含义是什么？ 也许很难有一个统一的答案，据说日本学界概括为从京大出来的不问形式，只管求知的一群。 清末民初的时候，罗振玉和王国维都曾经到京都研究，他们的考据对于京都学派是有影响的。　王国维曾经回忆在京都时"生活最为简单，而学问则变化滋甚，成书之多，为一生之冠"。　他的"观堂"之号也得自京都的永观堂。　岂非山川毓秀之气，独钟此地乎？　这么多年过去了，"为学问而学问"的求学态度在京大保持得这么好，实在不能不令人尊敬。　有人说到京大去是"浸"学问而非"沾"学问，这个比喻是耐人寻味的。　可惜的是，我在京大的时间是那么匆促，走马观花所得的印象难免浮面和浅薄，这使我感到遗憾，也使我对于京都兴起了更多的未了之情。

（原载《江苏学人随笔》，南京大学出版社 1997 年）

忆南洋

一

　　我的感想是非常片断的、个人化的，它如同夏日空中洒下的阵雨，夜晚倏忽而过的流星，是旋起旋止的山谷的风，是无意间在心头掠过的人影……

二

　　很多年前我的一位同门曾向先师建议，用老师的名义建立一基金会，以奖励学术发展。先师的回答是：兹事甚不易，以子贡太少而颜回太多也。子贡善经营，他是孔子周游列国时坚强的经济后盾；颜回好读书，人所不堪的箪食瓢饮生活，他能乐在其中。首届新加坡硕士班的同学多有一定的经济基础，其中也不乏子贡，但最令人感动的是，其中有更多好读书的颜回。每当我看到他们下班后匆匆赶来上课的身影，脸上或许还带着几丝倦容的时候，内心的感动便化作一种强韧的力量，迫使自己努力讲好每一分钟的课。当同学们说，这几个小时沉浸在古典诗词的美好境界中是最大的享受，他们笑了，我也笑了。这笑容，在两年后的今天，依然是令人回味的。

与首届新加坡硕士班同学合影

三

新加坡的前身称作淡马锡（Tumasik），意为"海之国"。新加坡的名字，据《马来纪年》的说法，是在十三世纪末由圣·尼拉·优多摩（Sang Nila Utama）命名的。在他最初登上这片土地的时候，见到一头俊美的猛兽在陆地上疾驰而过，侍臣说这是狮子，于是他就将这个海岛更名为新加坡拉（Singapura）。这是一个梵文音，直译便是"狮岛"或"狮城"。很多年来，历史学家、地理学家对这样的命名表示了种种怀疑，因为在马来半岛上从未有出现狮子的记录，而在十八世纪以前，新加坡老虎成群，倒是名副其实的"虎岛"。甚至在二十世纪初，还有传说老虎跑进了莱佛士酒店，英国作家毛姆（William Somerset Maugham）曾把此事记录在他的作品中。

有人说老虎是森林之王，也有人说狮子是百兽之王。从前中央电视台播出的"正大综艺"节目，主持人曾提出过这样一个问题：狮子在森林里遇到了老虎，哪一个更厉害？ 接着，主持人又否定了这个问题，说这是不可能出现的情况。 但对于好奇心甚重的我来说，却一直希望能够得到一个答案。 终于有一天，在北魏杨衒之的《洛阳伽蓝记》中见到了这样的记载："虎豹见狮子，悉皆瞑目，不敢仰视。"更有一只盲熊"闻狮子气，惊怖跳踉，曳锁而走"。 尽管它们的见面是出于人为的安排，但毕竟使我得到了答案——狮子比老虎更厉害。

在 1819 年新加坡开埠以前，这里是一个荒凉的小岛。 新加坡的大发展是在独立以来的三十五年间，尤其是最近的二十多年中出现的，其经济上的成就令举世瞩目。 新加坡人不愧是狮城的人，不愧是拥有狮子精神的人，有了这样的精神，自然不会畏惧非洲虎、美洲豹或是北极熊的。

新加坡是一个以华人为主的社会，华人之所以为华人，不仅在于种族、肤色或语言，更重要的是拥有中华文化。 从前孔子回答学生如何治理国家的问题，首先是"富之"，让人民在经济上获得富裕；其次是"教之"，使人民得到文明的滋养。 在新加坡来说，如何使这里的华人，无论是年长的还是年幼的，更多地获得中华文化的滋养，便是一个十分重要的课题。 首届新加坡硕士班的同学大多从事着与文教有关的工作，要使越来越多的华人懂得中华文化、热爱中华文化、实践中华文化，并将中华文化传播到世界上更多、更远的角落，你说，能不是"任重而道远"吗？

十八世纪的欧洲启蒙思想家曾把遥远的中国比作一头"东方的睡狮"，我总想，当这头睡狮真正醒来的时候，这世界将改变模样——只要有山，便有绿树；只要有水，便有游鱼；只要有人，便有相亲相爱。因为在狮城，我已经看到了这样的希望。

四

新加坡四时皆是夏，一雨便成秋。 这样的气候自然适应了多种植物的生长，花草遍地，树木参天，使这个国家获得了"花园城市"的美称。　如今远在日本的京都，正是残暑和初秋的交替季节，一天中能对夏、秋两季有所感受，便使我常由东洋而想到了南洋。

早晨，当我沿着北白川和疏水骑车上班的时候，那潺潺的奔泻令我想起圣淘沙夜晚的潮水拍岸；傍晚，当我坐在房间的落地窗前遥望京都的东山和北山，那夕阳中缭绕于山间的云气令我幻觉为新加坡东海岸边的雨雾。　其实，新加坡也有山，而且是名称诱人的山——珍珠山（Pearl's Hill），可不知为什么，看到日本的山，想起的还是新加坡的海。

我曾在心里暗自比较过山水之美的区别：一个是静穆的美，一个是流动的美；一个是稳重的美，一个是活泼的美；一个是需要发现的美——"横看成岭侧成峰，远近高低各不同"；一个是自我表现的美——"若把西湖比西子，淡妆浓抹总相宜"；一个美像清茶，略加品味便使人沉静；一个美像醇酒，尚未沾唇便令人激动。　所以孔子说："知者乐水，仁者乐山。　知者动，仁者静。"虽然有区别，却不是可以随意轩轾的。

我也悄悄比较过京都的美和星洲的美：一个如风情万种的少妇，一个如天真烂漫的少女；一个美在韵味丰厚，却又不失其单纯，一个美在神采飞扬，而又自有其成熟；京都是一泓秋水，那凝眸望得让人心碎，星洲是一弯新月，那俏皮引人无限遐想……

"美不自美，因人而彰。"若把柳宗元的这句话作断章取义的理解，那山水之美全是因人情之美而显现出来。　从新加坡授课回来的人都说，那里的学生对老师特别有温情，并为之感动不已。　课前的一句问候，课后的一声道别，这淡淡的表达中所蕴含的浓浓情意，是令人难以忘怀的。　首届同学如今已经毕业，我也不再做他们的老师。　人生动如参商，似飞鸿雪泥，从此我们也许很少相见，有的人也许再也不会相见，但一时的师生也许成为终生的友人，一段美丽的邂逅也许化作永恒的诗篇……

五

到新加坡授课，在我是一件十分偶然的事，但这一偶然事件却使我的生命与南洋结下了不解之缘。 无论什么时候，只要忆起南洋，便是一个充满了温馨和浪漫的怀想；无论什么地方，只要忆起南洋，便会在心中回旋起那动人的《梅娘曲》："哥哥，你别忘了我呀，我是你亲爱的梅娘。 你曾坐在我们家的窗上，嚼着那鲜红的槟榔。 当我们在遥远的南洋……"

啊，南洋，你就是这样永驻我的心上。

二〇〇〇年九月七日写于日本京都

（原载南京大学中国语言文学专业《新加坡第一届硕士班毕业特刊》）

第二辑　书前书后

《隋唐诗歌史论》读后

《隋唐诗歌史论》一书，在绕溪师管雄先生八十诞辰之后，终于由南京大学出版社出版，与广大读者见面了。 这是他公开出版的第一部书。 绕溪师三十年代初就读于南京中央大学中文系，受学于黄季刚、汪辟疆先生之门，长于校雠训诂，其大学毕业论文即为《洛阳伽蓝记疏证》；又精于《汉书》，发表过《〈汉书〉古字论例》、《唐以前诸家汉书注考》等文。 解放后，因接任罗根泽先生的魏晋南北朝、隋唐五代文学史课，遂于五十年代中期撰成《魏晋南北朝文学史》及《隋唐五代文学史》两部书稿，对六朝文学，尤有精湛独到的心得。 十年动乱以后，绕溪师又将精力转于古代诗歌理论史的研究，开设了专题选修课，并招收了数届研究生。 然而其公开出版的著作，却只有这部《隋唐诗歌史论》。 从前章太炎先生对黄季刚先生说："人多著书，妄也；子不著书，吝也。"看来，绕溪师不仅接受了黄季刚先生的学问，似乎也接受了在著述上"吝"的特点。 更有甚者，他不仅"吝"于著述，还"吝"于发表。 他往往将书稿或文稿写成后，而且已是相当成熟的作品，久久地不愿公之于众。 如其《洛阳伽蓝记疏证》一书，三十年代在重庆中央大学任教时已修订完成，沈尹默先生审定此稿时，曾予以高度评价。 但绕溪师却并不急于出版，甚至在出版社决定出版此书时也是如此。 这在今天或许已经有些令人不可理解了，但这正是绕溪师生性淡泊处。 他最欣赏司空图"不著一字，尽得风流"二语，从中或许可见其性格之一斑吧。

国人撰写文学史，当以国学扶轮社刊行的黄人之作和上海科学书局刊行的林传甲之作为最早，至今已有八十年的历史了。文学史的写作如何才能有所突破，这是近年来学术界颇为关心，并引起热烈讨论的问题之一。有的学者认为，"突破"的关键是写作框架上的突破，应采用新观念、新方法来撰写文学史。这或许不失为一条可以尝试的途径，但它既不是唯一的，更不是绝对的。古人以为修史体例固然重要，但更为重要的还是"史识"。《隋唐诗歌史论》一书，是作者在其旧稿《隋唐五代文学史》的基础上增删修订而成。五十年代中期，高等教育部组织编写了《中国文学史教学大纲》，绕溪师在其后记中说："这本书的构架很大一部分是受了《大纲》的影响。"因此，从框架上看，这部书对既有的文学史著作并没有太多的突破，但由于作者具有史识，往往能够突破流行的拘墟之见，从而有所创获。

首先，在写作方法上，作者对建国四十年来的文学史研究方法作了回顾，大致归纳为三种方法：一是单纯地用阶级出身来判定一个作家的进步或落后，或用题材的取舍来判定作品的精华与糟粕；二是用两条线索来贯穿复杂、丰富的文学史现象，诸如现实主义与浪漫主义、现实主义与反现实主义，甚至儒与法的斗争等；三是强调文学的个性化，用心理学的方法探索文艺学的问题。作者认为，这些方法的运用都或多或少"对我国文学史研究与批评做出了某些实绩与贡献，但都还有不少地方脱离我国诗史的实际，违背我国民族的风习"。因此，他主张"结合时代、作者、作品与读者四方面的因素来论定诗史演进的规律"，这也是作者所理解的马克思主义的历史—美学的研究方法。时代、作者、作品、读者是文学在历史发展中构成的不可或缺的四要素，但在历史上，研究者却往往偏于一端，从而形成不同的学派与方法。如偏于时代的是社会历史学派，偏于作者的是心理分析学派，偏于作品的是新批评派，偏于读者的是接受美学学派。而作者提出结合这四个要素研究文学史，是想要涵括这四个学派之所长而去其偏执。应该说，这一设想对于更新、突破文学史研究的现状是有启迪意义的。

文学史是文学的历史，不是社会的历史或灵魂的历史，因此，文学史著作就应该尽可能准确、全面地勾勒出文学史变化、发展的轨迹并总结出文学史的演进规律来。本书在论述作家、作品时，非常注重将他们放在历史发展中作动态的把握。这在两个时期、两种文风的交替时代，点明其变化的征兆和演进的轨迹，尤见作者的史识。例如，在讨论隋唐之际的诗风时，作者分析了卢思道的《听鸣蝉篇》，指出了这首诗与初唐四杰中卢照邻的《长安古意》、骆宾王《在狱咏蝉》等作的渊源与联系；又如在分析沈佺期《回波乐》诗时，作者指出："这种惓怀君国，不甘隐退的积极意念，充分地显示出初唐诗人步入盛唐的过渡气象。"再如分析《箧中集》作者的诗风及元结的文学主张，指出"这种风格与主张，后来在诗歌方面则发展为白居易的新乐府运动，在散文方面则发展为韩柳的古文运动"。凡此种种，都是将诗歌史上分散的点连接成线，使诗歌历史的图卷得以再现。

作为一部分体断代文学史，较之于一般的文学通史，更有利于对某些问题作深入探讨。但能否深入，以及究竟深入到何种程度，还有待作者的学养和史识。绕溪师充分利用了这一有利条件，对诗歌史上的重大问题往往不惜重墨，肆意挥洒，因此，这些篇章也就显得精见迭出，不同凡响。例如，韩愈"以文为诗"的问题，自宋人指出这一特点后，历代批评家或褒或贬，莫衷一是。作者纵观诗歌史的发展，一针见血地指出："'以文为诗'这一艺术手法可说是'唐诗'过渡到'宋诗'的一个关键，也是韩诗在诗歌史上起一大变，同他的古文在散文史上起一大变同样是值得我们注意的问题。"并进而细致地分析了"以文为诗"的内涵，认为它包括三方面的意思：一是以写古文的思想来写诗，这就是以儒家的"道"作为思想统率。在这方面，韩愈的诗、文是一致的。古人亦有见于此者，如翁方纲《石洲诗话》卷二云："韩文公约六经之旨而成文，其诗亦每于极琐碎、极质实处，直接六经之脉。"

韩诗的以六经为主旨，即以儒家思想为立言之骨，这是他"以文为诗"的第一要义。 二是以古文的艺术手法来写诗。 对这一点，前人多有议之者。 事实上，诗与文尽管属于两种不同的文体，但并非泾渭分明，而往往能相得益彰，以文为诗或以诗为文（这两者在韩愈兼而有之）。赵秉文《与李天英书》云："少陵知诗之为诗，未知不诗之为诗，及昌黎以古文浑灏溢而为诗，而古今之变尽。"（《滏水文集》卷十九）从文学史的发展来看，后代诗人的推陈出新，从宋人到黄遵宪，其中重要的手法之一就是"以文为诗"。"以文为诗"，则"诗犹文也，尽如口语，岂不更胜？"（刘辰翁《赵仲仁诗序》，《须溪集》卷六）从这个意义上看，"五四"新文学运动在诗歌语言上的要求，也正是自韩愈以下由宋诗发展到白话诗的必然结果。 三是以散文思路与格局来写诗，所以一些诗有小品散文的情调。 如其《将至韶州先寄张端公使君借图经》诗，绝像一封手札。 书信体是韩愈在古文上的一大突出成就，自他以后，书信体乃成为散文中的一大类别，写景、抒情、叙事、寄慨，无施不可。而他进而将这一创造移入诗中，以诗代书。 发展到清代，如顾贞观《金缕曲》二首，更是以词代书。 总之，文学史上的许多现象，细究起来，都与"以文为诗"有关。 而绕溪师觑准了诗歌史上的一大转捩点之所在，作深入探讨，就较为圆满地解决了诗歌史上的这一重大问题。

前面曾提到，绕溪师对古代诗歌理论史有许多独到见解，他发表过的有关《文心雕龙》和声律论等问题的论文，在学术界都有一定影响。因此，本书在讨论隋唐时代诗人的时候也非常注重对这些诗人的文学理论（尤其是诗歌理论）的挖掘和分析。 例如对柳宗元诗歌理论的挖掘，对司空图诗歌美学的分析，都不乏深造有得之言。 另外，对一些习见的材料，绕溪师也能平心静察，得其旨意。 如李白的诗歌理论，一般人根据《本事诗》所载其"兴寄深微，五言不如四言，七言又其靡也"数语，认定李白主张复古。 但其真正的意思"并不是说五言诗不如四言诗，七言诗不如五言诗，而是说诗歌反映现实精神以三百篇的四言诗表现的最好"。 这样的解释，就更显得平正通达。

综上所述，《隋唐诗歌史论》一书虽然是在五十年代旧稿的基础上修改而成，在框架上对既有的文学史著作也并没有多少改变，但由于作者学养深厚，具有史识，有许多意见仍然是值得今人参考玩味的。 而作为一部文学史，框架固然重要，但最重要的不是"史识"又是什么呢？ 当然，就绕溪师的学术特点和学术造诣方面而言，此书并不能完全体现，而能够较多体现其学术特点和造诣的著作，又未能公开出版。历史好与人开玩笑，人生中又有太多的偶然。 不过，在生性淡泊的绕溪师看来，一切或许只是应听其自然，"不著一字，尽得风流"。 那么，我的这番饶舌也不免尽是多余了。 古人有训："诵其诗，读其书，不知其人可乎？"（《孟子·万章下》）读《隋唐诗歌史论》，稍涉绕溪师之为人，其用意亦在于此。

（原载《南京大学学报》1991 年第 1 期）

《三思斋文丛》编后记

　　本书是先师管雄先生的论文集，书名为先师生前所定，且已有大致目次。 既云"三思"，可见踟蹰，所以直到十八年前先师归道山，此书仍未付梓。 2014 年，嗣昆学长整理出一包先师遗稿，嘱我一阅，其中多闻所未闻，乃先师早年勤学之印记。 遂取其中较为完整者，重新编成本文集。 适值文学院百年院庆，又商诸徐兴无院长，得其慨诺，与其它院庆书籍一并呈交出版社。

　　全书共分六辑，第一辑为先师早年记录的黄季刚先生的论稿，内容是小学及《汉书》，不见于《黄侃论学杂著》。 季刚先生为先师最为服膺钦敬的学者，列于篇首，亦以见其学术渊源所自。 第二辑乃先师论文字、《汉书》等文，直承章、黄之学。 或亦步亦趋，如《〈史通〉论〈史记〉语抄撮》；或张大师门，如《唐以前诸家〈汉书〉注考》；或自出机杼，如《隐堂本〈洛阳伽蓝记〉校记》；或别具眼光，如《读章炳麟救学弊论》。 第三辑是文学论文，从《离骚》到黄季刚先生的诗，而较为集中的论述在六朝。 第四辑为《复华室日札》，乃先师之读书笔记，始于 1942 年 7 月 12 日，讫于 1945 年 9 月 6 日，所涉甚广，间出己见，亦多启人思。 第五辑汇集其旧诗词联语，可见先师文学才华之一斑。第六辑为先师自述生平及回忆诸作，其中两篇为"文革"中自我检查交待材料。 今年是"文革"爆发五十年，这些历史文献从一个侧面反映了当时"黄钟毁弃，瓦釜雷鸣"的人妖颠倒之世，故弥足珍贵（案：正式出版时，这两篇文献被删）。 附录为先师哲嗣嗣昆学长和及门诸弟子的文章，可略见先师之为学与为人。

先师著述本远不止此，但屡经丧乱，劫后仅存者如此，真可谓"虬龙片甲，凤凰一毛"。若非嗣昆学长之纯孝，兴无院长之敬老，南大出版社之具眼，此书恐永无面世之缘。卷末缀语，不能不抱怀感激，衷心致谢。

二〇一六年六月二十三日

南京大学档案馆藏《程千帆友朋诗札辑存》题记

　　《程千帆友朋诗札辑存》(以下简称《辑存》),系程先生自编,以友朋姓氏音序排列,同一人之诗札则以时间先后为序。 大抵起于一九七七年,迄于一九九五年,共计九百四十七页,装订为十本十二册(第四和第十本各分上下两册)。 今藏南京大学档案馆。 千帆先生收集友朋诗札,这已是第三次了。 第一次收集者毁于抗日战争之中,此后收集者又毁于"文革"之乱,所以这次收集的诗札从一九七七年开始。其中一封周贻白谈戏的信,写于一九五四年三月。 另有朱东润一信,写于一九五六年八月,都是当时忘记收集,随手夹在一本书中,反而在无意中保存下来,成为劫后仅存的一二封。

　　从编纂的角度言之,《辑存》以保存文献为目的。 所辑诗札虽非一人所写,却是一人所收。 寄件人身份各异,有学者、诗人、作家、艺术家、编辑、中学教员、研究生乃至小学生,他们处于同一个时代,却从各自的位置出发,抒发了不同的感受。 因为是友朋间的书信往来,表达的意见大多真实自然而无所矫饰,因此,这部《辑存》就不仅提供了认识作为收件人的千帆先生学术和文学生活的窗口,也从一个侧面透露出这个时代的许多消息。

　　《辑存》的最后附录了一封信,是千帆先生临退休前写给南京大学校系党政领导的,其中有这样一段话:

　　　　十一年前我才到南京大学的时候,就暗自立下了两条誓愿:一是要争分夺秒,把在政治错案中损失了十八年的时间抢夺回来,这一点现在看来并没有能完全做到;二是在教学科研中要认认真真地走路,在培养青年教师和学生中要勤勤恳恳地带路,在应当退休的时候要高高兴兴地让路。现在是该让路的时候了,我要向你们说:我的确是高高兴兴的。

《辑存》所录诗札的下限,从时间上看,正是千帆先生回到母校工作的第十八个年头。综合这些诗札所提供的文献,也就可以从别人的眼中看到千帆先生是怎样走路、带路、让路,怎样抢夺被损失了的十八年岁月的。

自一九八〇年以来,千帆先生共出版了十七部著作(这里不包括校编之作),《辑存》中的不少内容,就是有关千帆先生著作的评论或商榷。如黄裳评《校雠广义》目录、版本两编,指出"排比精当,简而有法","引用近人材料不少,是一特色"。评《沈祖棻诗词集》之笺注,"多存故实,益信陈寅恪先生说注古典易,注今典难,诚不刊之论"。缪钺评《唐代进士行卷与文学》"取材详赡,论析精核,昔日读唐人诸集所疑滞不明者,读尊著后均可涣然冰释"。评《两宋文学史》"资料翔实,考订精细,体系紧密,而识解宏通,评价平允,尤为特色"。"第其品格,殆与鲁迅《中国小说史略》相近。"周一良评《史通笺记》之释家人、阑单、交牙、裴荣期等条"精当不易"。皆能言简意赅地概括各种著作的特色。潘重规评论《被开拓的诗世界》和《程千帆诗论选集》"为华夏文章拨除尘雾,不减光芒,振聩启聋;又得及门高足发扬之,诚学林之盛事也",则又强调了这些著作所具有的薪尽火传的作用。还有的信洋洋数千言,对某些学术问题作细致的讨论。如姚雪垠的几封信,都写得较长,讨论《古诗今选》,从注音到释义提出了许多不同意见。又讨论《古诗考索》中《论唐人边塞诗中地名的方位、距离及其类似问题》,引发出对于白居易《长恨歌》中"峨嵋山下少人行"之句的理解:"倘若诗中写成'剑阁山下少人行',便过于实在。 地理写得太实了,便会使全诗的风格不统一。"姚信又指出:《古诗考索》中的文章所以有这么多新鲜见解,除了治学态度谨严和学问渊博两大长处以外,还有第三个长处为许多专治古典文学者所缺乏,即深懂文学创作的道理,懂得现代文学理论。"倘若不懂创作,谈古人的文学作品往往是枉费心力。"这些看法,是从一个作家的眼光中看学者,对于从事古代文学研究的人来说,是有启发意义的,而且,这和千帆先生的一贯主张也可互相印证。

千帆先生向来主张,研究古典文学的人,不能不懂得创作。 他除了大量的学术著作以外,也有许多诗文创作。《辑存》中有不少今人的旧体诗词(也有少数新诗),也有许多关于当代旧诗的评论,实际上是当代文学史的史料之一。 有对千帆先生诗作的评论,如方管(舒芜)评曰:"曩读汉魏风骨之论,苦不能解,今于大作见之。 莫愁湖一律,尤言人所未言,人所难言;真性情乃有真诗,言之不出皆由情之未真也。"又如白敦仁评其《独携》、《人梦》诸绝:"玉谿神思而运以韦柳气骨,此境极不易到。"更多的则是写信人抄录己作或他人之作。 旧体诗词虽然如今仍有刊物发表,但真正的好诗有时反而仅在友朋间的传抄之中。《辑存》中的旧体诗词,有的出于前辈老宿,有的则是年轻新秀;有的是海外华人,有的是外国学者。 或感慨时事,或咏叹人生,或歌山水,或纪行旅,皆能有"真性情",因而也是"真诗"。 如聂绀弩之"文章信口雌黄易,思想锥心坦白难"。 杨宪益之"好汉最长窝里斗,老夫怕吃眼前亏"。 成善楷之"从他笑骂呼牛马,容我狂歌动鬼神"等作,都是借传统形式抒发现代感受,研究当代文学史者似可留意此类文献。 除了旧体诗以外,千帆先生晚年对古文写作似乎兴趣颇大。 他说自己过去在这一方面的锻炼较少,所以有意识地多写古文,《辑存》中部分信函也评论到其古文。 这些古文,虽多是碑铭序跋,文字简约,但共同点是以意为主,皆能由小见大。 如刘梦溪评《赵少咸先生遗集序》曰："寅恪先生尝表彰欧阳永叔《五代史记》贬斥势利，尊崇气节，匡五代之浇漓，使返之淳正。吾观先生诸铭表序跋之作，亦同此义，'孰谓空文于治道学术无补益耶？'"所以千帆先生的古文，每篇皆有一意为主脑，其意新而且高。或从古文艺术的角度评论，如舒芜评《阳湖文派研究序》曰："尺幅千里，劲气盘空，情韵不匮，有非长篇铺排之作所能至者，其所谓'文章之道与学术一以贯之'矣。"这些评论，对于全面了解千帆先生乃至当代学人的学术与创作，都是不可多得的材料。

对于当代学术的评论，包括研究方法和研究态度，也是《辑存》中的重要内容之一。如杨公骥自谓"不喜交际，尤不喜作应酬语。平日不爱写信，写则倾吐腹心。"《辑存》中也仅存一信，却是长篇论学文字，对于了解"文革"以后的学风转变颇有助益：

> 往昔，咱同行中盛行一种新"老婆儿禅"。其禅机无他，无非是反反复复几句放之四海而皆准、衡之千篇而咸宜的套话。这些成套的话，倒也都是对的、好的，只是可惜伤于粗和浅，人人都会说，因而人人皆厌闻。余窃以为，治学之道，应力求精深，力戒粗浅。精深，或不免生错误，然其精深处足以启发别人，亦可为自己将来改正、提高之张本。粗浅，虽句句正确，但因其既粗又浅类同废话，故既不能打动别人，也无从改正自己，既正确，又何需改正？于是便自然地以"永远正确"而自命，悲夫！……如是我闻，不博大则不能精深；不精则不能擘肌，不深则不能析理；不能擘肌析理则不能对具体问题作具体分析，只能以空话泛言飨众耳。基于此，深感兄学博功大，思微见深，分析精到，立论公允，创见基于实证，论辨不藉空言。凡此，皆可匡时弊也。

"文革"结束以后，学术界并未能从过去的学风中迅速挣脱出来，教条主义依然盛行。 如何从"新经学"的迷雾中走出来，使学风转变到从实事求是出发，千帆先生不仅口陈讲说，而且用自己的研究为学术界树立了典范，所以"皆可匡时弊也"。 现代学术史上，有不少论学文字见诸友朋、师生间的书信，近年来也曾出版过若干，如《张元济傅增湘论书尺牍》、《章太炎论学集》(与吴承仕论学书)、《熊十力与刘静窗论学书简》、《殷海光林毓生书信录》等，《辑存》中一部分论学书，也同样具有学术史料的意义。 当前学术界最大的弊端之一，是抄袭和争名风气，《辑存》中所录顾学颉一信，便提供了一个生动的事例，可编入"新修《儒林外史》"。

在与千帆先生来往的学者中，有一大批是青年学者。《辑存》中也保留了这些信件。 其中有的出于程门，是先生从三十年代到八十年代的及门弟子，更多的则是外校、外省乃至外国的青年学者。 众所周知，千帆先生对研究生的培养，倾注了全部的心血。 他重新回到母校工作，为南京大学培养了一批年轻学者，成为当代学术史上的一段佳话。 然而从这些信件中不难看出，千帆先生对所有的年轻学者，都怀有无限的热情和关心，没有丝毫的狭隘之心或门户之见。 所以，在这些信中，也自然流露出他们对千帆先生的尊敬和爱戴。 其中如北京大学的葛晓音、陈平原，复旦大学的陈尚君等，都是受到千帆先生重视的青年学者。

中国文学有着悠久的抒情传统，古人有"诗言志"、"诗缘情"的说法；同时，从魏晋以下，书信也负载起表情达意、交流情感的功能。 所以六十卷《文选》中，就有三卷是"书"；《隋书·经籍志》"总集类"中，也著录了魏晋南北朝时期专门辑录书札的总集，如《书集》、《书林》、《杂逸书》等。 唐宋以下的诸家别集中，"书"体也往往占有一定的比重。 到了明清两代，尺牍更是受人重视，出现了文学性的尺牍选集。《辑存》中所录的诗札，起于"文革"结束以后。 在这场史无前例的大浩劫中，无数优秀的人材惨遭戕害。 朋友之间音信断绝，生死茫茫。　特别是当"文革"刚结束，祖棻先生不幸罹祸而逝，更使人兴感怆之情。　如金克木信："二十馀年久违了。　……日前孟实先生告以兄正整理子苾遗稿，不禁怃然久之。　忆三十年前珞珈岁月，曷胜伤悼。"又如常任侠信："廿馀年不相见，忽奉来书，有如空谷足音。　紫曼之逝，为之悲怆，前友人自武昌来，已得闻之。　曾为一绝云：'一代词人忆沈娘，土星笔会写瑶章。　背人歌哭临江树，黄鹤千帆下夕阳。'自易安而后，一人而已。　……土星旧人，零落四方，铭竹不知在何许，滕刚或存或亡亦不详，孙望一晤，亦二十年。　嘉会难再，少年白头。"《辑存》中许多情文并茂之作，都是抒发这种人生感怆之情的。　特别是联想到近几十年中国知识分子的坎坷命运，对于这种感情的内涵将有更深的理解。　一九四九年以后，大陆与台湾隔绝。　八十年代以来，两岸学术界开始恢复学术交流。　在台湾的一些老学者，有些与千帆先生是先后同学，如潘石禅（重规）、高仲华（明）等先生，重新取得了联系。　还有一些漂游海外的学者，如刘若愚、柳存仁、叶嘉莹等，也纷纷回国讲学、探亲。《辑存》中所收诸诗札，体现了他们对于祖国学术文化事业的责任和对于故土的怀念之情。

　　《辑存》中还有一些国外友人的诗札，其中日本学者的诗札中有一点具有特别的意义，即日本知识分子对于当年侵略战争的认识。　如清水茂在读到《涉江词》以后评论道："词稿流离情怀，溢出句外，字字金石，响动人衷。　又想战乱皆由敝邦发之，寸心难过，竟不知何如道歉也。"村上哲见读了《沈祖棻诗词集》以后，也写道："想起过去日本军阀恶业，使人难过。"反映了日本人民的良知。　而日本现今的某些政客对当年战争的罪孽毫无反省力，毫无羞耻心，不仅不能取得东亚地区受难人民的原谅，也是违背了爱好和平的日本人民的心愿的。

　　书信是一种自由的文体，长短不拘，可庄可谐。《颜氏家训·杂艺篇》曾引用当时江南谚语说："书疏尺牍，千里面目。"所以从书信中，也往往能看到一个人的性情和面目。　如钱锺书的信诙谐，任中敏的信刚直，缪钺的信雍雅，金克木的信本色……可以使人从另一个方面去接触这些学者。

　　古代的尺牍集，大致有两类：一是文学性的，如周亮工的《尺牍新钞》之类；另一是实用性的，如冯梦龙的《折梅笺》之类。 近代以来，书信的价值在文献学家和学术史家的眼光中获得了一种史料意义，《辑存》也主要是从史料的角度加以编纂的，但是由于写信者的学养，有些信本身便是清丽可诵的小品，有些信出自书法家之手，如佘雪曼的信，不仅字体娟秀，而且用纸也十分考究，完全可以当作书法作品来欣赏，有些学者的字也极为漂亮，有人专门收集学人手迹，也可以在这里获得观赏。 因此，这些诗札也就更多了一层艺术上的价值。

　　　　　　　　　　　　（原载《南京大学学报》1997 年第 1 期）

《桑榆忆往》题记

本书以程千帆先生晚年回忆录为主干，取名《桑榆忆往》。 全书由四部分构成：

程先生生于 1913 年，亲历了本世纪的许多动荡岁月，其不平坦的一生，正应了庄子所谓"大块载我以形，劳我以生"。 坎坷的经历容易成就一诗人，却往往难以成就一学者，"文章憎命达"所表达的无非是"诗穷而后工"。 因此，当我们面对其损失了十八年黄金岁月，从八十年代以来完成的二十多种著作时，又如何能不兴悲喜交并之情？ 读书诵诗，知人论世，述"劳生志略"。

三四十年代的南京和四川，聚集了不少大师宿儒，程先生或从之问

听师忆往事

学，或与之共事，名德重望，耳濡目染。 昔司马越有云："讽味遗言，不如亲承音旨。"程先生将其闻见录而为文，正可使后学"多识前言往行以蓄其德"，述"音旨偶闻"。

"白头想见江南"的程先生，在晚年再度移砚南京，开始了其生命中最辉煌的时期。 既有其等身著作的次第问世，更有一批弟子在学术界的崭露头角。 学生对老师的教导，信受奉行，珍同拱璧，一如子张退而"书诸绅"。 兹辑录成帙，以飨同好，述"书绅杂录"。

对程先生的学术，今人多有评论。 本辑选录了七篇，其中三篇出于门弟子之笔。 先生每以蕲春黄君之语勉励诸生："学业既成，师弟即是朋友。"弟子虽不敢以友朋自视，而先生辄恒以成为友朋相勖。 今汇集为一，以志努力方向，述"友朋评议"。 一九九九年八月十五日受业张伯伟谨记。

《唐代进士行卷与文学》韩文版序

　　先师程千帆教授（1913—2000）归道山五年有余，每一念及，其音容笑貌则宛在眼前，怅惘之情油然而生。 日前，忽奉韩国门人朴卿希博士函，得知已将先师《唐代进士行卷与文学》译为韩文，印行在即。欣喜之余，不禁万感交集。 为了让韩国读者对此书的来龙去脉有所了解，我想从头说起。

　　1947 年，先师任教于国立武汉大学中文系，一日讲授王维《送綦毋潜落第还乡》诗，涉及清人沈德潜对此诗的评语——"反复曲折，使落第人绝无怨尤"。 沈氏生活在科举时代，故其评语亦有生活依据，但当时学生却颇以沈氏语为难解。 先师乃撰《王摩诘〈送綦毋潜落第还乡〉诗跋》，以唐代之科举制度及彼时之习俗，阐释王诗及沈评。其后凡遇相关资料，则勤加抄录纂辑。历时十年，乃洞悉唐代科举与文学之关系。 又将论题集中于科举制度下所形

《唐代科举与文学》（韩文版）书影

成的行卷风尚如何促进唐代文学发展，草成一稿，初具规模。 但随即"反右运动"兴起，以先师宁折不弯之性格，不仅被判作"右派分子"，且冠以"最顽固"、"死不悔改"之名。 于是劳动改造，养猪放

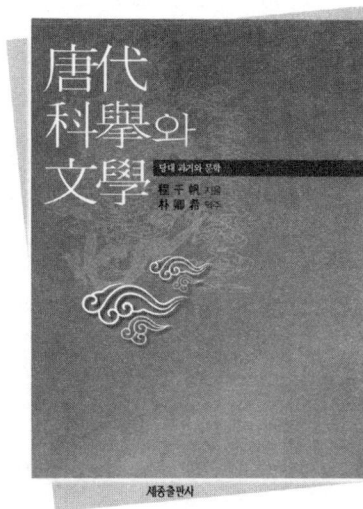

牛。 不久"文革"又起，先师书稿如《史通笺记》、《唐代进士行卷与文学》等被红卫兵抄走，号称审查，实则没收。 若干年后，忽然在某角落一废锅中出现，居然未遭焚毁。 面对失而复得的文稿，先师愕然、哑然，此真天意之不欲丧斯文。 1978 年，先师移砚南京大学，授课之余，乃取旧稿修订，并于 1980 年由上海古籍出版社印行。 距离最初之动笔，已有三十多年，一本小书的写作过程俨然是中国现代知识分子命运的缩影。

先师原名逢会，改名会昌，字伯昊，四十以后，别号闲堂。 千帆是其笔名之一，后通用此名。 湖南宁乡人，自上代迁居长沙，生于文学世家，其曾祖父霖寿，字雨苍，有《湖天晓角词》；伯祖父颂藩，字伯翰，有《伯翰先生遗集》；叔祖父颂万，字子大，有《十发居士全集》。当时与易顺鼎、曾广钧齐名，称湖南三诗人；父亲名康，字穆庵，有《顾庐诗钞》，其诗被选入陈衍之《近代诗钞》。 先师幼时在伯父所办的"有恒斋"中读书，奠定了坚实的国学基础。 十五岁以后，改为新式教育，在金陵中学、金陵大学求学，受业于黄侃、胡小石、刘国钧、胡翔冬、吴梅、汪辟疆诸先生之门，系统接受了现代学术的训练，并逐步养成文史结合、批评与考据结合的研究特色。 自 1941 年起，历任武汉大学、金陵大学、四川大学、南京大学教授，中国唐代文学学会会长、江苏省文史馆馆长等职。 著作二十余种，合编为《程千帆全集》。

《唐代进士行卷与文学》是先师代表作之一，该书将考试制度与文学发展联系起来考察，是文史结合方法的典范。 虽然篇幅不长，但立论精严，眼光透彻。 所使用的材料，皆去粗取精，是一部内涵极为丰富的著作。 在八十年代中国古代文学，特别是唐代文学的研究中，此书对于开拓学术视野、建立学术典范都占有非常重要的地位。 1986年，日本东京凯风社出版了由松冈荣志、町田隆吉二先生的日译本，易名《唐代科举と文学》，享誉东瀛。

韩国与中国在文化上渊源甚深，自高丽时代开始，就受到中国的影响，建立起科举制度，并一直延续到朝鲜时代后期，长达千年之久。科举对文学的发展也同样产生了很大影响，不仅有特定的科文形式，如字数上的六韵诗、十韵诗（又称百字科），以及写作上的入题、铺叙、回题等程序，而且对士子心态、诗文风格等也有正面或反面的刺激。因此，科举与文学也是韩国文学史上一个极有研究价值的课题。如今先师此书译作韩文出版，对于韩国学术的发展定能起到积极的促进作用。为此，我要深切感谢朴卿希博士所付出的努力。

先师一生足迹所到的外国土地，惟一的便是三千里锦绣江山。如今他的著作也被译为韩文传播于东国，先师泉下有知，一定会倍感欣喜的。二〇〇五年七月四日受业张伯伟敬序于南京。

写在《嘉定钱大昕全集》出版之后

　　这几年因为关心域外汉籍，我常常阅读一些此类文献。　前年在韩国购到一本日本学者藤塚邻的名著——《清朝文化东传之研究——嘉庆、道光学坛与李朝之金阮堂》，该书材料丰赡而言简意赅，读后意味无穷。　由此也激发了我对于朝鲜使臣或随行到中国的种种游记、日记，可总名为"中国行纪"一类的书，产生了浓厚的兴趣。　这其中有不少关于两国学术史的珍贵文献，特别是从乾隆到道光年间，清朝实事求是的学风对朝鲜影响极大。　例如，读洪大容的《湛轩燕记》，可见他与浙江举人严诚、潘庭筠、陆飞等人的笔谈；读朴齐家的《缟纻集》，可见他与纪昀、翁方纲、铁保、黄丕烈等人的唱和；读柳得恭的《并世集》、《热河纪行诗注》、《燕台再游录》等书，又可见他与李调元、张问陶等人的交往。　一般来说，域外的汉籍文献收集不易，可是，当我想对这一课题稍加展开的时候，却发现清人的文集其实也并不容易得手，尤其是一些大学者的全集，很难收集完备，其难度并不亚于对域外汉籍的收罗。　至于经过今人整理的本子，就更是寥寥可数了。　因此，当我读到由陈文和教授主编的十册《嘉定钱大昕全集》（江苏古籍出版社，1997 年 12 月版）的时候，喜悦之情便油然而生。

　　钱大昕是乾、嘉学坛上数一数二的学者。　他的学术和文学在当时不仅享誉中国，同时也远传日本和朝鲜。　人们常常举到江藩《国朝汉学师承记》中的记载："戴编修震尝谓人曰：'当代学者，吾以晓徵为第二人。'盖东原毅然以第一人自居。"其实，两人的学问各有特色：戴精

深而钱广博。 而钱之广博又并非泛泛，正如江藩所说："不专治一经而
无经不通，不专攻一艺而无艺不精。"（《国朝汉学师承记》）他的博通
是无人可及的。 这一点，在当时就得到中外人士的一致推许。 如朴齐
家《缟纻集》卷三这样写道：

> 钱大昕字晓徵，号辛楣，一号竹汀。甲戌进士，官詹事。学无不
> 通，谦以下士，尤好奖进后学。著有《潜研堂诗文集》、《廿二史考异》、
> 《金石文字跋尾》、《三通（统）历述》，精深纯粹，合惠、戴二家之学，集
> 为大成。

即以《嘉定钱大昕全集》所收诸书来看，其著述兼有四部，经部有《声
类》等；史部有《廿二史考异》等；子部有《十驾斋养新录》等；集部
有《潜研堂诗文集》等。 这样一位博洽渊雅、著述宏富的学者，对于整
理其著作的人来说无疑是一个巨大的挑战。 陈文和教授以其丰厚的知
识背景，加上特有的精细和勤勉之功，终于将经过整理的《嘉定钱大昕
全集》贡献在世人面前，堪称钱氏一大功臣。

编纂全集，首先当着眼于"全"。 在此之前的钱氏文集共有两次结
集，第一次是嘉庆十一年至十二年间钱氏家刻本《潜研堂全书》，共收
书十七种二百五十四卷。 光绪十年，长沙龙氏家塾刻本《嘉定钱氏潜
研堂全书》为第二次结集本，在前者基础上，又增加五种，合为二十二
种。 这次整理出版的《嘉定钱大昕全集》，又在龙氏刻本的基础上增加
了十三种，成为迄今为止收书最全的一次结集。 新增十三种中，有不
少为罕见之本，如《唐石经考异》、《天一阁碑目》、《地名考异》均为抄
本，《元进士考》则为作者稿本，《困学纪闻校》则是编者从南京图书馆
所藏过录本中辑出。 此外，编者还将从集外辑录出的钱氏诗文编成
《潜研堂文集补编》，收铭一，杂著一，记二，序七，题跋二十八，书
八，诗二十三，楹联五。 又将他人辑录钱氏之文裒为《辑录》共四种。

不仅如此，编者对已经著录，但未曾经眼的钱氏著作，也逐一作了考订，提供了继续收集的线索。由此不难发现，编者为此付出的蒐集之功是巨大的。

作为一部整理本，此书堪称精编精校之作。钱氏学问博赡，读书甚广。编者对钱氏著作中的引文，尽最大的可能一一核对原书，写出校记。不仅列其异同，间有原著讹误或有脱漏处，编者也都为之增补或正讹。兹以《十驾斋养新录》为例，此书虽为随笔札记之体，但正如阮元《序》中所说："皆精确中正之论，即琐言剩义，非贯通原本者不能。"涉及的书籍类别甚广，而编者乃不惮烦琐，仔细核对原书，并有所补益。如卷三"季任"条"庄二年'纪季以酅入于齐'"云云，实见于庄公三年；卷四"函"条"函人唯恐不伤人"，出于《孟子·公孙丑上》，衍一"不"字；卷九"顺帝后世次"引《明史·成祖纪》，实应作《外国传》。这些地方都可以使人感到编者一丝不苟的工作态度。本来，校书的目的就是要"克复其旧，归其真正"。应该说，本书的编者已经为此而尽了最大的努力。

章句之学，在今日颇不为人所重。但人们时常看到这样的现象：有的学者著作等身，洋洋数百万言，但却在标点古书时难以藏拙，未免献丑。这里除了学术功力之外，当然主要应该归咎于学术态度的草率。标点钱氏的著作殊非易事，不消说其学问门类之广，有许多专门之学固非常人可轻易措手，即便是性质一般的著作，遇到稿本或抄本，就有一个识字的问题。我曾经整理过日本平安时代的抄本，为了认清其中的几个字，请教了周围的不少学者，还专门驰书求教于王利器先生（他是这一方面的专家，校注过日本平安时代的著作及抄本《文镜秘府论》、《文笔要决》等书），结果还是有个别字不能确认。这些年我读日本、韩国和越南的汉籍，也常常遇到此类情况，对于标点这类本子的甘苦略有所知。因此，当读者能够极为顺畅地阅读这部《嘉定钱大昕全集》的时候，对于整理这部书的编者，应该怀有深深的敬意。

　　此书在普通标点之外，对于人名、地名、书名、朝代名等，也都用专门线划出，更加便于读者的阅读。我想，如果书后还能附上索引，也许更符合现代需要，即所谓"与世界接轨"。

　　阮元在《十驾斋养新录序》中说："学术盛衰，当于百年前后论升降焉。元初学者，不能学唐、宋儒者之难，惟以空言高论、易立名者为事，其流至于明初《五经大全》易极矣。"现代学术，发展至今也近百年。而对"以空言高论、易立名者为事"的批评，实能深中今日学者之病。钱氏以"十驾"名斋，出于《荀子·劝学篇》中"驽马十驾，功在不舍"，体现出以愚自守的学术品德，并从"养新德"中"起新知"，成就为清代三百年中学界第一流人物。在世纪之交的今天出版《嘉定钱大昕全集》，回味他"通儒之学，必自实事求是始"（《卢氏群书拾补序》）的朴素的真理，是否能使当代学术逐渐摆脱空疏，由易而难，并开创下一个百年的学术辉煌呢？面对散发着书香的钱氏著作，不由地产生出这种美好的期待。

一九九九年三月八日于南秀村寓所

（原载《书品》1999 年第 3 期）

《悔邨遗稿》《石山遗稿》跋

    癸未（2003）之春，余东来槿域，讲学洌上。 一日，安东金元东氏奉持其高祖之《悔邨遗稿》暨曾祖之《石山遗稿》，访余于里门洞旅寓，具道受其先祖之命，拟整饬两遗稿，付诸剞劂，乃倩余一览。 自春徂秋，凡百四十日，手摩眼受，口诵心识，既仰前辈之文采风流，复叹奕世之诗礼传家。 间有以通韵而混歌于支、借文为先者，辄私易其一二字。 犹忆廿馀年前，余负笈南雍，从永嘉管雄绕溪、宁乡程千帆闲堂二师治中国诗学，偶读王渔洋《论诗绝句》，至"记得朝鲜使臣语，

与韩国岭南大学金周汉先生同访学脉之源

果然东国解声诗"，始闻金尚宪清阴先生之名。 而其"澹云微雨小姑祠，菊秀兰衰八月时"之句，则过目而成诵，画境诗情往来乎胸中，不能自释云。 乙亥（1995）夏，余赴北京大学出席《文心雕龙》国际学术会，得识韩国岭南大学校国语国文学科教授金周汉文山先生。 其人魁伟昂藏，胸襟豪迈，双目炯炯若岩下电，性嗜酒，富记诵，谈吐风雅，出言成章。 余一见倾情，遂自忘其学仄识浅，攀谈附议，或品诗，或论文，皆莫逆于心。 文山教授尝负笈台北，从学于瑞安林景伊、婺源潘石禅诸先生之门，潘、林二氏与先师绕溪、闲堂皆蕲春黄季刚先生弟子，渊源既一，则余与文山亦可谓有同门之谊矣。 越二年，余应韩国国际交流财团之聘，翩然来东，研治汉文学。 暇时恒与文山教授上下议论，饱饫德音。 其时读韩国故籍稍广，始知清阴先生出于安东之金氏，盖起自新罗之末，其源尚矣。 嗣后名公硕辅，磊荦相望，经术文章，彪炳叠耀。 实丽、鲜之阀阅世家，为士林所歆羡。 然余以为此犹其次也，以孝为立德之本，以孝为传家之宝，乃其尤可贵者也。 培本既厚，故柯叶繁衍。 出则事君以忠，不惜仗节殉国；处则修己以诚，不忘诗礼训子。 至今千有馀年，风流未沫。 文山教授亦安东金氏之裔，无怪乎其志高远，其情慷慨，其识深而周，其学广而厚，乃千年之家风有以养成者也。 元东为文山从子，供职金融界，能操中、日、英、法诸国语。 复喜吟诗，每相聚，辄示其新作。 又多记唐音宋韵，杯酒之间，动作朗咏。 喜诵东坡《赤壁赋》，自云幼时得先祖肩负而口授之，故记忆深刻一若昨日。 呜呼！ 家学渊源，其入人之深而久、久而新者如此，焉能不起余惊讶赞叹、企慕向往之情耶？ 复读悔邨、石山二公遗稿，则此心愈固而此念愈坚矣。 二公志洁行芳，才清识敏，隐居乡间，遁世无闷。 喜读古人书，时以诗文自娱。 观其所作，以辞达为主，不事雕缋。 其叙事说理、状物抒情，皆能曲尽人意。 妙手所及，亦往往涉笔成趣。 夫子有训："辞达而已矣。"苏子亦云："辞至于达，止矣，不可以有加矣。"读二公之文，其恺弟和乐之气溢于纸上，仁义惇厚之貌宛在目前。 余谓文者，蕴蓄于内而彰著于外者也。 体以象显，故能以象见体。 二公以至孝为乡里称，宜乎其发之于文，则温然蔼然如此。 文山别号慕郏，其孜孜以慕者，得非悔郏乎？ 元东拳拳于遗稿之刊行，其盘旋于心者，得非先祖之遗愿乎？ 二公遗稿，皆元东先祖手自楷写，祗敬不苟，得非其追远之孝心发露乎？《诗》云："孝子不匮，永锡尔类。"是遗稿之行世也，不特二公之声名可传于后，安东金氏孝悌之门风，其流播于人口、广被于天下也必矣。 癸未仲冬金陵张伯伟敬跋于韩国汉城。

(原载《古籍研究》2004·卷上)

略说《东坡禅喜集》

苏轼是中国文学史上的奇才，他的诗词文所达到的造诣皆堪称"大家"，而他深入于儒、道、释三家典籍，并灵活运用于人生，使他面对种种坎坷而应付裕如。 他也因此而在某种意义上成为文人士大夫的行为典范，元人陈秀明辑有《东坡诗话录》，明人王世贞辑有《苏长公外纪》，清人梁廷楠辑有《东坡事类》，而明人徐长孺则将他有关佛教方面的著述辑成《东坡禅喜集》。

此书版本颇多，大致有明万历十八年（1590）本，乃九卷原刊本，日本元禄二年（1689）中野伯元亦据此本翻印。 又有天启元年（1621）本，乃经凌濛初增订，凡十四卷，并有冯梦祯等人的评点。 二十世纪以来，大陆、台湾及日本多有影印或排印本。 九卷本的内容大多包括在十四卷本中，但前者卷九"佛印问答语录"在十四卷本中未见，其实这一内容主要是从陈继儒《问答录》（一卷，有《宝颜堂秘笈》本）中抄出（原书四十则，抄录三十一则），此外则采自一些滑稽小品如《艾子杂说》、《调谑编》等，故为凌氏删去。 旧本次序凌乱处，也得到更正。一般认为，凌氏刻本乃最全最精者，因此，戴丽珠教授撰《东坡禅喜集新书》（台湾文史哲出版社，2000 年版）也以此本为主写定。

此书内容，略分颂、赞、偈、铭、书后、记、序、传、文、疏、杂文、书、杂志和纪事等十四目，前十三目皆自东坡文集中辑出，最后一目则是从《冷斋夜话》、《诗话总龟》、《西湖游览志馀》等诗话笔记及他人文集中辑出东坡与佛教有关的记载，汇为一编。 从文献角度而言，此书所辑资料既不稀见，也不全面。所以《四库提要》只是称赞凌氏刻印"颇工"，却认为它"无裨艺苑"。这个看法其实是出于对小品的偏见，并不公正。从此书的流传实际来看，由于东坡响亮的文名，当然也因为他美妙的文笔，此书在中日禅林中是深受欢迎的，有些人甚至将此书作为习禅与学佛的入门书（参见日本长谷川泰生《东坡禅喜集の成立について》，载《禅学研究》第 76 号，1998 年）。事实上，因为东坡文集较为浩繁，手此一册，无论是欣赏还是研究，都使人易于把握东坡佛教文字的妙处及其佛教思想的特色。

在这里，我还要提出此书评点的价值。冯梦祯除了自己加批以外，还迻录了不少他人的评论，如茅鹿门、李卓吾、陈眉公、王圣俞、钱麓屏、陶石篑等人的评语，对于我们理解东坡的佛教思想特色，颇有启迪之功。东坡思想融合三教，这在其佛教文字中亦有表现，而诸家批评往往为之明白点出。例如，卷一评《十八大阿罗汉颂》第十八尊者"名不用处，是未发时"句云："勘儒释不二处。"卷二评《水陆法象赞》下八位"以难为易，以忧为乐。乐兼万人，祸倍众恶"云："便是儒者恒语。"又评《金山长老宝觉师真赞》"望之俨然，即之也温"句云："以儒语赞禅，头头是道。"又卷一评《十八大阿罗汉》第八尊者云："吾有大患，为吾大身。"此以《老子》释之。卷二评《画十八大阿罗汉》第十五"是哀骀它，澹台灭明。各妍于心，得法眼正"云："此设喻颇类《庄子》。"又卷四评《梦斋铭序》云："故自说梦，笔法遂似漆园。"从内容到形式，都可见综合三教的妙处。

东坡精通内典，佛教典籍对其创作有很大启示。特别是《楞严经》，东坡认为"其文雅丽，于书生学佛者为宜"（《跋柳闳楞严经后》）。但过去谈到这一问题，一般只能举出《赤壁赋》中"客亦知夫水与月乎"一段，以及《琴诗》之"若言琴上有琴声，放在匣中何不鸣。若言声在指头上，何不于君指上听"。而此书的评点举出更多不为人注意的例证，如卷一评《鱼枕冠颂》云："全学《楞严经》。"又评《答孔子君颂》"见物失空，空未尝灭；物去空现，亦未尝生"云："全是《楞严》。"卷四评《法云寺钟铭》"有钟谁为撞，有撞谁撞之。三合而后鸣，闻所闻为五"云："总自《楞严》来。"此可与其《琴诗》互参。又卷六评《大悲阁记》云："是《楞严》'入流无所'一段注疏，亦是'易无思也'一段注疏。长公勘破此意，便尔玩世。"东坡精于《楞严经》，他在《书赠邵道士》中曾举"身如芭蕉"等句云："此义出《楞严》，世未有知之者也。"因此，探究《楞严经》的宗旨、设喻、章法、句法对东坡文章的影响，是一个很好的题目，而此书的评点就给我们很多这样的提示。

关于此书编者徐长孺的生平，人们所知不多。长谷川氏在其文章中只是根据陈继儒、陆树声和唐文献等人的序跋，指出其字益孙，并推断他是松江、华亭一带的人。而根据我的推断，他应该是名益孙，字长孺，华亭人，是王世贞的后学，两人有较多交往。而在《弇州四部稿》中多次出现的"徐孟孺"，与"长孺"也很可能是同一人。王世贞晚年喜爱苏文，有《苏长公外纪》，孟孺曾为之修订，则此书的编纂或亦受其影响。

凌氏套色印本《东坡禅喜集》的价值略如上述，但此书实不易见到。戴氏《新书》虽以此书为底本，但却删去了所有的评点。令学界高兴的是，此书作为"南京大学古籍珍本丛刊"之一，最近已由南京大学出版社照原样套色影印线装出版。书衣缥缃，墨彩烂漫，诚可宝之。

二○○四年七月十六日零点四十五分写毕

（原载《中华读书报》2004 年 12 月 26 日）

《域外汉籍研究集刊》发刊词

　　四百多年前，越南使者冯克宽赴京参加万历皇帝的万寿节，与来自朝鲜的使臣李睟光酬唱赠答云："彼此虽殊山海域，渊源同一圣贤书。"百余年后的康熙朝中，越南使者阮公沆出使中国，再度与朝鲜使臣相逢于燕京，又赠诗云："威仪共秉周家礼，学问同遵孔氏书。"这些在越南、朝鲜流传很广的诗句，表达并代表了东亚地区的读书人对彼此共享的汉文化的认同之情。 事实上，在二十世纪以前，汉字是东亚各国的通用文字，一切正规的著述，一切重大的场合，一切政府与民间的外交，都离不开汉字的媒介。 昔人云"仓颉作书而天雨粟、鬼夜哭"，谁能说汉字的出现，在人类文明史上不是一件惊天地、动鬼神的大事呢？所谓"域外汉籍"——留存于朝鲜、韩国、日本（含琉球）、越南等地，用汉字撰写的各类文献——便是其结晶。

　　对域外汉籍展开研究，是近二十年来国际学术的新的动向。 站在学术的立场上看，这门新学问的意义在于：它将扩大中国文化研究者的视野，赋予历史上的汉文典籍以整体的认识，进而改善与之相关的汉语言文学研究、中国传统思想研究、东亚史研究、中外交通史研究等学科。 正是为了促进这门新学问在中国的展开，集中交流中外学者的研究心得，我们创办了《域外汉籍研究集刊》。

　　《集刊》拥有这样的宗旨：推崇严谨朴实，力黜虚诞浮华；向往学思并进，鄙弃事理相绝；主张多方取径，避免固执偏狭。 总之，它重视以文献学为基础的研究，于多种风格兼收并蓄，而不拘泥采用何种方

法、得出何种结论。 在域外汉籍
研究领域中，固然会有许多新材料
的发现，但《集刊》更重在发明，
期待从各个方面阐发汉文化的意
义。"以文会友，以友辅仁"，是它
追求的目标。

　　在中国学术界，域外汉籍研究
是一片刚开始耕耘的广袤土地，它
的肥沃、它的深厚正呼唤着一切有
志于开垦的学人将自己的智慧与热
情投入其中。《集刊》愿与这样的
学人共同成长。 张伯伟识于南京
大学域外汉籍研究所，二〇〇四年
十一月七日。

《域外汉籍研究集刊》第一辑封面

《域外汉籍研究丛书》总序

　　十六世纪以来，在一些西方的文献中，往往提到中国人有这样的自负：他们认为惟独自己才有两只眼睛，欧洲人则只有一只眼睛。 这些记载出自英国人和葡萄牙人，而法国的伏尔泰也曾谦逊地认同这种说法："他们有两只眼，而我们只有一只眼。"用两只眼睛观察事物，是既要看到自己，也要看到他人。 是的，作为中国文化基本价值的"仁"，本来就是着眼于自我和他者，本来就是在"二人"间展开的。 不过，当大汉帝国雄峙于东方的时候，

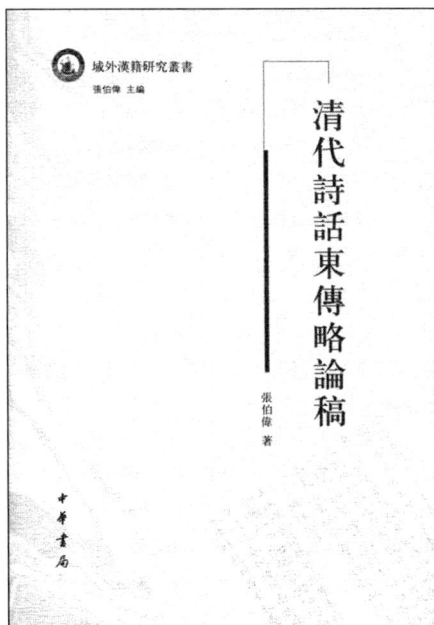

《域外汉籍研究丛书》之一

儒家"推己及人"的政治理想，即所谓的"仁政"，实际上所成就的却不免是以自我为中心的天下图像。 政治上的册封，贸易上的朝贡，军事上的羽翼以及文化上的四敷，透过这样的过滤网，两只眼所看到的除了自己，也不过是自己在他者身上的投影。 这与用一只眼睛去理解事物，除了自己以外看不到他人的存在，又有什么本质的区别呢?

　　从十三世纪开始，陆续有欧洲人来到东方，来到中国，并且记录下

他们的观察和印象。于是在欧洲人的心目中，逐渐有了一个不同于自身的他者，也逐渐获得了第二只眼睛，用以观察外围和远方。不仅如此，他们还让中国人擦亮了第二只眼睛，逐步看到了世界，也渐渐认识了自己。不过，这是在中国人经历了近代历史血和泪的淘洗，付出了沉重代价以后的事情。

同样是承认中国人有两只眼，但在德国人莱布尼茨看来，他们还缺少欧洲人的"一只眼"，即用以认识非物质存在并建立精密科学的"只眼"。推而广之，在美国人、俄罗斯人、阿拉伯人及外围各地区人的观察中，形形色色、林林总总的中国，也必然是色彩各异、修短不齐的形象。我们是还缺少"一只眼"，这就是以异域人观察中国之眼反观自身的"第三只眼"。正如一些国外的中国学家，曾把他们观察中国的目光称作"异域之眼"，而"异域之眼"常常也就是"独具只眼"。

然而就"异域之眼"对中国的观察而言，其时间最久、方面最广、透视最细、价值最高的，当首推我们的近邻，也就是在中国周边所形成的汉文化圈地区。其观察纪录，除了专门以"朝天"、"燕行"、"北行"及"入唐"、"入宋"、"入明"的纪、录为题者外，现存于朝鲜—韩国、日本、越南等地的汉籍，展现的便是"异域之眼"中的中华世界。这批域外汉籍对中国文化的每一步发展都作出了呼应，对中国古籍所提出的问题，或照着讲，或接着讲，或对着讲。从公元八世纪以降，构成了一幅不间断而又多变幻的历史图景，涉及制度、法律、经济、思想、宗教、历史、教育、文学、艺术、医药、民间信仰和习俗等各个方面，系统而且深入。

从学术史的角度看，域外汉籍不仅推开了中国学术的新视野，而且代表了中国学术的"新材料"，从一个方面使中国学术在观念上和资源上都面临古典学的重建问题。重建的目的，无非是为了更好地认识中国文化，更好地解释中国和世界的关系，最终更好地推动中国对人类的贡献。二十世纪中国学术新貌之获得，有赖于当时的新材料和新观念，用陈寅恪先生的著名概括，即"一曰取地下之实物与纸上之遗文互相释证"，"二曰取异族之故书与吾国之旧籍互相补正"，"三曰取外来之观念与固有之材料互相参证"。 域外汉籍可大致归入"异族之故书"的范围，但其在今日的价值和意义，已不止是中国典籍的域外延伸，也不限于"吾国之旧籍"的补充增益，它是汉文化之林的独特品种，是作为中国文化对话者、比较者和批判者的"异域之眼"。 所以，域外汉籍既是古典学重建过程中不可或缺的材料，其本身也应成为古典学研究的对象。 正是本着这一构想，我们编纂了《域外汉籍研究丛书》。 其宗旨一如《域外汉籍研究集刊》：推崇严谨朴实，力黜虚诞浮华；向往学思并进，鄙弃事理相绝；主张多方取径，避免固执偏狭。 总之，我们期待着从"新材料"出发，在不同方面和层面上对汉文化整体的意义作出"新发明"。

"乐意相关禽对语，生香不断树交花。"宋儒曾把这两句诗看作"浩然之气"的形容。"山川异域，风月同天；寄诸佛子，共结来缘。"唐代鉴真和尚曾因这四句偈而东渡弘法。 我愿引以为域外汉籍研究前景和意义的写照：它是四方仁者的"同天"，是穿越了种种分际的交汇，是智慧的"结缘"和"对语"，因此，它也必然是"生香不断"的光明事业。

是为序。

（原载《中华读书报》2007 年 7 月 13 日）

题《道在瓦甓》

　　老友丛文俊教授著齐国文字瓦当题跋集，嘱赘一言以弁之。 余览之既，废书而叹曰："美哉！ 泱泱乎，何其大且渊哉！"考瓦当之为物，法地象天，构栋结檐。 通乎宇宙之道，行于日用之间。 或饰以人面云纹，或著以吉语嘉言。 考古者藉以窥宫殿城邑格制，收藏家玩之发思古怀旧幽情。 文俊之著异乎是者有三：一曰考释文字，商榷是非。 若"天赍"之为"天赍"，"大吉"之为"吉祥"，"岁利"之以虫书法变易，"平安"之以借笔法合形，盖学术研究之类也。 二曰题跋引申，文辞尔雅。 题跋之为体也，贵在简严。 兹观其作，多明润典重，绪密思清，盖文章结撰之类也。 三曰书法之美，悦人眼目。 其字或吉金或简帛，或虫鸟或隶行，随时变化，舒展自如，合刚健婀娜而一之，盖艺术创作之类也。 自铜雀台瓦见重士林，秦汉瓦当遂多收录。 赵宋发其端，源之远也；海东应其响，地之广也。 然群趋所向，多在关洛。 齐瓦当之汇聚研究，此其嚆矢乎？ 抟学术、艺文而为"题跋书法"，此其创举乎？ 明窗净几之下试一展卷，不啻十五城之璧在手也，洵可宝哉！ 洵可宝哉！ 甲午正月初十日同学弟伯伟敬题。

《春天种一棵树》序

　　莲花获文学博士学位归国两年，忽然寄来一信，告诉我她将出版其留学散文。 莲花来南京大学读书之前，就在马来西亚出版过她的散文集《走月光》。 没想到在南京那么紧张的读书生涯中，她竟然还抽出时间写了不少散文。 是生命的自然而然的流露？ 是才华的不容自已的展现？ 总之，这让我既惊讶且钦佩。 今年是郑和下西洋六百年，当年的郑和正是从南京出发，开始了他对于新世界的远航，由南洋而西洋。八月的南京，酷热难耐，轩窗小坐，虽无凉风暂至，也没有陶渊明"自谓是羲皇上人"的欢然，却并不妨碍我的想象力，从现实到历史，从南京到南洋……

　　异域的风土人情总是有吸引力的。 中国人开始在文学中描述马来半岛，大概始于六百年前随郑和下西洋的费信，在其《星槎胜览》一书中，就有诗写到当地少禾多锡的资源特征，朝暑暮秋的气候特征，体肤黝黑的人种特征，椎髻缠头的装束特征等，而以"夷区风景别，赋咏采其由"为结句，正说明吸引他的恰是这异域风情。 马来亚之有华人文学，大概起于十九世纪，据力钧在光绪十七年（1891）撰成的《槟榔屿志略·艺文志》著录，已有十多种诗文集，但皆未刊行。 只是从后人的追叙中得知，这些作品大多出于流寓南洋的中国人之笔，故时时流露出孤岛苍茫、芳草天涯的落寞情绪。 继而当地创办了中文报纸，马来半岛的华人文学也就随之开展起来。"诗言志，歌永言。"无论是旧诗还是粤讴，都反映了其所见所闻、所思所感。 而异域风情的记叙，也伴着马来华人的目光和步履所及，一一展现在笔端，如《越南游记》、《扶桑游记》、《游苏门答腊记》等。我总觉得，如果要以文学历史的眼光来看莲花今日的留学散文，应该置于马来亚华人文学的渊源流变中考察，那么，当年的这些异域游记或许是一个不太明显的远源吧。

虽然都记述了异域的风土人情，然而莲花的留学散文并不等同于域外游记。一般说来，游记所记录的是游客在旅行途中的观感，由于旅行时间的匆忙，对一事一地的观察和记录，往往是浮光掠影、走马观花。以绘画来比，就好像素描，尽管不乏捕捉事物的敏锐目光，高明者的一鳞一爪，也能传神写照，但毕竟多是印象式的。莲花在南京留学三年，也到各地去旅行，所以其散文的一部分可以算作游记，比如描写西藏、敦煌、西安的几篇。然而更多的，却是对南京的气候、街道、景色以及留学生生活的记录，那种敏锐和细致，就连我这个在南京生活了二十多年的人也感到惭愧。而《洗手》更是真实反映了 2003 年春夏"沙斯"来袭的情景。我当时正在汉城，家人怕我耽心，即便谈起，也总是轻描淡写，莲花的这篇散文所传达出来的紧张气氛却让我感同身受，犹如亲历一般。所以她的散文，是其生命中一段历史的活生生的纪念，难怪在她的笔下，南京的树木花草也是那么有声有色呢。

莲花的又一部散文集要出版了，她是研究柳宗元的散文的，柳文最为脍炙人口的篇章就是其山水游记，不知莲花在运思动笔之际，可曾在有意无意间染上些柳文的风神情韵？"美不自美，因人而彰。"莲花对南京城市之美的挖掘，至少在这一点上已经实践了柳宗元的美学观念。

莲花毕业两年多了，南京的夏天还是和两年前一样酷热，"想象天地间只有你一个人躺在一片宽阔无际的草原，黄鹂召来伙伴为你歌唱，山谷的风带来野花的灵气"……就这样，读着莲花的散文，渐渐地似乎感到了一阵清凉，于是，我开始动笔写这篇序文。

二〇〇五年八月十四日于百一砚斋

《和刻本中国古逸书丛刊》序

余生七龄，即遭丙午之祸。四凶肆虐于上，狡童横行于野。图籍之厄，酷于秦火；师儒之运，沦为元九。是时也，文化不毛之地，尽诵毛语；千载文明之邦，惨罹明夷。年十六，负耒耜于黄海之滨。耕作之隙，惟以读书为念，其奈无书可读。每观潮涨落、云聚散，海天之变幻，渊若窟穴，邈如楼阁，未尝不心驰神往，形诸梦寐。某日，忽乘桴浮海，恍入岛外洞宫，奇花异卉，夹道引人，不觉兴动形移。至其尽，有巨石当门，以手扪之，则缓缓而启。入其室中，环周皆书，心喜甚，亟翻阅，其字或丹或紫，或篆或隶，或蝌蚪，或蟹行，苦不能识，失声而寤，乃白日一梦耳，怅然懊恨者久之。丁巳冬，科考改制，幸一试而入南雍。日浸图书馆中，如饥似渴。读元人之记，家茂先藏书三十车，尝入琅嬛福地，阅历代史、万国志，又遍观秦汉以前海外名邦丹书紫字诸秘籍，归著《博物志》。又读司马公《日本刀歌》，至"徐福行时书未焚，逸书百篇今尚存"，"嗟余乘桴欲往学，苍波浩荡无通津"，未尝不废书而叹也。昔日梦寐所至者，其琅嬛之地耶？扶桑之国耶？而神游宝藏，徒然往返，抑时耶命耶？壬申夏，余应京都大学请，赴东瀛讲学访书。日本自隋唐以来，与中国通且千余岁，士子学僧之来中国，无不罄其所有，舶书以还。故东西两京藏书甚富，唐抄宋刻，五山版高丽本，弥绝精善。中国之所无所缺者，多可藉以补正。此行也，得以恣意浏览和国槿域诸汉籍，深慰平生。复以为往日中国学研究者，眼光多拘限于国中，若汇海东日南之汉籍与禹域为一体，非特坐拥千万乘新材料，亦可通东海西海之邮，合南学北学之道也。　故坚信此必二十一世纪之新学问，今日学者其当黾勉从事者乎？　此后东至汉城，南抵河内，狂胪文献，直如禅家所云"一口吸尽西江水"也。　又数年，余建立南京大学域外汉籍研究所，书库即以私藏为基，扩而大之。海外奇书，东西秘籍，世间罕见稀觏之本，充栋汗牛。　昔日梦寐之所，今则朝夕俯仰于其间，人生遇合之幻，其不可思议者有如是乎？　金君程宇，年轻志大，好学不倦。　时在上海财经大学以教授远人汉语为业，难逞其才，余重惜之。　故谋诸有司，不一年而移砚金陵，与余同事。　自是学愈勤而志愈高，视野日广而见闻日富，《域外汉籍丛考》、《稀见唐宋文献丛考》相继付梓，享誉学林。　又数往扶桑，历访公私藏书所，晨抄暝写，广搜博览，编就《和刻本中国古逸书丛刊》。　煌煌巨制，炫人心目。　往者黎莼斋使于日本，得古本逸书廿余种，编成《古逸丛书》，梓传国中，学人莫不宝之。　程宇此编收书过百种，其视黎编，不啻踵其事而增华，变其本而加厉。　一旦刊行，当不胫而走，固无俟于余言。　其所以为书之意，既富存留古籍之仁心，复有扩人眼目之雅意，实为嘉惠学林之善举。　余有幸观之摩之，且为程宇悦之乐之，回念前尘，其亦往日梦境之景福朌蠁乎？　玄黓执徐蕤宾日病后试笔于百一砚斋。

（原载《中国文化》第 36 期，2012 年秋季号）

《明末清初杜诗学研究》序

　　重喜完成其著作《明末清初杜诗学研究》，付梓在即，嘱我撰序。我素来不好为人作序，但当重喜提出这个要求的时候，我没有太多迟疑就答应了。　可以轻易地为之寻找出很多理由，比如从大学时代开始我就是他的任课老师，并指导了他的毕业论文，留校工作后因为我的一番话他开始每天阅读杜诗，后来又边工作边攻读硕士继而博士学位，论文亦围绕杜诗，依然由我忝任其导师。　现在这部以博士论文增订而成的著作将要出版，又适值杜甫诞辰一千三百年，慨诺此序似乎是必然的，而且很可以从"私谊"的角度渲染成文。　但为了避免写成一篇应酬性的文字，我想还是站在学术立场上谈论这部著作，重点在由本书引发而来的与当代学术相关的问题，以就正于读者。

　　"杜诗学"之名由元好问提出，"杜诗学"之实则出现在此前。　千年以来，"杜诗学"有两个高峰，一在宋代，一在清代。　前者是起始，后者是集成，而明末清初则是一大转折。　这是对"杜诗学"史稍有关心者都了解的现象。　学术研究的经验告诉我们，对于精神文化的探讨，有两个时期最值得重视，一个是其开创期，另一个是转型期。　所以，这两个时期吸引学者的高度注意也是理所当然的。　以明末清初的"杜诗学"研究而言，只要参看一下本书附录二所汇辑的自 1900 年至 2010年的研究论著目录（一定还有可补录者），就能用洋洋大观来形容。　因此，选择这样一个课题，重要的思考就集中到如何研究上来。　而对于"如何研究"的思考，一方面取决于自身的学术传统，另一方面则如禅家所说的"应病施药"，需要针对当代的学术状况及其"病症"。

学术研究无疑是从熟悉基本史料开始，并且能够以"上穷碧落下黄泉"的精神，尽可能巨细靡遗地收集相关文献。其后是对文献作初步的整理和分析。再其后，则选择最重要的问题以及最有力的史料写成论文。常见的缺陷在于，或者根据不够丰富甚至是很少的材料作出宏大判断，或者大量堆砌资料而将观点淹没在文献的海洋之中。如果做个大致的区分，前者倾向于"思而不学"，而后者近乎"学而不思"。清代"杜诗学"文献相当丰富，其书目可考者达410种之多（不以专书面目出现的还不在其内）①，而且集中在雍正朝以前①。资料如此丰富，而本书需要考察的问题，又涉及杜诗的版本、校勘、编年、笺注、阐释和评论等，兼容了"杜诗学"的各个方面。本书作者并没有采用敷陈法将上述问题铺展开来，而是在广泛阅读文献的基础上，集中在三个论题，以上中下三编作深入探讨，从而有效摆脱了通常容易出现的弊端。

上编是《钱注杜诗》研究，以此为核心，作者探讨了明末清初的杜诗版本、校勘、编年和笺注诸问题。《钱注杜诗》无疑是"杜诗学"史上里程碑式的著作，受到后人直至当代学人的高度推崇和重视。中国学者且不提，以"为读杜甫而生于人世"自命的日本汉学家吉川幸次郎为例，他曾在家里私下对另一位日本杜诗研究者黑川洋一说："注释杜甫要有钱牧斋的学识和见识，今日可以注杜者舍我其谁。"②历代杜注在其心目中的对手仅为"钱注"。研究《钱注杜诗》可以从许多不同方面切入，版本、校勘等问题属文献学范畴，这在中西传统中都算得上是一门古老的学问。中国的校雠学传统，由汉代刘向、歆父子发轫，他们每校一书，必广罗异本、去除重复、条别篇章、校其讹误、写定正本，是一项严肃的学术工作。而就杜诗来说，

---

① 参见孙微《清代杜诗学文献考》，凤凰出版社，2007 年版。

② "私は杜甫を読むために生まれて来た。""杜甫の注釈には、钱牧斋の学識と見識とを必要とする。それができるのは今のところ私以外にはない。"见黑川洋一《杜甫と吉川先生と私》，《吉川幸次郎全集》第十二卷《月报》，筑摩书房，1968 年 6 月，页 6。

综罗众本，校其异同，最后形成定本，这样的工作也开始于宋代。因为有异本，就必然会产生重复或异同的问题，和最后的"定本"相比，也一定经过校勘者的更改，但其态度是审慎的。近年来，受到西方后现代史学对抄本及印刷文化研究的影响，一些汉学家往往采撷某些笔记、诗话中"资闲谈"、"录异事"的材料，或者根据编集者的丛残片语作"奇崛"解释，推广到校勘学的传统中，认为一部作品（至少在刻本时代以前）从最初写成到最终流传于世，经过了抄写者、编集者大量的、随意的"歪曲"。易言之，这些经过宋人整理而流传下来的六朝人、唐人的作品，在很大程度上是不可据信的。这样的论述，与文学经典的研究结合在一起，更引申为文学史的"权力"。乍闻之耸人耳目，细究之似是而非。依我看来，文本的更改大致出于三类人：作家、批评家和校勘家。在对待文本的态度上，前两者追求的是"美"，而后者追求的是"真"。作家更改自己的文本，由于抄写时间不一，导致异文的流传，但都是属于该作者的作品。批评家更改他人的文本，常常以自己的审美眼光为去取标准，这在选本中尤其明显。所以，我们在遇到唐代或宋代选本的异文时，不能轻易地把这些异文认定为作品在唐宋时代的本来面目。但即便是这样的更改，也仍然是有限的。至于校勘家的更改，因为出于求"真"的目的，态度必然是审慎的，同时也会详列异文，以供读者参考抉择。以上三类人各有不同的取向，各种记载也分属于不同的文献性质，若不加分辨地混为一谈，就容易导致朱紫相夺。一个研究者，如果曾经从事过古代文本的校勘工作，就能够对工作中战战兢兢、如履薄冰的精神状态有所体会，而不至于在解读资料时，让想象的骏马无节制地奔驰，把"天际浮云"认作"地平线上的丛树"①。本书以《钱注杜诗》为核心，细致展开其校勘思想和方法，对于传统校雠学中的文学校勘活动，

① "mistake some clouds in the sky to be forests on the horizon"，这是一个非常生动而著名的比喻，原出傅斯年对美国著名汉学家拉铁摩尔（Owen Lattimore）的当面微讽，杨联陞曾在1960年西雅图举行的中美学术合作会议的致词中使用，含蓄指出美国史学家富于想象力（imaginative）而不适当控制的后果，为萧公权激赏，在其治学漫忆《问学谏往录》中两次引用。语见余英时《中国文化的海外媒介》，《犹记风吹水上鳞——钱穆与现代中国学术》，三民书局，1991年版，页182。

提供了一个具体生动的例证，足以代表中国文学文本编集的主流。 因此，尽管这是一项属于传统文献学研究的内容，其研究思路和方法也平实无奇，但对于当代学术"闻诡而惊听"（借用《文心雕龙·知音》语）的"爱奇"之风却或多或少能起到针砭作用。

明末清初的学者是以"章法"为中心探讨杜诗技巧的，故本书中编专列杜诗章法论，详细考察了这一时期"杜诗学"中的诗歌技法问题。"诗之为技"的观念，在钟嵘《诗品》中已明确提出，堪称中国文学批评史上由来已久的传统，但文人颇不情愿把文章仅仅视为一"技"，总希望能够提升到"经国"、"载道"的高度，所以，即便在文学批评中有关于技法的讨论，也往往得不到重视。 杜甫也曾言不由衷地说："文章一小技，于道未为尊。"对于诗歌技法的讨论，从永明体强调"四声八病"到晚唐五代诗格，形成了一种"规范诗学"，涉及声律、对偶、句法、结构、语义等诸方面。 其中心思想，就是要在"诗"与"非诗"之间划出一条界线。 只有遵循规范的语言表达才堪称文学，否则便是"吼文"、"狗号"，"不名为诗"、"非复文章"，原因很简单，就是"与俗之言无异"。 这些都是对创作者提出的要求，从宋代开始，批评者也往往运用这些技法观念作文本分析，重点在句法和语义。 所有的技法都带有规范性，因此，琐屑机械是其基本特征。 经过反复训练而谙熟于心，创作者又可以在一定程度上打破旧有的规范，使得技法表现更为丰富。 明清"杜诗学"中有关技法的讨论，既有从杜诗中概括提炼者，也有根据批评史上的观念对作品加以分析者。 这些资料在以往学者未曾注意，更谈不上重视了。 我想要强调的是，第一，关于文学技法的讨论，在中国文学批评史上并不贫乏，中国人对于文学性或纯文学的认识，并不是在西洋学术进入后才得到启蒙。 那种以"杂文学"或"大文学"来概括中国人的文学观念，以"载道"、"言志"、"美刺"、"褒贬"的"大判断"来概括中国文学批评的做法，如果不是无知，就只能说是偏见了。 第二，文学是语言的艺术，当然要讲究表达上的技法。 将技法从文学中剔除，从某种意义上说，就是消灭了文学。 二十世纪新诗运动起来，强调语言是白话的，文字是通俗的，音节是自然的，用韵是自由的，文体是解放的，以为这样就可以使文学获得新生。 但中国诗歌传统是既重视情志也决不轻视技法的，"押韵就好"的"薛蟠体"之所以成为嘲弄的对象，一方面是其表达情志的鄙亵，另一方面也是因为"不成文体"。 中国文学批评不仅认为文学需要有形式，而且还拒绝平庸的形式。 二十世纪以来的文学观念则异于此，中国的白话文学运动从新诗开始，苏汶（即杜衡）概括为"做诗通行狂叫，通行直说，以坦白奔放为目标"①。 尽管后来有格律派、象征派的努力，但显然后继乏人。 俄国形式主义理论家重视形式，但将形式推到极致，也就把所有的文本都看成了文学，只要是"非实用地"或"诗性地"阅读，任何一种文字表达都可以被当作文学甚至是诗②，实质上也就取消了形式的意义。 至于结构主义者所说的"一旦把它按照诗的格式写下来，有关诗义产生的程式立刻就起作用了"③，真是如此的话，歌诀口号岂不一律是诗④。 以中国文学批评的标准衡量，这只能是炉边烹茶啖栗的笑谈而已。 杜甫在中国文学史上之所以能够获得"集大成"、"诗圣"等美誉，除了作品中所自然流露出的仁爱忠义，与他在知识储备上的"读书破万卷"和艺术追求上"语不惊人死不休"的努力是密不可分的。 在

---

① 《〈望舒草〉序》，陈绍伟编《中国新诗集序跋选（1918—1949）》，湖南文艺出版社，1986 年版，页 237。

② 特瑞·伊格尔顿（Terry Eagleton）在评述俄国形式主义文学理论时曾经举了这样一个例子："如果我研究铁路时刻表不是为了换车，而是为了激起我对于现代生活的速度和复杂性的一般思考，那么可以说，我在把它当作文学阅读。"（If I pore over the railway timetable not to discover a train connection but to stimulate in myself general reflections on the speed and complexity of modern existence, then I might be said to reading it as literature.）*Literary Theory: An Introduction*. Basil Blackwell Publisher Limited，1983. p.9.

③ 这段话是针对威廉·卡洛斯·威廉斯（William Carlos Williams）留给太太的一张便条而言："是这么回事，我吃了放在冰箱里的李子，它们很可能是你留作早餐的。 请原谅，它们真可口：那么甜，又那么凉。"乔纳森·卡勒（Jonathan Culler）著《结构主义诗学》，盛宁译，中国社会科学出版社，1991 年版，页 262。

④ 这一点，在今人的一代总集的编纂工作中，似乎尤其需要有所注意。

今天，强调对艺术作品做细致的文本解读，学习古典作家在技法上的千锤百炼，文学才能逐步摆脱媚俗和速成。而对于传统文学的研究者来说，加强文学技法的研究，不仅可以弥补以往学术版图之不足，也能够为当代作家提供更多有益的借鉴。

文学诠释是一个古老而新鲜的命题。孟子提出"以意逆志"的说诗方法，从今天的眼光来看，就是文学诠释。而西方在十九世纪兴起到二十世纪大盛的诠释学（Hermeneutics），更是影响到人文社会科学的各个领域。本书下编杜诗诠释论所针对的就是这个问题。作者敏锐地注意到，明末清初的杜诗学者对于作品中的"意法"有一个非常辩证的认识。这里，我想从本书中引用一则材料来加以说明。陈之壎《杜工部七言律诗注·注杜律凡例》云："诗，意与法相为表里，得意可以合法，持法可以测意。故诗解不合意与法者，虽名公钜手沿袭千年，必为辨正。"记得最初看到这则议论，真有空谷跫音之喜。如果把"意"理解成作者意图，那么"法"就是作品的表现技法，两者的关系乃如胶似漆、互为表里。但在二十世纪以来的文学诠释中，意图被当成思想内容，技法则归为表现形式，处理这两者的通常方式，犹如旧小说中的话头，是"花开两朵，各表一枝"的。我在三十年前写《李义山诗的心态》，开篇部分即指出："写什么与怎样写，在有特色的诗人手中从来就是密不可分的。"[1]所以，该文选取了李商隐诗歌表现的若干方面，如取景角度、空间隔断、时间迟暮、自然描写、比况古人、词汇色彩、句法结构和"无端"二字等，努力迫近其心态，目的就在于想通过"怎样写"（"法"）来探讨"写什么"（"意"）。尽管文章显得稚嫩，但这一研究思路直到今天，我认为还是有价值的。当时只是以初生牛犊不怕虎的勇气，针对二十世纪以来文学诠释中的弊端，企图根据自己对于文学一知半解的认识，对那种状况有所改善或者仅仅是改变。但不可否

---

[1]　此文与曹虹合作，已收入张伯伟《中国诗学研究》，辽海出版社，2000年版，页132。

认，三十年来，中国文学研究界在对古典诠释的理论和实践中，对于这方面的探讨依然是寂寥的。因此，当我读到本书"杜诗意法论"一章时，既为古人孤明先发的真解妙论而兴奋，也为作者目机铢两的敏锐眼光而赞叹，更为自己读书不多、见闻孤陋而惭愧。古人的这一理论和实践，经过本书作者的阐发，应该得到学术界的响应，这是一条值得继续开拓、探索的文学诠释之途。

以上论述的几个问题，都是从这部著作中引发而来，这些问题的题旨很丰富，涉及面也很广，并不是用这么简短的篇幅能够阐释清楚的，只能姑且作一个提纲挈领式的说明。另外，我论述的侧重面和立论与作者或不尽相同，但大体而言，这些异同都能够加强本书原有的论证。现在，我还想谈一个与学术论文表述相关的问题，并与作者共勉。

"意"与"法"不仅在创作中相为表里，在学术论文中也不宜不加兼顾。上世纪八十年代初，有学者在访问欧美期间拟发表学术论文，结果发现我们的引述方式与欧美有很大差异，于是感叹中国不仅学术不如西方，连注释方式亦不如人。这些年强调与国际接轨，文章的引述也要"国际化"。但所谓的"国际化"，无非是技术上的、符号上的，并不能等同于学术规范。比如西方学者极为重视对他人（实际上多是欧美学人）研究论著的关注，几乎不下于对原始文献的重视。华人学术圈受其影响，在自己的论著中大段引述或详细罗列相关研究，以为不这样做就不符合学术规范，这在今天海峡两岸的学术论著中已司空见惯。对于针砭游谈无根的学风、忽视既有的研究基础，这一要求是具有积极意义的。但学术规范并非舶来品，中国的读书人向来就有自身的学术法则，也更适合于国人治国学之用。如果说与西方有差异，充其量在技术层面，作为学术精神的"道"是通贯的。这里，我想介绍一篇十九世纪广东学人陈澧（东塾先生）的文章。钱穆《近百年来诸儒论读书》

就是"自陈澧始"①。　不过这里介绍的《引书法》似乎少有人注意，尽管作者自己颇为重视②。　陈澧云："引书有引书之法，得其法则文辞雅驯，不愧为读书人手笔，且将来学问成就著述之事亦基于此矣。"兹节录数则如下：

> 引书须识雅俗，须识时代先后。书之雅者当引，俗者不可引也；时代古者当先引，时代后者当后引，又或不必引也，在精不在多也。若引浅陋之书，则不足以登大雅之堂矣。
>
> 引书必见本书而引之，若未见本书而从他书转引则恐有错误，且贻诮于稗贩矣。或其书难得不得不从他书转引，宜加自注云"未见此书，此从某书转引"，亦笃实之道也。
>
> 前人之说有当辨驳者，必须斟酌语气……但当辨析，不可诋諆，即辨析亦须存尊敬之意……若其人不必尊敬，其说又乖谬足以误人，则当正言斥驳，仍不可加以谩骂，致有粗暴之病。至其人其书皆无足轻重，则更不必辨驳矣。③

不能尽引也不更阐发，有兴趣的读者自可参看。　我想强调的是，这里所指陈的"引书法"，就是中国人固有的学术规范之一。　中国学术的引书要义即"在精不在多"五字，往昔钱穆致余英时书亦述及此义，节引如下：

> 鄙意凡无价值者不必多引，亦不必多辨。论文价值在正面，不在

---

① 收入钱穆《学籥》，自印本，1969年版，页81。　就读书治学而言，钱氏对此书甚为重视，他曾对余英时说："拙著《近三百年学术史》盼细看，又《学籥》诸篇，虽篇幅不多，亦须精读。　为学门径与读书方法，穆之所知，已尽此两书中。"《素书楼余渖》，《钱宾四先生全集》，台湾联经出版事业公司，1998年版，页431—432。

② 陈澧《与菊坡精舍门人论学》云："《引书法》十条，《字体》百馀字，必要看。"《东塾集外文》卷一，黄国声主编《陈澧集》，第一册，上海古籍出版社，2008年版，页317。

③ 黄国声主编《陈澧集》，第六册，页232—233。

反面……即附注亦然，断不以争多尚博为胜。①

不难看出，这与陈氏《引书法》的精神是一脉相贯的，"断不以争多尚博为胜"就是"在精不在多"。辩驳文字不但要斟酌语气，而且"不必多辨"。若专以斥驳为能事，必终生无所成。

学人撰写论著，自当重视字句章节。此虽为细故，实不宜忽略。先师闲堂在世日，言及学术文写作，不时强调文字的清通雅洁。我虽然对此保持警惕，但自忖还是难以达到先师的要求。钱穆在致余英时书中，也曾说有意为之"下笔删去十之三四"，使"所欲表达者，可以全部保留，不受削减，并益见光采"②。余先生当年的论文，在我们读来并不觉其繁冗，而钱先生尚有"点烦"之意，这可能与他早年熟读桐城派文章有关。相传陆机作文辞藻繁富，张华对他说："人之为文，常恨才少，而子更患其多。"从某种意义上看，"繁"也是才华学养太"富"的表现，所谓"思赡者善敷"。故《文心雕龙》特设《镕裁》一篇，期望去除意、词的"骈枝"和"疣赘"之弊，达到"字去而意留"、"辞殊而意显"的效果。道理不难明白，但临文之际的"情苦芟繁"，难以割爱，也是人之常情。从前张岱为王白岳（佐）书撰序，特发挥"廉"字义云："他人记事，连篇累牍所不能尽者，先生以数语赅之；烦言覶缕所不能断者，先生以数字了之，故曰廉也。"③学者能于此处悟入，下笔自有轨辙。

我与重喜共学共事近二十年，曾把酒论文，也曾品茗清谈，欣赏他的性情坦率，欣赏他的为人诚恳，欣赏他在学术上的奋进不已。杜诗

---

① 《素书楼余沈》，《钱宾四先生全集》，页426—427。案：四十多年后，余英时先生在某次接受采访时也针对此问题说："二手材料一大堆，有些根本就是没有什么价值的。真有贡献的不能遗漏。……这也是现代做学问应该注意的。这是方法论上的问题。"陈致《余英时访谈录》，中华书局，2012年版，页57。

② 《素书楼余沈》，页428。

③ 《廉书小序》，《琅嬛文集》卷一，岳麓书社，1985年版，页55。

研究在他来说或可告一段落，若问我继而再读何人诗，不知重喜能否猜出这个虚拟问题的答案？

二〇一二年八月十二日于百一砚斋

（原载《江淮论坛》2012 年第 6 期）

《汉魏六朝书法理论与文学理论关系探微》序

　　三十多年前，偶阅郑逸梅《艺林散叶》，读到以下一则："包世臣集其论文论书之作，成《艺舟双楫》。 康有为著书，崇尚北朝书体，袭其名为《广艺舟双楫》，胡石查讥其仅论书，未及文，命名殊未妥，乃称之为：艺舟单橹。"颇以此老之言谑而不虐。 书法文学，在古人眼中，其相辅相成之用，恰如行船之有双桨，故包世臣名其书曰"艺舟双楫"。 康有为毕竟还是传统中人，受此讥讽，重刻其书，乃更名为《书镜》。 二十世纪初，现代学术在西洋学问的影响和刺激下逐步形成，分科区域，畛畦甄明，将书法文学严判为二，已是理所当然，不觉有异。于是《艺舟双楫》一书，编辑书论者取其论书语，抄纂文论者裁其论文语。 不止于此，刘熙载《艺概》一书，既论诗文词曲，又论经义书法，今人编清诗话者，仅取其《诗概》，编书论选者，独载其《书概》。 以至于文学研究者注释《艺概》，将《书概》剔除在外，书法研究者研治其书，则专就《书概》注之评之。 古人完整著述，竟然被随心所欲肆意割裂，这样的状况，常常使我对庄子的叹息别有会心："后世之学者，不幸不见天地之纯，古人之大体，道术将为天下裂。"也因此而想在一定的范围内和一定的程度上，对这样的状况有所改善。

　　十五年前，当我撰写《中国古代文学批评方法研究》的 "导言"时，曾对该书的研究方法有所说明，特别指出了三个"结合"，其中之一就是"文学与艺术结合"，也概括了我的一个基本判断："自魏晋以来，文章艺术往往'靡不毕综'地集中于文人一身，并且发生'触类兼善'的效果。 在文学思想与艺术思想——包括音乐、书法和绘画之间，一方面是发展的不平衡，一方面又互为影响，许多概念、范畴及术语常彼此转换。 这是中国古代文学思想的一大特色。"但令我遗憾的是，这一方面的研究在我自身并未能充分展开。 而恰恰在这个时候，来自香港的冯翠儿同学于硕士毕业以后，再次考上我的博士研究生，现在回想起来，真是一种不可思议的机缘。

翠儿从中学一年级开始就练习书法，她的勤奋加上悟性，既临摹各种碑帖，又揣摩不同笔法，使得其书艺水平不断提升，在校内外多次获奖。 中学以后，尽管其学习、工作的场所多有变化，香港、澳门、伍尔弗汉普顿（wolverhampton，英国城市）、南京，但她总是利用各种机会和可能，不废临池功夫。 在中国的文学、书法批评传统中，曹植的一句话堪称经典："盖有南威之容，乃可以论于淑媛；有龙渊之利，乃可以议于断割。"这句话曾经被孙过庭《书谱》引用，到清代又被方东树当成两人的话一起引用。 虽然苏轼说"吾虽不善书，晓书莫若我"，但前者是虚晃一枪，后者才是主旨所在。 所以我就想，若是翠儿愿意在书法理论和文学理论的关系上用力，想来是可以获得事半功倍之效的。令我高兴的是，她欣然接受了这样一个题目，并且愿意从早期的汉魏六朝入手，而不是我建议的以唐代为范围。 她的目标是，先穷讨其源，后沿流而下。 我本意是唐代的书论和文论材料更为丰富，而研究者极少，可以创获的方面较多也较易，但"鉴必穷源"是刘勰提出的原则，"推源溯流"是钟嵘善用的方法，肯在源头用力，当然是学术正途。 虽然遇到的挑战会更大，但值得予以鼓励。 当时的翠儿还在香港教育学院任教，繁重的教学工作之余，她努力收集资料，细心考辨，不出四年，便完成了其博士论文《汉魏六朝书法理论与文学理论之关系研究》。 大辂椎轮，灿然成章。

本书是在其博士论文基础上修订而成。 虽然是我指导的博士论文，但展现出来的面貌和我原先的想象并不全然相同。 相同的地方就不谈了，还是举例说明不同之处吧。 比如对于书体的辨析，《草书势》所针对者是什么书体，《篆势》所描述的是什么形态的篆体，等等，这是对于书体有真实体会才能写出的。 附录的篇章也很值得关注，如对于赵壹《非草书》写作时间的考证，很见功力。 这些都是我原先并未想到的。 将初盛唐书论与诗格作比较，则是一项新的创获，这倒是证明了我的一个最初判断，该课题在唐代的研究真是一片沃土。 此外，对于朝鲜半岛文学理论与书法理论之关系的探讨，本文也有了良好的开端。 朝鲜时代擅长金石考据、书画诗文的金正喜，在其文集中的《杂识》篇中对两者关系曾有不少精彩议论，如云："书法与诗品画随同一妙境。 如西京古隶之'斩钉截铁'、凶险可怖，即'积健为雄'之义；'青春鹦鹉'，'插花舞女，援镜笑春'之义；'游天戏海'，即'前招三辰，后引凤凰'之义，无不与诗通，并不外于'超以象外，得其环中'一语。 有能妙悟于'二十四品'，书境即诗境耳。"我加上引号的部分，都分别出于传统书论或《二十四诗品》，金正喜善作勾连，揭露了其内在相通之理。 这也使我对翠儿产生了新的期待，她能否将这一研究在时间上和空间上作继续延伸呢？ 那又将获得怎样的收获呢？ 庄子说："指穷于为薪，火传也，不知其尽也。"做老师的快乐，大概无过于此了吧。

二〇一五年六月十日序于百一砚斋

《十八世纪中朝文人交流研究》序

1799 年，时值清嘉庆四年（朝鲜正祖二十三年），朝鲜礼曹判书徐滢修以"谢恩副使"身份到北京，并拜见礼部尚书兼文渊阁直阁事纪昀。若干年后，徐氏在《纪晓岚传》中详细记载了此番会面时的彼此交谈，他询问纪昀著述几何，昀答曰："少年意气自豪，颇欲与古人争上下。后奉命典校四库，阅古今文集数千家，然后知天地之不敢轻易言文，亦遂不敢轻言编刊。"（《明皋全集》卷十四）体会纪晓岚的意思，大概是说读书越多，越清楚原先自诩独得者往往已是古人之陈言，故不敢轻易著述。他大概不会想到，当时只做寻常事看的包括其自身在内的与朝鲜人士的笔谈、尺牍等种种交往，两百年后竟也可以成为著述，被东亚学者津津乐道。

摆在读者面前的《十八世纪中朝文人交流研究》就是这样一部书。作者徐毅和徐滢修倒没什么关系，但和作序者一家却是缘分不浅。初中时，作者就读于南通市第一中学，舍妹是其历史课老师；高中时，其语文课又由先父所授。大学毕业后，他在南通师范学院（今合并为南通大学）工作数年，再考入南京大学中文系，从我攻读硕士继而博士学位，本书就是在其博士论文基础上修改增订而成。徐毅要我为他的新著写序，而我总记得顾炎武"人之患在好为人序"（《日知录》卷十九"书不当两序"）之训，颇想推托，无奈上述缘分，一重一重又一重，那就不如随顺世缘，且为作序。

众所周知，中朝两国之间的文人交往源远流长。早在唐代，崔致远入中国，以"宾贡"登进士第，与罗隐、顾云相友善，事迹见载于《三国史记》；北宋时，高丽使臣在元丰年间入中国，与毕仲衍等人一起奉和宋神宗御制诗，金富轼、朴寅亮更是留名中国，《高丽诗》、《西上杂咏》、《小华集》纷纷刊行于世；高丽忠宣王入元大都，建万卷堂，出入其间的不仅有高丽文士如李齐贤，也有中原名流如元明善、赵孟頫、虞集等人；到了明代，倪谦于正统十四年（1449）出使朝鲜，开创了以《皇华集》为标志的诗赋外交的传统，文人交流愈益频繁。 但就交流的广度、深度以及对东亚学术的影响而言，进入清朝的十八世纪中后期堪称巅峰。 本书就是以这一时期为讨论范围，详赡地描述了中朝文人交流的各个方面和不同层面，立体地呈现了众多鲜活的历史场景。仅仅就其收罗的材料而言，本书是迄今为止同类主题的著作中最丰富、最难得、最新鲜的。 很多中朝人士往来的尺牍、笔谈，散藏于各国各地图书馆、博物馆甚至私人手中，徐毅想尽各种办法，真是苍天不负有心人，最终皆一一到手。 也难怪他历数其所获，得意之情就溢于言表。 也难怪有的韩国学者对我说起此事，有时竟会流露出几分醋意。这让我想起选题之初，九年前的一个早上，他踏着轻快的脚步得意洋洋地跨进我的办公室，将其论文大纲交给我，期待得到高度肯定。 但是经过一番讨论后，竟然让他紧张得汗流满面，连午饭也"对案不能食"（借用鲍照句）了。 当时的我或许还能够在文献上对他有所帮助，但此后他遍访韩国、日本公私藏书之所，接触这一专题的文献量之多、之罕见，已让我刮目相看、瞠乎其后，若是再相互讨论起来，恐怕他该要兴奋得"快意浮大白"（借用司马光句）了。

文人交流其实是民间外交的一种形式。 徐毅在韩国收集材料的同时，也广交朋友，从某种意义上说，这也是古代的文人交流在今天的继续。 徐毅生在南通，长在南通，如今也工作在南通。 清末民初，有一段动人的中韩文人交流的故事，就发生在南通。 作为朝鲜末期文学大家之一的金泽荣，不甘在日本帝国主义统治下做亡国奴，张謇遂热情邀他移居南通，使他得以在安定的环境中编纂、创作了大量的历史、文学作品，并与俞樾、严复、梁启超、吕思勉等文人学者多有交流，最后终老于兹，安葬于兹。他曾写下这样的诗句给张謇兄弟："通州从此属吾乡，可似嵩阳似汉阳。为有张家好兄弟，千秋元伯一肝肠。"（《四日至通州大生纱厂赠张退翁观察》，《韶濩堂诗集》卷四）不知徐毅的选题，是否在有意无意间受到这些故事的刺激。但可以确认的是，徐毅获得博士学位后，很快在南通大学建立起中韩文化研究中心，并且积极举办会议，申请项目，培养人才，出版著作，不过几年，就使得该中心蜚声学界，成为南通大学的一张有内涵的国际化名片。这其中凝聚了徐毅的心血和奋斗，也体现了他在学术研究之外的多方之才。

徐滢修记载的纪昀语，从某种意义上说接近于歌德的一句话："凡是值得思考的事情，没有不是被人思考过的。"但歌德接着又讲了一句："我们必须做的只是试图重新加以思考而已。"（《歌德的格言和感想集》）要是用孔子的话说，那就是"温故而知新"。徐毅经过多年反复思考、不断磨砺的著作出版了，其中当然包含了他对以往学术成果的"重新思考"。现在，这部书成为这一主题的最新之著，当然也应该是最佳之著，因此，我希望此后的徐毅能够对自己的著作不断续做"重新思考"。毕竟，这些材料中还有很多未发之蕴正等待着善于发覆的头脑和眼光。

二〇一七年九月二十八日于百一砚斋

闲堂师批语辑录

先师闲堂极重视也极善于为学生批改论文，生前曾说，若有朝一日不能替学生改作业，就不再带研究生。 临退休前给校系党政领导的信中，说自己退休后有三件事首先要做，置于第一的就是"对已经毕业留校工作的五位博士继续指导 3—5 年，他们是优秀的，但还不够成熟"。而最为切实的指导依然是批改论文。 我非常幸运地在学生时代和留校工作期间都受到先师的这些恩惠。 这里列出的论文八篇为读书时作业，著作两种则留校工作后所写。 经先师批改的文章，保存下来的应不止于此，但住所搬迁多次，一时难以尽觅。 姑且把手边的先师批语辑录出来，汇为一集，与读者分享。

论文批语

一、《李义山诗的心态》总批（1982 年 3 月）：

1. 还可删改得再洗练一些。

2. 个别论点要从理论和材料两方面再考虑一下。

3. 再复核一下诗篇的年代（即诗人的环境）与你们的论证有无矛盾。你们已经这样做了，这很好，这就将自己的工作和某些海外学者的工作在方法论上区别开来了。考证和批评是交相为用的，而绝不是互相排斥的。

二、《拾遗诗拾遗》总批（1982年10月）：

1. 文言文的写作练习还要加强。词汇不够，虚字使用不当，亦有词不达意之处。

2. 所举例证与所得的结论中间有较大距离，在思想方法上要更细密一些，更实事求是一些。

三、《李白的时间意识与游仙诗》总批（1983年3月）：

1. 历史的回溯部分（1—9）可以精炼一些。

2. 10页直线与循环的说法，如果要说，应说清楚，因为这是一个新的看法。如别人说过，要加注。佛教哲学中的时间观念要作一些说明（有文献依据的说明）。

3. 论李诗部分好，例证多了一些，要去掉一部分，每一项论证，留二三条有典型性的即可。

4. 改后，再交来。

四、《钟嵘〈诗品〉批评方法论》总批（1985年12月）：

1. 重写后再送阅。

2. 全文不要超过一万五千字。

3. 人所能言，我略言之（可用小注标明文献）。人所难言，我详论之。

关于全文章节标题批曰：

1. 品第高下

2. 推寻源流

3. 知人论世

4. 寻章摘句

5. 较其异同

6. 喻以形象

如此两两成对作为标题，似较齐整。请酌之。

五、《环绕今本〈论语〉的诸问题——兼与朱维铮先生商榷》总批（1987年1月）：

1. 将周先生的意见和我的改本结合起来考虑写成定稿。

2. 由我写信给匡老推荐到《孔子研究》上发表（信附上）。

3. 注意我删去的那些对学术讨论没有益处的意气之言。行文行事，要养成从容不迫，以理服人。这一点，我至今未能完全做到，每引以为愧。你要注意。

六、《钟嵘与〈周易〉之关系初探》总批（1987年5月）：

1. 凡是推论或假定的地方措辞要留有余地，切不可作没有坚实证据的结论。但科学研究并不排斥推论假定乃至想象，所以我认为你第一部分是"言之成理"的，虽然并不都"持之有故"。

2. 仲伟明《易》有助于《诗品》之写作，此论诚是。但这绝不是① 他只明《周易》；② 只有《周易》才有助于《诗品》的写作。《序》明云"九品论人，七略裁士"，则固尝自道其渊源，若汉末品藻月旦之风衣被《诗品》亦甚显著，无可疑者（品评分等级的思想，名家为重。刘孔才的《人物志》不能对《诗品》无影响）。全文读后，给人以独举《周易》，排除其他的印象（主要是第二部分）。如果将口气改变一下，就会起言人所未言的效果。

七、《从〈左传〉看春秋时人的音乐观》总批（1987年10月）：
此文甚有佳处。眼光所及有广度亦有深度。老眼为之一明，甚喜慰也。
第一节文字立论尚待认真修改。
研读古典之益，亦于此文见之。盖可厚其学殖，不为空洞之言。

千帆记于病榻，10月30日

八、《诗格论》总批（1988年）：
此篇甚用力，屡齿所及多前人未经行处，可喜。

著作批语

一、《禅与诗学》（批改时间是 1990—1991 年）

《诗话与语录》

谈到诗话与唐宋笔记及禅宗语录关系。 批曰：

这些笔记还有一点与禅师语录不同，即唐宋以下笔记皆分两类：一类记别人的事（如《刘宾客嘉话录》），另一类兼记别人及自己的事（此类大抵皆然），若禅师语录则似皆弟子及法嗣记其师门言行。不知是否如此，愿详之，以余所见禅师语录甚少也。此有（案：或为"尤"或为"又"）诗话体例所当注意。

又曰：

还有一点可以注意，即禅师语录兼及言与行，欧公《诗话》及司马公《续诗话》亦然。二公同时又各有笔记，盖其时二者分别不严，故郭绍虞《论诗话绝句》有云："醉翁曾著《归田录》，迂叟亦记涑水闻。偶出绪馀撰诗话，论辞论事两难分。"（载郭著《文评史》）此亦可旁证诗话与语录之渊源也。

"最早的批评论著也出现于六朝"句下批曰：

专书始于六朝，专篇当云始于汉末，《文选》所载《典论·论文》及诸书札是也。

引《四库提要》论《五灯会元》语。 批曰：

纪晓岚不喜宋学，《提要》中常阴文刺讥之。此论《五灯会元》忽旁及儒门，即其一例。

言叶梦得以禅宗"云门三句"论诗有不够确当周延之处。 批曰：

以禅喻诗,本如今人所云"攻其一点,不及其余",故不周延乃其必然,非偶然也。

又曰:

这一段议论扣得太紧太死,问题可以提出,但整个议论要放松一些。古人说诗原不是给皇帝上万言书那样严肃的,常常是随便谈谈,故有极精微处,亦有粗疏处,不可以今天做研究工作之态度要求之。

引吴坰《五总志》言东坡、山谷门风之别。 批曰:

坡、谷之别实(案:或漏"际"字)上乃个性之异,如柳下惠圣之和,伯夷圣之清。坡、谷待人接物,颇有宽严之别(宋人小说颇载其事),而诗风亦然。坡诗易知而难学,山谷不易理解,理解后则有法度可寻。故后人(包括与坡、谷同时之宋人)学坡者少,学黄者多。此亦如唐之李、杜。

论宋人学禅往往接受某一宗某一派,而排斥另一宗、另一派。批曰:

世间有各种不同的禅,不同的诗论,不同的诗作,是三者互相对立或分歧呢,还是只有参禅和论诗两者之间的分歧? 对于诗这一方面,应否将诗论与诗作分开,文未涉及,而这个问题是存在的,不能囫囵过去。愿更详之。

《玄言诗与佛教》

对"佛理诗"之名批曰:

佛理诗之名能否成立? 当时诗中含佛理者亦得称玄言诗,以其每相交错界限不明也,观《世说》即可证知。

对释家三宝以僧最为重要。 批曰:

以世俗说,其顺序如此,就佛教说,则由佛然后有法,有法然后有僧。

佛教之初输入，其信徒是一般庶民或已受儒家文化熏染之士大夫，宜略辨明。参梁任公《佛教之初输入》及汤用彤《史》。

对"两种文化的接触，以僧人为中介"批曰：

不独初期僧人，恐亦有居士，看基督教初输入之情况可以推知。外国教士皆借力于已信仰之居士以行其教也。外来宗教之输入，皆有上下两层信徒，故其布教亦有两条路线。要提一下。

对"首先代表中国文化去拥抱佛教文化的是儒家思想"批曰：
要适当说明经过抵排的过程。

对玄学"至向秀、郭象已臻顶峰，难以更进一步"批曰：
这一现象，是否可以理解为再进一步，就会又由天上落到地下，接触到他们所不想涉及的现实政治了。

对"魏晋以来，儒学丧失其独尊地位"批曰：
但仍然是官方哲学（特别是在魏末迄西晋）。

对《祖堂集》中记杨衒，《续高僧传》作杨衒之向达摩问法，因"疑杨衒字衒之"批曰：
古人名字义训皆通，衒与衒义不通，未必为一人，仍须存疑。

对孙绰"以天竺七僧比竹林七贤"批曰：
竹林之名，陈寅恪云源于天竺（《金明馆丛稿初编》181页，未详出何经典），若如是，则兴公之比乃借用之典又还老家也。

对僧人翻译及写作偈颂批曰：

在最初译经时,必须为梵本之偈颂寻一适当之躯壳,在当时文体中,只有赋与诗二体有可能任之。而五言诗早扇玄风,故高僧亦借五言诗以译偈颂,乃自然之势。然初多无韵,但以五言为句,及后自作,乃转趋成形,为有韵之五言诗耳。

《宫体诗与佛教》

对引用《佛所行赞》、《普曜经》以艳情诗方式描绘佛的不为诱惑所动。 批曰:

这在古代传统中,即"驰骋郑卫之声,曲终而奏雅",特变本加厉耳。然中华不至发展如天竺者,则儒家防闲之功也。

对《庄子》与魏晋以下放浪风气的关系批曰:

这里有一个问题,庄子所说是认为人应反(返)乎自然,不须要桎梏自己的礼乐衣冠(思想上则为道义仁义),故其对藐姑神人之形象的赞赏,并不是"人"的"肉"的"情"的,而是"天"的"灵"的"理"的。魏晋以来对肉欲的放纵,若非对庄子的曲解,便是与庄子无关。我还没有看到那个时期以老、庄、《周易》为纵欲的理论根据的材料。此点,如此处理,望考虑。

对道家逍遥篇影响佛教重视形体之美批曰:

道佛交会,自无可疑。但谓逍遥提倡形体之美,而佛教又皆受其影响,则要考虑。高僧饰音辞整容仪,但与世俗之风尚及传教说法威仪楻楻有关乎(僧人做法事,盛其容仪,今犹然也)。

对论佛教"不净观"批曰:

这些禁欲观念的形成,其过程如何,是否如文中所说之简单,这犹儒家之"慎独",应有一个发展过程,是否应略加叙述?

对引述《生经》论比丘与淫女通后悔过自新批曰：

此例系专指宿命，与悔过即无罪似无关连。

对引用朱铭盘《南朝梁会要》批曰：

《隋志》本名《五代史志》，齐、梁、陈皆在其中，不当引近人辑录之作也。

对论《梁书·庾肩吾传》"安西湘东王录事"为"平西"之误批曰：

安、平同义，亦或为编者或传者避家讳而改，今所难详。

述及《华林遍略》，批曰：

《华林遍略》今存残卷，见《洪业论学集·所谓〈修文殿御览〉者》。

对以《大唐新语》论徐陵编《玉台新咏》乃为宫体诗"大其体"批曰：

此语理解似有误，所谓"大其体"乃扩大主题、题材，使所选不只限于"宫体"也，有匡其早年尊崇宫体之意。

对引述《艺文类聚》中《答湘东王和受试书》，"试"为"诫"或"戒"之误批曰：

此"和"未解释。"和受戒"者指太子受戒作诗，湘东和之，太子因答以此书，以申说理、抒情各异途辙之意也。湘东和诗今佚，疑其书中有若书中所云"浮疏阐缓"者，故诫之。

对论述宫体风格作品结句归于空批曰：

此类现象亦当与汉人所云曲终奏雅、劝百讽一相联系，以见儒释二家于此有相通处。

二、《诗词曲志》（批改时间是 1994—1995 年）

第一章　"诗"字原始观念的形成及其流变

总批：

能用宏观把握，起点很高。也许不完全适合课本要求，但不要管这些，完成后也可成为一家之言的。

若干论点要充实、修改。

建议你将《毛诗》孔疏、《诗三家义集疏》及《诗集传》认真从头至尾细读一遍，现在你的业务已经到了要跳上一个新的台阶的时候了，要象王静安那样，筑起坚固的古典堡垒，由此走向现代学术。《诗经》以外，选读一些《礼记》。这样做，可以避免你停留在现在就已经很成功的阶段上，要"自致隆高"。

我已老到不能有所作为。受之于师，传之于弟子。切望你们有成。

第二章　温柔敦厚和香草美人——中国诗学的初建

对《诗经》中的"风"，包括《周南》、《召南》、《邶》等批曰：

南、风分合，前人多论及，此处可举一二代表性文献以供读者了解此一问题。如梁启超说即可，入注中。

对屈原的可贵就在于他始终不愿也不能忘情于国危民困批曰：

太史公提出了"以彼其材何国不容，而自令若是"的问题，章太炎以身为贵族，有与王室共存亡的责任作了解答，可以参考（章说已记不清出处）。

对屈原以下有重辞倾向批曰：

关于辞的问题，请看《国文月刊》（40 期以前×期）彭仲铎《辞赋探源》，我《古代辞赋》导言用其说。

第三章　秦汉大一统制度下的诗歌

对第一节"秦朝的文化政策"批曰：

此节，请参看太炎先生文录中所载《秦献记》。

对论述今古文一段批曰：

这里不够清楚，初学者恐难看懂。至少要说明今古文、经与纬、纬与谶之别异。

对邯郸女子善舞批曰：

《庄子》有邯郸学步之语，所学似为舞步，非寻常行路之步也。注《庄》诸家，不知已注意及之否？若焦仲卿妻之"纤纤作细步，精妙世无双"，则为行路之步。

总批：

此章未及苏、李诗，准备如何安排？苏、李恐与《十九首》时代相距不远也。

第四章　士人之诗与贵游之诗

对七言诗由骚体演变而来。　批曰：

关于七言诗，请看余冠英《七言诗起源新论》，其说可采。柏梁体即自"七言"来，谓七言诗出骚体，恐未然也。

对"以诗为戏"批曰：

陈子展有一文乃《八代的文字游戏》，刊抗战中重庆出版之《真理杂志》，不知见过否？古代文学之娱乐性已萌汉代，柏梁诗其一也，此风亦自民间来。

对古代田园诗至宋代范成大《四时田园杂兴》而作总结。 批曰：
此语可商，恐亦太尽，欠节制也。

对讽刺诗和咏怀诗所表现的往往是陶渊明的另一面。 批曰：
这两面在陶诗中又是统一的，如何统一？陶诗这点似应强调，即其平
和中蕴藏的叛逆性。由龚定庵《己亥杂诗》以至鲁迅皆曾着重指出。也可
与讽刺合并论之，反叛是内核，讽刺只是手段。

对"陆才如海，潘才如江"批曰：
海指其深广，江指长远，当是异同非优劣。

对引用元好问评潘岳《闲居赋》失真。 批曰：
元评潘是一个大问题，即"文是否如人"的问题，这里，能暂时不谈为
好。请酌。

对早期山水诗结构由记游、写景、兴情、悟理四部分构成，在后来
形成为定格。 批曰：
这种定格是否可更简单地归纳为写景以寓情（不是抒情）最后加上一
条说理的尾巴。

对引述沈德潜评陆机"胸少慧珠，笔又不足以举之，遂开出排偶一
家"等。 批曰：
胸少慧珠、笔不足举与开出排偶一家有何必然联系？确士之言，似不
足信。以梁陈疵悉归于陆，尤为罗织也。

第五章　唐诗的发展
对引《诗薮》"甚矣，诗之盛于唐也"一段"近体"下批曰：

按：此指律诗。唐人亦称绝句之合律者为小律诗，此别列绝句者，以自汉以来，即有古绝句故。

对一段文字中连用"而有"、"虽然"、"但"批曰：
转折太多，文势疲软。

对第二节盛唐气象批曰：
关于盛唐气象，你对林庚的说法有什么意见？此处似应有一注。

对引用王昌龄《从军行》"总是关山旧别情"句批曰：
旧，诸本多作"离"，我疑是王闿运《唐诗选》所改，未及遍考诸本，愿弟留意之。

对山水田园诗派批曰：
田园与山水诗的区别主要在于田园的题材（对象）是固定的、单一的，而山水则是变动的、多样的。故田园诗重在写景中之情，山水诗则在写情中之景，此亦陶、谢不同之一端。

对王维诗佛批曰：
应注出其出处。我记得查诗佛还出了一点麻烦，望复核。

对杜甫"诗律细"批曰：
《寄李白》"重与细论文"，清人有著一书名《杜律细》者。

第六章　宋诗的特征及其形成
对玄言家讲平淡在审美思想上的落实从晚唐五代开始。　批曰：
这里要考虑一下陶诗在自然平淡的追求中所起的作用。

对论雅俗观念而引及《论语》"子所雅言"。 批曰：

《论语》中之雅言，未必是雅俗之雅，请看缪钺《周代之雅言》及余冠英《说雅》。

对以俗为雅批曰：

前人评"雪满山中高士卧，月明林下美人来"，似雅实俗。"科头箕踞长松下，白眼看他世上人"，似冷实热。可深思也。

对引述陈与义"忽有好诗生眼底，安排句法已难寻"。 批曰：

与陈语相反相成的则为苏语"作诗火急追亡逋，清景一失后难摹"。

对"活法"批曰：

如张融《门律序》所云"文无常体而以有体为常"，或今人俞平伯所云：文无定法，文成法立。

对杨万里活法诗。 批曰：

无诚斋之气节心胸而徒步其活法，而生新变为熟滑，无可观矣，故其流不大。

对"诗眼"实指经过锻炼的响切之字。 批曰：

此说过拘。已面谈。此句眼既指形式亦指内容，乃二者交会，最精警动人处也。形式兼语法声律（浮切）而言。内容又当为活字，即动词为主，又与活法相关。

第七章　少数民族诗人的崛起

对据《增订辽诗话》引《焚椒录》一书论萧观音事。 批曰：

王鼎《焚椒录》有丛书本易得，无须转引。又观音以忠贞被诬陷，此辽文学史一大事，其中可论之情况不少，宜略及之。

　　对"苏学"盛于北，"程学"盛于南。　批曰：
此旧说，说亦可商，岂能谓文学盛于北，道学盛于南乎？

　　对《中州集》书名"中州"，隐然有与南中国相抗衡的意味。　批曰：
其诗云："中原万古英雄气"，亦隐含此意。

　　对总论元诗。　批曰：
总论元诗的这一段，若按本章性质，似可压缩。

　　对言汉人参政机会受到限制，颇多归隐山林思想。　批曰：
归隐思想形成是多方面的，仕途之艰仅其一端。

　　对引用干文博、戴良等人"诗原于西北"、少数民族诗人能上继风雅正统论。　批曰：
此语细思站不住，但能说就今存史料言之，非诗不原于他方也。此元人欲假此以压汉族之论。
　　请仔细考虑，元朝人这些理论在文学历史及理论上能否站得住脚，元代少数民族作家的成就是否可如此解释。

　　对满族人吟赏"京味风物"批曰：
"帝京景物"是现成名词，刘侗尝以名其书矣。
王静安极注意容若的满人本色，似宜略及满人汉化的特点。

第八章　域外汉诗总说
对高丽朝中叶以后取士三十三人，批曰：

三十三人,唐晚代取进士亦多每年三十人,此或亦与之有关。

总批:

愧于域外汉文学无所知,不能有所商略也。

第九章　从旧诗到新诗

对书面语、口头语、白话的区别。　批曰:

我们不能说书面语与口头语之别即文言白话之别,书面语不等于文言,口头语不等于白话。

对佛教词语影响白话文学批曰:

为什么不先说,大众通用语言(其中也有诗的成分,如谣谚)影响佛经偈颂,大众通用语中的谣谚及偈颂文同时影响了诗。如你说似对极广泛的影响反而忽略了。

对柳永为宋词俗派代表批曰:

市井歌儿伎女之词乃真俗派(又滑稽词亦是),柳似非俗派代表,因其有俗语,但不以俗见长也。

对元曲"书生语"批曰:

书生语或即晋宋所谓"才语",谓说话时使用典故,再发展下去,便走上了无韵的道路。

对引用丁邦新论中国诗歌的演变与节奏。　批曰:

丁先生的研究是用什么方法,如何才得出了这一结论? 在未详细理解和审核之前,据以立论似嫌匆促。

对注中将"李鹰"写成"李蓠"批曰:

此误不应有,戒之。

第十章　词体的形成

对引用《周礼》言燕乐批曰:

《周礼》是周制之纪录还是后人所拟议,有争论。规则过于细密完整,又与传世金文多不相应。似不作为史料征引较妥。

对论及韦庄词批曰:

端己词有个性,有独特情事,此前所无。以前的词是大家的,端己的词是自己的、个人的。

对引用万树《词律》强调词体歌律批曰:

但词律之细者如周、吴仍为入乐所需要。至词乐亡后,严守四声甚至辨阴阳者,则清人乃重视之,有无必要似可商也。

对长调不便演唱而失传批曰:

词乐今皆失传,不缘长调不便唱也。

第十一章　两宋词的发展

对"诗客曲子词"无真正内心感动批曰:

是否可用一般性与个性来解释。为歌伎所作之词不需要真情实感这一命题似可商。

对周济教人学词"问途碧山"批曰:

"问途碧山"还有推尊词体之意,碧山遗民,其词多忠爱之怀也。

对论述李清照《词论》一节批曰:

有体会，可嘉。此段甚有见解。

对论及古文以气为主批曰：

骈文亦以"潜气内转"为极致，以文不单行，骤观之其气不显耳。

对引及陈匪石《宋词举》批曰：

今人老辈中惟匪石先生词心最细，其《宋词举》当熟玩之。

对论及辛弃疾词扩大语言来源批曰：

这里要弄清楚，稼轩什么都敢用，其勇气值得肯定，但掉书袋多，亦非处处皆可取。

对以佛教中"七宝"释"七宝楼台"批曰：

"七宝"即多宝，非必七也，亦如三九之非实数，但指多。

对引用刘永济《微睇室说词》释梦窗词批曰：

弘度先生晚年于梦窗极用功，微睇说词，他家皆无其深至。

对两宋词人不常加衬字，至元曲开始盛行批曰：

此语可商。词可歌时，歌者每加衬字，遂成词之又一体。此在宋人词中常见（《词谱》备载）。惟宋词衬字少，元曲剧曲甚至可多至十字外（散曲则较少）。词与曲音乐不同，此间传承关系如何，今难详。

对论吴文英《唐多令》拆字及"滑稽"词受宋元之际俗曲影响。批曰：

这也扯得太远。《唐多令》合字或拆字之体，北宋人如山谷词中亦偶有类似者，以词本来自民间，即入士大夫手，亦未全脱离民间也。

第十二章 清代词学的"中兴"

对王士禛与清初词风兴盛的关系，引及"夜接词人"语。 批曰：

这"词人"不能看得太死，以为是"作长短句的作家"。查一下当时的诗总别集，可知当时作词作诗的人往往很难分别，每每二体皆作，皆有集传世。一时高兴提倡一下，是有的，因填词而弃诗，以致文坛变俗，则说过了头。

对陈维崧在创作上提出思、气、变、通四要素。 批曰：

思、气是内涵，变、通是手段，前二与后二为两方面，不是四者并列概念。

对陈廷焯评朱彝尊"一绳云杪，看字字、悬针垂露"直逼玉田。批曰：

此视白云"写不成书，只寄得相思一点"未免笨贼，白雨之评似阿好也。

对厉鹗"诗不可以无体，而不当有派"。 批曰：

此说似可商。若体指风格，则独特优美之风格正派之特征，若无共同向往之体又何以成派。至体趋凝固，无发展变化，则派亦随而衰歇，此亦文学史之规律也。体未必成派，而无无体之派。此每自然形成或不能形成。"不可以"、"不当"，此乃个人观点，与史实不尽符合。

对引用纳兰《填词》"不见句读参差三百篇，已自换头兼转韵"。批曰：

此亦托古改制之论，非是。

第十三章 散曲的形成与特色

对"散曲又称清曲"批曰：

清曲即无搬演作场之意。

对"小令的另外一种形式是联章体"批曰：
联章体实本于词，由韦端己《菩萨蛮》到赵德麟《商调蝶恋花》皆然。

对"套数"批曰：
蔡莹《元曲联套述例》以《元曲选》整理套曲，其作法基本有成规可循。

对元曲定格批曰：
凡此皆与入乐有关，词至后来亦如此。《词源》及《乐府指迷》皆有严于守律之论，创作则清真、梦窗守律皆极严。

总批：
由音乐风格之迥异到文辞风格亦迥异，应在什么地方强调一下。本章述南北曲音乐之别、体制之别说得较多，文辞之别则较少，宜斟酌之。

第十四章　散曲的发展
对"曲在元朝是一种新兴的文体，因此成就特高"。批曰：
新兴未必特高，"因此"二字无着。

对刘时中用散套描写人民流离生活较白居易《秦中吟》具有更强的表现力和感染力。批曰：
何以刘曲流行却不如白诗？这个问题值得考虑。

对北方曲子带有浓烈的"蛤蜊"味批曰：
此误解。"不知许事，且食蛤蜊"，见《南史》（沈昭略传或王融传），与曲之风格无关。

对引用贯云石评张可久乐府可以"奴苏隶黄"，超过了苏、黄在宋代诗坛的地位。 批曰：

可以考虑这里是指苏黄的词还是诗。黄词多嫚戏鄙亵，而苏则豪放，亦非词之正宗也。

对散曲"将人名景物化，将景物人名化"批曰：

此元人散曲戏曲中普遍存在之文字游戏化倾向，每极工巧，然不足尚。白云"写不成书，只寄得相思一点"，梦窗"何处合成愁，离人心上秋"已启其端，此坊曲之风也。

对论沈璟为追求音律宁使文字不工，无暇顾及感情真挚、内容充实。 批曰：

此点并不重要。在曲调普遍能唱极为流行的时代，文辞之美往往被声腔之美所掩，旧京戏唱词多鄙俚不通，而人之爱赏自若可证，所谓"有意地忽略"也。其"真挚"、"充实"即表现在唱腔之中。所谓时调，在当时也是对前此已有的南北曲而言。

第三辑　独言独语

书绅录

　　闲堂师夙健谈，思维敏捷，出语风趣，学生环坐，如沐春风。每侍先生讲论谈笑，总有如珠妙语深印脑海，归去不免笔于日记，一如子张退而"书诸绅"的意思。兹从日记中辑出若干，以记录时间先后排列，以飨海内外未得亲承音旨的好学之士。一九九九年四月二日记。①

1995 年 6 月 18 日　星期日

　　上午诣闲堂师，伟说："最近收到××大学寄来的一份博士论文，无论是观点、材料、方法皆无可取，严格地说，连硕士水平也没有达到。"先生说："关键是硕士阶段没有受到严格的训练。你们以后要带博士生，一定要注意看他的硕士论文。这不只是一个读书多少的问题，还有学风、思维方式，我们不可能在三年内做六年的工作。现在我们也只能管好自己，十年以后，学术界里的差异就表现出来了。我现在看到不满意的论文要我评审，就说自己身体不好，但是看到好的论文，也还是老眼一明。现在最麻烦的就是要'创收'，这是最不好的。"先生又说："最关键的是要保持好的学风，一旦搞坏了，再要恢复就很困难。南大就是以前一个宣传部长，搞什么'论'，把学风弄坏了。周勋初先生，还有郭维森先生，他们都是逆风而行，这才冒出来的。顺风而行的是大多数，所以都被淘汰了。要认识到过去学风的不行，是不容易的。一直到你们出来，才改变了过去的学风。所以一定

---

　　①　《书绅录》原由我汇集与同门蒋寅、巩本栋所辑各自日记相关文字而成，兹截取其中由我所记者，略作增补，仍其旧题，并将题记一并迻录。特此说明。

要保持好。"

伟说已读完先生的友朋书札，拟在七、八月份写一小文。 先生说："不着急，放到档案馆就算送给他们了。 你写完后，可以问一下蒋荫楠，看能不能在学报上发表。 如果不能，可以给文教资料，他们最需要这样的稿件。 我的信这是第三次收集了。 第一次是在抗战时毁掉的；第二次是'文革'中被抄了，只有一封周贻白谈戏的信，夹在一本书里，当时是忘记收集了，没有和其它信件放在一起，后来倒是遗存下来了。 许多信是我的前辈，甚至是我的前两辈人写的，可惜都没有了。 周先生一肚子都是戏，随便说说就是掌故。 就像陈白尘先生一肚子是话剧一样。 他的几本书，重庆那一段给毁了，干校那段，他用密码写，后来翻译出来，真是有本事。 只是比较简单。"

伟把一些照片送给先生，其中有儿子张博和先生的几张合影。 先生指着一张以张博画的国画猫为背景的照片说："这幅画很有名啦，许多人都看过，这一笔画得很有力。"（这是张博送给先生的新年贺礼，右下角误点一墨，先生遂援笔画成一只小老鼠，并题曰"千帆画"。）又指着一张在院子中和张博一起浇花的照片说："再过一个月，我这院子中的花就更多了。 我这里多是一些野花，我不喜欢什么名贵的品种，我喜欢这样的花，蓬蓬勃勃地盛开。"

6月27日　星期二

蒋寅写成《程千帆选集》评介文，下午，伟送到先生家，谈起刘永济《文学论》一书，先生说："刘先生这本书写得很早，是他在明德中学任教时的讲义。后来商务印书馆把这本书印出来的时候，只印了前面两卷。原来后面还有很长的附录，都是一些文章，像《诗品序》、《南齐书·文学传论》等。刘先生这个人也很有意思，他年轻时攒了一笔钱，想出国留学去学习森林。当时湖南的胡元倓（子晋）先生，是个很有名的教育家，在长沙明德中学当校长，就对他说：'你出国之前，先到我这里来教书吧。'刘先生是个书生，也不知钱该怎么用，就把钱托胡先生代管，说什么时候要用再来取。可是那个学校的经济状况很糟，没有办法，后来就把刘先生的钱挪用了。国也出不成了，刘先生也无所谓，就在那所学校教书。《文学论》就是当时教书用的课本，用的是四号字印的，很大，厚厚的一本。后来是大革命，长沙左翼势力很强，要抓刘先生，他就给吴宓（雨僧）先生写了封信，所以就到沈阳东北大学教书去了。那个时候人的观念和现在不同，现在一个教授和中学的普通教员之间地位相差很大，当时人没有非要到大学任教的想法，像叶圣陶、朱自清先生都当过中学教员，到大学当教授也是一个偶然的机会。这是我后来和刘先生熟了，听他自己讲的，现在当做文坛掌故告诉你。"伟问："胡先生和刘先生是什么关系呢？"先生说："他们都是湖南新宁人。北大的陈贻焮也是新宁人。陈贻焮的岳父叫李冰若，就是《栩庄漫笔》的作者，他的词学修养很好。"伟插话："就是作花间词注的作者吧。"先生说："就是。他的路子和俞平伯先生是一样的，他是吴瞿安先生的学生。他的《漫笔》后来陈贻焮先生又在人民文学出版社重印了，用的是开明书店的纸型，就是他的词话。我后来作那本《宋诗精选》，就是用的他的方式，有话则长，无话则短。可惜出版社还是有些规定，要求每首写个几百字，不然可以更加灵活些。"

伟提及钱锺书的诗集，先生说："钱先生的诗就像他的《围城》中人物的对话一样，精彩极了。 这个人真是聪明，又有学力。 他的感觉极其细密，用思也极巧，那些对偶工稳极了。 如果说有缺点的话，那就是太要好了。 就像赵执信说的'朱（彝尊）贪多，王（士禛）爱好'。那些对偶太好了。 他还是黄山谷的路子。 有一点你注意到没有，读他的诗，好象钱先生不是生活在我们这个时代中的人，这么多的运动、变化，特别是解放以后，几乎一点痕迹都没有。 就像是阮嗣宗，天下之至慎者也。 所以他的诗中没有雄浑的、沉郁顿挫的风格。 我写诗有时还忍不住有些影射，钱先生的诗里一点看不出来。 我怀疑他还有另外一本诗集。"

伟又提及《蒙文通学记》一书，先生说："蒙文通先生现在是以一个上古史专家的面目出现在学术界的，其实他的学问源于清末四川今文经学的大师廖季平。 他是把廖季平那些稀奇古怪的想法用现代学术加以表现出来的。 这个问题很值得研究。 我有一个想法，我觉得你不一定要把自己限于文学或文学批评，也可以更开阔些，作一些其他方面的研究。 我上次给大学生讲，花了很大一段说，专家是需要的，但我们更需要通才。 就拿现在的续修《四库全书》来说，季先生有一个意思是对的，现在找不到能写出那样的提要的人。 叫你写一篇《风月堂诗话》的提要会写得不错，但要你写李鼎祚的《周易集解》，我就不能放心。 更重要的是，写出来以后，到哪里去找能够总览的人，就像纪晓岚那样的。 虽然也还有错误，像余嘉锡先生写的辨证。 余先生说：'易地以处，纪氏必优于作《辨证》，而余之不能为《提要》决也。'纪晓岚他们是乾嘉学术高峰时出现的人物，余先生已经有了现代学术了。 余先生那句话讲得真好，我总是记着，感到有一种道德的美。 章太炎先生说：'大愚不灵无所愤悱者，睹妙论则以为恒言也。'对一句话的理解，感情上和理智上的理解，是和一个人的经历、环境等等联系在一起的。 以太炎先生的话去读《世说新语》，就能感到他们的对话是一种心灵的沟通，几句话就觉得胸中爽朗。"又说："蒙文通先生也是个'怪人'，当时的学校中很有些'怪人'，像黄季刚先生也是'怪人'。 一个大学应该有些'怪人'。 蒙先生在四川大学时，因为批评了当时的校长，被解聘了。 我当时也曾'出言不逊'，不过我很年轻。 蒙先生被解聘后，还是照样去上课。 他说：'我可以不拿钱，但我是四川人，我不能不教四川子弟。'校长一点办法也没有。 他真有意思，是个大胡子。"

先生最后说："我现在也想要多和你们谈谈。 我现在不能写了，但总还有些想法。 朱夫子说是'晚年定论'，我想改一个字，叫'晚年谬论'。"

1996 年 1 月 17 日　星期三　雪

王小盾央请闲堂师为其《唐人酒令艺术》作一鉴定，评语略云："三十年代，夏瞿禅偶于宋人类书中发现令词出于酒令。 四十年代初，罗膺中及其弟子叶玉华撰唐人打令考。 吴眉孙、冒疚斋二老见而善之，复展延论及敦煌舞谱，然偶著文字，未遑深究。 抗战中，任二北避地成都，始大究见于故籍及敦煌卷子中所见唐人词曲声诗戏弄之资料，既辑以为书，复详加考辨，于是唐人声乐技艺之事乃大明于世，诚不得不尊为斯学之初祖也。 王昆吾教授为二北晚年入室弟子，能传其业，复深究唐人酒令艺术，囊括舞蹈音乐及歌词，并阐明其社会文化背景。 关于唐人酒令艺术之研究，至此可谓集其大成，来者或可补苴，然如另起炉灶，其势恐难必也。 盖自夏、罗诸先生发轫，至今且六十年。 昆吾教授之勤亦至矣，其视二北，殆如青之出蓝。 老见异书曷胜钦服，尤怅故交如瞿禅者不及见也。 程千帆，一九九六年一月十七日。"

2 月 3 日　星期六　晴

下午刘梦溪先生来电话，欲求千帆师墨宝一纸，内容最好与陈寅老有关。 下午去千帆师处，转呈此意，并谈及寅老。 以下是千帆师谈话大意：

寅老以一考据家的面目出现，谈论的实际上是文化的走向问题。 可惜从这一点研究者尚少。 我体悟到这一点已经太晚，来不及做这一工作了，你们还可以做。我现在眼睛、耳朵都不行了，反而有时能考虑一些从前未能虑及的问题，关键是比较放松。你在考据上已经有些基础，下面要有意识的更加开阔。

我最近看《顾颉刚年谱》，他的学问和陈寅恪有距离，没有能够把学问与国家命运联系起来。顾的学问很广泛，为人也很热情，家累也重，所以写的东西多，后来主要研究上古史，将历史地理沿革也集中在秦汉时期，用传统的方式研究《尚书》，恐怕没有人搞得过他。以前在重庆的时候，朱家骅奉承蒋介石，要献九鼎，当然都比较小，请人写铭文。四川有许多老先生很擅长此道，但他们都不愿意写。后来找到顾，他大概迫于压力，答应了。实际上他不内行。他说一个鼎上写一句，最后一个鼎落款。前四句忘了，后四句是："我土我工，载歌载舞，献之九鼎，保於万古。"朱家骅有政敌，就去对蒋介石说，他在骂你。四川人骂装疯卖傻者是"献宝"。把后四句的第一个字连起来读，就是"我在（载）献宝（保）"。后来蒋介石看到，果然如此，一脚就把鼎踢翻了。是小鼎，所以用皮鞋就能踢翻。《年谱》也记载了此事，所以也还是如实的。黄裳来信说到此事，但他不知道顾作铭文的背后还有个故事。

陈寅老的学问走向更近于梁启超，而远于王国维。陈寅恪先生的学生中没有人真正传其学术的。最多也只是考据，但陈寅老不是纯粹的考据。

师母插话："王国维那时真好玩，在清华讲课，还留条小辫子。"程师云：辜鸿铭也留辫子。我们和老辈比较起来，最欠缺的就是宽容。政治和学术不是一回事，不能拿政治方式移入学术，动辄批判。我的书大多都给了思想家研究中心，但是有一本没有舍得，就是黄秋岳的《花随人圣庵摭忆》，文笔真好，但他是个汉奸。我从前还买到郑孝胥在满州作的诗，后来"文革"中害怕，烧了。

伟说昨天买到一套《南京文献》。程师说：这是卢冀野编的，当时有许多老先生如王伯沆、柳翼谋等帮助，收集了很多有用的资料。 卢从年龄上看是我的师辈，不过他是吴瞿庵先生的弟子，所以我们算同辈。 他这个人喜欢喝酒，爱唱昆曲，一点都没有老辈的架子。 当时于右任当监察院的院长，他是委员，弄来一笔钱，就办了《南京文献》，是很有意义的工作。 解放后，他害怕共产党，躲到上海的一个中学里当教师，也没事。

伟又说最近购得邓云乡的《文化古城旧事》，可见当时学者的生活丰富多彩。 程师说：到南京快二十年了，真正意义上的朋友一个也没有。 有关系密切或疏远的同事，但没有朋友。 好象家庭之间都很少来往。 这种社会风气，不是一个开放向上的社会所应有的（程师讲这话时，神情有些黯然）。

2月9日　星期五　晴

下午将《解题》交呈闲堂师，又谈及强化班事和研究生培养的问题。 师云：勋初先生花了很大的力量将我们的专业向前推进，但没有留下足够的时间来培养研究生。 所以这几年的博士皆不够理想。 ××因为勋初先生要我推荐其书出版，曾经看过。 太马虎，错别字留着也不改。 我要他增写一章，更为完整，他很快就写好，错别字都在上面。日思字误，亦是一适。 但不能故意留着不改。 当然也有人原来马虎，后来改好的。 你马上当博导，宁愿不招，要招就是好的，培养一个是一个，这就像细胞分裂，会带出一大片。

4月20日　星期六　晴

小儿病数日，下午千帆师和师母携饼干、麦乳精各一筒来看小儿，座谈近一小时。 伟说近日要去韩国，想多买一些古书或复印一些资料，先生回想说：当年去朝鲜慰问志愿军，纪律严明，不许使用人民币，因为战时人民币很值钱，可以在当地买到大量超值的物品。 所以严禁使用，否则立即送回国判刑。 最感到可惜的是当时有许多古书在地摊上出售，纸张、印刷皆极好，无法购买。 特别是一部吴挚甫的尺

牍，没能买下（先生面露出遗憾的神情）。 伟翻阅近年黄山书社印的
《吴汝纶尺牍》，校刊时未用到朝鲜本。

伟与曹虹送千帆师和师母，一路漫谈。 先生说：我一到南大，也是
住在二号新村的四幢，一进门，厕所和厨房相对。 有一次一位省里的干
部当着徐福基（当时是南京大学副校长）的面问："程先生，你住的地方
怎么那么臭？"徐红着脸说，回去马上就给搬。 他的一句直率的话，才给
我换了一下房子。 先生又说：一个人新到一个单位，总是要被欺生的。
我才来南大时，上课的教室都是最坏的。 学报要我一篇稿子，我立刻送
去，马上就调到范存忠那里审查，看有没有不对的话。 也难怪，在武大
被搞得声名狼藉，谁知道你是什么东西。 一直到教育部开始搞学位，要
南大去人开会，系里推了两个名字，陈瘦竹先生和我，后来教育部要我
去。 再后来第一批博导有我，学校才开始重视起来。

先生又说：你对培养学生不要失望。 从孔子开始，做学问的人就
是不多的。 这里总有个缘分。 我祖为一大因缘出世，如何是佛祖西来
意。 我到南大来，培养的学生，直到×××为止还是不错的。 有前途
的，就多施些肥，让他成长得更快些。

先生又说：我的《两宋文学史》，是五七年时在武大写的一卷，那
个时候有写几百万字书的雄心。

伟说最近给研究生讲《汉书·艺文志》，结合讲秦汉学术史。 先生
说：从学术史的角度讲《汉书·艺文志》，是姚振宗《汉书艺文志条
理》讲得最多。 你还可以扩展到《隋书·经籍志》。 伟说日本兴膳宏
教授最近出了一本《隋书·经籍志详考》，在姚振宗《考证》的基础上
更为细致，尤其在佛道二藏的文献方面。 一般的评价不错，但也有的
日本人认为，里面没有涉及新出土和敦煌的文献，所以不是现代的日本
学者所应该做的。 先生说：这就不是在《隋书·经籍志》的基础上做
了，而是要另外做一本，比如《先秦经籍考》之类。 还有我们怎么能知
道这些出土的资料不是刘向当时刊落的呢？ 这就是家法。 因为他认为

不重要，就去掉了。　这类工作还是值得做。　有富这个人很用功，所以我要他发挥所长，做一部《书目答问》疏证。

说到家法，先生又提到汪辟疆先生的话：过去有位杨家骆先生用统计的方法研究选本，汪先生说这不解决问题。　同样选这首诗，各有各的义法，各自有其系统，是从不同的角度去肯定的。　就好象诗话里都赞扬一个诗人或一首诗，其实用意是有区别的。　从前武大有位徐天闵先生，真正是述而不作，他常常说的话是"这是明朝人的意见"，哪怕话是清朝人讲的。　这里也有个系统、家法的问题。

9 月 15 日　星期日　多云

上午写就"素心会"发起词，下午将此文送千帆师审阅，先生认为这个名称很好。　又拿出近刊白敦仁《巢经巢诗钞笺注》和屈守元《韩诗外传笺释》，认为很了不起。　遂言及四川学者：向宗鲁原来是在一家作塾师，此家藏书甚富，且多稿本钞本。　回到重庆就当了教授，这些人（指白、屈）都是向先生的学生。　当时也不讲资历。

讲到年轻人的颖悟，先生又提到寅恪先生三十六岁到清华当教授，但最了不起的是他发现当时的环境不适合做东方学研究，就立刻转向中国史，非常果断。

9 月 17 日　星期二　晴

上午研究生入学典礼，千帆师来讲话，要点有二：一是要意识到自己是研究生一年级，而不是大学五年级。　所以在学习上，不是被动地接受，而是主动地思考。　举例《长恨歌》首句，大学生只要明白意思即可，而研究生就该思考，为何第一句这样写？　这是写唐明皇的好色不好德，是春秋笔法；既是谴责，又为何题作"长恨"？　因为这个皇帝的早年也曾做过对国家有利的事，晚年很不幸，诗人对之又有同情。　二是要努力开拓自己，视野广阔。

11 月 1 日　星期五　雨

上午带韩国博士研究生郑台业诣千帆师。　台业提到在台湾时听潘重规先生课，师云：这是我最佩服的一位同门。他后来研究敦煌学，对于从《玉篇》到《龙龛手镜》系统的俗字作了最系统的研究。那么大的年纪还有新的开拓，真了不起。又问台业听潘先生什么课，答曰《红楼梦》。师云：这是他到香港、台湾以后才讲的。他的《红楼梦》研究有渊源，是以前中央大学的王瀣、王伯沆，潘先生是跟他学的。师又云：我是黄季刚先生晚年的学生，是目前健在的黄门弟子中最年轻的。当时做学生时，潘先生、殷孟伦先生、黄耀先先生都在中大当助教。所以我和他们的关系也很接近。这是现代学术史上的一段佳话，现在不可能有了。就是要跟着老师学习，老师在一天，就一天不离开老师。后来黄先生去世了，他们都到其他学校去，一去就是教授。还有一位研究训诂学的陆宗达先生，在北大读书，上到二年级，黄先生离开北大到武昌，陆先生就不要北大的文凭，跟着黄先生到了武昌。后来陆先生很有地位，北大又补发了一张毕业证书给他。台业说在韩国时就读了《两宋文学史》，读其后记，特别感动。师云：当时的情况下，白天劳动，挨批判，晚上坚持读书。有这样的信念，就使中华民族的优秀文化传统不会断。在这样的动荡下，中华民族渡过难关，就永远也不会被打垮。也许再过二十年，也是这么一个雨天，你们想到有一位中国的老头子说的一些话。那个时候，我的骨头可以用来敲鼓了（手作敲鼓状）。

12 月 15 日　星期日　晴

中午与闲堂师及师母一起同谢正光教授共进午餐。谢教授谈起自己的研究越来越传统，虽然在美国三十年，但对于新的理论一概不知。闲堂师说：传统的魅力在于不断能从古老的东西中发现新的、与现代相合的东西。万古常新，既是万古，又是常新。学术研究如陈寅老说要预流，这只是一方面，也有通过自己的专业，对于新兴的学科有所贡献者。如潘重规先生，他是季刚先生音韵、训诂学的传人，但他接触敦煌学，发现敦煌的俗字非错字，就是对于敦煌学的贡献。

1997 年 1 月 1 日　星期三　晴

下午与曹虹同去程师家贺年。师精神颇佳，讲起某校所编批评史，认为其缺点是不懂创作，缺乏个案研究，举不出解决的问题所在。这样的学风不变，即使写再多，也是不得提高档次。又讲到《中华大典》的《文学理论分典》事，希望我能够通过这项工作，建立古代文学理论的资料体系。

1 月 29 日　星期三　晴

中午到程师处，讲到下午要去统战部开会，程师说：寅恪老说自己做学问是遂顺世缘，人总是这样的。我兼一个文史馆馆长的职务，深通做官之理，他们有时来汇报工作，我一概说好。你们以后总免不了要牵涉到一些政治，也是要遂顺世缘。

（原载《新国学》第一卷，1999 年 12 月）

首届文科强化班开学典礼致辞

各位领导、各位来宾、各位同学:

九五级人文学科强化班今天开学了,我向各位领导和来宾的光临指教表示感谢,对在座各位同学有幸成为这一班级的第一批学生表示祝贺。

过去的一九九五年,据说是具有中华血统的文化人或者叫文曲星集中陨落的一年。 在《中国文化》第十二期的编后记中,开列了上一年去世的学术耆宿、文坛巨匠、艺苑胜流的名单。 这一世纪的精英人物,到了现在也已是凋零无几了。《庄子·养生主》上说:"指穷于为薪,火传也,不知其尽也。"面对即将到来的二十一世纪,如何开创出下一世纪的学术新貌,造就新一代的学术大师,是摆在高等教育面前的非常艰巨也非常现实的任务。 就是在这样的背景下,我们成立了以培养基础知识坚实、学术眼光阔大、专业技能熟练的专门人才为宗旨的人文学科强化班,是非常及时也是非常必要的;对于各位同学来说,是非常幸运也是责任重大的。

在人文学科领域内,用文字写成的作品,不外三大类:一是抒情的,二是叙事的,三是说理的。 由三者向外发展引申,便成为文学、史学和哲学。 这三者之间是密不可分的。 面对下一世纪,我们需要在通贯的基础上有所专精的人才。 在这里,我向同学们提出几点希望:

第一,要有高远的志向。 孔子说"吾十有五而志于学";禅宗和尚说"学者须从最上乘,具正法眼,悟第一义";《庄子·逍遥游》说:"适彼苍苍者，三餐而反，腹犹果然。　适百里者，宿舂粮。　适千里者，三月聚粮。"爱因斯坦则特别强调科学的动机。　为了达到你们高远的目标，就要做好"三月聚粮"的准备。

第二，要有高尚的精神。　落实在你们的学习生活中，就是将求学与做人的二者齐头并进，进而融通为一。　孔子说"志于道，据于德，依于仁，游于艺"，实际上就是讲的这个道理。　懂得道理、相信真理是"志于道"，有德性、有修养是"据于德"，不离群索居，有同学朋友是"依于仁"，生活多彩多姿，为人多才多艺是"游于艺"。　所以，我送八个字给大家，表达这样的意思："通情达理，敬业乐群"。

首届文科强化班毕业照。前排坐者左起为徐有富、姚松、洪修平、潘志强、张伯伟、许敖敖、陈晓律、高华、吕效平、周欣展、滕志贤

南京大学 1992 级学生毕业典礼致辞

各位领导、各位老师、各位同学：

今天在这里举行九二级同学的毕业典礼，学校要我作为教师代表向大家说几句话。我国称为毕业典礼，美国则称之为始业典礼。毕业表示过去四年学习生活的结束，始业则表示今后一生工作的开端。在这样一个人生的重要时刻，对过去作些回顾，对未来有所前瞻，是一件非常自然的事情。

过去的四年中，同学们在学校获得了各种不同学科的专门知识。但如果我问你，大学四年中你最大的收获是什么？你将怎样回答。如果你问我，这四年中你给同学最重要的知识是什么？我又该如何回答。于是我想起了两句古老的格言。

当有人问古希腊哲学家安提西尼，人最需要的是哪一门知识时，他的回答是"使人抛弃谬见的知识"。当中国唐代禅宗的临济和尚，向他的门徒说明达摩祖师东来的目的时，说"为的是觅一个不受人惑底人"。我希望自己在四年中所给予同学的，正是这"使人抛弃谬见的知识"；我希望同学们在四年中得到了这样的知识，而最终能够成为一个"不受人惑底人"。

说到底，"使人抛弃谬见的知识"不是任何一门具体的专业知识，在更确切的意义上讲，它是一种精神和能力。什么精神？科学精神。什么能力？判断能力。科学精神的基本要素是严谨和求实，它隐含在任何一门学科之中。任何一门学科的发展，也就是对于谬见的抛弃，从而有所开拓与创新。　有了科学精神，才可能对以往的知识加以分析、思索、怀疑乃至推翻，形成自己的判断能力；没有科学精神，便会自满、武断或盲从，导致判断能力的丧失。　就这一点而言，科学精神也就贯注于人格和品德。　十八世纪的英国科学家迈克尔·法拉第说："人类智力上的最大弱点是缺乏判断力。"其基本含义是，人们往往仅根据极少的证据甚至毫无证据便得出包罗万象的结论。　这正是由缺乏科学精神所导致的智力低下。

　　大学四年，你们固然学习了许多具体的专业知识，而更重要的，是通过具体知识的学习过程，受到科学精神的感染和熔铸，从而在离开学校之后，凭着这种精神作为继续成长的资本。　我在上面提到的严谨、求实、开拓、创新，不正是南京大学师生非常熟悉的八个字吗？　不正是对科学精神的简捷明了的说明吗？　当同学们带着这八个字离开校园，踏上社会，用科学精神对待工作、对待人生，你们一定能够不断"抛弃谬见"，最终成为具有独立人格和判断能力的"不受人惑底人"。

一九九六年六月二十六日

南京大学 1996 级学生毕业典礼致辞

各位领导、各位老师、各位同学：

今天在这里举行 2000 届同学的毕业典礼，我作为教师代表在这里讲话，不禁想起将近二十年前，自己作为一个即将毕业的大学生，对于未来充满了渴望的心情。 二十年的光阴弹指一挥间，我由硕士、博士而成为教授、博导，仔细回想一下，有什么样的经验可以与各位分享呢？ 我深知不是每一个人都必须走学术研究的道路，西方有"条条大路通罗马"的谚语，中国有"行行出状元"的俗话，但每一个成功的人生背后都应该有相近的精神追求。 再过两天，同学们就要离开母校，有的将踏上社会，开始新的工作，有的还将重返校园，作进一步深造。君子临别赠言，是一个古老的传统，在这里，我愿意以一位学长的身份，提出"执着与超拔"五字，与各位即将毕业的同学共勉。

"执着与超拔"是中国传统思想的特质之一。 举例来说，道家思想在总体上倾向于超拔，老、庄所说的道具有形而上的、超越的性格，但庄子说"用志不分，乃凝于神"，这是何等的执着？ 儒家思想在总体上倾向于执着，孔、孟开辟的人生境界，是在现实中承担、在现实中完成的，但孔子说"富贵于我如浮云"，这又是何等的超拔？ 佛家主张"悲智双运"，所谓"以大智故，不住生死；以大悲故，不住涅槃。"有大智，故能超拔；有大悲，故能执着。 这种思想一直延续到近代的人间佛教，即"以出世的精神，为入世的事业"。 以上种种，所体现的无一不是"执着与超拔"。 革命导师马克思一辈子追求真理、研究真理，从早年大英图书馆大理石上的印迹，到晚年握着手中的笔停止呼吸，他的一生可谓执着；但同时，正如恩格斯《在马克思墓前的讲话》中所评论的，他对于生活的困苦、对于人间的荣辱、对于敌人的攻击，就像对待蜘蛛网一样轻轻抹去，这样的态度可谓超拔。

同学们即将离开校园，走向外面的世界。 有一句流行歌曲的歌词是：外面的世界很精彩，外面的世界很无奈。 即将在各位面前展开的舞台，便是充满了精彩和无奈的人生。 光荣与梦想，困厄与挫折，鲜花和掌声，诱惑和陷阱，这一切都可能在你的人生道上出现。 如果在你扬帆远航的时候，既能执着于自己的人生理想，又具有超拔的人生态度，你就一定能够闯过险滩、绕过暗礁，最终到达人生光辉的彼岸。

祝福你们，亲爱的同学，愿你们拥有最美好的人生！ 愿你们获得最成功的人生！ 愿"执着与超拔"这五个字能伴随你们一路前行！

二〇〇〇年六月二十九日

文学院 2009 级研究生开学典礼致辞

这是我第一次在这种场合讲话。 在我的印象中，在这里讲话的人应该是德高望重、学术精湛的学者，所以接到这个邀请有点诧异。 但无论是什么原因，至少说明一点，那就是我的年龄也不小了。 今天是文学院 2009 级研究生的开学典礼，我是中文系 1981 级的研究生，二十八年时光，蓦然回首，弹指一挥间。"子在川上曰：逝者如斯夫，不舍昼夜。"汉代人说"人生一世间，如白驹（即日影）过隙耳"。 这些人生格言，相信在座各位都耳熟能详，但真正有所体会和体认，往往在时过境迁之后。 清朝人有两句诗："人无哀乐头难白，座有婵娟眼易青。"面对洋溢着青春生命光彩的朝气蓬勃的各位，面对将承担二十一世纪中国学术命运的各位，我这个白头学长如何能不"眼易青"？

我常常想一个问题，中国人都会讲中国话，具有初中毕业程度的中国人都接触过甚至都能背诵若干古典作品，那么，我们为什么还要在大学里办中文系，为什么还要在这样的系科里培养硕士、博士？ 这个问题很大，不可能在这里展开，我只能作一个点击式的表述。 2003 年年底，我在韩国去访问一位朝鲜时代后期著名思想家李恒老的故居，负责管理工作的一家姓张，是李恒老外孙的后代。 他见我姓张，立刻问我一个问题：我们姓张的在历史上谁是最伟大的？ 在座应该也有姓张的，你怎么想？然后他就自己回答：宋代的张子最伟大。 张子就是张载、张横渠。 回答得多好。 张载最出名的是四句话："为天地立心，为生民立命，为往圣继绝学，为万世开太平。"这是中国古代的先贤对读书人提出的四项要求。

"为天地立心"，就是要在天地之间树立起一个值得追求的理想；"为生民立命"就是要给万民提供一个价值观，为什么而活；"为往圣继绝学"，就是要在文化上做薪火相传的接力者；"为万世开太平"就是要将这种文化价值推广开去，在空间上是"东海有圣人出焉，其心同，其理同也；西海有圣人出焉，其心同，其理同也"；在时间上则是"千百年之上有圣人出焉，其心同，其理同也；千百年之下有圣人出焉，其心同，其理同也"（陆九渊语）。简单地说，中文系就是以"为往圣继绝学"而自任的。台湾的有些中文系叫做国文系，其实也就是国学系，不仅包括语言文学，也包括经学和思想史。各位接下来要在这里读书的南京大学文学院，就古代文学的研究而言，强调的是"综合研究"，至少是做到"文史结合"。它是以传承、弘扬中国优秀文化传统为旨趣的。这种"为往圣继绝学"的实践，不仅体现在对学问追求上的虔敬的态度，更多的是在日常生活中所自然流露出的和煦的、温暖的感情，是人文精神的活生生的呈现。就我自身的经历而言，我无法忘记，我的孩子小时候生病了，我的老师程千帆先生和师母会拄着拐杖到我们家来，给孩子送一盒饼干和糖果；我也无法忘记，先师在临终前抱住我说的那句话："我舍不得你。"在中国的传统中，人文精神不是空洞的说教，不是抽象的理论，是在现实中承担、现实中运用的。德国哲学家康德说，人的最后文明是实践的，是伦理的。而中国文明的最重要的性格，就是实践和伦理。能够将这种性格的文明继承下来，推广开去，就是对人的最后文明的贡献，而这项任务，就落实在中文系的肩上，落实在中文系的老师和同学的肩上，落实在在座每一个人的肩上。

今天是研究生的开学典礼，研究生当然要以从事研究工作为主。每一个时代都有其时代的学术，无论你是否自觉到，学术的时代特征总是会形成的。但是拥有这种自觉还是"日用而不知"，这两种不同的精神状态会导致在学业上的不同结果。《论语》上第一句话说："学而时习之，不亦说乎?"大家都很熟悉。朱熹的解释是："学之为言效也。人性皆善，而觉有先后。 后觉者必效先觉者之所为，乃可以明善而复其初。"研究生都有导师，这种关系就是先觉者与后觉者的关系。"师不必贤于弟子，弟子不必不如师。 道之所存，师之所存也。"（韩愈语）重心是谁把握了"道"，谁是真正的有所"觉"。 我的太老师黄季刚先生曾经说："学业既成，师弟即是友朋。"先师千帆先生也曾用这句话来勉励众弟子。 各位同学，我们是先后走在"为往圣继绝学"之路上的同学，我们需要思考的是，在这个时代，我们要继什么样的"绝学"，以及我们应该怎样来"继绝学"。 简单地说，这需要我们以百年升降来反思中国学术，从而对症下药，提出自己的意见。 在我看来，以下互相关联的两点是值得注意的：第一，中国的现代学术，是在西方学术观念和方法的冲击和启示下形成的。 当我们回顾百年来的中国学术，除去文献、人物和史实的考辨之外，其学术方法、理论框架以及提问方式，占据主流的都是"西方式"的或者说是"外来"的。 胡适当年强调用科学的方法整理国故，而所谓"科学的方法"，其实就是西洋人做学问的方法。 傅斯年1928年在《历史语言研究所工作之旨趣》中说："西洋人作学问不是去读书，是动手动脚到处寻找新材料，随时扩大旧范围。 ……我们很想借几个不陈的工具，处治些新获见的材料，所以才有这历史语言研究所之设置。"他所想"借"的"几个不陈的工具"，说穿了也是西洋的方法。 王国维是二十世纪中国学术巅峰的代表，陈寅恪先生对其之所以能够获得如此学术成就的原因有一个著名的概括，大家都很熟悉。 而在当时的日本学者看来，如狩野直喜说："王静安先生的伟大，就在于用西洋科学方法整理国故。"这种概括的正确性如何另当别论，但反映了在学术上西学势力的强盛则是无可置疑的。 上世纪八十年代，当台湾大学历史研究所邀请严耕望前往任教之时，钱穆的反应是："应该讲讲，给青年们一些影响，否则他们都不懂学问究竟该如何做了。"这里所表现出来的，正是本土知识人对二十世纪学术方法的一种看法和意见。 第二，与上面一点紧密联系的，就是在讲到西洋的方法时，同时即认为那是"科学的"方法。 中国传统以"六经"至上，科学毫无地位。 而西方直到十九世纪末乃至二十世纪初，在人们的普遍观念中，人文还是比科学更为优越的知识方式。 科学和人文的地位，在二十世纪来了一个大颠倒，即科学至上，人文必须建立在科学的基础上方有价值，所以今天才有所谓的"人文社会科学"之称。 而在人文学的研究工作中，人文精神、人文素养也在日渐凋零。 中国传统的学术研究，无疑是以人文学的研究为主，并且在观念上、方法上形成了悠久的传统。 无论是宗教的、思想的、历史的，还是语言的、文学的、艺术的，都有其特定的观念和方法。 但百年来的学术以西方科学方法为中心，人们甚至认为中国学术传统中根本就没有方法可言。 因此，也就很少想到从传统中寻求资源。 用禅宗的话说，叫做"贪看天上月，失却掌中珠"，岂不哀哉！ 在学术上，中国的知识人能否提出并实践一种有别于西方的知识生产方式呢？ 这，就是我所体认到的当代中国学术所面临的问题和所处的困境。 我愿意在这里提出并希望引起各位的思考。

诚然，今天的社会远不如我们所想象的那般完美，今天的学术生态甚至还不如我当年求学时那般纯净，但是我相信，总是会有一些人，他们为了追求真理和知识的目的而聚集到一起；总是会有一些人，他们愿意将自己的热情、智慧和坚强的意志奉献给学术；总是会有一些人，他们始终不渝地拥有朝圣者般的灵魂；总是会有一些人，在"风雨如晦"的日子里坚持"守先待后"的理想。 爱因斯坦曾经这样描绘科学研究的积极动机："各人都把世界体系及其构成（案：这指的是在科学研究中所构造的简洁明了的世界体系）作为他的感情生活的支点，以便由此找到他在个人经验的狭小范围里所不能找到的宁静和安定。"因此，如同绚烂之极归于平淡，如同太阳之化七彩于一白，真正的学术研究也就成为通向人们内心"宁静和安定"的必然之路。

二〇〇九年十月二十四日

文学院 2013 级新生开学典礼致辞

各位同学：

　　首先欢迎你们来到南京大学，来到文学院，即将在这里开始至少四年的共同学习生活。　我是这个院系的 1977 级的学生，比你们高出了 36 级，算是各位的老学长。　如果要给今天的致词安一个题目，我想就用"读中文系的人"吧。

　　读中文系的人会是什么样的人呢？　很多年前，我曾经在某个场合作为一个样板，当时在负责南京大学基础学科教育学院的人文学部，一个学生家长在听了我的宣讲之后，对她的儿子说："你就上这个系科吧，妈妈也没有太高的要求，将来像这个老师一样就行了。"尽管这个学生后来读到了博士，但他是否和我一样，或者是否需要和我一样，实际上也很难说。　我的基本理念能否让别人认同，我也不敢有此奢望。今天是迎新会，要我讲话，我就以一个老学长的身份，谈谈我对于读中文系的人是如何认识和理解的。

　　若干年前我在研究生开学典礼上有一个讲话，提出了这样一个问题：中国人都会讲中国话，具有初中毕业程度的中国人都接触过甚至都能背诵若干古典作品，那么，我们为什么还要在大学里办中文系？　推而广之，为什么在英美国家的大学要有英美语言文学系？　为什么在法国、德国的大学里要办法国文学或德国文学系？　所以，这个问题是带有普遍性的。　同学们进入到中文系，想学什么？　想做什么？　中文系培养学生，又想培养成什么样子？　这个相同的问题，未必有相同的答案。 而种种的不相同，无非出于两类不同的考虑，那就是应然与实然。 前者是理想的，应该如此的，后者是现在的，实际如此的。 中文系的学生，就贵在能够从应该如此的方面去思考，去追求，最终去完成。

按照中国传统的说法，一个读了大学的人，应该可以称为"士"。在传统的"四民"当中，士农工商，士为四民之首。 为什么？ 因为一般的人能够做到的是"有恒产则有恒心"，惟有"士"可以做到"无恒产而有恒心"（孟子语）。 他是可以做到超越了自己的利害关系而去思考人类的问题。 宋代张载有这样四句话："为天地立心，为生民立命。为往圣继绝学，为万世开太平。"概括了中国士阶层的理想。 这不是中国独有的，在十六世纪法国人文主义者的著作中，比如夏尔·德·布埃勒（Charles de Bouelles），就曾经画过一张简单的图表，概括人类生存的不同水平，从下到上的顺序分别是石头、植物、马、人，相对应的就是存在、活着、感觉和理解，他们分别指代了四种不同的人：懒惰的人、贪婪的人、爱慕虚荣的人和学者。 换句话说，人性是可以完善的，但只有人文学者或具有人文学者素质的才是真正的人。 因为他克服了人性中的懒惰、贪婪和爱慕虚荣，并且在这种克服之中，人性得到了真正的成长和完善。 在后世研究文艺复兴的学者的眼中，一个研究古典语文学者可以称为人文学者，他们擅长的相关知识领域可以称为人文学。 有这种修养的人可以称为"高贵"，因为他有着独立自主的心灵，有着不为现实所役的操守，有着对世界对人类的情怀和关怀。 在这个意义上，这种人就是人类的"富裕"者。 用布克哈特的话来说："所谓富裕是将毕生心力奉献于人文涵养上，而且为与文化相关的事物慷慨大方地付出。"读中文系的人，就应该是这样的人，他承担着把民族文化的传统继承下来、开创新境并推广出去的责任。

当然，我们是生活在社会中的人，而不是居住在真空里或象牙塔中，上面提到布克哈特，最深刻地留在其友人印象中的一句话是："这是一个邪恶的世界。"这几乎成为他人生观中不断回旋的韵律。 而同时，他又是那么坚定地追求其文化理想，使得读其书的人，"变成跟以前大不相同的人"。

因此，我们就会同时面对两个世界：现实的和理想的，生活中的和书本上的。 孔子说，诗（可以代表广义的文学）"可以兴，可以观，可以群，可以怨"。"兴"是感发志意，让你追求理想；"观"是看到风俗盛衰，让你认清现实；"群"是集体的，"怨"是个人的。 文学就是兼顾并涵容了理想与现实，群体与个体。 所以王国维在《人间词话》里说，文学"有造境，有写境，此理想与写实二派之所由分。 然二者颇难分别。 因大诗人所造之境，必合乎自然；所写之境，亦必邻于理想故也"，这实在是简明概括了文学描写的真谛。 古希腊的悲剧和喜剧是西洋文学的最初的辉煌，而最经典的是亚里士多德在《诗学》中为这两种文学体裁下的著名定义："喜剧总是摹仿比我们今天的人坏的人，悲剧总是摹仿比我们今天的人好的人。"虽然都说到了"摹仿"，好像只是对于现实的写照，而"比我们今天的人坏的人"和"比我们今天的人好的人"就不纯是现实中的人，所以也是概括了理想与写实。 鲁迅说："悲剧是将人生的有价值的东西毁灭给人看，喜剧是将那无价值的撕破给人看。"因此，文学不仅是要讲求真，也同样要讲求美和善。 这与当今追求的科学主义、实用主义是不同的。 六十年前（1953 年），美国的 M. H. Abrams（如果他还活着的话，今年应该已经是 102 岁的老人了，至少在他 98 岁时，我还读过他的新书）出版了一部名著《镜与灯》（*The Mirror and the Lamp*），概括了两种文学理论的倾向：一种是自柏拉图到十八世纪的种种学说，认为文学是对现实的摹仿；另外一种则是浪漫派文学的观点，把文学当作人类心灵的明灯。 在浪漫派的眼中，心灵与物质、精神与自然都融化成无限的爱，"他们想象了一个神仙世界，在那里异教徒和基督教徒，过去和现在，天堂和人间，人和禽兽一切都言归于好了"（Paul Henny Lang）。 而在中国的现代文化中，最缺少的就是这种浪漫主义的洗礼。

　　摆在我们面前的任何一件事，就其中蕴含的力量的方向来说，总是既有向外的 extention，又有内在的 intention，所以，在文学批评中，就有了一个删除了这两个词的前缀而形成的新词—— tention（张力）。在各位的求学途中和人生途中，会遇到种种的挑战，中国和外国、传统和现在、理想和世俗，我祝你们成为一个真正的读中文系的人，而要做到这一点，也许就是在种种的矛盾、冲突、对抗之间，始终保持必要的张力（necessary tension）。

二○一三年九月二十三日

2006 年"赵安中讲座教授"受聘仪式讲话

尊敬的赵安中先生、尊敬的领导和尊敬的来宾：

首先请允许我怀着感恩的心情愉快地接受南京大学的聘请，成为人文社会科学高级研究院的赵安中讲座教授。 当这个消息传到我家的时候，最为感到高兴的是我的父亲。 尽管在父亲的眼中，儿子永远是最优秀的，所有荣誉的到来都是自然而然、顺理成章之事，但是今天，当一个荣誉实实在在降临的时候，还是给他带来了很大的欣慰，甚至消减了自身的病痛。 不过就我而言，你们"给了我一个像我这样的人所能得到的最大恩惠，使我有可能全心全意地从事科学研究"。

请各位原谅我的僭妄，我刚才引用了爱因斯坦在普鲁士科学院就职讲话中的两句话，并且还想继续引用他的话。 爱因斯坦的那个讲话题目是《理论物理学的原理》，其中提到一个理论物理学家的工作可以分为两个部分，即首先是发现原理，其次是根据这些原理推导出结论。对于一个科学家来说，第二步的工作在他的学生时代已经得到了很好的训练和准备，因此，假如第一个问题已经解决，只要他相当勤奋和聪明，他就一定能够成功。 可是第一步发现和建立原理的工作，却具有完全不同的性质，科学家必须在庞杂的经验事实中抓住某些可以用精密公式来表示的普遍特征，由此探求自然界的普遍原理。 在这个原理被发现之前，理论物理学家可能什么事也做不出来。

由此我想到南京大学人文社会高级研究院赵安中讲座教授的设立，其宗旨难道不正是要倡导和鼓励学者从事高深的学问研究吗？ 什么是

2006 年作者在"赵安中特聘教授"受聘仪式上讲话

高深的学问？　一般的表述可能用"高精尖"三字，而在我更愿意使用
"重拙大"三字。　在这里，"重大"二字不会引起质疑，而"拙"字或
许是一般人感觉需要避免的。　拙是笨拙，聪明人要下笨功夫，这是对
中国治学传统的一个简明的概括。　因此，只有充分的"拙"，才有可能
最终造就真正的"重"和"大"。　中国学者的治学理想，其实在司马迁
已经作出很好的表述，即"究天人之际，通古今之变，成一家之言"。
用现代的话来说，就是建立自己的学术体系。"高精尖"的学问，展开的
往往是在一个点上，更不用说是线或面，所以我倾心于对"重拙大"的
学问境界的追求。　因此，这不是短期内可以奏效的，不能期待短平快
的效应。　正如一个理论物理学家在找到原理之前可能一事无成，一个

人文学者在其学术体系的若干方面完成之前，拿出的成果或许是少得可怜的，我要再次引用爱因斯坦的话："即使当我的努力在你们看来只得到一点可怜的结果时，也请你们仍然相信我的感激和勤恳。"去年江苏省高考作文的题目，是从"凤头、猪肚、豹尾"引发开去。 这原本是中国文学中元曲的制作诀窍，即"起要美丽，中要浩荡，结要响亮"。 这个次序是不容混淆的，把它引申到学术研究上，假如一开始就追求数量的增长，则凤头就变成了"猪头"，丑陋而粗鄙。 假如今后的高级研究院讲座教授的聘期能够有所延长，使研究者能够更为从容地安排其研究计划，那么，对于贯彻并最终实现高级研究院的设立宗旨无疑是有益的。

为了实现我们共同的学术.理想，我会和我的同事们一起按照学术发展的规律，以充满激情的方式全力以赴地投入工作，在永恒的前进中不断取得胜利。

二〇〇六年五月十七日

"皇帝·单于·士人：中古中国与周边世界" 国际青年学者工作坊致辞

从院长、主持人、各位来宾、各位同学：大家好！

今天是农历二月初八，在早春二月的南京，很高兴见到这么多青年才俊，在温和湿润的江南举办工作坊。 民国时代有一首周璇演唱的歌叫《钟山春》，把南京春天的美景形容得十分动人："画梁上呢喃的乳燕，柳荫中穿梭的流莺，一片烟漫无边风景，装点出江南新春。"现在，梅花山上一万五千余株二百三十多个品种的梅花正竞相盛开，不知主持人是否计划安排下午提前结束，带大家在夕阳西下时分徘徊梅花树下，欣赏"暗香浮动月黄昏"？ 周围还有孙权墓、明孝陵，足以供大家发怀古之幽情。

作者在工作坊开幕式上致词。左为南京大学高研院副院长从丛教授

承主持人美意，要我在工作坊开始之前致词，但是我在这里该讲什么，能讲什么，却不无困惑。 对大家表示欢迎，这由从院长来讲最为合适；对工作坊主题发表真知灼见，应该请学锋教授登台垂示。 站在这里，我突然发现自己有两个特点：一、年龄最长。 二、中文科班。所以，我就以一个年龄较长的学古典文学的人的身份，在这里发表一些感想，也许还不算失体。 发表感想的方式当然是文学性的，我将以三位学者的诗次第展开。

第一首是王国维的《晓步》，我要引用的是这么两句："四时可爱唯春日，一事能狂便少年。"四时之中何时最可爱，本来是很个人的。 但喜春悲秋却是人之常情，所以陆机说"喜柔条于芳春，悲落叶于劲秋"（《文赋》），作为大自然触发文学灵感的一般性陈述。 唐代刘禹锡好翻案，于是说"自古逢秋悲寂寥，我言秋日胜春朝"（《秋词》）。 而在富有理学修养的人看来，则是"万物静观皆自得，四时佳兴与人同"（程颢《秋日》）。 王国维认为，四时之中可爱的惟有春日，那是因为春不仅代表了生命，而且代表了生命中最美好的年华——青春。 也因为她的美好，所以更觉得短暂，喜春就很容易转变为伤春。 而伤春词在王国维笔下的频频再现，也就不足为奇了。"最是人间留不住，朱颜辞镜花辞树。"（《蝶恋花》）"已恨年华留不住，那知恨里年华去。"（《蝶恋花》）但是青春并不仅仅甚至并不一定属于年轻人，所以说"一事能狂便少年"。 孔子说"狂者进取"，所谓"能狂"，也就是在人生道上充满进取之心，在学问世界中不断渴求新知。 而对于学人来说，尤其要"惜取少年时"。 依然用王国维的词句云："一生须惜少年时，那能白首下书帷。"（《浣溪沙》）他自述"平生惟与书册为伍，故最爱而最难舍去者，亦惟此耳"，所以，他的这番叮咛郑重之意，对于好学的后来者，是应当铭刻在心的。 当然，处今日充满诱惑、压力的环境下，我们不仅需要"狂"的态度，也需要"狷"的精神，即有所不为的精神。 如何把握好"狂"与"狷"的尺度，这里面有充分的张力。 姚永朴曾经评论司马迁"兼有狂狷之长，惟狂故眼孔极高，惟狷故愤世疾俗之意不免稍重"（《起凤书院答问》），在现代学者中，这让我联想起陈寅恪。

所以第二首就是陈寅恪 1929 年《北大学院己巳级史学系毕业生赠言》中的句子："群趋东邻受国史，神州士夫羞欲死。田巴鲁仲两无成，要待诸君洗斯耻。"此诗写于八十多年前，第三句的"田巴鲁仲两无成"是他对当时史学界的概括和评价，其具体所指，学者有不同看法。而在我看来，实指当时学术界的新旧两派。陈氏在 1932 年说："以往研究文化史有二失：旧派失之滞，……新派失之诬。"在 1936 年又说："今日中国，旧人有学无术；新人有术无学。""学"指材料，"术"指方法。旧派乃抱残守阙、闭户造车之辈，新派则据外国理论解释中国材料，并标榜"以科学方法整理国故"者。在陈寅恪看来，旧派之闭目塞听、陶然自醉，固然难有作为；新派之高自标置、鲁莽夸诞，时或流于"画鬼"。所以，这新旧两派史学可谓"两无成"。而他在 1931 年所强调的"今世治学以世界为范围"，体现的正是立足中国文化本位而又放眼世界的学术胸怀和气魄。可惜的是，陈氏的这一思想少有接续者，以致在 1945 年而有"论学论治，迥异时流，而迫于事势，噤不得发"的自叹。在全球化时代文化交流日益密切的今天，无论是群趋东邻还是远赴西洋"受国史"的年轻一代，较之八十年前有增无减，"神州士夫"已没有必要因此而发出"羞欲死"的感叹。但是，努力与世界学术作深度的对话，而不是以西洋的理论框架、问题意识、分析方法来处理中国历史，努力为中国学术赢得尊严、赢得光荣，却是当今中国学术面临的重大问题。陈寅恪在史学观念上的倡导和实践，仍然是值得我们发扬和推广的。他 1933 年为冯友兰《中国哲学史》下册写审查报告时，自称"平生为不古不今"之学，汪荣祖《陈寅恪评传》解释为"所谓'不古不今'，指史中古一段"，影响颇大。对此，先师程千帆先生评论道："这不但与事实不合，也完全不解陈先生的微旨。'不今不古'这句话是出在《太玄经》，另外有句话同它相配的是'童牛角马'，意思是自我嘲讽，觉得自己的学问既不完全符合中国的传统，也不是完全跟着现代学术走，而是斟酌古今，自成一家。表面上是自嘲，其实是自负。根据他平生的实践，确实也做到了这一点，即不古不今，亦古亦今，贯通中西，继往开来。"《太玄经》乃汉代扬雄所著，对这两句话司马光《集注》说："牛反童之，马反角之，不今不古，无其事也。"陈寅恪在 1964 年写完《柳如是别传》后的《稿竟说偈》中，也用到了"非旧非新，童牛角马"的表述，这一方面可以证实陈寅恪此说的确出于《太玄经》，另一方面也表明，他的这个思想是一以贯之的。

既然引用了先师对陈寅恪思想的阐释，我就再引用一首他的诗，也就是今天要说的第三首——《北湖》："五十年前侧帽郎，北湖千顷踏秋光。重来一事供惆怅，不见风流夏五娘。"此诗写于 1979 年，北湖就是南京的玄武湖，五十年前，先师还是金陵中学的高中生，常到玄武湖踏青赏秋，"侧帽郎"写出了当年的洒脱不羁。当时玄武湖上有很多年轻秀美的船娘，正值"娉娉袅袅十三馀"的年华，"夏五娘"就是其中出名的一位。五十年后，"白头想见江南"的先师重到玄武湖，写下了这样一首诗。五十年的风，吹白了少年的头发，吹老了北湖的清波，吹走了夏五娘绰约的身影，吹来了往复胸中的无限惆怅。看不到故物，也见不着故人，虽然有很多外在的改变，但最大的改变，是往日的少年情怀已经一去不返。

从王国维的"春"到先师的"秋"，无不写出了青春的美好短暂，无不警醒于时光的飘忽易逝，而陈寅恪"要待诸君洗斯耻"的期待又仍然是今日学术面对的重大问题。我对本次工作坊主题素乏研究，不敢妄有论隲，权借三位学者的诗引发若干感想，并与诸位共勉。

祝本次工作坊取得圆满成功！谢谢大家！

二〇一四年三月八日

第二届中韩历史学家论坛致辞

柳委员长、杨校长、各位中外学者：

"第二届中韩历史学家论坛"经过一年多的筹备，今天开幕了。 我谨代表南京大学"中国文学与东亚文明"协同创新中心和域外汉籍研究所对各位的光临表示热烈欢迎，对韩国国史编纂委员会给予的愉快合作深感欣喜，对南京大学"海外韩国学教科研中心"的大力支持衷心感谢。

本次论坛的主题是"通过文人交流看中韩关系"。 所谓"文人"，在传统观念中主要指的就是文史之士。 本次会议共有二十位来自中韩各大学和研究机构的学者将发表精彩的论文，从公元六世纪新罗时代的"西学"，到二十世纪二十年代韩国来南京的留学生；从政治、外交到文学、艺术，历时悠久，内容广泛。 各位学者的专业不外是文学和历史，是以现代文人的身份来讨论历史上的文人交流，所以，本次论坛也就是中韩文人交流继续在今天的表征之一。

交流的前提是差异，如果完全一致，就只能如一潭死水，无法流动。 正因为有了河床的高低、宽窄和水流的缓急、大小之别，这才形成了交流。 就此而言，交流势必会带来不同的立场、观点、情感、信仰的交汇与交锋，铿然有声的不仅是葡萄酒和酒杯的拥抱，也可能是唇枪舌剑的光影碰撞。 但只要本着"以文会友，以友辅仁"的精神，人世间的各种差异在不断交流后的最终结果，必然如百川汇海，走向大同，其趋势也必然是"奔流到海不复回"的。

在古老中国的春秋时代，楚君对齐人说："君处北海，寡人处南海，唯是风马牛不相及也。"但在今日交流频繁的世界，即便是中亚的伊斯兰极端组织，东欧的乌克兰内战，甚至远在西非的埃博拉病毒，我们都无法置身事外。 不管你是愿意还是不愿意，这些远在天边的事情都会影响到近在眼前的生活。 而在动荡不安的世界中，我们更加渴望也更加珍惜和平。 所以，解决差异、调和冲突的方式，就应该以对话取代枪炮。 俗话说，远亲不如近邻。 中国和朝鲜—韩国是有着三千年交往历史的邻邦，朝鲜时代的文人许筠在十六世纪末，曾经写了一首诗送给中国友人说："国有中外殊，人无夷夏别。 落地皆兄弟，何必分楚越。"今天的东亚世界也还存在着不安，但只要有更多的交流和对话存在，就会形成一股强大的力量，从而镇定了、安慰了东亚人的心与魂。从这个意义上来看"第二届中韩历史学家论坛"的举办，其重要性是不言而喻的。 她不仅使第一届论坛得到了切实的延续，而且也预示了第三届、第四届以至无数届论坛将在未来的岁月中如期举行。

最后，请允许我代表个人说一点话。 听说柳委员长的籍贯为文化柳氏，这是一个从高丽时代开始就"以清白闻"的文化世家。 柳馨远的《磻溪随录》被人们看成是东人著述中堪与李栗谷的《圣学辑要》相提并论的最为经世有用的大书。 当他听说有福建漂流民到朝鲜，便立刻赶去用汉语与之交谈。 朝鲜后四家之一的柳得恭，也曾极力主张并努力实践东亚之间的文人交流。 他参与编纂了朝鲜文学史上第一部日本诗选《日东诗选》(又名《蜻蛉国诗选》)，以向中国介绍日本诗人诗作为己任。 还独自编纂了朝鲜文学史上第一部东亚诗选《并世集》，将中国、日本、安南、琉球的诗人诗作汇为一编。 当柳氏在北京琉璃厂见到江苏人张道渥，以诗记录张氏语云："大江南北交游遍，直到三韩洌水间。"体现了中韩两国文人对友情的珍视。 在我的出生地江苏南通，也有一位乡先贤张謇，他是一百二十年前的甲午恩科状元。 当朝鲜末期文人金泽荣不甘在日本殖民统治下生活，张謇热情邀请他移居南通，不仅提供住房，也给了他在翰墨林书局的工作，使得他能够在安定的环境中编纂、创作了大量的历史、文学作品，并且与俞樾、严复、梁启超等著名文人有所交流。 他曾经写下这样的诗句给张謇兄弟："通州从此属吾乡，可似嵩阳似汉阳。 为有张家好兄弟，千秋元伯一肝肠。" 我举出上述例子，想要说明的是：中韩两国不仅有三千年的交往历史，不仅在民族、国家、地缘、文化等方面有着相互交流的重要性，而且即便在民间，在构成社会细胞的家族方面，两国之间的文人交往也有着坚实的社会基础。 这使我们有理由相信，中韩之间的文人交往会日久愈新，两国友谊的未来必然是光辉灿烂的。

祝本次论坛圆满成功！

祝各位嘉宾在南京期间身体健康！ 心情愉快！

二〇一四年十一月十八日

"三国志曼陀罗：三国时代的思想、学术与文学"
国际学术工作坊致辞

各位来自中国、日本、韩国的三国先生和同学：

本次工作坊讨论内容以"三国"为对象。"三国"可以是东亚三国，在这里已经齐备。"三国"也是中国的三国时代，如果从曹操"挟天子以令诸侯"算起，可以自公元二世纪末到三世纪中，有曹魏、蜀汉和孙吴。 从与汉祚的关系来说，蜀汉延续的是刘氏政权，理应属于正统，所以今天邀请了刘氏的后人刘跃进先生，稍后他将为我们做第一个主题演讲；从地缘的角度讲，南京是孙吴政权的故都，工作坊主办者童岭是镇江人，所以他也邀请了孙氏的后人孙少华先生，他将作为第一个报告人和闭幕式上第一个总结人。 我这么一说，大家有没有觉得少了些什么？ 我们都知道，三国时代学术文学最为发达、人才最为集中的是在邺下，不说"建安七子"了，就以曹家来说，那也是"曹公父子，笃好斯文；平原兄弟，郁为文栋"（锺嵘《诗品序》）啊，怎么到了今天，就人才寥落无从数起了呢？ 二十多年前，上海师范大学的曹旭教授曾对我说，如今中国六朝文学研究界有"三曹"，一是上海师大的曹旭，一是四川大学的曹顺庆，一是南京大学的曹虹。 这次主办人不邀请曹姓学者参加，究竟是主办者的无意疏忽还是"别有用心"呢？ 我猜是有他的苦衷。 各位试想一下，若是有曹姓学者与会，那么，今天的徐兴无院长还能在这儿致辞吗？ 作为徐氏的后人，他大概只能仿效"徐庶进曹营—— 一言不发"了；而我作为张飞的后人，恐怕也很难说出动人的欢迎辞。

刚才徐院长从符瑞和谶纬的角度，揭示了陈寿《三国志》的"书法"——曲折地尊蜀抑魏再抑吴，堪称目光如炬。陈寿是蜀人，又是史学家谯周的弟子，谯周对后主忠心耿耿，功绩甚伟，史称"刘氏无虞，一邦蒙赖，周之谋也"（《三国志·谯周传》）。所以，从地域和师承的角度来看，陈寿内心偏袒蜀汉，也在情理之中。但他作为司马氏政权下的史官，必须尊魏为正统，哪怕是表面上的尊魏，如此才有司马氏政权的正统性。自朱熹以下的论史者，几乎无一不攻击陈寿不能尊蜀为正统，虽有"三书"，惟《魏书》中有四帝纪，蜀、吴只有传。一直到《四库提要》才揭示了陈寿不得不如此的苦衷，今天徐院长更抉发其"春秋笔法"。就《三国志》一书来看，本次工作坊的主办人在会议安排上的"扬蜀提吴抑魏"，也是在某种程度上暗合了陈寿的微言大义。

童岭的"童"，在汉代有一个读音是"重"，意思就是重复（《马王堆汉墓帛书》上说"君子不击不成之列，不童伤"）。本来欢迎词由徐院长代表文学院就足矣，何必重复为之？我已经对他采取了刘知幾《史通》的"点烦"之笔，要求去掉，但我毕竟不姓刘，虽然是姓刘的兄弟，他拒不接纳。好在南京大学域外汉籍研究所是主办单位之一，我忝为所长；"东亚文明与中国文学"协同创新中心也是主办单位之一，据说我是"召集人"；那我就以这样的身份向各位代表的光临表示欢迎，也向各位媒体、出版社的朋友以及来自各方面的参与者表示感谢。

今天在座有中日韩三国的学者，接下来冨谷至先生的主题演讲也是关于《论语》在古代朝鲜和日本的流传。"三"或是"三国"是个很有意味的字词，赋里面有代表楚国的子虚先生、代表齐国的乌有先生和代表天子的亡是公；又有代表蜀国的西蜀公子、代表吴国的东吴王孙和代表魏国的魏国先生。在中国的三国时代，朝鲜半岛也是高句丽、百济和新罗鼎足而立的时代。 从汉代开始逐步形成的汉文化圈,一直到十九世纪末,主要由东亚三国组成,自西徂东为中国、朝鲜（半岛）、日本。 在二十世纪,毛泽东还曾经想象自己"倚天抽宝剑",把昆仑山裁为三截:"一截遗欧,一截赠美,一截还东国。"也是把世界分成三个区域,于是"太平世界,环球同此凉热"。 世界当然不止于三个,东亚也不止于三国,但是讲到"三国",就让人想到其中各种波诡云谲的三角关系:有时和平共处,有时以大欺小,有时联弱抗强,有时倚强凌弱。但三角形三个角的总和是 180 度,它就有可能形成一条统一的直线。这就让我们想到了这样一个问题:东亚是否存在一个直到十九世纪末的文明共同体? 学术界有不同意见,一是将东亚世界看做一个整体,比如西嶋定生《東アジア世界の形成》(1970)中,就揭示了汉字文化、儒教、律令制和佛教这四项内容,作为统一的东亚世界的表征,并指出"共通性并非抹杀民族特质,相反是民族性的特质以中国文明为媒体从而具备了共通性"。 美国学者狄百瑞（William Theodore de Bary）《东亚文明》(1988)一书也是将东亚作为一个整体,将中国、日本和朝鲜半岛"代表着东亚所共享的文明,同时又允许通过这种共享传统的重叠而坚持其本土的文化"。 而根据罗兹·墨菲（Rhoads Murphey）的意见,这一共同体还延续到今天,他说:"东亚各部分虽然存在物质和文化的差异性,但显然是一个整体,共性多于个性,是当今世界最大的文化共同体和经济共同体。"(《东亚史》第四版,2007)另外一种看法则认为,东亚是一个多极的区域,并不存在一个共有的认同,比如葛兆光说"17 世纪中叶以后,在文化上已经不是一个'中华'"(《宅兹中国:重建有关"中国"的历史论述》,页 151),"如果说这个'东亚'真的存在,恐怕只是 17 世纪中叶以前的事情"(同上,页 166)。 更有人将这种分崩离析的状态上推到唐代,如王贞平《多极亚洲中的唐代中国:外交与战争的历史》(*Tang China in Multi-Polar Asia：A History of Diplomacy and War*, 2013),即如其书名所揭示,唐代的东亚世界便已经是一个"多极的"世界了。 这种类似的历史现象并不只限于东亚，以西方来说，"西方是一连串无尽的对立——无论在宗教、政治、艺术、道德还是礼仪方面"（雅克·巴尔赞《从黎明到衰落：西方文化生活五百年，1500年至今》，页XVII），可是从另外的角度看，它又是一个整体，如澳大利亚学者约翰·赫斯特（John Hirst）所说的"欧洲在政治上虽然四分五裂，但仍然是一个完整的文明，中世纪以降就一直被称为基督教文明"（《极简欧洲史》，页226），这也称得上是某种共识。

这里，我想引进一个概念——"张力"，尝试作为东亚文化交流史的一个解释框架。"张力"是一个文学批评的概念，来自于英文的"tension"，据新批评家艾伦·泰特（Allen Tate）的说法，这是将逻辑术语"外延"（extension）和"内涵"（intension）的前缀删去，就形成了"张力"这个概念（参见M.H.艾布拉姆斯《文学术语词典》）。 这是一个在文学批评中广泛运用的术语，指的是"互补物、相反物和对立物之间的冲突或摩擦"，"凡是存在着对立而又相互联系的力量、冲动或意义的地方，都存在着张力"（R.福勒《现代西方文学批评术语词典》）。任何一个文化圈的内部，都存在着向心力和离心力，都是多样性与统一性的并存体。 而不同文化以及不同文化圈之间的接触，也始终有着接纳与排斥相伴随。 从差异的角度看，在空间上有地域、阶层、性别、教养的区别，在时间上又有阶段性的区别。 十八世纪前期的朝鲜人赵龟命（1693—1737）曾说："我东之称小中华，旧矣。 人徒知其与中华相类也，而不知其相类之中又有不相类者存。"（《贯月帖序》，《东谿集》卷一）而"相类"与"不相类"之间的"冲突或摩擦"就是"张力"。那么，在一个文化圈中，既有向心力又有离心力，以什么为最后的判断依据呢？ 我觉得，巴尔赞（Jacques Barzun）的看法值得参考，他认为尽管西方文化的内容"有东拼西凑和互相冲突的地方，却有它特有的目的——这就是它的统一性所在"（《从黎明到衰落》，页XX）。 因此，"什么是一个新的年代的标志呢？ 那就是某个目的具体表现的出现或消失"（页XXII）。 在欧洲，将1500年作为近代的开始是约定俗成的，整个文化发生了改变，首先表现出来的，就是拉丁文开始衰落，各地方言的地位开始上升，"打消了西方人同宗共祖的一体感"（《从黎明到衰落》，页4）。 将历史上的东亚凝聚在一起的力量，不是政治、经济或军事，而是汉文化。 以汉文化作为最高文明来追求，就是他们的共同目的，由此而确定了其核心价值并形成了统一性，直到十九世纪后期。日本的"脱亚人欧"，以"东洋之英国自负"（原田藤一郎《亚细亚大陆旅行日志并清韩露三国评论》，1894），越南的汉字、喃文拉丁化，国际间外交文本中汉语地位下降、英语地位上升，东亚文明世界至少在表面上日益崩溃，但文化的根还在。 从西方人的眼中看东亚文化圈，最显著的特征就是"汉字"。 法国学者汪德迈（Léon Vandermeersch）认为，"汉文化圈的同一即'汉字'（符号signes）的同一"（《新汉文化圈》，页1）。 狄百瑞1994年为其《东亚文明》一书中文版所写的序言中也认为，东亚文明中"一种更高层次的沟通"就是"文字的与文人的讨论"。 因此，今天东亚三国的学者聚集在这里一起讨论"三国"，这一事件本身就是东亚文明的体现之一。

今天的学术世界是一个多元的世界，人们看惯了欧洲的白人的男子的研究，于是起而抗拒，所以从区域上看，亚洲史、非洲史更多地进入了研究视野；从性别来看，女性史的研究也日趋丰富；从研究主题看，各种地方的、下层的、个别的现象越来越受人关注。 本次工作坊的论文虽然不多，但从经学到文学，从考古到书法，可谓丰富多彩。 如果说还有什么值得期待的主题，那就是从女性到佛教，或者换句话说，从长头发到没头发。 这同时也表明，我们的学术疆域是可以越来越广阔的。

最后祝本次工作坊圆满进行！ 祝各位学者在南京期间身体健康，心情愉快！

二〇一六年八月二十七日

第二届南京大学域外汉籍研究国际学术研讨会致辞

各位学者和来宾：

"浮云一别后，流水十年间。"十年一度的"第二届南京大学域外汉籍国际学术研讨会"今天开幕了。 十年在历史的长河中，只不过是几朵小小的波浪，而作为一门学问的域外汉籍研究，在过去的十年中，却得到了快速的成长。 如果把今天的会议与十年前相比，参加者从东亚扩展到北美，在东亚内部，也增添了越南学者。 尤其令人欣喜的是，一大批年轻学者成为研究队伍中的生力军，她象征着这项研究事业辉煌灿烂的前景。

"江南重会面，聊话十年心。"回顾这个十年，域外汉籍研究在重视新材料的同时，也在逐步探索新问题、新理论和新方法。 对于东亚地区的学者来说，百年来的人文学研究，除了文献考证以外，无论是马克思主义者还是非马克思主义者，基本上都是对于西方学术的亦步亦趋。也有一些学者是反过来，拒绝对于西方学术的关注。 陈寅恪当年说的"田巴鲁仲两无成"，是针对历史学界的新旧两派，或有学无术，或有术无学。 而在现代的人文学研究中，也明显存在着对西洋学术或模仿或对抗的误区。 如何使我们的观念和方法自立于而不自外于、独立于而不孤立于西方的学术研究，正有待后起诸君的努力。 当然，这并不意味着年长的学者就可以放弃这一方面的追求。 前天美国哈佛大学的宇文所安、田晓菲夫妇来访，我赠送了他们一册新书——《东亚汉文学研究的方法与实践》。 我对宇文教授说："这本书中引用了你对中国学者的批评，我认为你的批评是有道理的。 在某种意义上说，这本书也是对你的回应。"他说："我很有兴趣。"我当然很期待来自西方学术界的批评。 这本书也奉送给了在座的各位学者，我同样期待着你们的批评。

从研究的层面来说，域外汉籍当然还是一个刚开始探索的领域，虽然这是一个新领域，但仅仅就其中的文学部分而言，在世界学术的框架中，并非没有可以参照或衡量的对象。 2000 年出版的《诺顿英国文学选集》(*The Norton Anthology of English Literature*) 第七版，编者 M.H.Abrams 在序言中，特别提出了一个"文学史的'国家'概念"，在这个概念中，英国文学不只是英格兰或者大不列颠的文学，它可以指主要是居住在英格兰、苏格兰与爱尔兰的作家撰写的作品，同时又可以指使用英语创作的文学作品。 它已经不能被"固守为单一国家的产物，它是一个全球性概念"。 作为一本选集，编者可以通过选本来展现其文学观念，这当然是一种非常传统的手法。 所以，有关的理论和方法并没有能够在书中展开。 而在 2010 年出版的《法语区文学：问题、争辩、论战》一书中，作者 Dominique Combe 在引言中就提出了一系列问题，其中包括概念问题，如何厘清"法语区文学"(Francophone)，或者是在无法厘清的基础上如何明晰它的适用范围和面向；如何在研究过程中恢复法语区文学的文学本质，从而更进一步审视其中涉及的文学理论问题，而不是仅仅把它当做某种民族社会学的文献资料。 作者回顾在 1960 年代，当法语区文学被引进法国的大学和批评界，它们曾经被描述成法国文学史的附庸，好像是其自然的延伸。 其中的主要作家，被刻板地与他们的"大师"或法国样板联系在一起，将法国文学或欧洲文学作为"正典"对他们进行分析和评断。 他们常常试图缩减法语区作家的独特性和原创性。 批评家也总不能逃脱种族中心主义的偏见，对"外围"采用略显高傲的家长作风。 而到了今天，法语区文学已经获得了某种制度的合法性，反而时常人为地将它与"法国"文学以及其它欧洲文学，尤其是英语区文学斩断关联，而实际上它与这些文学一直保持着紧密而持久的交流。 这些问题在东亚汉文学研究中也时常遇到，各种文学的观念、文体的变迁、典范的形成与转移、书籍的环流与阅读等等，往往遭遇很多新问题，并且需要用新的方法来处理。 我们完全可以把东亚汉文学研究当成一个文学理论的实验室，重新思考东亚汉文学的位置和意义。 一切文学史都是某种归纳出来的结构，研究者和批评家有义务赋予这些概念、范畴某种关联性，而单纯的民族语言学归类法不足以对它们加以论证。

域外汉籍的范围远远大于域外汉文学。 因此，其在理论和方法上探索的前景就更加令人向往。 这样一块富饶的学术领地就像是枝繁叶茂的热带雨林，探险家到了这儿就会流连忘返，每向前走一步他都可能有新的激动人心的发现。 以至于我们完全无法想象，在下一个十年，也就是"第三届南京大学域外汉籍国际学术研讨会"举办的时候，会是一场怎样的学术盛宴。 让我们为她而努力、为她而献身、为她而付出所有的热情和才华吧。

谢谢大家！

二〇一七年七月一日

"素心会"发起词

　　以文会友是书生的本色，以友辅仁是学者的理想。 为此，南京大学中文系古代文学学科拟成立读书会，旨在推进读书人之间真诚平等的学术对话，在喧嚣浮躁的人海尘世中，造就一个专以学术为内容的清明而纯洁的空间。 在这里，人们可以根据自己的读书经验，围绕不同的专题，自由地交流各自探索的动机、过程、困惑与结论。 读书会欢迎不同学科、不同专业、不同年龄的读书人踊跃参加。 两至三周活动一次，每次一个专题。 读书会以"素心"为名，则取自陶渊明诗"闻多素心人，乐与数晨夕。 奇文共欣赏，疑义相与析"。 我们希望她能吸引更多纯净而朴素的心灵，并在这心灵上燃烧起热爱学术的激情。 1996年9月15日张伯伟识。

"静悄悄地"立德

——《莫砺锋文集》新书发布研讨会致辞

会务组安排我在这个地方讲几句话，我感觉到非常荣幸。莫砺锋老师在我们同门当中年纪比较长，所以我们平时都喊他"老莫"。在我们同门当中，可能我跟老莫在一个教研室里工作的时间是最长的。老莫79年来读研究生的时候，我是南大大二的学生。84年老莫博士毕业，我硕士毕业，然后我们都留校工作了。我这儿有一张照片，是1985年的时候我们古代文学教研室举办文艺沙龙的合影。（见本书45页照片）还能放大一点吗？这是莫砺锋先生，旁边是我。（众大笑）这里边有程先生、王先生、陈瀛先生、管先生，这个是周先生，这个是钱南秀、吴翠芬、郭维森、杨子坚、王立兴、吴新雷、周一展。一晃三十多年了。

我如果平时在家里不到学校来的话，一般会去游泳。有一天我游泳的时候路过一个地方，就是在"南京眼"那个地方，看到一个很大的标语牌上写着"不再孤读"，du是读书的"读"，宣传的是第多少届全民读书节。还有一个大牌子上罗列着书名，都是最受中国人民喜爱的读物。我就看，第一排一共有七本书，第一本是习近平的著作，第二本是毛泽东的著作，第七本就是莫老师的著作。（众大笑）你们知道是哪一本吗？哎，《漫话东坡》。然后我就想找找有没有我的书啊，（众大笑）找了半天，在第四排的最后一本，跟我有点关系，就是我编的《桑榆忆往》，北大出版社的。曾经有人跟我说，他们学校有一个女研究生，每天晚上都要听莫老师的《杜甫诗歌讲演录》，有光盘的，要听着莫老师的声音才能入睡。（众大笑）然后我就告诉莫老师，莫老师就问我："为什么是女研究生？"（众大笑）其实我也不知道，人家就是这么告诉我的。后来我想想，可能现在中文系里女生比较多，其实我们在座有很多男研究生，你们一定也很喜欢读莫老师的书吧？（众皆称是）你们看，不只是女生，男生也是很喜欢的。

有一天，我们徐兴无院长喝了酒之后，借用《左传》里面"三不朽"（立德、立功、立言）跟我讲——我们徐院长跟我虽然都一样爱喝酒，但是我们有个很大的不同，我喝了酒喜欢胡说八道，他喝酒以后讲的话都还是有他的道理的——老莫就是"立德"。我不晓得他当时，或者现在，心里想的老莫的"德"是什么。我想到的是《世说新语·德行》篇里的一段，有人问陈季方："足下家君太丘有何功德，而荷天下重名？"令尊大人有什么功德，到底做了些什么了不起的事，名声这么大这么好？因为大家都认为这个人非常了不起。陈季方就回答说"吾家君譬如桂树生长在泰山之阿，上有万仞之高，下有不测之深，上为甘露所霑，下为渊泉所润"啊，所以，"当斯之时，桂树焉知泰山之高，渊泉之深"，结论是"不知有功德与无也"。其实，这里说的"功德"，并不是一定要他做出多少惊天动地的事，就像桂树一样，从内在生发出来的芳香，能够传播四方，这就是一个最大的功德。我个人跟莫老师已经共事几十年，我觉得莫老师——我还是称他"老莫"吧——给我印象最深的，就是认认真真读书，本本分分做人，踏踏实实写文章。这看起来好像也没什么了不起，可是在今天来说，我觉得非常有意义。我们2004年的时候成立中国诗学研究中心，2005年出版了由老莫主编的中国诗学研究中心的专刊，前面有一篇序，序的最后，老莫是这样讲的，他说，一年前我们成立诗学研究中心的时候，没有开什么发布会，没有做任何的宣传。现在这套书编出来了，我们也不会做任何的宣传，"只希望把它们静悄悄地呈送到读者的面前"。我觉得老莫的为人、为学，就像这"静悄悄地"，这种"静悄悄地"，虽然没有声音，但就像桂树能够散发出来的香气一样。 尤其在今天，我觉得这个意义真的是更大。因为在当下，很多人已经忘掉了萧统在《陶渊明集序》里面所说的"夫自衒自媒者，士女之丑行"；很多人也忘掉了太史公在他的《李将军列传》里面讲到的"桃李不言，下自成蹊"。 所以我觉得《莫砺锋文集》的出版，以及我们今天在这里开这个会，它有一个非常重要的意义，就在这一点上。

多少年前，老莫有了个孩子，我就问他："你给女儿起了个什么名字呀？"他说："哎呀，我这个姓啊，什么好的词都不好用，所以就叫莫杞。"不要杞人忧天。 而我想提议一下，从今天开始，我们改一下，不要叫他"老莫"，叫他"莫老"吧。 莫老，就是永不老。 谢谢大家。

二〇一九年四月二十日

（原载《名作欣赏》2019 年第 6 期，由编者根据发言录音整理成文，标题也为编者所拟）

读古典文学的人

在全球化呼声日益高涨的今天，国与国、人与人之间的相互交往也越来越频繁。经济的全球化和一体化，在许多方面泯灭或消释了由不同文化、不同空间、不同领域所带来的差别与隔阂，那么，今晚，在这么一个特定的时空交错的点上，面对中文系的学生，我来谈一下"读古典文学的人"，这个人，有什么与众不同之处吗？

我先来讲三个故事：

二十年前，我还是一个硕士研究生的时候，一位理科某系的老师也常在食堂吃饭，我不知道他的名字，也记不得他是何系的老师，但还记得他的样子，显然是一个比较用功的人。那时的研究生不是很多，所以我们也会经常见面。一次，他问我是哪一系的，又问我所学的专业是什么，当他得知我是中文系古典文学专业研究生的时候，立刻以惋惜的神情和语气对我说："你这么聪明的一个人，怎么读古典文学啊！"那么，在他的心目中，读古典文学的应该是什么样的人呢？

另一个故事发生在前年，中文系举办"五·二〇"科学报告会，由董健先生、鲁国尧先生和我三人各自报告一个题目。两天后，在中文系办公室里，我遇到一位研究现当代文学的教授，他对我说："我们的研究生听了你的报告被迷住了，说你不像是研究古典文学的人。"那么，在现在的研究生的心目中，研究古典文学的又该像是什么样子的人呢？

最后一个故事是在今年，今年是我的母校——南京大学的百年华诞，作为一个在这所学校读了十年书，又工作了十五年的人，我愿意把自己写得最好的一部书献给母校，以报答母校多年的栽培之恩，尽管是那么不相称。 这就是今年五月由中华书局出版的《中国古代文学批评方法研究》一书。 我把书送给一些同事、朋友，期望得到一些指教。事实上，现在大家都很忙，特别是不同专业的人，大概也就是翻翻前言后记，然后束之高阁。 我在后记中有这样一句话："以二十多年时间去写作一部书，原本是学人的'寻常茶饭'。"一位其他专业的教授看了以后说："我们专业里的人是从不会这样想的。"当然，也就更不会这样做了。

以上三个故事，从我个人而言，能够感受到说话者的爱护、喜欢和尊敬。 但如果做一个逆推的话，在一般人的心目中，读古典文学的到底是什么样子的人呢？ 在第一个故事里，假设聪明人不该读古典文学的话，那么，读古典文学的人大概是笨拙的，迟钝的，乃至头童齿豁尚且未必能皓首穷经。 在第二个故事里，可以作这样的推想：假设我讲的内容是有趣的，那么通常的研究对象大概是沉闷的；假设我表述的方式是生动、幽默的，那么通常的情况应该是木讷、枯燥的；假设我的衣着是楚楚的、整齐得体的，那么通常的印象大概是土土的、不修边幅的。 我记得一位研究生曾经这样描述她大学时代教古典文学的男老师的形象——塑料凉鞋里露出的红袜子。 而在第三个故事里，可以推想一般人会认为读古典文学比较辛苦，是高投入低产出。

以上的种种印象，虽然不免有些漫画和夸张，但也在一定程度上勾勒出读古典文学的人的侧影。 我们不妨就从这些一般人的印象出发，谈谈读古典文学的人有什么，或者说，应该有什么特点。 不过，对这些印象我们需要作出解释。

学术研究当然需要聪明人来做，王国维、梁启超、陈寅恪、郭沫若、钱锺书，哪一个不是绝顶聪明？ 然而对于读古典文学的人来说，聪明不是第一义的。 1982 年 5 月，南京大学举行八十周年校庆纪念活动，许多校友从国内外回到母校。也就是在那个时候，我第一次见到了许多学术界的前辈，其中之一便是王季思（起）先生。记得季思先生给我们作报告，自述其学术道路并介绍其研究经验。他的报告大约一个多小时，但是给我留下深刻印象以至于终生难忘的是这样一段：季思先生回忆起当年在中央大学（南京大学的前身）求学的情形，讲到他写了一篇自己觉得较为满意的论文，呈交胡小石先生批阅。几天以后，胡先生把他叫到家里，让他从这个书架、那个书架搬下一些书，接着指出其论文中的某些不足，最后对他说："季思啊，聪明人要下笨功夫。"我当时就坐在季思先生的对面，看他含着热泪讲述这句话，心中受到了强烈的震撼。"聪明人要下笨功夫"如同禅宗大师的当头棒喝，让我心为之动。当时，我还是硕士一年级的学生。多少年后，当自己忝为人师，需要回答同学有关治学之道的问题时，我总是会提到这件事和这句话。如果说，我后来在学术研究上多少能有一些收获的话，那是与在求学之初，就懂得了"下笨功夫"的重要性分不开的。"聪明人要下笨功夫"，其实也是中国传统的治学要义之一。《朱子语类》卷二的《总论为学之方》，就曾再三强调这一意见："凡人便是生知之资，也须下困学、勉行底工夫，方得。""大抵为学虽有聪明之资，必须做迟钝工夫，始得。既是迟钝之资，却做聪明底样工夫，如何得！"我在南京大学所受到的教育，其基本点之一用先师程千帆先生对我的话说，就是要"厚其学殖，不为空洞之言"。要"筑起坚固的古典堡垒，由此走向现代学术"。如果说，一个民族的学术有其民族的大传统，一所学校的学风有其自身的小传统的话，那么，很幸运的是，我所受到的小传统的教育和感染，从黄季刚先生、胡小石先生到程千帆先生、周勋初先生，与中国人治学的大传统是血脉相承并有所发展的。

读古典文学的人，贵在有聪明而不恃聪明，贵在天分与功力的结合。当其下工夫之时，外人只见其笨拙、迟钝，殊不知聪明正在其中矣。夏承焘《天风阁学词日记》1939 年 11 月 10 日记："午后过贞晦翁，谈某君才太高，能太多，而不能守穷耐淡泊，恐不能成家。　又谓：三十以前说聪明说天分，三十以后恃功力。"记得夏先生自己也说过，"笨"字从竹从本，故"笨"乃治学之本。　古典文学的产生时代在数百年乃至数千年之前，历史背景、典章制度、社会风俗、思维习惯与现代都有着很大差别，文献汗牛充栋，真伪混杂，其用以表达的媒介又是文言，要能够从中发现问题，并调动各种手段去加以解决，这需要多么强的理解力，多么丰富的想象力，多么敏锐的感受力，多么严密的思考力，这绝不是一个缺乏聪明的人所能够承担的。　但在古典文学的研究传统中，首先强调的从来就是一个"笨"字。

古典文学的研究，若就其性质而言，可大而化之地分为资料工作和理论工作两大方面，所以，有一些学者往往具有某一方面的特长，偏于做某一方面的工作，将其特长发挥到极致，当然也能取得很高的成绩。但理想的状况是将这两方面结合，也就是先师晚年提出的"文艺学与文献学相结合"的"两点论"。　大概读古典文学的人，都不应轻视文献资料工作。　以盖房子为喻，资料即为地基。　以做生意为喻，资料即是本钱。"长袖善舞，多财善贾。"每个人在研究生涯中，都会或多或少、或长或短从事过资料工作。　资料工作本身，无非是查阅目录，阅读图书，抄录文献，整理编排。　这也许不需要很高的智力，但必须不辞辛劳，耐得住寂寞。　这在外人看来，或不免于沉闷、枯燥，但这就是研究工作的基础。　有的人不耐烦这类工作，热衷于使用别人编好的资料，甚至热衷于利用他人研究著作中引用的资料。　这就好比做菜，到超市里买来经过加工的原料，自然可以做出一道菜，但绝不会是高明的。一辈子这样做菜，终究成不了厨师。　真正的厨师必然从原料的选择开始，去粗取精，整理安排，才能做出一道道上品的菜肴。

这还是就其常态而言。　如果遇到社会的或人生的巨变，在困境中坚持不懈地从事资料的整理与研究，其工作就能显现出一种意志力的美。　这里，我要举任半塘先生为例。　1918 年，任氏考取北京大学国文系，遇到词曲大师吴瞿庵（梅）先生，受其影响而决定了他一生的学术研究方向。 毕业后，他留居吴先生"奢摩他室"书斋，用两年时间尽读吴先生精心收藏的词曲典籍。 此后在从政和办学之馀，仍不废研究。1949 年，他从桂林到成都，没有工作，只能以卖薰豆、代人刻印、写字为生。 1951 年，55 岁的任先生在四川大学得到教职，但随之而来的是政治运动，肃反、打右派、抓历史反革命，不得不接受行政管制等等。在 1980 年以前近三十年时间里，他居住在一处阴暗狭小的房间，白天背着装有热水瓶、旧日历纸片的背篓到图书馆读书，晚上整理所抄录的资料，凌晨即起伏案写作。 在人们难以想象的困境之中，他先后完成并出版了《敦煌曲校录》、《敦煌曲初探》两书，将敦煌曲的分类、收集、校订、研究合为一个系统。 又以右派分子和历史反革命分子的身份，撰就了《唐戏弄》、《教坊记笺订》、《唐声诗》和《优语集》。 这些著作，基本上都是文献资料的整理和研究。 1956 年在其花甲诞辰日，他写了一篇《唐代音乐文艺研究发凡》，叙述了他毕生学术事业的理想，对唐代结合音乐的词章和伎艺作一全面研究。 而其基础就是由《教坊记笺订》和《唐声诗》奠定的。 他的学生曾这样评价其工作："他全力以赴从事资料工作，于是使这种零度风格的工作充满热情，成为富于理论意义和人格力量的工作。""他的学术具有坚实而强健的品格：总是按'大禹治水'的方式设计学术工作，在他所研究的每一个课题范围内，细大不捐地梳理全部问题；总是用'竭泽而渔'的方式收集资料，'上穷碧落下黄泉'，不放过有关研究对象的蛛丝马迹。 就像一个义无反顾的行路人，他不断追求对于极限的超越，追求对于自己的主观条件和客观条件的超越。"（王小盾、李昌集《任中敏和他所建立的散曲学、唐代文艺学》）这是中国知识分子"发愤著书"的传统在二十世纪中叶以后的又一个典型。

学者贵在有个性，假如我们询问一下任先生，读古典文学的人应该是什么样的，他会如何回答呢？ 任先生已经在十一年前去世，我们不能起九原而问之。 不过，从他对于学生的训诫中，也许便寄寓了某一方面的期望，即"聪明正直，至大至刚"。 这八个字都有出处，"聪明正直"出于《左传》，"至大至刚"出于《孟子》。 前者涉及学者的资质和品格，后者涉及学术的精神和气象。 其实，在古典文学的研究队伍里，本是不乏聪明人的。 但聪明而不正直，就往往会为了达到追求个人名利的目的，不择手段。 小者投机取巧，攘善掠美，大者背叛诬陷，落井下石。 上世纪灾难深重的中国，有内战，有外侮，有动乱，有浩劫，虽然是极少数，但仍有一些学者或迫于外在压力，或出于内在需求，其所作所为令人不齿。"至大至刚"一方面是学术气象的博大刚健，一方面是学术精神的正大刚直。 这可以说是一个很高的学术境界。 而学术精神的正大刚直，实际上又贯通到其为人的"正直"。《孟子》说："我善养吾浩然之气。 ……其为气也，至大至刚，以直养而无害，则塞于天地之间。 其为气也，配义与道，无是，馁也。"学者应该坚持真理，独立思考，敢于挑战权威，特立独行。 任先生指导博士论文，其精神就是两句话："要敢于争鸣——枪对枪，刀对刀，两刀相撞，铿然有声。"又说要"震撼读者的意志和心灵"。 总之，学者首先要做一个正直的人。 聪明固然需要，但读古典文学尤须以愚自守，以勤补拙。 并且，聪明只有以浩然之气来运作，才能发挥为至大至刚的气象。

现在，我要谈谈先师的意见。 先师也是吴瞿庵的学生，因此和任先生可以说是前后同学。 但他们的风格显然不同，而在不同之中又有其同者。 我最近找到一份二十多年前大学时代的课堂笔记，内容是先师讲授的"古代诗选"。 大概是最后一堂课吧，先师讲起了他对于做人和做学问的基本想法——"首先要做一个正直、真诚的人"。 我的学问距离老师的要求相差太远，但在"做一个正直、真诚的人"方面，自问还算基本合格。 先师在遗嘱中也有对学生的话，其中说到："望在我身后仍能恪守'敬业、乐群、勤奋、谦虚'之教，不坠宗风。"这其中的八个字，可以代表先师对读古典文学的人的希望，是敬业的、乐群的、勤奋的、谦虚的。

我在做大学生的时候，就知道先师对他的研究生要求很严格，其中一条是，任何作业及任何字条，都不允许写任何错别字和潦草字，也不许写不规范的简体字，一旦出现，就用红笔打一个大大的叉。我当时觉得有些不理解，一是认为写字不一定非要楷体，二是认为这样的要求对研究生似乎太低。当然，我自己还是遵守这项要求的。后来读到宋儒的讲法，才恍然大悟其用心所在。程明道说："某写字时甚敬，非是要字好，只此是学。"（《河南程氏遗书》卷三）在老师要求的八个字中，敬业居其首，古人认为"蓄道德而后能文章"，"敬"正是一种道德修养上的要求。但这种要求实际上也是贯串于道德活动和知识活动之中的共同的精神状态。黄勉斋说："致知不以敬，则昏惑纷扰，无以察义理之归。躬行不以敬，则怠惰放肆，无以致义理之实。"（《性理大全书》卷四十一）在学术研究中，具有"敬"的精神状态，就能面对研究对象，保持清明的智性，从而发现客观材料中的意义。否则，就容易掉以轻心，信口开河，使学术研究走上虚浮不实之路。我的理解，由写字而逐步使学生认识到治学之难，并逐步培养起对学术研究的"敬"的态度，是先师这一要求的用心及意义所在。所以，我也认为，在这八个字中，实际上应该以"敬业"为统帅。因为敬业，就会懂得学术乃天下之公器，学术研究的根本目的在于探寻真理，在探寻真理的道路上，"独学而无友，则孤陋而寡闻"，于是就必然会乐群；因为敬业，就会懂得学术研究的意义在于"为往圣继绝学，为万世开太平"，担负着文化传承的使命，而要完成这一任务，又要靠锱铢积累而成，于是就必然会勤奋；因为敬业，就会懂得"吾生也有涯，而知无涯"，面对知识世界，自己永远都是一个小学生，于是就必然会谦虚。老师生前曾听到我的这番议论，颇为赞许，认为我发展了他的思想。"发展"二字我不敢承当，但至少可以说，这没有违背老师的立言宗旨。

　　关于谦虚，是先师强调得比较多的一个方面。 他说："人总是有点骄傲的，我回想起自己过去也很狂妄。 狂妄或骄傲也意味着自信，问题是怎么把它们区别开来，是不是可以谦虚，同时又有自信，这个分寸比较难于掌握……你谦虚到什么主见也没有，自己什么意见也不敢拿出来，那就成学术界的乡愿。 什么东西拿出来都四平八稳，是没法子使科学发展的。 所以既要谦虚，又要自信。"这个关系应该如何理解？我是这样认识的：首先，谦虚的反义词是自满，《周易》上面说"满招损，谦受益"，就是这样相对来讲的。 骄傲的人也许同时就是一个不自满的人，因为毛主席说"谦虚使人进步，骄傲使人落后"，所以现在讲到一个人骄傲，就一定会说他不谦虚。 其实未必然。 十年前，我在日本见到京都大学的兴膳宏教授，他应该是现在日本中国文学研究界学术成就和地位最高的学者了。 他跟我讲："贵国毛泽东先生说：'谦虚使人进步，骄傲使人落后。'我认为，骄傲使人进步。"这又如何来理解呢？我是这样看的，因为骄傲，所以他对自己就有无限的期待，渴望今日之我超越昨日之我，于是就会永不满足，永远进取。 先师曾勉励我在学术上要"自致隆高"，我想也是这个意思，绝非要人自高自大。 黄季刚先生是一个骄傲的人，但他又是一个多么努力的人。 直到临死之前还要坚持把没有点完的一部书的最后一卷点完，真正做到"鞠躬尽瘁，死而后已"。 先师就曾经挖掘出季刚先生性格中非常谦虚的一面。 其次，谦虚是面对知识本身的心理状态，而不是对人的点头哈腰、称兄道弟。 我们现在常常把一些对人和气、措辞恭敬的人看成是一个谦虚的人，如果他同时也是一个勤奋努力、不断吸收新知的人，我同意他是一个谦虚的人。 反之，如果他非常懒惰，既不看书也不研究，我就认为他是一个自满的、同时也就是不谦虚的人。 他的表面上的"谦虚"，我只能认为这是"虚谦"。 我们需要的是做一个真正意义上的谦虚的人。程伊川说："孔子教人常俯就，不俯就则道不亲；孟子教人常高致，不高致则道不尊。"（《河南程氏遗书》卷十五）在今日的学术界，据我看来，学术之于学者，不患其不亲，惟患其不尊。

任先生和先师对于读古典文学的人的要求，应该说都是属于儒家的，不过一近于孟子，一近于孔子。我再举一个近于道家的例子。日本汉学家入矢义高先生1998年去世，他生前研究中国的小说、元曲、中古词汇、敦煌学、禅宗语录以及日本的汉文学，他是以一篇关于邓之诚《东京梦华录注》的书评震撼中国学术界的。他在敦煌文献、口语文献、佛教文献的研究方面，被国际学术界推许为"最大权威"。传说他对于治中国学的人提出了三项条件：一是要有钱；二是要能喝酒；三是要有闲情。这大概是有些开玩笑，不过，谐语中也有庄语的味道。第一点说明学术不能"为钱作"；第二点有他的个人特色，入矢先生很爱酒，十年前我听说他每天抽两包烟，喝十瓶啤酒。而第三点所体现出的更是一种为学术而学术的精神。"学之者不如好之者，好之者不如乐之者。"

常常有人问我，研究古典文学有什么用？问话的人显然隐含着没有用的答案。我常常也不愿意作回答，不过今天我想回答这个问题。首先，中国学术中最缺乏为学术而学术的精神。难道学术本身不足以成为研究的目的吗？为学术而学术，不是一种消极的治学态度，它意味着学术研究不是为名、为利、为职称、为学位，也不是为了迎合时尚、响应号召、配合政策、证明指示，学术有其自身的纪律、规范、意义、目的。按照《庄子·天下篇》的说法，每一门学科都是"方术"，而在其背后都有一个"道术"，用现在的话来说，就是真理。学术研究就是要由"技"进"道"，发现真理，真理是没有大小贵贱之分的。在这个意义上，胡适之说发现一个古文字的意思和发现一颗卫星，其价值是一样的。其次，一个真正有着现代感的研究者，无论其研究对象是多么的古老，都会在他的研究中自然而然地流露出现代意义，所以克罗齐说：一切历史，只要它是真正的历史，都是当代史，都会对当代社会产生影响。我前几天偶然发现自己1989年6月14日博士论文答辩时的答辩陈词，其中有这样一段话，转述于下："我写这篇博士论文，研究中国古代文学批评的方法，之所以要将它纳入文学思想史的范围，是因为其内篇三章，归根结底，所希望加以探讨的不只是有关文学理论的问题。 在'以意逆志论'中，我抓住这一方法的人性论基础，并指出在今后的发展中必须坚持人文主义的原则，是希望人们能保持住只有人才具有的恻隐之心、羞恶之心、恭敬之心和是非之心，使这颗心不被权力、名利所侵染，因而异化乃至非人化。 在'推源溯流论'中，我提出这一方法导源于中国学术传统中因革损益的大法则，是希望人们对传统采取创造性转换的方式以推动社会的发展，使人民能以最小的损失而获取社会最大的进步。 在'意象批评论'中，我强调其思想的内核是庄子的体道方式，是希望人们在从事创造性的文化劳动时，能够吸取庄学的精髓，以虚灵不昧之心去观照、揭示事物的本来面目，而不要使这颗像明镜般透亮的心被一切世故的、狡诈的东西所蒙蔽。"我想，如果我的书能够达到以上的目的，就是对现代社会产生了作用。 第三，有用无用的问题的讨论，是没有意义的。 为了某种"用"而作的研究，都是应时的、短命的，无用之用，是为大用。

为了在根源处了解中国文化，为了在长时段中了解中国文化，我们必须阅读古典。 也正因为这"根源处"、"长时段"，非一朝一夕所能奏效，所以，读古典文学的人，渴望"短平快"是徒劳的。《庄子·逍遥游》说："适彼莽苍者，三飡而反，腹犹果然。 适百里者，宿春粮。 适千里者，三月聚粮。"读古典文学的人，所需要的就是"三月聚粮"。因此，以二十多年时间去写作一部书，在中国的治学传统中，确实可以说是"寻常茶饭"。

今晚关于"读古典文学的人"谈了不少，假如现在有人问我如何读古典文学，我想自己大概没有资格回答。 不过，我可以介绍朱熹的读书法给大家。 我总觉得，就对中国人治学精神、治学境界的影响而言，宋明理学具有莫大的作用。 在学术上卓然成家者，其精神方面多少有些理学的底子。 我曾经对先师谈过这个感想，并承蒙首肯。 先师少时在"有恒斋"中读书，这"恒"字便是曾国藩的读书之诀。 先师年轻时曾获刘弘度（永济）先生赠联："读常见书，做本分事；吃有菜饭，着可补衣。"此亦理学家"咬得菜根，则百事可做"的精神。 关于治学，《朱子语类》里有《总论为学之方》一卷和《读书法》两卷，说得亲切有味。 余英时最推崇这一条："读书别无法，只管看，便是法。 正如猷子相似，捱来捱去，自己却未先要立意见，且虚心，只管看。 看来看去，自然晓得。"说："这似乎是最笨的方法，但其实是最聪明的方法。"（《中国文化与现代变迁·怎样读中国书》）钱穆又看重这一条："宽着期限，紧著课程。"（《学籥·朱子读书法》）期限宽，就不会着急，课程紧，就不会懈怠。 清代凌廷堪讲为学二箴，一是懒，一是躁（《校礼堂文集·学斋二箴》）。 懒人不躁，躁人不懒，要不躁不懒，其实还是秉承了朱熹的意见。 当然，既然是读书法，就不限于读古典文学，人文学的任何一门专业，都有相通之处。本学期中文系在浦口给同学们安排了十次讲座，前九次都是就某一具体门类或具体问题所作的深入讲述，我今天所讲的内容不是一个具体的问题，所谈论者也不够深入，但我希望能够向读古典文学乃至读中文系的人，提供一个可以触摸的学术境界，一种可以贯通的学术精神，一段可以效仿的学术人生。

回到开头的故事，第一故事里，那位先生说我聪明，不该读古典文学，肯定是说错了。 读古典文学的人，决不能自恃聪明，第一需要的就是以"愚"自守。 第二个故事里，同学说我不像研究古典文学的人，也说错了，因为他们可能不太了解古典文学。 古典文学中蕴含着那么高超的智慧，那么丰富的情感，那么优美的语言，长期浸润在古典文学中，必然会提高你的智商和情商，也必然会使你的语言和风度日益优雅。 第三个故事里，讲到研究古典文学特别需要"放长线，钓大鱼"，这应该是讲对了。 这是中国的学问传统。 可惜的是，在今天，即便是古典文学研究界，也往往热衷于"多而滚"，很难形成真正的知识积累，更不可能对人生社会有什么承担。　这就是我今天来讲这个题目的目的，因为你们代表了学术的未来。

2002 年 12 月 20 日晚讲于南京大学浦口校区

（原载《博览群书》2003 年第 3 期）

第四辑　随事随想

学界"偷心"钳锤说

　　明代通容禅师曾写过《祖庭钳锤录》两卷。 他之所以要写这部书，乃为当时学者"偷心未死"，甚至发展到"学者之通病"的程度。本文的标题就是由此而化出的。 禅宗里的"偷心"自有其本身的含义，而本文所说的"偷心"，实指近年来在学术界为害非浅的"偷盗剽窃之心"。 对这样的现象，有必要予以严肃的"钳锤"。

　　学术上的偷盗剽窃，自然也是古已有之的，而这类现象也早就为真正的学人所不齿。 仲长统《昌言》说"天下学士有三奸焉"，其二便是"窃他人之记，以为己说"。 可见，这种现象是为中国学术传统所不容的。 近年来，学术界的此类恶习大有沉渣泛起之势，究其原因，恐怕与在商品大潮冲击下所产生的，和经济上的暴发户心理相适应的学术上的暴发户心理有关。 在这样的心理支配下，一些混迹于学术界的"江湖术士"，对学术问题缺乏严肃认真的思考，凭着某种关系或三寸不烂之舌，获取编辑或出版社的相信，于是东拼西凑、巧取豪夺，炮制出所谓的"论文"或"著作"。 更以此为资本，呼风唤雨，吹嘘枯生，骗得"专家""学者""教授"的头衔。 即使在素以严谨、求实的学风为特色的古代文学研究界，这种现象也到了令人无法宽容的程度。《文学遗产》一九九三年第一期所揭露的关于李知文的抄袭问题，就是一个典型事例。 这种将他人成果不易一字的照抄，也就是皎然《诗式》所说的"三偷"中的"偷语"。 本来，"三偷之中，偷语最为钝贼"。 可惜的是，"偷心未死"者竟懒惰到不惜为此"钝贼"的程度。 这或许是因为中国学术界的"温柔敦厚"之风，使剽窃者未能受到应有的揭露，使其"偷心"日益膨胀的缘故吧。 北京大学中文系的一位教授曾在一次学术会议上指出，有一部燕山出版社出版的《中国艺术的诗心》，其中竟有七篇是抄自北大八九、九〇两级的硕士学位论文。 这位教授不免悲叹道：这不仅败坏了大陆学界的声誉，也更有贻害一代青年之悲。

除了抄袭他人之成稿外，窃取学术会议的发言或教师的课堂讲授，也是近年来极为可恶的现象之一。 宗炳《寄雷次宗书》云："昔与足下共于释和尚间，面授此义，今便卷首称'雷氏'乎？"就是讥讽雷氏抄袭慧远讲丧服经义而自著书。《管锥编》引用这段文字后说："雷窃他人之口说，心术似愈谲耳。"时至今日，具有这种诡谲心态的人也不少见。 这些人往往窃取他人口说，手脚麻利地结构成文，在刊物上抢先发表。 结果，剽窃者成为发明者，是非混淆，源流倒置。 也有的人是抄袭会议交流论文，一经揭露，还振振有词地说这是未曾公开发表的文章，所以无法注明云云。 不难看出，一些人学术品德之堕落已经令人不能沉默。

面对学术界的这一公害，应该引起学人们的高度警惕。《中华人民共和国著作权法》已经自一九九一年六月一日起施行，学者的精神劳动已经得到了法律的保护。 建立起铁一般的学术纪律，才能逐步形成较好的读书风气和著书风气。 有了这两个风气，中国学术的未来必定是光辉灿烂的。

（原载《文学遗产》1994 年第 4 期）

《文学遗产》"优秀论文奖"获奖随感

　　1982 年 5 月，南京大学举行八十周年校庆纪念活动，许多校友从国内外回到母校。 也就是在这个时候，我第一次见到了许多学术界的前辈，其中之一便是王季思先生。 记得季思先生给我们作报告，自述其研究道路并介绍其研究经验。 他的报告大约一个多小时，但是给我留下深刻印象以至于终生难忘的是这样一段：季思先生回忆起当年在中央大学（南京大学的前身）求学的情形，讲到他写了一篇自己觉得较为满意的论文，呈交胡小石先生批阅。 几天以后，胡先生把他叫到家里，让他从这个书架、那个书架搬下一些书，接着指出其论文中的某些不足，最后对他说："季思啊，聪明人要下笨工夫。"我当时就坐在季思先生的对面，看他含着热泪讲述这句话，心中受到了强烈的震撼。"聪明人要下笨工夫"如同禅宗大师的当头棒喝，让我为之心动。 当时，我是硕士一年级的学生。 多少年后，当自己忝为人师，需要回答同学有关治学之道的问题时，我总是会提到这件事和这句话。 如果说，我后来在学术研究上多少能有一些收获的话，那是与在求学之初，就懂得了"下笨工夫"的重要性分不开的。

　　"聪明人要下笨工夫"，其实也是中国传统的治学要义之一。《朱子语类》卷二的《总论为学之方》，就曾再三强调这一意见："凡人便是生知之资，也须下困学、勉行底工夫，方得。""今之学者，本是困知、勉行底资质，却要学他生知、安行底工夫。 便是生知、安行底资质，亦用下困知、勉行底工夫，况是困知、勉行底资质！""大抵为学虽有聪明之资，必须做迟钝工夫，始得。 既是迟钝之资，却做聪明底样工夫，如何得！"我在南京大学所受到的教育，其基本点之一用老师对我的话说，就是要"厚其学殖，不为空洞之言。""筑起坚固的古典堡垒，由此走向现代学术。"（闲堂师语）如果说，一个民族的学术有其民族的大传统，一所学校的学风有其自身的小传统的话，那么，很幸运的是，我所受到的小传统的教育和感染，从季刚先生、小石先生到闲堂师、勋初师，与中国人治学的大传统是血脉相承并有所发展的。

在《文学遗产》上刊出的《元代诗学伪书考》一文，勉强可以归入"下笨工夫"之列，尽管其工夫还远远不够。 这篇文章能够刊出并获奖，标志着编辑部和各位评委对于"下笨工夫"工作的意义和价值的肯定。 我想特别表达的是，有幸得到以"王季思古代文学研究基金"命名的"《文学遗产》优秀论文奖"，就不禁回想起十六年前的往事，季思先生充满感情地讲述"聪明人要下笨工夫"的一幕仿佛就在眼前，而此刻内心所重新感受到的震撼也丝毫不亚于当年。 对我个人来说，这样的一篇文章获得这样的一项奖励，无疑是我的学术道路上值得纪念的一次可贵的遇合。 这种心情在一定程度上减轻了由获奖所带来的惭愧。 为此，我要向造就了这次"可贵的遇合"的《文学遗产》编辑部和各位评委表示衷心的感谢！

一九九八年九月四日于南秀村寓所

（原载《文学遗产》1999 年第 1 期）

我与中国诗学研究

清理一下十余年来自己的工作，其范围大致围绕的是中国诗学研究。这里所说的中国诗学研究，其内涵包括五个方面，即诗学文献学、诗歌史、诗歌原理、诗论史和比较诗学。这正是我与蒋寅主编的《中国诗学》杂志的五个基本栏目，我的工作也不出上述五个方面。

文献工作是一切学术工作的基础，我很庆幸自己由于第一篇勉强可称作"论文"的习作，其中的一个问题受到闲堂（程千帆）师的严厉批评，因而能够较早地认识到文献工作的重要性。那是在 1980 年的春天，我写成了一篇《钟嵘〈诗品〉推源溯流论》的文章，结尾部分用了"记得恩格斯说过……"的语气为文，就在这个地方，闲堂师写了一段措辞极为严厉的批语。当我拿回这篇文章，看到这一段批语的时候，脸一下子就红了。当时的羞愧之情，真令人有不知身在何方的感觉。批语虽然严厉，但用意则极为善良，告诫我学术论文引用文献要注明篇名、卷数、版本等。现在看来，也许这只是一个再简单不过的操作规范的问题。但在"文革"遗风在学术界尚有市场的当时，闲堂师对一个初学者作狮子吼，不难想象他对于这种遗风的毒害性是如何的痛心疾首，以至于遇事辄发。此后，他在许多文章和讲话中都提到有这么一个学生，写了这么一句话，要大家引以为戒。也许，今天没有人会把这件事和我联系起来；即使在当时，闲堂师也并不记得我的名字，他是针对这件事，而不是针对某个人。但恰恰这件事发生在我的身上，又造成了强烈的刺激，如同禅家所说的棒喝，所以，我也最能体会其深旨。 当时，我是大三的学生。

在我出版的著作中，《禅与诗学》专门讨论佛学与诗学的关系，前些年日本花园大学的衣川贤次教授曾评论了几种在中国相继出版的同类著作，特别指出该书的特点是其"实证性"。《钟嵘诗品研究》则分两编，其中一编即为《钟嵘诗品集评》，具有文献汇集的意义。《临济录释译》是对禅宗语录的注释和翻译。 重视文献成为我的工作特征之一。其中最为集中体现诗学文献学方面工作的，是《全唐五代诗格校考》一书。

诗格是在唐代甚为流行的一种诗学著述形式。 由于其撰述宗旨不外以便科举或以训初学，立为种种格式，不免细琐呆板。 再加上此类书的时代、真伪、书名、人名等方面，也存在着种种疑问，所以向来问津者寡。 然而在研究工作中发现，忽略这类文献，唐代诗学的研究固然难以深入，从六朝到宋代诗学的发展也缺少了中间环节。 但要研究唐五代诗格，却没有一个可资信赖的完整的文本。 记得复旦大学的陈尚君教授曾询问并鼓动我完成此项工作，后来又向傅璇琮先生建议在《唐诗研究集成》中列入此一项目。 决定完成这项工作，与尚君的热心是有很大关系的。 唐五代诗格的基本资料，见于《文镜秘府论》和《吟窗杂录》。 前者的有关成果较多，而后者自明代以来就未曾重新刊行。 为了尽可能保证录写文字的准确，有关《文镜秘府论》，不仅参考了国内王利器先生的校注本及王梦鸥先生的《初唐诗学著述考》等，而且也广泛收集了东瀛学人的相关著作，如小西甚一的《文镜秘府论考》、中泽希男的《唐元兢著作考》和兴膳宏先生译注的《文镜秘府论》；有关《吟窗杂录》，则利用了上海图书馆藏的明刻本、美国国会图书馆藏的明钞本以及日本京都大学附属图书馆藏的官本和刻本。 这些不同版本和相关资料的次第获得，得到了许多师友的慷慨帮助，如复旦大学的杨明教授、上海师范大学的曹旭教授、中华书局的傅璇琮先生、日本岛根大学的蔡毅教授等。 除了这两种基本典籍本身，其在流传过程中所形成的文献系列，也是校勘的依据之一。如明、清时代的《名家诗法》、《名家诗法汇集》、《冰川诗式》、《诗法统宗》、《词府灵蛇》、《诗学指南》等，以及日本的《文笔眼心钞》、《作文大体》、《本朝文粹》等。即使诸本无异，而实际有误者，也尽量利用其他相关典籍加以是正。由于资料集中在手上，工作进行得相当顺利。全书校录了唐五代至北宋的二十八种诗格，并附录了三种与诗格性质相近的《文笔要诀》、《字格》和《赋谱》，及一篇《全唐五代诗文赋格存目考》。通过这项工作，略尝"上穷碧落下黄泉，动手动脚找材料"的甘苦，希望能够为学术界提供现存的唐五代诗格类著作的理想文本。我原想在这一工作完成后，继续对宋、元以下的诗格作文献上的整理，但看来缺少这样的机缘。目前仅完成了两篇论文：《论〈吟窗杂录〉》和《元代诗学伪书考》。关于诗学文献学的问题，我还是坚持这样的看法，忽视文献典籍的基础性工作，必将成为诗学研究进一步深入的障碍。

文献工作不可能一蹴而就，需要锱铢积累而成。1982年初考上硕士研究生，有两件事情对我影响很大。一是当年五月，南京大学庆祝建校八十周年，许多校友返校，也由此而见到了许多前辈先生。中山大学的王季思（起）先生给我们作报告，介绍其研究经验。他回忆起在中央大学读书的情形，讲到他写了一篇文章呈胡小石先生，胡先生即指出其中何处材料用得不对，何处立论有问题，最后对他说："季思啊，聪明人要下笨工夫。"我坐在季思先生的对面，看他讲这话时老泪纵横，心中感到一种强烈的震撼。后来，我在《朱子语类》中也读到类似的意思："大抵为学虽有聪明之资，必须做迟钝工夫，始得。既是迟钝之资，却做聪明底样工夫，如何得！"大概是为了下一点工夫，研究生第一学期写的第一篇课程作业就选择了《钟嵘〈诗品〉谢灵运条疏证》为题。绕溪（管雄）师在卷末有这样的批语："繁证博引，俱见匠心，非凿空者可比。"并且告诉我，他当年写《洛阳伽蓝记疏证》，沈尹默先生曾给过类似上述的评语。这番话讲得非常恳切，使我在精神上得到的感动多过于鼓励。 另一件事是在当年的岁末，读到黄季刚（侃）先生的一段话："学者当日日有所知，日日有所不知。"遂发感想，"日日有所知"，其所知未必真知；"日日有所不知"，其不知即其所知，如此方能真正日日有所知。 于是给自己占有的宿舍一隅取名为"日不知斋"，请友人丛文俊为刻"日不知斋"印，并开始写"日不知斋日记"，将每天读书的疑问、心得，以及购书、读书的计划记于其中。 如读姜亮夫的《楚辞书目五种》和饶宗颐的《楚辞书录》，于是想仿效其例作《钟嵘诗品书录》；读高似孙《选诗句图》，深感不满，而拟作《选诗新句图》。 重看当年的日记，其中有许多幼稚可笑的想法。 但全身心地投入于学问的世界中，就自己关心的问题，在材料上、立论上不断地补充、修正，自己也就在不知不觉中获得了学术上的进步。

在攻读硕士学位期间，我研究的主要对象是中国诗歌理论史。 但专家诗在课程设置中占有一定的比例，如谢灵运诗、李白诗、杜甫诗等。 对于诗歌作品的阅读，加深了自己对诗歌理论的理解。 例如，为了研究"以意逆志"在中国注释传统中的意义和价值，我写了一篇《杜甫〈江村〉诗心说》，收集了宋代以下近三十种注本对此诗的解释，加以分类阐说，以见传统诗学批评的长短；为了拓展解释空间，更新思考路径，从各个角度亲近诗人的心灵，又写了《李义山诗的心态》；为了解开钟嵘谓陶诗渊源于应璩诗的疑团，写了《应璩诗论略》。 大致说来，写诗歌史方面的研究论文，目的是为了解决诗论史上的问题。 而研究诗歌理论史，目的是想通过历史与逻辑相结合的方法，重新呈现中国古代文学理论的体系。 而这一工作切入点，就是有关中国古代诗歌批评方法的研究。 这项工作的雏形始于大学阶段，成形于我的博士论文。 其基本看法是，中国古代的文学理论，从其表现形式上看往往给人以零散片断、不成系统的印象。 实际上，中国古代文学理论不仅有藉以表达的若干种外在形式，而且还有一个独特的内在体系。 从诗歌批评方法的角度看，其内在体系是由三种方法为支柱而构成，即受儒家思想影响的"以意逆志"法，受学术传统影响的"推源溯流"法，以及受庄禅思想影响的"意象批评"法。这三种方法，是从不同的侧面对文学作品进行的各个层次的分析。而作为这三种批评方法表现的外在形式，则主要有选集、摘句、诗格、论诗诗、诗话和评点，这六种形式也是最富于民族特色的。我所做的大部分工作，就是围绕着这一课题展开的。而目前从事的《中华大典·文学典·文学理论分典》的编纂，也是希望通过科学化的组织条理，将古代文学理论的体系呈现出来。

攻读博士学位期间，主要的课程是集部以外的经典著作，修读了《论语》、《孟子》、《老子》、《庄子》、《周易》、《左传》、《史记》等七门课，方式是自己阅读，提出问题与老师讨论，最后写出读书报告。除了这些规定课程以外，我自己还选读了一些佛教（主要是禅宗）文献。这三年，可以说是"用志不分，乃凝于神"。为此后的工作奠定了较为坚实的基础。从读书来讲，这一时期读子部的书多，而读集部的书少，自己也对古今有关思想性的著作有较浓的兴趣，这对我的研究是有帮助的。写的一些论文，也开始得到不轻许学生的闲堂师的赞扬。如《从儒家人性论看孟子"以意逆志"说的产生》，得到"甚有识力，亦见功力"之评;《从〈左传〉看春秋时人的音乐观》一文则得到一段较长的批语："此文甚有佳处，眼光所及有广度亦有深度。老眼为之一明，甚喜慰也。研读古典之益，亦于此文见之。盖可厚其学殖，不为空洞之言。"直到现在，我仍然觉得那些习作是不配得到老师这样的评价的。但从中却也悟出一个道理，研究文学，不能限于读集部的书。经子一类的书籍，是古代文人的"精神食粮"。不在这些基本典籍上下一番工夫，便很难进入古人的精神世界，也很难真正深入地研究一些有价值的问题。这期间的学术界笼罩在"文化热"之中，其中从宗教角度研究文化和文学，也成为当时的一个时髦。1986年的夏天，我有缘获得了一套《大藏经》，得空便翻阅，竟也读出些兴趣，渐渐地又发现了一些问题，为后来撰写《禅与诗学》提供了文献根据。 我写这本书时，重心放在对具体问题的探讨，而不是建立系统。 因为我觉得，在一个研究基础相对薄弱的领域，如果不能在具体问题的研究上有所突破，任何构建起来的系统都不免如《华严经》上所说的"弥勒楼阁"，虽能弹指即人，实则同于虚空。 有鉴于此，我以八篇论文构成《禅与诗学》，当然，正如后记所说："如果要追求名副其实的话，那么本书的题目也许应该称作《佛学与诗学关系中的若干问题的初步探讨》较为合适。"由于多从原始材料出发，其工作近似于顾炎武《与人书》中所说的"采铜于山"，而非买旧钱充铸。 例如，我在读晚唐五代诗格时，曾发现当时的种种"势"名颇难索解，为了追溯其来源，曾旁搜远绍至古代的武术甚至房中术之类的书，最终觉得似是而非。 在我阅读禅宗典籍的时候，忽有所得。 尤其是发现以"势"接人乃沩仰门风之一，而最早提出这类"势"名的齐己恰恰就是出于沩仰宗，终于解决了这一问题。 又如关于叶梦得与云门宗、严羽与临济宗的关系，宋代论诗诗与禅门偈颂的关系，宫体诗与佛教的关系等，都是经过大量佛教与诗学资料的仔细排比、爬梳后得出的结论。 原计划中还有两篇论文（《评点与评唱》、《苏轼与〈楞严经〉》）要写，并拟对几十个诗学术语与禅宗的关系加以梳理，但出版社催稿甚急，我又缺乏倚马可待之才，只好暂时搁笔，而这些内容也就至今未能写出，仍然是一堆材料。

这几年，我的兴趣越来越多地被域外汉诗学所吸引。 第一次接触这类文献，是在 1985 年初，当时我在香港探亲，偶然购到许世旭的博士论文《韩中诗话渊源考》，知道了在中国以外还有大量的用汉字书写的诗学文献。 但当时我们与韩国没有外交关系，无法获得这些资料。1992 年夏天，我有机会到日本京都大学作短期访问，就走访了东京的东洋文库、内阁文库、东京大学文学部小仓文库、京都大学附属图书馆河合文库以及名古屋市的蓬左文库等，收集了若干日本、韩国的汉诗学资料。 去年五月，我赴韩参加国际会议，喜出望外地购到了《日本诗话丛编》十卷及《韩国诗话丛编》十七卷。　今年五月，我应韩国国际交流财团的邀请，赴韩作为期三个月的研究，题目是"十至十四世纪中韩诗学比较研究"，实际上是考察高丽时期的诗学如何受到中国唐宋诗学的影响。　我的工作宗旨是将这一课题置于文化交流史的视野中考察，所以是一个介于文史之间的课题。　在韩期间，我认识了几位来自越南的学者，交谈之下，他们非常支持我的研究，希望近期能有机会去越南调查所存的汉籍情况。　古代中国是东亚地区的文化宗主国，汉文化对于周边国家及地区有着很强的渗透力。　研究域外汉诗学，一方面可以获得在中国已亡佚的资料，如流传于日本的《赋谱》（已收入我的《全唐五代诗格校考》）和流传于韩国的《唐宋分门名贤诗话》、《诗法要标》（已收入赵锺业教授编《韩国诗话丛编》），另一方面也能够在更大的范围中考察汉诗学的演变及影响，进一步从总体上认识汉诗学的价值和意义。　这些文献固然在此前未受到中国学者的充分注意，但我研究这些文献，仍然希望以黄季刚先生"所贵乎学者，在乎发明，不在乎发见"的训诫为学术追求的目标。

　　《古典文学知识》编辑部希望我写一点有关治学门径的话，禅宗认为不识正法、胡说乱道，将受罚而眉毛脱落。　我自知学力、见解不足以付之，岂敢冒"眉毛有几茎"的危险？　于是将自己研究中国诗学的过程以及受之于师的要旨大致写出，即使有一二可借鉴处，也在于读者的善于取资。

一九九七年十月十二日于南秀村寓所

（原载《古典文学知识》1998 年第 1 期）

关于大学人文教育的若干断想

一、大学的目的

根据中国的高等教育法，大学是教学和科研中心。那么，大学的目的无非是培养人才和科学研究。这样的目的可以说是综合了中西大学的传统。

孔子说："吾十有五而志于学。"（《论语·为政》）朱熹注："古者十五而入大学。……此所谓学，即大学之道也。"（《论语集注》卷一）所谓"大学之道"是什么？《大学》云："大学之道，在明明德，在亲民，在止于至善。"所以，这是通过学习而去除私欲，发明天理，推己及人，以达到"至善"之境。用扬雄的话来说，就是"铸人"，而老师就是"人之模范"（《法言·学行》）。这可以说是中国的教育传统，虽然也传授知识，但更重在培养德性。大学教育的基本任务，是概括传统的以及时代的若干信念，包括人格、知识和技能等，铸造出这种信念的担当者，使他们成为更接近于理想要求的人。

西方的大学传统经过一些变化，十九世纪的纽曼（John H. Cardinal Newman）在其《大学的理念》（*The Idea of a University*）一书中把大学看成培养绅士的地方，大学是保持古典文化传统的地方，教育的目的是对一种特殊形态之人的"性格的模铸"（character formation）。这样，大学当然是一培养人才的机构。十九世纪末，从德国的大学开始，标举一种新的理念，即大学应该成为"研究中心"，教师的首要任务是自由地从事"创造性的学问"。 这一观念逐步在欧美各国扩散，影响深远。 至今日美国的先进大学，研究院采德国模式，注重研究；大学部受英国影响，注重教学。

中国的大学，从理念上说，要办成两个中心，这既是对传统的综合，也是对世界潮流的呼应。

二、培养什么样的人

培养人才是大学的重要职责。 那么，大学应该培养什么样的人才呢？ 这是一个争论很大的问题。 比如，大学应该施行专才教育还是通才教育？ 是普及教育还是精英教育？ 是培养技术员还是知识人？

其实，这样的问题，在中国的教育传统中可谓由来已久。 孔子是个好学而且博学的人，他说自己"十有五而志于学"（《论语·为政》），又说："十室之邑，必有忠信如丘焉，不如丘之好学也。"（《公冶长》）达巷党人评孔子"博学"（《子罕》），子贡说"夫子焉不学，而亦何常师之有"（《子张》）。 但孔子并不认为自己只是"多学而识之者"，而认为是"予一以贯之"（《卫灵公》）。 他还对曾参说："参乎，吾道一以贯之。"（《里仁》）这里所揭示的是一个"博"和"约"的问题。 而一个更为明确的表述，就是"博学于文，约之以礼"（《雍也》）。 颜渊说到孔子对他的教育，也是"博我以文，约我以礼"（《子罕》）。

不过，这里所说的"博"与"约"，还不能等同于今日教育中的所谓"通才"和"专才"。 中国的传统教育，是以"通才"为高的。 所谓一事不知，儒者之耻。 即便就写文章来说，"文非一体，鲜能备善"，这是常见的事，但可贵的还是"唯通才能备其体"（曹丕《典论·论文》）。 但随着各门学问的发达，今天要想成为一个传统意义上的"通才"，不仅贯通六经，而且沟通文理，已经是不可能之事，但传统的教育思想仍然能够为我们今日的教育提供有益的资源。

不仅儒家，道家思想中也同样具有这样的资源。《庄子》讲述了庖丁为文惠君解牛的故事，其精湛的技艺引起文惠君的赞叹："技盍至此乎！"但庖丁的回答是："臣之所好者道也，进乎技矣。"（《养生主》）可见在"技"的背后有更为重要的"道"。《天下篇》中把当时的各种思想学派，也就是当时人所认为的各种知识统称为"方术"，在庄子看来，无非是"得一察焉以自好，譬如耳目鼻口，皆有所明，不能相通。犹百家众技也，皆有所长，时有所用"；这些人是"寡能备于天地之美，称神明之容"的"一曲之士"。《庄子》一书中谈的不是教育问题，但同样给我们带来启示。

孔子所说的"文"、庄子所说的"技"，约略近似于今日所说的"知识"；而这两位哲人所说的"礼"和"道"，则可近似于今日所说的"人文精神"。 我们培养的人才，不仅是有具体专门的知识和技能，而且有着人文的素养和精神。 不是一般的技术员，而是一个完整意义上的知识人。 无论其所学专业为何，这种精神和素养应该是具有普遍性的。

今日大学应培养这样的人才，其争论并不在是否应该培养，而在于如何培养。 加强大学的人文教育，或称"素质教育"，在今日大学里似乎也是一句耳熟能详的话。 以我所知，许多大学所采取的措施，无非是给理工科学生开一些讲座，比如诗词欣赏、美术欣赏、音乐欣赏、电影欣赏等等，似乎有了这些，学生就具备了人文素养，就完成了人文教育的使命。 这不能不说是一种流于表面的形式，与真正的人文教育相去甚远。

三、人文教育是什么？

科学和人文，在现代的学科分类中往往区分为二。 其实，就精神实质而言，这两者如鸟之双翼、车之两轮，是密不可分的。 人文教育，最重要的就是贯注一种精神的教育。 既是人文精神，也是科学精神。

在现代教育体系中，一个人从幼儿园、小学、中学到大学，在知识增长的同时也完成其人格的形成。 大学是现代教育中的最后阶段，学生走出大学校门，就将迈向社会，成为一个有益于社会的人。 中国政府曾经在多种场合提出"科教兴国"的方针，科学和教育，何以能够兴国？

科教二字，如果就我的理解而言，应该将顺序改为教科。 也就是说，通过教育，尤其是通过高等教育，使每一个受教育者成为具备科学精神和专业技能的高素质的公民。 什么叫科学精神？ 科学精神的基本要素是严谨与求实，它隐含在任何一门学科之中。 有了科学精神，才可能对以往的知识加以分析、思索、怀疑乃至推翻，从而形成自己的判断能力；没有科学精神，便会自满、武断或盲从，导致判断能力的丧失。 就这一点而言，科学精神也就贯穿于人格和品德。

当有人问古希腊哲学家安提西尼，人最需要的是哪一门知识时，他的回答是"使人抛弃谬见的知识"。 当中国唐代禅宗的临济和尚，向他的门徒说明达摩祖师东来的目的时，说"为的是觅一个不受人惑底人"。 说到底，"使人抛弃谬见的知识"不是任何一门具体的专业知识，在更确切的意义上讲，它是一种精神和能力。 这就是科学精神和判断能力。 十八世纪的英国科学家迈克尔·法拉第说："人类智力上的最大弱点是缺乏判断力。"其基本含义是，人们往往仅根据极少的证据甚至毫无证据便得出包罗万象的结论。 这正是由缺乏科学精神所导致的智力低下。

大学四年，固然可以学习到许多具体的专业知识，但更重要的，是通过具体知识的学习过程，受到科学精神的感染和熔铸，从而在离开学校之后，凭着这种精神作为继续成长的资本。 当他们带着这些精神离开校园，踏上社会，用科学精神对待工作、对待人生，就一定能够不断"抛弃谬见"，最终成为具有独立人格和判断能力的"不受人惑底人"。

今日中国的社会心理，如果用一句话来概括，也许可以说是浮躁，是急功近利。 急功近利的背后也有一种思想在支撑，就是以实用的观点对待知识和学问。 也就是在"技"与"道"之间，一味强调"技"的作用，忽视乃至抹杀了"道"的存在。 明末清初的顾炎武在《日知录》里大力赞扬东汉的风俗之美，以为这得之于儒家思想长期教化的结果。大学教育对于社会风气的良窳，应该而且是能够发挥潜移默化的作用的，虽然这不是在短期内即可奏效。 台湾前"中研院"院长吴大猷曾经说，中国几千年中的科学技术，先进的是技术，而不是科学。 我的理解，科学是应该比技术更高一层次的，科学的背后是有一种科学精神在支撑的。 要改变急功近利的社会风气，在大学教育中，就应该培养起一种为真理而真理，为科学而科学，为学问而学问的精神。 在对于科学的追求中，摆脱功利的动机，而产生对于知识本身的真正兴趣。有了这样的兴趣，才能够形成科学技术发展所需求的文化凭藉，才能够从根本上促进科学进步和社会发展，才能够真正完成大学教育的使命。

我这样说是因为感觉到今日的教育思想上存在一个误区，即过分强调大学教育对社会需要的适应，而忽略乃至抹杀了大学教育对社会的改造功能。 人们把教育看成是美好社会的未来，教育如果不能完成改造社会的任务，那么未来也就不会是美好的。 人文教育就是给受教育者以精神上的感染和支撑，可以在心中建立起抵御外部和内心混乱的城堡，使生命的质量得以提高。 由一批又一批近于理想的人走进社会，就能够提高整体社会的文明，并促进社会整体的不断进步。

四、教师的作用

在大学教育中，教师的重要性应该得到进一步认识。 在中国现代的大学教学改革中，多媒体教学、网络课程正在日益得到重视，传统的教师授课法正遇到空前的冷落。 加强大学的人文教育，就必须更加重视教师的作用，必须重视传统的授课方式。

这些年来，高等学校的教学改革的呼声非常热烈，被树立为楷模的往往是利用多媒体和网络进行教学的尝试。在这种教学活动中，教师只需要事先将课件准备好，上课时可以一言不发，手拿鼠标调动画面，或者干脆将教材和作业放到网络上，学生做完作业也缴到网络上，教师改完作业再放回网络上。这样的趋势发展下去，从人文教育的角度来看，令人担忧。

卢梭当年就曾提出，教师是活生生的人，不是某一课程要求的无形体现，不是将知识从一代人输送到另一代人的无毒试管。《世说新语》上也记载了晋人的话："讽味遗言，不若亲承音旨。"而《论语》一书，更是伟大的教育家孔子教学活动的生动记录。他可以让学生"各言尔志"，学生也可以对老师说"愿闻子之志"（《公冶长》）。他的行为和言论就是那样地感动了学生，使学生由衷赞叹道："仰之弥高，钻之弥坚，瞻之在前，忽焉在后！夫子循循然善诱人，博我以文，约我以礼。"（《子罕》）教师本身就是一个"模范"，教学是一个需要感情乃至激情投入的活动。教师的工作，是将自己对学问的热忱，通过对知识的讲授，同时传达给学生，使学生受到感染，甚至是震撼。

然而反观近年来中国高等学校中教师，由于受到各种利益的驱动，其学风问题甚为严重。报刊上已作公开揭露的，从堂堂的北京大学到一般的地方高校，教师用抄袭或变相抄袭的手法炮制论文著作者并不少见。一经揭露，还振振有词地为自己辩护。这样的人厕身在高等教育的队伍中，即便其比例不是太多，但害群之马的危害是不可低估的，这种利欲熏心之徒对青年学生的反面影响更是难以估量。从这个意义上讲，大学人文教育的问题，首先是要有一大批忠诚于教育事业的教师，犹如当年陶行知所倡导的"捧着一颗心来，不带半根草去"，那么，教育才是有希望的。

二〇〇三年九月写于韩国外国语大学

从"西方美人"到"东门之女"

今年八月初，钱林森教授来电话约我写一篇关于"汉学主义"的文章。说来惭愧，在此之前，我都没有听说过这个术语。问了一个对美国汉学颇为关心的旧日门生，他的回答也是不知道。于是自己查阅文献，拜读了周宁教授的《汉学或"汉学主义"》（载《厦门大学学报》2004 年第一期）和顾明栋教授的《汉学与汉学主义》（载《南京大学学报》2010 年第一期）、《汉学主义：中国知识生产中的认识论意识形态》（载《文学评论》2010 年第四期）等大作，才略知其梗概，也引发出自己的一些想法。八月二十一日，接到南京大学高研院的会议邀请，要我参加这个"汉学主义：理论探索"研讨会，因为这些年来忝为高研院中的一员，即便自己对这一问题缺乏研究，似乎也无法拒绝，所以写了这篇小文。

我读周、顾二教授的论文，深为其学术热忱和责任所感动，他们的观点和认识虽有出入，但大体不相乖。尤其是周文提请"学界警惕学科无意识中的'汉学主义'与'学术殖民'的危险"，顾文在呼吁"走出汉学主义"的同时所期待的"处理中国材料真正科学而又客观的研究方法"，都值得我们深思。不过，也许是平日较多关注对"问题"的研究，因此在习性上对于"主义"的命名多抱谨慎之心。即便对于今日学界影响深远的萨义德的"东方主义"（一译作"东方学"），也不能不怀有疑问。既然萨义德将怀疑和回忆看成知识分子的关键词，那么，对他的学说的质疑也就是理所应当的。萨义德宣称："将东方学视为欧洲和大西洋诸国在与东方的关系中所处强势地位的符号比将其视为关于东方的真实话语更有价值。"(《东方学》，页 8）因此，我们可以不必质疑其"东方学"与"真正"的东方是否对应，但不能不质疑其"东方主义"所概括的"东方学的内在一致性"是否真的那么同质或单一。 萨义德是一个强调理论与实践携手并进的学者，即使在面对"纯粹知识"和"政治知识"的区分时，他也会因为任何一个学者自身现实环境的原因，即"他与东方的遭遇首先是以一个欧洲人或美国人的身份进行的"，而这"欧洲人或美国人的身份决不是可有可无的虚架子"，因此，"可以认为，欧洲，还有美国，对东方的兴趣是政治性的"（同上书，页15—16），实际上否认了"纯粹知识"的存在。 我们由此也不能不想到，"东方主义"是萨义德"从一个其现实已经被歪曲和否定的东方人的立场出发的"（詹姆斯·克里福德语，转引自瓦莱丽·肯尼迪《萨义德》，页50）。 在其回忆录《格格不入》、访谈录《文化与抵抗》中所展现的，正是这样一个"斗士学者"的形象。 如果我们也强以"主义"命名，是否可以说，他眼中的"东方学"实际上只是一个"萨义德主义"呢？ 在我看来，"汉学主义"就是从"东方主义"演绎而来，尽管顾文对二者作了切割，但周文却坦承其关联。 尤其是，这两者在其使用的思维方式、术语及专有名词上的一脉相承，比如"主义"、"殖民"、"虚构与想象"、"知识与权力"等等，即便在对未来的追求上，萨义德渴求的"最重要的是进行可以取代东方学的新的研究，即从自由的、非压制或非操纵的角度研究其他民族和其他文化"（《东方学》，页32），显然也能引导出顾文期待的"处理中国材料真正科学而又客观的研究方法，产生对中国不带偏见的知识"。

Sinology 意义上的"汉学"一词起于江户时代的日本，与"国学"、"兰学"（即西洋之学）相对而言，后沿用至今。 汉学是一个内涵丰富的名词，含括的地域从东方到西方，而汉学的历史，即便从日本的平安时代算起，至今也有千年以上。 因此，这是一个在时空中不断变迁的动态的过程，很难想象能够用一个贯串所有的概念、理论或方法加以囊括，即便仅仅就欧美汉学而言也是如此。 不错，任何一个学者皆有其意识形态，任何一项人文学研究也都或隐或显、或多或少地留有意识形态的痕迹。 但是，这与从意识形态出发、为意识形态效命完全是两回事。 假如从来的汉学研究就是"汉学主义"，假如"汉学主义"就是以"殖民"为核心的意识形态或文化霸权，那么我们今天的讨论，就完全可能变为一场种族斗争、政治辩论或文明冲突。 对于我们这一代人来说，为政治服务的文学创作或学术研究并不陌生，但同时大家也清醒地知道，那只是御用的工具，绝非真正的文学创作或学术研究，与学问的世界根本不沾边。 如果从古到今的汉学，哪怕仅仅说西方汉学就是为意识形态服务的工具，就是居心叵测、不可告人的阴谋，就是对中国的历史与现实的精神暴政，我们完全应该报之以不屑一顾乃至嗤之以鼻。 而事实恐非如此。

以平常心看东西方的汉学研究，其在学术上所取得的成就是有目共睹的。 因此，其成果也能引起包括中国学术界在内的广泛注意。 当然，任何一种学术方式也都难免其弊端，这就特别需要引起中国学者的警惕，对汉学研究成果作批判性吸收。 一个成熟的学者，在具备了怀疑力、创造力的同时，必定也具备了反省力。 推之于一个成熟的学术界，也必然是如此。 事实上，无论是东方还是西方的汉学界，他们都有从学术出发的自我反省，美国学者柯文（Paul A. Cohen）的《在中国发现历史——中国中心观在美国的兴起》和日本学者沟口雄三（Mizoguchi Yuzo）的《作为方法的中国》（一译作《日本人视野中的中国学》），就是东西方汉学界反躬自省的代表作。 至于具体到作为个人的汉学家，在二十世纪有把中国当作其"天生的恋人"的吉川幸次郎，在今日有将《荀子·修身篇》中"非我而当者，吾师也；是我而当者，吾友也"当作学术讨论信条的罗哲海（Heiner Roetz）。 而在与本人有所交往的东西方汉学家中，他们对于学术的热情恳挚，在为人上的坦诚友爱，无一不让人感到和煦温暖。这如何能与所谓的"汉学主义"发生联系呢？又如何能耸人听闻地断言汉学的本质即"汉学主义"，并且"束缚了中西方之间的真正对话以及不同文化之间的文化交流"（语出本次会议邀请信）呢？即便在某些时候、某些地区的某些汉学研究带有强烈的意识形态，那么，以一种意识形态去对抗另一种意识形态，也只是学术文化世界中的"以暴易暴"，这才是"束缚了"中外之间的真正对话和文化交流呢。

周、顾二教授的论文提醒人们要对汉学（特别是西方汉学）加以反思，尤其是要警惕西方汉学在"课题选择、理论假设、思考框架、主题意义与价值"上对中国学术的"控制"（周宁，2004），这具有深刻的学术意义和现实意义。现代学术中的西学对中学的影响是一个颇为复杂的问题，我在此愿意略抒己见，并以春秋时代"赋诗断章"的方式，将该问题的起因、现状及如何回应作一表述，简称为从"西方美人"到"东门之女"。

一、"云谁之思，西方美人"

语出《诗经·邶风·简兮》，若翻译成现代汉语，就是"哪个人儿我最想？思恋的美人在西方"。紧跟后面的两句诗"彼美人兮，西方之人兮"，即"那个美人儿啊，就是西方的人啊"。借用这个"美人"，既指美艳之人，也指欧美之人。黄遵宪于明治后期到日本，写有《日本杂事诗》，讲到日本汉诗自古以来"大抵皆随我风气以转移也"，但时人则已"变而购美人诗稿，译英士文集"。这代表了十九世纪末以来整个东方文化面临的困境。

中国现代学术的起步，是在西方学术的刺激和启示下形成的。在当时，如果要从事学术研究，惟一正确的途径似乎就是取法乎西方。西方的学术观念、学术方法代表了人们追求、努力的方向。胡适当年强调用科学的方法整理国故，而所谓"科学的方法"，其实就是西学的方法。 傅斯年 1928 年在《历史语言研究所工作之旨趣》中说："我们很想借几个不陈的工具，处治些新获见的材料，所以才有这历史语言研究所之设置。"他所想"借"的"几个不陈的工具"，说穿了也是西洋的方法。 陈寅恪在1934 年写的《王静安先生遗书序》中，曾经以王氏为例，举出其学术"足以转移一时之风气，而示来者以轨则"的三项原因，前两项都属于材料方面（地上和地下，异族与汉族），列于第三的就是"取外来之观念，与固有之材料互相参证"。 因此，当我们回顾百年来的中国学术，除去文献、人物和史实的考辨以外，其学术方法、理论框架以及提问方式，占据主流的都是"西方式"的或者说是"外来的"。 这是一项基本事实。 在外来的理论、观念和方法的启示下，中国学术曾经得到了长足的进步，甚至仍然可能继续产生有价值的学术成果。 但我们也必须看到，在汗牛充栋的论著中，外来的观念和方法愈演愈烈为学术研究的起点（提问方式）和终点（最后结论），其势至今未能改变。

这涉及一个更大的背景，就是中西文化之争。 从鸦片战争以来，中国在与西方列强的对峙中，政治、军事、经济诸方面皆连遭失败，这种现实世界中的万事不如人，也就激发起一些人以为中国传统文化的不如人，必欲去之而后快。"五四"运动的"打倒孔家店"的口号，就代表了对中国传统文化的否定。 更多的人即便不作如是想，但对于自己的文化，也不敢堂堂正正地加以承担、发扬。 胡适倡导的整理国故，其目的也是为了打倒国故。 因此，在二十世纪前期的中西文化之争中，西学占了绝对的优势。 在这一背景下的学术研究，其主流自然也就是"云谁之思，西方美人"了。

二、"匪女之为美，美人之贻"

语出《诗经·邶风·静女》，"匪"同"非"，"女"同"汝"，前两句是"自牧归荑，洵美且异"，"荑"为白茅草之嫩芽，翻译起来就是"郊外回城送我荑，又好看来又奇异，哪是你荑草分外美，只为美人亲手贻"。

二十世纪八十年代以来，大量的西方译著在中国学术界涌现，即便就其中的汉学部分而言，其数量也是惊人的。各种专以"海外汉学"、"国际汉学"或"海外中国学"为名的期刊、集刊比比皆是，也有专以国别为范围的，如"法国汉学"、"日本中国学"等，各种相关研究机构纷纷成立，以此为对象的专著和论文也层出不穷，成为出版界的一个热点。汉学家的研究著作大量翻译出版，甚至以系列形式成套出版。不仅如此，汉学家也迈上中国高等学府以及各种学会的讲坛，并且受到高度的礼遇，不少名校还设有欧美汉学的系列讲座，中国学界对于海外汉学似乎拥有了前所未有的热情。如果与日本学界做个比较，他们对于"海外和学"的兴趣似乎难以调动起来，也许他们有一个根深柢固的理念，那就是外国人根本理解不了日本。像《法国的日本古典研究》（《フランスの日本古典研究》，小沢正夫译编，ぺりかん社，1985年版）之类的书，也只是偶一见之而已。事实上，在各色汉学家以及各种汉学研究著作中，有些固然富有真知灼见，有些则未免偏见或谬见；有些固然是沉潜有得的学者，有些则未免不着边际的夸夸其谈。但只要是新异的，就会受到普遍的肯定乃至追捧。中国现代学术的不成熟，表现之一就是求"新"的欲望远远大于求"真"的欲望。而在年轻学者以及研究生、大学生中，对于海外汉学著作的迷恋也是较为普遍的现象。自己的论著中引用上一两本汉学著作，或是一两句汉学家的言论，不管那个著作是优秀的还是平庸的，不管那个言论是精辟的还是普通的，似乎就能够增加自身论著的学术分量。我们即便承认远来的和尚会念经，但远来的道士、远来的喇嘛、远来的牧师也同样会念经吗？这真是"匪女之为美，美人之贻"了。

相对于中国学界对海外汉学的追捧，汉学家对中国学者及其论著又是怎么看的呢？ 我们也许很难一概而论，但欧美汉学在其自身的学术传统中，早已形成了其优越感，这正如萨义德所指出的欧美东方学的一个共同之处："那就是，西方文化内部所形成的对东方的学术权威。 ……它被人为构成，被辐射，被传播；它有工具性，有说服力；它有地位，它确立趣味和价值的标准；它实际上与它奉为真理的某些观念，与它所形成、传递和再生的传统、感知和判断无法区分。"（《东方学》，页 26）在汉学研究中，汉学家所乐于承认的中国学者的工作价值，往往只是体现在文献的整理考证上，至于理论和方法，他们自有一套。 二十世纪九十年代之前，欧美汉学家的学术论著中所引用的往往是日本学者的研究成果，近二十年来，他们有时也引用中国学者的论著，但只要我们仔细观察，其引用的绝大多数属于文献整理类，或可思过半矣。 对此，我们似乎应该平心静气地加以反省。 在我们自身的研究工作中，是否缺乏原创的理论和方法？ 在传统人文学的研究中，是否仅仅重视了文献的收集整理，而忽略了问题的提出与分析？ 假如我们的研究工作，在"课题选择、理论假设、思考框架、主题意义和价值"上都取法乎欧美汉学，那又如何能够奢求汉学家的垂注呢？ 更进一步说，在东西方学术的这种互动中，也许真有一天，中国学术界变成了"自我汉学化"与"学术殖民"。 我读周、顾二教授的文章，在这一点上是特别"于我心有戚戚焉"的。

三、"出其东门，有女如云"

语出《诗经·郑风·出其东门》，文意明白，不劳翻译。 以"东门"借喻为东亚，由西方转向"东门"，能够看到的是美女如云。 这些如云的美女，就是富有魅力的中国学术的象征。

我曾经说，在学术上，中国的知识人能否提出并实践一种有别于西方的知识生产方式，这是我所体认到的当代中国学术所面临的问题和所处的困境。 为此，我提出了"作为方法的汉文化圈"。 这一思考是沿着沟口雄三的思路而来，诚如他指出："迄今为止，特别是近代以来，以欧洲的视角来看待中国乃至亚洲，已是很一般的事。"（《日本人视野中的中国学》，页 17）因此，他提出了"以中国为方法"，其目的是"想从中国的内部，结合中国实际来考察中国，并且想要发现一个和欧洲原理相对应的中国原理。"（页 94）"以中国为方法，就是要追求那种对原理的、同时也是对世界的创造。"（页 96）我进而提出"作为方法的汉文化圈"，用以概括十多年来我在学术上的一个努力方向，也是试图对当代学术所面临的问题和困境作一个初步的回应。

东亚地区，以汉字为基础，从汉代开始逐步形成了汉文化圈，除中国以外，还包括今天的朝鲜—韩国、日本、越南等地，直到十九世纪中叶，在同一个文化精神的熏陶下，表现出惊人的内聚力。 汉文化圈的形成，其核心是东亚文明。 尽管在汉文化圈中有着不同的国家和民族，但人们内心的感受方式、道德观念、知识结构等，往往是根据某些基本原则而展开。 作为其载体，就是今天在中国、朝鲜—韩国、日本和越南等地所大量存在的汉籍，站在中国的立场，我们把中国以外所存在的汉籍称作"域外汉籍"。 将汉字材料作为一个整体，就是以汉文化圈为方法的文献基础。 也就是说，当我们提出"作为方法的汉文化圈"，我们在研究工作中所使用的文献，就是超越了国别和地区的汉籍整体。 这就要求研究者以更为弘通的眼光、更为宽广的胸怀、更为谦逊的态度来对待各类汉文献。 对于中国以外的汉文献的认识由来已久，但在二十世纪之前，中国人提及域外汉籍，仅仅是从证明自身"文教之盛"的角度去看待，未能摆脱"礼失而求诸野"的思想牢笼，未能消释"慕华"、"事大"的心理优越，未能超越"中心—四裔"的二元化区隔。 因此，将中国、朝鲜—韩国、日本、越南等地的汉籍文献放在同等的地位上，寻求其间的内在关系，揭示其同中之异和异中之同，这样，域外汉籍的价值就不只是中国典籍的域外延伸，不只是本土文化在域外的局部性呈现，不只是"吾国之旧籍"的补充增益。它们是汉文化之林的独特品种，是作为中国文化的对话者、比较者和批判者的"异域之眼"。因此，汉文化圈中的汉文献整体，就不仅是学术研究中必需的材料，不仅是古典学研究的对象，不仅是一个学术增长点或学术新领域，在更重要的意义上说，这是一种新的思考模式和新的研究方法。以汉文化圈为方法，其目的就是为了更好地认识汉文化，更好地解释中国和世界的关系，最终更好地推动东亚文明对人类的贡献。

二十世纪的中国研究，是以西方的、欧洲的、美国的观念为中心，为了摆脱其困境，掀开历史的新篇章，二十一世纪的中国研究，应该返回东方、返回亚洲、返回中国。然而从中国出发不是局限于中国，而是要以文化圈为单元，以中国和周边国家、地区的文化为参照，在更深入地理解汉文化的同时，也提供一幅更好地理解当今世界的图景。这是用任何别的方法所无法达到的。不仅中国研究是如此，韩国学、日本学、越南学的研究，很可能也是如此。这样，相对于西方的、欧洲的、美国的知识生产方式，就可能发现一个东方的、亚洲的、中国的知识生产方式，沟口雄三所追求的"那种对原理的、同时也是对世界的创造"的目的，就不会是十分遥远的了。

今年五月底在北京召开了一个"当代欧美汉学对中国哲学的诠释——以罗哲海为中心国际学术研讨会"。讨论的重心是罗氏的《轴心时期的儒家伦理——基于突破观点之上的、面向后习俗性思维的重构》一书。我特别注意到会议综述中对该书"重构"之用意的学理性探讨："所谓'重构'显然得益于阿佩尔（Karl-Otto Apel）与哈贝马斯（J. Habermas）的'对话伦理学'，意味着以一种与古人之真实意图相应的方式对其思想加以重新整合，并且要根据我们今日所面临的伦理学问题而加以充分利用。"（李雪涛《儒家伦理学的当代阐释》，《文景》第68期，页72，2010年9月）这显示出欧美汉学家在探讨问题之际，已经自觉到其使用的方法与研究对象之间的融合性问题，不仅使得问题的提出拥有客观依据，而分析问题的方法也能够尽量符合问题本身的自然脉络。他的"以一种与古人之真实意图相应的方式"来阐释古人的思想，完全符合中国传统的阐释学思想，即孟子所说的"以意逆志"和"知人论世"。它意味着对作者的敬畏和尊重，意味着对文本的敬畏和尊重，意味着对历史的敬畏和尊重。而用以衡量中国文化价值的标准，也不是西方的某一既定的观念或主义，而是"今日所面临的伦理学问题"。尽管罗氏的做法与我所说的"作为方法的汉文化圈"有别，但同样能够在一定程度、一定意义上回到东方、回到亚洲、回到中国。这使我想到，汉学研究也好，中国学术也罢，一旦真正的"出其东门"，我们可以看到的就不止是"有美一人"（《诗经·郑风·野有蔓草》)，而是"有女如云"。

二〇一〇年十月十三日晚急就于百一砚斋

（原载《跨文化对话》第 28 辑，生活·读书·新知三联书店，2011 年 7 月版)

"第四届国际汉学会议"侧记

　　2012 年 6 月 20 日至 22 日，我在台北参加了由台湾"中研院"历史语言研究所、民族学研究所、近代史研究所、中国文哲研究所、语言学研究所、台湾史研究所和人文社会科学研究中心、海洋史研究专题中心等七个单位联合主办的"第四届国际汉学会议"。第一届国际汉学会议在 1980 年举行，原计划每十年举办一次，所以在 1990 年、2000 年分别举行了第二、第三届国际汉学会议。从时间上看，第四届会议算是延后了两年。出席本次会议的代表共 289 人，除台湾岛内代表 128 人，其他代表分别来自欧美、东亚各国以及大陆地区。这是一次国际汉学界的大聚会，是一次汉学研究新成果的知识饕宴。

　　20 日上午 9 点，会议正式开幕，由中国文哲研究所王媛玲研究员以中英文双语担任司仪。首先由台湾地区副领导人吴敦义先生致词。吴先生首先代表马英九先生向与会代表致意，强调了历届"汉学会议"所秉持的"弘扬中华文化，促进汉学研究，加强学术交流"的宗旨，尤其指出中华文化在当今世界的意义。他回顾了前三届会议，由于历史的原因，第一、二届皆未能有大陆地区代表出席，第三届开始有少数学者出席，而本次会议出席的大陆学者已达 50 多人，是非常令人欣喜的。接着分别由"中研院"院长翁启惠院士和本次会议秘书长、历史语言研究所所长黄进兴院士致词，强调本次会议的宗旨并介绍会议的组织工作等，其时正值"泰利"台风来袭之际，黄院士引用清人孙星衍"最难风雨故人来"的诗句表达了对与会者的欢迎。

余英时院士是本次会议的筹委会主席兼召集人，由于个人原因未能出席，其开幕致词由黄进兴院士代为宣读。余院士的致词从对汉学会议的追忆开始，主旨是对于"汉学中心"的看法：早在1959年就有人提议举办汉学会议，但当时的院长胡适之先生认为，台湾的汉学研究无论在质或是在量的方面都还未能达到他期待的水平，因此力主缓议。但这一提议却引起他对于所谓"汉学中心"的记忆和感慨。胡适说：

> 二十年前在北平和沈兼士、陈援庵两位谈起将来汉学中心的地方，究竟是在中国的北平，还是在日本的京都，还是在法国的巴黎？现在法国的伯希和等老辈都去世了，而日本一班汉学家现在连唐、宋没有标点的文章，往往句读也被他们读破了。所以希望汉学中心现在是在台湾，将来仍在大陆。

余院士认为，几十年后的今天，我们对于胡先生的"汉学中心"说已有完全不同的理解。根据近五、六十年间汉学的发展，他认为可以得到以下两点认识：第一，汉学已加速度地扩散到一切专门学科之中，不但人文和社会科学的每一部门中都包涵着越来越多的汉学研究，而且在中国科技史的广大领域中，自然科学的各部门也和汉学日益紧密地结合在一起了。于是出现了一个奇诡的景象：汉学一望无际，触处皆是，但是汉学作为一个专门学科（academic discipline）却并不独立存在，因为汉学研究基本是寄托在其他学科之中的，如语言、文学、历史、哲学、艺术、宗教之类。第二，"二战"以后各国汉学都取得了重要的成就，但是"汉学中心"却未在任何地方出现。汉学研究在各国活跃的情形颇不一致，但即使是最活跃的国家也未曾取得公认的"中心"地位。由于研究的传统和关注的问题彼此不同，每一地区的汉学都或多或少地展现出一种独特的历史和文化风貌。世界文化是多元的，汉学研究的传统也不能不是多元的。基于上述两点，余院士指出：胡适和他的朋友们当年最所萦心的"汉学中心"何在的问题，今天已自然而然地消逝了。 如果有人坚持要在这个问题上讨一个明确的答案，只好说汉学犹如十六世纪布鲁诺（Giordano Bruno）构想中的宇宙，其中心无所不在，其边缘则无所在（Its center is everywhere, its periphery nowhere）。 他最后指出：举办汉学会议的惟一目的，就是给世界各地的汉学研究者提供一个充分交流的学术平台，所谓"汉学中心"问题从来不在考虑之内。 我们承认并且尊重每一地区汉学传统的独特风格，但是却不愿看到任何汉学研究社群走上自我封闭的道路。 因此不同传统之间的互相沟通、互相认识和互相影响是极其必然的，以往的三次会议多少曾发挥这样的功能，希望本届会议也能作出同样的贡献。

开幕式后是大会演讲，由"中研院"副院长王汎森院士主讲，题目是"汉学研究的动向"。 他从三个方面展开演讲，即主题、史料、工具。 就主题而言，近十年来的汉学研究发生了很大的变化，第二届汉学会议上的知识分子主题，第三届会议上的思想史主题，已经开始消失或淡化，在本次会议上也没有相关论文。 反之，东亚作为一个主题，是二十一世纪以来的学术新动向。 过去谈东亚，主要从中国对周边的影响而言，现在着重的是中国与东亚的相互建构。 用梁启超《新史学》中的说法，现在是"世界之中国"。 人文与自然、汉语与非汉语，不是两个互不相干的世界，而是追求其融合。 就史料而言，新出土的资料遍及各个时代；大型丛书的影印使得许多过去罕见的资料变得容易入眼；数位史料的迅速进步，导致数位汉学时代正在来临，这影响到人们将如何收集、浏览和解释史料的问题；此外，域外史料，特别是域外汉籍也日益受到重视。 从某种意义上说，我们可以把域外汉籍的作者看成是历史上的田野调查者，尤其是那些燕行录文献。 汉学研究在工具上的变化，最显著的就是电子数位以及卫星定位的使用，使得过去举例性的表述，可以上升到一种全面性的叙述。 用卫星定位可以看到汉代的长城。 这些工具有可能带来新的冲击。 展望未来，制度史、政治史、思想史的主题逐渐消失，新的主题在不断出现。西方人写中国史很少用到中国人的研究，也应该得到改变。

从上午 10 点 30 分开始，会议分成七个组二十七个主题进行，直到 22 号下午。如历史语言研究所的"古代庶民社会"、"出土材料与新视野"、"近世中国的转捩点"、"档案考掘与清史研究"、"中国近世的城市文化与生活"、"东亚考古的新发现"、"医疗、身体与环境卫生"、"中国的边疆与域外"、"宗教与社会"、"中国近代宗教"等，民族学研究所的"汉人民众宗教研究"、"华人本土心理学"、"科技与现代经验"、"身体、主体性与文化疗愈"等，近代史研究所的"儒学、家族与宗教"、"近代中国知识史"、"中国与周边国家"、"近代中国性别的建构与再现"、"政权转移与政策承继"等，中国文哲研究所的"文学经典的传播与诠释"、"东亚视域中的儒学"等，语言学研究所的"语言类型"、"语言资源"等，海洋史研究专题中心的"跨越海洋的交换"，台湾史研究所的"近现代闽、台商人的活动与工商业传承"、"台湾历史的多元镶嵌与主体建构"、"帝国边区的开发与族群关系"等。以主题划分而不以研究者的专业划分，其目的就在于打破各自专业的限制，以问题为中心从各个不同的方面和层面展开讨论，这是本次会议的一大特色。而从以上各个主题来看，也能够发现本次会议覆盖面之广。我参加的是中国文哲研究所"文学经典的传播与诠释"组，提交了一篇讨论杜甫在东亚文学中典范地位形成的论文。

本次会议规模很大，所以除了开幕酒会和闭幕晚宴由大会招待以外，其他则由各个所负责。尽管会议给岛外代表每天新台币 5000 元（约合人民币 1000 元）、岛内代表 3000 元的生活补贴，但各个所还是提供了中午的便当和其中一次的晚宴。也许是各所的经济实力有差别，便当的水准也不一致。我见到参加史语所和语言所的两位日本学者，都说中午的便当有鱼，但我参加的文哲所只有猪肉、鸡肉和素食。大概史语所是第一大所，而语言所人少的缘故吧。参加史语所的那位日本学者曾在台湾中央大学客座过一学期，竟然说他这次吃到的鱼便当是在台湾吃过的最好的便当。 而那个晚宴史语所是在红豆食府招待，文哲所则在银翼餐厅。 我对他说："红豆肯定比银翼贵，但银翼的味道未必比红豆差。"银翼是台北一家老牌的淮扬菜，但那天的晚餐，除了狮子头煮白菜的味道不错，其它的菜水准大跌。 后来听说银翼的老板在数年前去世，此后便一蹶不振。 我记得 2008 年初在台大客座时，朋友给我过了七次 50 岁生日，有三次就是在银翼。 那个老板当时已经 80 多岁，依然天天上班。 知道我是从大陆来的，特地送了一个菜，还免去一道菜金。 老板原先是空军，退役后办起了餐厅，故以"银翼"命名。 如今楼在人去，而水准已不复当年，令人唏嘘不已。 大概研究汉学久了，人往往会变得越来越馋，味觉也越来越精。 某日早餐时见到一位曾经在南大文学院演讲过（我主持）的美国学者，向我抱怨开幕酒会的品质说："这是我吃过的最难吃的中国菜。"并且说来台前一天在芝加哥开会，然后一起去唐人街吃饭，味道比开幕酒会好多少倍。 我以前总是小瞧西洋人吃中国菜的味觉，感到只要是个菜他们就会叫好的。听到这一番抱怨，倒是改变了我的看法。 听说开幕酒会的菜还是专门从某家五星级酒店定制的，也不能说主办方不用心了。

南京地区出席本次会议的仅我一人，如果和北京、上海比较起来未免有些形单影只，从某种意义上说也可以认为其在国际上的学术影响力有所不如。 但是从近十年来汉学研究的趋向看，南京大学完全可以说是处在前沿的地位。 王汎森院士的演讲，从主题、史料、工具三方面概括了汉学研究的动向，除了工具（即电子文献的使用）在各地带有普遍性以外，主题中的"东亚研究"，史料中的"域外汉籍"，其能够在国际汉学界形成十年来的新"动向"，南京大学作出了应有的贡献。 2000年成立的"南京大学域外汉籍研究所"，从资料的收集整理到研究著作、学术集刊的编辑出版，从国际合作到人才培养，从具体课题的设计到研究理念——"作为方法的汉文化圈"的提出，每一年都有实实在在的进步，并影响到东亚以及欧美各地。　回想研究所成立之初，仅仅是一个没有财力、没有物力、没有人力的"三无"研究所，经过十多年的努力，在国际学术界生根、开花，深深体会到孔子"人能弘道，非道弘人"的意味。　这是我参加本次会议感触最深，也是最为欣喜的地方，故于文末略及之。

二〇一二年七月七日至八日陆续写成于病中

（原载《古典文学知识》2012 年第 6 期）

"张力"的学术

台湾大学行政大楼前的草坪上竖着一口著名的"傅钟"，那是为纪念傅斯年校长而铸造的。 同样著名的是，每次钟声响起，总是固定的二十一响。 这是因为傅斯年说过一句著名的话："一天只有二十一小时，剩下三小时是用来沉思的。"这话真可谓"欲觉闻晨钟，令人发深省"（杜甫《游龙门奉先寺》）。 我虽然做不到每天沉思三小时，但年来每周总尽量挤出两个上午的时间用于思考。 有时会把思考的结果用一个词来概括，"张力"就是其中之一。

有幸受邀参加北京大学中文系和高等人文研究院联办的"林文月工作坊"，能够恭聆集研究、翻译、创作于一身的林文月教授的演讲，首先跃入我脑海中的一个词就是"张力"。 我的发言也就以"张力"为核心，谈一些个人的粗浅体会。

"张力"一词来自于英文的 tension，据新批评家艾伦·泰特（Allen Tate）的说法，这是将逻辑术语"外延"（extension）和"内涵"（intension）的前缀删去，就形成了"张力"（tension）这个术语（参见 M.H.艾布拉姆斯《文学术语词典》）。 这是一个在文学批评中运用广泛的术语，指的是"互补物、相反物和对立物之间的冲突或摩擦"，"凡是存在着对立而又相互联系的力量、冲动或意义的地方，都存在着张力"（R. 福勒《现代西方文学批评术语词典》）。"张力"不仅可以作为考察文学作品的标准之一（优劣与大小成正比），也在其他领域中得到普遍应用。 我想要说的，就是学术研究中"张力"的运用并期

左起夏晓虹、张伯伟、林文月

待形成一个"张力"的学术。

林文月教授是集研究、翻译和创作（文学与绘画）于一身的"三栖学者"，这三个方面是有不同指向的，其中也必然存在着"张力"。我没有能力全面准确地对此作出评价，但以我的粗浅认识，林教授的工作在这三者之间保持了"必要的张力"（necessary tension）。我这次特别带来了她的《中古文学论丛》《伊势物语》（翻译、注释、插图）和《京都一年》作为代表。林教授有一篇大作给我留下深刻印象，即《洛阳伽蓝记的冷笔与热笔》。《洛阳伽蓝记》是北魏杨衒之的一部名著，民国以来，研究者众多。撇开极其简略的周延年万洁斋自刊本（1937年）不谈，如范祥雍《校注》、周祖谟《校释》、徐高阮《重刊》及杨勇《校笺》本，都是学术界人所熟知者。大概不为人知的是先师绕溪管雄先生的《洛阳伽蓝记疏证》五卷，其成书时间却在范、周之前。《洛阳伽蓝记》一书，若要作性质归类，可以分别为历史、地理、宗教和文学，但又很难归于其中的任何一类。这种现象本身，也昭示了此书是充满了"张力"的统一。作者以洛阳寺庙的兴废为线索，透过空间和时间的不同维度，寄托了自己的感慨。林教授认为，正因为这部书的特殊性，故作者用笔乃有冷热之别，其最后结论是：

> 冷笔以写空间，故条理井然，是《洛阳伽蓝记》极具研究价值处；热笔以写时间，是杨衒之有别于后世修史之枯淡处，冷热交织，遂令这部稀世珍贵的奇书呈现特殊面貌而永垂不朽。

好一个"冷热交织"，真是把杨衒之富有"张力"的笔调作了极好的发掘呈现。但作为学者的林教授能够对这样的笔调有所会心，我想这或许有得于作为作家的林先生自身的创作经验。这篇大作就是在学者与作家之间的"张力"的结晶。

就翻译来说，最能代表林教授的应该是《源氏物语》，我今天只能挑选篇幅较小的《伊势物语》来谈。这是一部译著，但书中的插图都出自林教授之笔，颇有"大和绘"的味道，所以也含有创作，而其注释更显示了学者的素养。比如第十三段"武藏镫"男子与女子的和歌赠答，注释便写道："此类诗歌献酬，为平安时代男女所习用，与我国汉代秦嘉、徐淑夫妇诗歌往来之情况近似。"又如第十六段"纪有常"中一首和歌的注释，针对究竟是"十四年"还是"四十年"指出："此则与陶潜诗'误落尘网中，一去三十年'，另有作'一去十三年'巧似。"再如第二十二段"千夜虽如一言谈，犹恨鸡鸣兮情未餍"句注释云："以鸡鸣报晓，爱侣不得不暂离卧榻之故。此意象自古不分东西，每常于文学作品中出现。"随后历举同书第十四段、《和泉式部日记》第六段、莎士比亚名剧《罗密欧与朱丽叶》片段以及《诗经·齐风·鸡鸣》等例。凡此皆提示了比较文学的好素材，是作为学者的林教授在从事译者工作时的自然流露。因此这样一部译著，其实也就成了翻译、创作、研究的

"张力"的统一体。

至于《京都一年》当然是一部散文创作，这是为了抵销思乡痛苦、异乡寂寞的成果，正如江总的诗句："聊以著书情，暂遣他乡日。"（《衡州九日》）我们不仅能够感受到作者对自然与人情观察体认的锐敏细腻，也能够从她对于历史文化的描述中增长许多新知。　京都本来就是平安时代许多文学名著的诞生地，林教授熟读并翻译过这类作品，因此，当其笔下涉及这些地点、故事、习俗、人物时，就自然而然地产生丰美的联想。　至于像《神户东方学会杂记》和《京都的古书铺》等篇，更是体现出学者的本色。

总之，学者、译者、作家本来是三种不同的身份，而林文月教授能够集为一体，呈现出综合的统一的效应，可以说是"张力"的学术、"张力"的翻译、"张力"的创作。　如果用另外一种表述，我很想借用《永嘉证道歌》中的两句来形容林文月的名字和学术——"一月普现一切水，一切水月一月摄"。

现在请允许我把话题作稍稍的偏离。　按照传统的计算方法，今年是先师程千帆先生（1913—2000）的百岁冥诞。　先师早年为文，强调把批评建立在考据的基础上，到晚年则概括为学术研究的"两点论"，即文献学与文艺学相结合。　在我看来，这就是一个富有"张力"的表述。　先师生前改学生的文章，往往有批语。　有次在我的文章最后批了这样一段话："构筑起坚固的古典堡垒，由此走向现代学术。"如果把"现代学术"理解为学术前沿的话，那么先师的这句话也就可以用"堡垒与堑壕"这一对富有"张力"的词来概括。　堡垒代表了传统，堑壕代表了新潮，学术研究贵在考据与批评、文献与鉴赏、宏观与微观、扩散与收敛、古与今、中与西、新与旧、雅与俗等等相对的两者之间，保持必要的"张力"，就可能达成某种突破或拓展。《孟子·尽心上》云："君子所过者化，所存者神。"存是积累，化是消解，由存而化，由化而存，学术史的发展大概就是这样往复不断的过程。　至于何时贵"存"，何时贵"化",又要针对当时的学术现状,如禅宗所说的"随病设方"。尽管在学术史的一定阶段上有或"存"或"化"的偏向,其实也是"存中有化"而"化中有存"的,关键就在"存"与"化"之间始终保持"张力"。

禅宗语言之所以有意味,耐玩索,重要的一点就是有"张力"。 从六祖《坛经》开始,就教导人说:"忽有人问汝法,出语尽双,皆取对法,来去相因。"又说:"若有人问汝义,问有将无对,问无将有对,问凡以圣对,问圣以凡对。 二道相因,生中道义。"后来在禅门问答中就形成了所谓的"三句"或"三关",前两句(关)必然是相对的。 如"云门三句"之"随波逐浪"和"截断众流","黄龙三关"之"我手何似佛手"与"我脚何似驴脚",又或如"有时上孤峰,有时落荒草","由凡入圣,由圣返凡"等等,其间的"张力"极大,所以能造成对既定思维的冲击和震撼,从而去粘解缚,成为一个"活泼泼"的"自由人"。 学术研究也只有在活泼自由的精神状态下,才能得到彻底的解放,完成创造性的成就。 这种状态,也许在《庄子·达生》中的"不敢怀庆赏爵禄"、"不敢怀非誉巧拙","辄然忘吾有四枝形体也",可以称得上另外一种形式的表现。

本次工作坊把我分在"东亚古典"一组,这并不是由我的发言题目决定的,而可能是主办者注意到这十多年来,东亚古典(主要是域外汉籍)是我关心的一个重点的缘故。 所以最后,我就这个问题再谈一点自己的理解和认识。

二十一世纪为什么要关心域外汉籍? 阮元《十驾斋养新录序》说:"学术盛衰,当于百年前后论升降焉。"凌廷堪《与胡敬仲书》云:"学术之在天下也,阅数百年而必变。 其将变也,必有一二人开其端,而千百人哗然攻之;其既变也,又必有一二人集其成,而千百人靡然从之。 夫哗然而攻之,天下见学术之异,其弊未形也;靡然而从之,天下不见学术之异,其弊始生矣。 ……此千古学术之大较也。"(《校礼堂文集》卷二十三）自本世纪以来的中国学术，就是处于"将变"的时刻。 这个"变"，是针对百年来中国学术"靡然而从之"之"弊"而言的。 这个"弊"，是就西方学术对中国学术的影响和改造而言的。 我曾经用春秋时代"赋诗断章"的方式，对百年来的中国学术作了漫画式的描绘，所谓从"西方美人"到"东门之女"。 我以为《诗经·简兮》中"云谁之思，西方美人。 彼美人兮，西方之人兮"云云，就是现代中国学术的传神写照。 百年来的中国学术，除去文献、人物和史实的考辨，其学术方法、理论框架以及提问方式，占据主流的都是"西方式"的或者说是"外来的"。 而今天各大学纷纷以走向世界为口号，欧美汉学家的著述也大量翻译出版，本来是作为"他山之石"，却在不知不觉中演变成潜在的金科玉律，真是"匪女之为美，美人之贻"（《诗经·静女》）了。 因此，对东亚古典的关心，对域外汉籍的关心，就是站在这样的立场上进行思考和探索。 我在几年前提出了"作为方法的汉文化圈"的理念，并在去年出版了《作为方法的汉文化圈》一书，就是这样一种努力的初步实践。 尽管其前途可谓"道路阻且长"，但我坚信，中国学术一旦真正地"出其东门"，我们可以看到的就不止是"有美一人"（《诗经·野有蔓草》），而是"有女如云"（《诗经·出其东门》）。

在今天，以西方理论为参照，以汉文化圈为方法，其意义显得十分重大。 我们的观念和方法，应该独立于而不是孤立于西方的研究和理论。 只有不断参照西方理论，我们才能与西方学术世界作有的放矢的深度对话。 不予关注的结果只能是自说自话，最终在学术上自生自灭。 而且，人文学研究的宗旨，说到底是对话而非自白，无论是在时间上的与古人对话，还是在空间上的与外人对话。 而强调以汉文化圈为方法，则旨在使我们逐步摆脱百年来受西方学术影响而形成的种种模式和惯性，并有望发现一个东方的、亚洲的、中国的知识生产方式，真正开始"中国人文研究摆脱西方中心取向、重新出发"（余英时《试论中国人文研究的再出发》）的途程。 在这样的途程中，存在着中国和外国、文献和理论、传统和现代、"东方主义"和"西方主义"之间各种不同方面和不同层面的"张力"。 因此，我们面对学术上的种种问题和挑战的时候，就应该保持"必要的张力"，从而有效地达成学术上的踏实进步。

二○一二年十月二十三日于百一砚斋

（2012 年 10 月 27 日讲于北京大学高等人文研究院"林文月工作坊"）

一个中国学者对韩国学研究的职责

——第十届"卧龙学术奖"获奖感言

首先我要感谢"卧龙学术奖"评审委员会，把这样一份高贵的荣誉颁发给我——一个学术背景是从中文系毕业并且在中文系工作的人。我把这份荣誉看成一个象征，那就是对来自于其它学术背景的朝鲜半岛研究工作者，"卧龙学术奖"评审委员会也予以了同样的关注和肯定。这对于推动朝鲜半岛研究在中国的进一步展开，无疑是有积极意义的。我不是受惠于这种"关注和肯定"的第一人，也不会是最后一人。

在这里，我想简单谈谈一个中国学者对于韩国学研究应有怎样的职责，由于专业领域的关系，我所谈的内容将集中在传统的人文研究方面。

众所周知，在十九世纪后期西方列强入侵东亚之前，在东亚地区长期存在着一个"汉文化圈"。在这样一个文化圈中，尽管生活着不同的种族和民族，但在文化上是统一的。我所谓的"统一"并非单纯，更不是抹杀民族特色，用日本学者西嶋定生的话说，"是民族性的特质以中国文明为媒介从而具备了共通性"（《中国古代国家と东アジア世界》，1983）。从欧美学者的眼光出发，他们也得出了类似的看法。例如法国学者汪德迈（Léon Vandermeersch）指出："所谓汉文化圈，实际就是汉字的区域。汉文化圈的同一即'汉字'（符号 signes）的同一。"（《新汉文化圈》，*Le Nouveau Monde Sinisé*，1986）美国学者狄百瑞（William Theodore de Bary）的《东亚文明》（*East Asian Civilization*,

1988）一书，将中国、日本和朝鲜半岛的文化看成是"代表着东亚所共享的文明，同时又允许通过这种共享传统的重迭而坚持其本土的文化"。 而在罗兹·墨菲（Rhoads Murphey）看来，这一"共享传统"还延续到了今天，"东亚各部分虽然存在物质和文化的差异性，但显然是一个整体，共性多于个性，是当今世界最大的文化共同体和经济共同体"（《东亚史》第四版，*East Asia: A New History*，4E，2007）。 文化的推展以教育为基础，在朝鲜半岛的三国时代，无论是礼部的"国学"还是民间的"扃堂"，其使用的教材一律是中国的经典。 而在朝鲜时代的教育体制中，无论属于"官学"的太学、四部学堂或乡校，还是属于"私学"的书院，其教材也依然是中国的经史子集，或者是经过朝鲜儒者注释、评选的中国典籍。 他们不仅不把汉字看成是"外国的"文字，也不把中国典籍看成是"外来的"典籍，同时他们还利用汉字，书写了属于自己的文学、历史、思想、宗教以及科学、艺术等各种各类的文献。 因此，在这样一个文化圈中，尽管大家使用了共同的文字，创造出来的精神文明之花，其形状、色彩、气息却是同中有异而又异中有同的。 意识到这种差异，不需要等到十八、十九世纪的丁若镛以"我是朝鲜人，甘作朝鲜诗"（《老人一快事效香山体》）为代表，十五世纪的徐居正编纂《东文选》时，就充分自觉地认识到："我东方之文，非宋元之文，亦非汉唐之文，而乃我国之文也，宜与历代之文并行于天地间。"（《东文选序》）不仅文学如此，从文化整体而言也作如是观，十八世纪初的赵龟命曾说："我东之称小中华，旧矣。 人徒知其与中华相类也，而不知其相类之中又有不相类者存。"（《贯月帖序》）但何谓"朝鲜诗"？ 何谓"东方之文"？ 何谓"相类之中"的"不相类者"？尽管有不少学者对此展开了持久的研究，但迄今为止，并无确切的答案。 而总结、提炼汉文化圈中朝鲜半岛文化的特殊性，在我看来，或许称得上是一个中国学者对于韩国学研究应有的职责与可能的贡献所在。

历史上的中国学者对于包括韩国学在内的东亚学研究，虽然谈不上轻视，在观念上是存在问题的。从《史记》《汉书》开始，中国的正史就有对于朝鲜半岛、日本等国的记述，也具备了某种"天下观"。但那个时代的"天下观"，是以自我为中心，也就是以中国为中心的。在这样的史学观之下，人们看到的天下图像，除了自己，就是自己在他者身上的投影。以这样的观念来研究东亚，其所把握、认识到的朝鲜半岛、日本、越南等地的文化，就无非是中国文化在东亚各地的一种"地方性呈现"，既缺乏独特的价值，其研究意义自然也大打折扣了。所幸的是，进入二十一世纪以来，中国学者在努力破除"西方中心"论的同时，也在逐步克服"中国中心"论，尤其是在处理东亚历史文化和典籍研究的时候。我在2009年写了《作为方法的汉文化圈》一文，2011年出版了《作为方法的汉文化圈》一书，2013年又写了《再谈作为方法的汉文化圈》，这些论著集中表达了相同的愿望和目的，即提倡和实践一种研究理念和路径，这就是"作为方法的汉文化圈"。

以我目前思考所及，上述研究理念和路径大致有以下要点：其一，把汉字文献当作一个整体。即便需要分出类别，也不以国家、民族、地域划分，而是以性质划分。比如汉传佛教文献，就包括了中国、朝鲜半岛、日本以及越南等地佛教文献的整体，而不是以中国佛教、朝鲜佛教、日本佛教、越南佛教文献作区分。不管研究哪一国的佛教文献，都需要从整体上着眼。其二，在汉文化圈的内部，无论是文化转移，还是观念旅行，主要依赖"书籍环流"。人们是通过对于书籍的直接或间接的阅读或误读，促使东亚内部的文化形成了统一性中的多样性。其三，以人的内心体验和精神世界为探寻目标，打通中心与边缘，将各地区的汉籍文献放在同等的地位上，寻求其间的内在联系，并强调不同地区人们的相互影响和相互建构。其四，注重文化意义的阐释，注重不同地域、不同阶层、不同性别、不同时段、不同语境下相同文献的不同意义，通过各种异同关系的把握，以更好地理解汉文化，最终更好地推动东亚文明对人类的贡献。 事实上，想要把握东亚各地区文化的特色，也只有在汉文化圈整体视野下，通过与其他国家文化的比较，才能有真正的认识和理解。

以上的研究路径，核心要素是将东亚的汉字文献当做一个整体。尽管在历史上，东亚各国也曾相继有自己的文字，如朝鲜半岛的谚文、日本的假名和越南的喃字，但在知识人的观念中，却始终把汉字当作高雅的、正大的、男性的"真"文字，相对于此的本国文字则是鄙俚的、低俗的、女性的"假"文字。 在朝鲜时代，不少读书人宣称自己不懂"谚文"，如宋浚吉说他的父亲（十六世纪）"未习谚字"（《上慎独斋先生》），十七世纪的朴世采自谓"不识谚字"（《答尹子仁》），十八世纪的朴趾源更说"吾之平生，不识一个谚字"（《答族孙弘寿书》）。 所以，凡是重要的、正式的、严肃的文献都要以汉字为之，流传至今的汉文献可谓汗牛充栋。 二十世纪的西方学者如斯温格尔（W. T. Swingle）、拉图雷尔（Kenneth S. Latourette）曾经估计，在十八、十九世纪中国的抄、印本的页数超过当时世界上用一切其他语言文字集成的页数的总和（钱存训《中国纸和印刷文化史》引）。 如果再加上朝鲜半岛、日本、越南的汉字文献，其数量之庞大就更令人难以想象。 而与此相对的是，由于十九世纪末西方势力对东亚的入侵，以及民族国家意识的日益觉醒，二十世纪中叶之后，中国以外的东亚地区，都程度不一地减少乃至取消了汉字在日常生活中的运用，以至于一般民众对本国的历史文献无力阅读，而具备研究能力的专家，其数量也处于不断减少的趋势中。 在这个意义上说，积极参与对东亚汉籍的整理与研究，正是中国学者义不容辞的责任。

我曾经主持过《朝鲜时代女性诗文集全编》（2011），在此之前韩国学者的工作大多是影印加简单的解题，最有代表性的是许米子教授的《韩国女性诗文全集》（2003），共收文集 28 种。 但是这些文集中存在着作品真伪、作者混乱、文字讹夺以及文献散佚等众多问题，需要通过较为严密的文献学方法加以考证校雠，才能更加便于现代学者的利用。所以在许米子教授工作的基础上，我们将收集女性著作的数量扩展到 39 种，通过对校、本校、他校、理校等一系列校勘手段，剔除伪作，增补集外佚作，并且编纂了"历代韩国女性诗文评论资料汇编"和"历代韩国女性诗文研究论著目录汇编"作附录，成为一部有较高使用价值的著作。当然，现在看来，这部书也还留有一些遗憾，比如文集的数量还可略有增加，个别文集有更好的版本值得利用。如果中韩学者能够在文献的收集、整理方面加强合作，取得更好的研究业绩将是无可置疑的。

　　无论是对于中国学者还是东亚其他地区的学者，本国之外的汉籍文献都是以往较少关注的，因此，也可以称得上是一类新材料。新材料中蕴含着的新问题，是用既有的方法未必能够解决的。而透过对新材料的研读和对新问题的提炼，我们有可能探索出人文学研究的新方法，这在东亚学术上有着莫大的意义。百年前东亚学术由传统向现代转型期间，在"方法"的问题上，几乎众口一词地向欧美的"科学方法"学习。其中日本走在最前列，如东洋史学家桑原隲藏在二十世纪初说："我国之于中国学研究上，似尚未能十分利用科学的方法，所谓科学的方法，并不仅可应用于西洋学问，中国及日本之学问亦非藉此不可。"（《中国学研究者之任务》）不仅如此，整个东方学的研究莫不皆然。胡适当年读到此文，乃予以高度赞美。中国学者看待日本的汉学研究成果，也取同样眼光。傅斯年在 1935 年说："二十年来，日本之东方学之进步，大体为师巴黎学派之故。"（《论伯希和教授》）韩国的情形也类似，林荧泽教授在八十年代说，他上大学时经常听到的一个"令人作呕"的观点是："我们国家虽然有文学作品，却没有评价它们的合适标准。所以借用国外的评价标准也是不错的。"（《国文学：做什么，怎么做》）这里所谓的"国外"，指的就是欧美。因此，到了今天，东亚人文学者努力探索属于东方的、亚洲的知识生产方式，不仅是必要的，也是可能的。 而方法本身也有不同的层次，"作为方法的汉文化圈"的提出，是要倡导一种研究理念，它更像是一个方向和态度（approach），而不是具体的研究手段（method），后者是要根据解决问题的不同，采取相对应的方法。 最近因为编纂《"燕行录"研究论集》，我在"前言"中提出了十个方面的研究设想，即一、文献学研究；二、历史学研究；三、思想史研究；四、民俗学研究；五、宗教史研究；六、语言学研究；七、文学研究；八、形象学研究；九、书籍史研究；十、比较研究。 每个专题性质不一，问题各异，使用的具体方法也就不同。 以"形象学研究"而言，就应该采用"形象学"的方法。 尽管是"异国人记中朝事迹之书"，但未必就"不参利害之见"，也未必就"颇能得真"（金毓黻《辽海丛书》，1933）。 无论是文字还是图绘，反映在笔下的"形象"往往都充满了主观的选择和好恶，所以最后呈现出来的"形象"也往往是"变形"的。"形象"不是现实的复制品，一个人看到的往往只是他想看到的，所以，不同的人会看到不同的形象。 朝鲜人眼中的中国形象，也是变动不居的，但在很长的时间段内，其变化微小，难以察觉，而放在一个"长时段"中，就能够发现一些"小事件"在"大历史"中的意义。 想做到这一点，还是需要以"汉文化圈"为整体视野，将朝鲜半岛、日本、越南乃至西洋人的中国行纪数据加以贯通，不仅有时间演变的观念，而且有空间转换的观念。 类似这样的朝鲜半岛研究，就不仅会因为迷人的课题而让我们流连忘返，也会因为不断的新发现而令人激动不已。

今日的东亚世界，既不太平也不安定，在这样的形势下，加强对东亚的认识和理解非常重要。 两百多年前的嘉庆六年（1801），朴学家陈鳣感受到"山雨欲来风满楼"，曾对朝鲜的柳得恭说："天下将大乱矣！"但柳得恭缺乏东亚整体观念，回答说："吾是外国人，于我何关？"（《燕台再游录》）却没有想到"覆巢之下，安有完卵"。 不出几十年，东亚世界就遭遇了亘古未有之剧变。 二十年前，美国学者亨廷顿（Samuel P. Huntington）在他的《文明的冲突与世界秩序的重建》（*The Clash of Civilizations and the Remaking of World Order*，1996）一书中宣称，冷战结束以后，以意识形态的差别所造成的对抗与冲突将逐渐消逝，代之而起的很可能是"文明的冲突"。我非常认同亨廷顿对于文明的重要性的认识和理解，但我不赞同把世界混乱的根源归结于不同文明之间的"冲突"。在我看来，文明之间的对话合作远远大于冲突对抗，今日世界冲突的根源是对于"利益"的无休止的争夺和占有。孟子说"上下交征利而国危"（《梁惠王上》），在今天，就是各国交征利而天下危。所以，处于今日世界的读书人，更应该"述往事，思来者"，守先待后。在这样的背景下，加强对不同文明单元的研究，或将有助于人类发展与世界和平。这，也许也是一个中国学者参与韩国学研究的意义之一吧。

二〇一六年九月二十八日

壬辰（2012）纪事

一、问女何所思？

标题中的"女"我想读作"汝"，所以这句话就成了一个自问。 孔子说自己若五十以后学《易》，便可以"无大过"。 我现在也年逾半百，所以不妨从《周易》开始。《艮》卦的象辞云："君子以思不出其位。"我的"思"就是一个读书人之所思，也算是"不出其位"之思。

九月五号给赵益的邮件中曾告诉他自己有这样的"三思"或曰"三问"："当一门学问兴起以后，应该考虑这门学问的限制何在？ 如何弥补？ 最后是一门学问如何获得其自尊？"这当然是直接面对我倡导的域外汉籍研究而言，经过十来年的努力，这一门学问算是兴起了。 2012年有许多标志性的现象：六月在台北中研院出席第四届国际汉学大会，王汎森院士的主题演讲《汉学研究的动向》，从主题、材料、工具等方面展开，除工具外，主题中的东亚研究，材料中的域外汉籍，都与"域外汉籍"直接相关，而这些能够成为世界汉学十年来的动向，自感颇为欣慰；十一月初在中国人民大学举办的第三届世界汉学大会上，提出了所谓的"新汉学"，该命题的涵义之一，便是打破将汉学仅仅看成是中国学问的限制，而把范围扩大到整个汉文化圈；日本在十月举行的第64回"日本中国学会"上，首次改变了历来的哲学思想、语言文学的两分传统，新增了日本汉文，形成三个分部，体现了日本中国学界对这一问题思考的最新动态；南大文学院拟建立"2011 协同创新中心"，其名称也确定为"中国文学与东亚文明研究"，所以在十一月，我就设计了一个先行的系列讲座。 这一切都表明，以域外汉籍为基础的东亚研究正方兴未艾。 我的思考背景也正在于此。

最后一问其实也是最初一问。 回想当初开始从事这一研究，学界的前辈、同辈中固然有鼓励、支持、呼应者，但出于各种不同的理由，反对、贬低、漠视者也不少。 有的说我做这项研究太可惜，因为这种学问属于边缘的，有个三流学者去做足矣，这种说法应该是出于对我的爱护。 也有的说我是喜新猎奇，有的说是不识大体，还有的说，从以往的研究看来，水平都很低。 总之，不值得为此抛掷心力。 大抵对于域外汉籍，人们最初只是从文献学的角度去理解的。 我的理解虽然不限于文献学，但早期必然是偏重于文献的。 有一位从事文学批评史研究的前辈曾经询问：还能再找到一本像《文镜秘府论》那样的书吗？言下之意是，如果找不到那样的书，其他的材料有之固然不错，没有亦无关大局。 域外材料的价值充其量也不过是对于本土传世文献的零星弥补，可以提供辑佚、校勘之用。 我敢说，持这种看法的，即便在今天也还大有人在。 那么，这门学问能否获得其尊严呢？ 六月下旬以后，因为生病而不思作文，读了一批欧美新史学的著作。 新史学抛弃了年鉴派史学的宏大叙事方式，关注的不是整体，不是本质，而是"历史碎片"；或者说，他们认为本质不在于历史之树的树干或树枝，而是在树叶上。 这种史学趋向的得失非一言能尽，比如美国新文化史代表人物娜塔莉·泽蒙·戴维斯（Natalie Zemon Davis）有一部影响甚大的著作《马丁·盖尔归来》，另一位史学家约翰·埃利奥特（John Elliott）对此书有一个同样著名的评论："如果马丁·盖尔和马丁·路德的名字一样有名或者还更有名的话，肯定是出了问题。"但无论怎样，这样的史学必然是多元的、自主的，强调研究者用各种不同文化自己的词语来看待和理解不同时代、不同国族的文化，他们重视对历史之树的树叶作独立研究，而与历史之树保持一种松散的联系，因为他们担心，一旦将树叶回归到历史之树，类似"欧洲中心论"那样的宏大叙事就可能卷土重来。 这就打破了自启蒙时代以来根深柢固的西方中心普遍主义的牢笼。 在这个意义上来看东亚，她就不再是西方普世规律或普世价值的一种地方性呈现，而是自主的有其独特价值的研究对象。 东亚研究成为十年来的研究潮流之一，这应该是一个外部的背景。 然而在东亚自身，又是如何呼应、调整自身的研究策略?

  萨义德的《东方学》揭露了西方的"东方研究"对东方的歪曲，但东方是如何回应的，在书中却是一个沉默不语的存在。 但至少在东亚的知识界，诚如一些学者已经意识到的，常见的情况是"自我东方化"。 东亚知识界常常自觉地以西洋人的眼光、思考来看待和衡量东亚，为西洋思考模式的传播不断提供在东亚的"演出平台"或"扬声器"。 十一月在台湾Z大学文学院参加"近世意象与文化转型"国际学术研讨会，讨论对象是中国的历史文化，参会者来自东西方各国，而仅有的两个"专题演讲"（在日本、韩国往往称作"基调演讲"）分别由来自美国的I教授和P教授担纲。 I教授的讲题是《中国文学史之物质技术与断代》，P教授的讲题是《经典评注对于文化范式转变的作用》。如果摆脱学术上的客套，对这两个演讲作客观评论的话，则后者平庸，前者虚妄。 两位学者在中国文学的某些领域都有不错的成果，如P教授对明清小说的研究，I教授对元明戏曲的研究，但一旦脱离了其研究强项，"舍己之田而耘他人之田"，就容易堕入平庸或虚妄。 P教授朴实，并未故作高论。 I教授则不然，他首先讥弹以往的文学史分期按朝代进行（主要是中国学者），无法准确反映文学自身的特色和变迁，因为朝代更迭，文学未必随之而变，所以提出了以印刷技术的变更作为文学史分期的划分依据，从纸的发明、雕版、活字印刷的传播、西方石印技术的引进以及当代数字化革命。 大概说来，文学史可以划分为北宋（十世纪）以前的写本时代，北宋至十九世纪间（1870—1880）的印本时代，十九世纪末至二十世纪末的机器印刷时代，以及当代的电子时代。 印刷相对于手写，机器相对于刻印，数字化相对于机器，都是技术上的重大变革，由此而导致文学传播的速度成倍加快。 对文学的生产和消费带来根本性影响的，正是这些科技革命，因此应该以技术的变迁作为文学史分期的重要依据。 印刷业的发达和进步对于文学产生影响，此人所皆知，I 教授的"创新"是以此作为文学史分期的依据。 照我看来，以朝代更迭作为文学史分期固然有其弊病，以技术革命为依据则弊病尤甚。 从公元前六世纪到公元十世纪为一个文学史阶段，与公元十世纪到十九世纪末的另一个阶段相比，能够体现出多少文学的本质变迁？ 在每一个阶段中（尤其是第一阶段中），出现了多少文学体裁、风格，出现了多少文学集团、家族和地域，其中又含有多少根本的变迁，这与所谓的"技术革命"有什么关系？ 以生产和消费而论，没有证据表明，在写本时代文人的创作速度要低于（不需说大大低于）印本或机器印刷时代，它更多是取决于人而不是物，就这一点而言，I 教授倒称得上一个真正的"唯物主义者"。 固然，在数字化时代，会出现一些新的文学（广义的）样式，比如网络小说、博客、微博、短信等，但对于真正的文学而言，这些新样式充其量只是一些点缀边鼓，至少在今天来说还是如此。 其实，就文学的传播来说，谁能说机器印刷时代的速度就必然快于写本时代（这里可以暂时排除意识形态导致的审查）。 I 教授演讲中曾提及宇文所安和孙康宜共编的《剑桥中国文学史》，但据孙康宜说，这部书集合了十五、六个学者用了五年时间写完，光是加上索引这项工作"让一个人每日埋头苦干，最快也要花上几个月的时间才能完工"。"剑桥出版社的责任编辑对于书中每一个标点，每一个字，每一行都给你发出提问。 总之，这个十分繁琐的工作阶段至少需要一年。"（李怀宇《访问时代十二位知识人的思想世界》之十《孙康宜：重写中国文学史》）可见出版速度之慢。 而以属于写本时代的六朝时期来说，时人颇多文酒之会，如金谷会、兰亭会，会后即编集，且撰序流传于世，其速度丝毫不亚于今天的会议文集出版。 谢灵运"每有一诗至，都邑贵贱莫不竞写，宿昔之间，士庶皆遍"，亦见载于正史。 而最重要的是，"巧迟不如拙速"并非文学评判的正常标准，"速度"如何能够成为文学史分期的依据，更不要说是惟一的依据呢？ 二十世纪是"科学"全面压倒"人文"的百年，在西方科学史的研究中，盖列森（Peter Galison）认为"科学革命"在于新工具的发明，如显微镜、望远镜、云雾宝、气泡宝、直线加速器、回旋加速器等，I 教授难道是从这里得到了启发吗？

美国学者柯文（Paul A. Cohen）有一本书《在中国发现历史》，其中提出了这样的意见："中国史家，不论是马克思主义者或非马克思主义者，在重建他们自己过去的历史时，在很大程度上一直依靠从西方借来的词汇、概念和分析框架，从而使西方史家无法在采用我们这些局外人的观点之外，另有可能采用局中人创造的有力观点。"说穿了，百年来的中国人文学界没有什么创造性的概念、理论或方法，这又如何能够使自身的研究为中国人文学界带来尊严，如果不说是光荣的话？ 所以，我们能够提供给学术界有价值的产品，就只剩下文献整理了。 也就难怪从事文献整理的学者，往往把自己的工作看成是盖过一切的最高境界了。

这就是我要提出"作为方法的汉文化圈"的背景。 不妨作一个简单的学术编年：我在 2009 年写了《作为方法的汉文化圈》，载《中国文化》2009 年秋季号；2010 年写了《从"西方美人"到"东门之女"》，载《跨文化对话》第 28 辑；2011 年写了《今日东亚研究之问题、材料和方法》，载《中国典籍与文化》2012 年第 1 期；同年又结集出版了《作为方法的汉文化圈》，汇聚了作为这一理念之实践的若干篇论文。这一系列论著的核心思想是要提出并实践一种"东方的、亚洲的、中国的知识生产方式"，这一方式应该是"独立于、而不是孤立于西方的研究和理论"。 这一理念的提出，既用以概括十多年来我在学术上的一个努力方向，也是试图对当代学术所面临的问题和困境作一个初步的回应，并且在实践中予以不断的检验和修正。 如果说，提出并实践一个新的理念或方法是为了获得一门学问的尊严，那么，不断在实践中予以检验和修正，就是为了思考一门学问的限制何在以及如何弥补的问题。

2012 年思考的另一个词是"张力"，借北大高研院邀请参加"林文月工作坊"的机会，写了一篇《"张力"的学术》，稍稍表露了一下有关思考。

"张力"一词来自于英文的 tension，据新批评家艾伦·泰特（Allen Tate）的说法，这是将逻辑术语"外延"（extension）和"内涵"（intension）的前缀删去，就形成了"张力"（tension）这个术语（参见M.H.艾布拉姆斯《文学术语词典》）。 这是一个在文学批评中运用广泛的术语，指的是"互补物、相反物和对立物之间的冲突或摩擦"，"凡是存在着对立而又相互联系的力量、冲动或意义的地方，都存在着张力"（R. 福勒《现代西方文学批评术语词典》）。"张力"不仅可以作为考察文学作品的标准之一（优劣与大小成正比），也在其他领域中得到普遍应用。 我所思考的，就是学术研究中"张力"的运用并期待形成一个富有"张力"的学术模式。

先师早年为文，强调把批评建立在考据的基础上，到晚年则概括为学术研究的"两点论"，即文献学与文艺学相结合。 此即一富有"张力"之表述。 先师生前改我文章，曾有如下批语："构筑起坚固的古典堡垒，由此走向现代学术。"如果把"现代学术"理解为学术前沿的话，那么先师的这句话也就可以用"堡垒与堑壕"这一对富有"张力"的词来概括。 堡垒代表了传统，堑壕代表了前沿，学术研究贵在考据与批评、文献与鉴赏、宏观与微观、扩散与收敛、古与今、中与西、新与旧、雅与俗等等相对的两者之间，保持必要的"张力"，就可能达成某种突破或拓展。《孟子·尽心上》云："君子所过者化，所存者神。"存是积累，化是消解，由存而化，由化而存，学术史的发展大概就是这样往复不断的过程。 至于何时贵"存"，何时贵"化"，又要针对当时的学术现状，如禅宗所说的"随病设方"。 尽管在学术史的一定阶段上有或"存"或"化"的偏向，其实也是"存中有化"而"化中有存"的，关键就在"存"与"化"之间始终保持"张力"。

禅宗语言之所以有意味，耐玩索，重要的一点就是有"张力"。 从六祖《坛经》开始，就教导人说："忽有人问汝法，出语尽双，皆取对法，来去相因。"又说："若有人问汝义，问有将无对，问无将有对，问凡以圣对，问圣以凡对。 二道相因，生中道义。"后来在禅门问答中就形成了所谓的"三句"或"三关"，前两句（关）必然是相对的。 如"云门三句"之"随波逐浪"和"截断众流"，"黄龙三关"之"我手何似佛手"与"我脚何似驴脚"，又或如"有时上孤峰，有时落荒草"，"由凡入圣，由圣返凡"等等，其间的"张力"极大，所以能造成对既定思维的冲击和震撼，从而去粘解缚，成为一个"活泼泼"的"自由人"。 学术研究也只有在活泼自由的精神状态下，才能得到彻底的解放，完成创造性的成就。 这种状态，也许在《庄子·达生》中的"不敢怀庆赏爵禄"、"不敢怀非誉巧拙"，"辄然忘吾有四枝形体也"，可以称得上另外一种形式的表现。

回到欧美新史学的意见，他们重视历史之树的树叶，而轻视其树干，为了抵抗宏大叙事，这也许不失为方法之一，但过于看重树叶，导致的结果难免会"碎片化"。 其实，树叶与树干之间也存在着张力，传统说法里有"见树不见林"与"见林不见树"之别，把"林"缩小到"树"，原来的"树"也就只有细化为"叶"了。 如果说新史学一方面可以由获得大量历史细节而欣喜的话，那么，发现其限制并考虑如何克服，也应该与欣喜同步，尽管伴随这一过程的会是"悲欣交集"。 枚乘说过："夫铢铢而称之，至石必差；寸寸而度之，至丈必过。 石称丈量，径而寡失。"（《汉书·枚乘传》）此即苏辙所谓"详其小者必废其大"（《历代论》五，《栾城后集》卷十一），关键还是应该保持"必要的张力"。

西洋人的思维方式，偏于就某一方面作夸大其辞的表述，或者攻其一点推到极致，这可以带来所谓"片面的深刻"，优于四平八稳、面面俱到式的平庸，其功在突破、革新，中国思想界、学术界实在很需要有这种思维方式的冲击。袁枚号称为文"宁作野马，不作疲驴"，野马自是胜过疲驴，但终究算不上骏马。当过台湾大学校长的傅斯年说过一句著名的话："一天只有二十一小时，剩下三小时是用来沉思的。"所以在台大行政大楼前的草坪上竖着一口著名的"傅钟"，每次钟声响起，也总是固定的二十一响。"欲觉闻晨钟，令人发深省"（杜甫《游龙门奉先寺》）哦。回到《周易》，既"方以智"又"圆以神"，这是中国的传统智慧。龙年就要过去了，无论是"飞龙在天"还是"潜龙勿用"，龙总是在渐行渐远。金蛇狂舞的影子已在眼前，我还是要继续思考下去。

二、人在囧途

2010 年有一部电影《人在囧途》，可能票房不错，2012 年又有了一部《泰囧》，算是其续编，又称"人再囧途"。查了一下百度：

> "囧"，本义为"光明"。从 2008 年开始在中文地区的网络社群间成为一种流行的表情符号，成为网络聊天、论坛、博客中使用最最频繁的字之一，它被赋予"郁闷、悲伤、无奈"之意。"囧"被形容为"21 世纪最风行的一个汉字"。

江淹诗有"囧囧秋月明"句，李善注："囧，大明也。"就明朗之意来说，大概和炯炯也接近。"明朗"和"忧郁"，这里面好像也有着"张力"呢。人世无常，明朗和忧郁交替而行，有时忧郁中昭示着明朗，明朗中蕴含着忧郁。我就把这两层意思合起来，说说"人在囧途"的故事吧。

三月十六号去韩国首尔，十七号在檀国大学校东洋学研究院开了一天会议，主题是"东亚三国交流的前景展望"，十八号回国。 从日本去的是京都大学东洋史专业Ｆ教授。 十七号会议结束后，晚上一起去吃烤肉喝酒。 酒过数巡，我的位置变得与Ｆ教授靠近了，于是得便交谈。 他的话说得那么坦率、诚恳、直接，令我吃惊："我去年到南京大学讲演，其实只是想讲给先生您一个人听的。 真可惜啊，您当时不在南京。"还告诉我，这次会议论文特别引用到我新出版的《朝鲜时代女性诗文集全编》。 Ｆ教授来南大演讲我是知道的，但那时我在香港科技大学客座，曾经想调整授课时间，飞回南京，但最终未能如愿。 后来有学生把他的演讲录音给我，我在香港听了一遍，其中确实有几次提到了我的名字。 为什么此前想飞回南京当面聆听？ 其实就是希望与他作一些较为深入的讨论，而背景则要上推前一年。 2011年初，我收到Ｆ教授托人寄来的他的新书，刚读了开篇的中文版序言的第一段，就使我极为不悦。 摘要如下：

> 对于大多数的中国读者来说，朝鲜"燕行使"与朝鲜"通信使"恐怕都是在阅读本书时才首次接触到的名词……对于我们日本人来说，朝鲜通信使是非常熟悉的……但是，在日本几乎很少有人知道在朝鲜时代曾经存在过被称为"燕行使"的外交使节……相比之下，对于当代的中国学者来说，恐怕很多人从未听说过上述两者。

这个说法完全无视事实，如果说中国学者对"燕行使"和"通信使"的研究不多，那是必须承认的，说"从未听说"，以至于要读到这本书才开始接触，就显得过于离谱了。 台北珪庭出版社在1978年就影印出版过《朝天录》四册，收录的就是所谓"燕行使"资料。 中韩建交以后，很多中国学者去韩国，有不少人也接触到韩国成均馆大学大东文化研究院在上世纪六十年代初影印出版的《燕行录选集》。 别人的情况姑且不说，我自己1998年8月在台北参加"中华文化与世界汉文学会议"时，提交的论文为《韩国历代诗学文献总说》，先收入会议论文集《文学丝路》（非正式出版品），后来又正式刊发于《文献》2000年第二期，其中第七节"行纪"就是专门介绍高丽、朝鲜时代的"燕行"资料。 2007年8月17日至20日，南大举办首届域外汉籍研究国际学术研讨会，我提交的论文是《汉文学史上的1764年》，使用的主要就是朝鲜"通信使"文献，兼采"燕行使"文献，文章刊登在《文学遗产》2008年第一期（后来由内山精也教授译为日语，收入《蒼海に交わされる詩文》一书，汲古书院2012年版）。 怎么中国学者变成要等到2010年以后阅读了F教授的书才"首次接触"这些名词呢？ 此后十天，我参加"南京大学台湾周"的活动赴台。 抵台的首日晚上，我去台湾大学友人家，见到一位在"中研院"中国文哲研究所工作的友人，谈起一些近事，她告诉我另外一个故事。 F教授一年前曾在"中研院"历史语言研究所短期访问，当访问结束时，她询问其观感，F教授问："你要听真话还是假话？"答："当然是真话。"F教授说："那好，我认为，历史语言研究所不过是美国哈佛大学、普林斯顿大学的附庸而已。"尽管话说得不那么中听，但也许有些道理在，所以有位台大的教授立刻说："中研院就是那样的。"我心中暗想：F教授的讲话风格倒没有一般日本人的暧昧，但东洋史学者深入骨髓的傲慢也是一贯的，从桑原隲藏、内藤湖南、宫崎市定、砺波护以来，无一不是如此。 据说东洋史的T教授私下对人讲："我一句中国话不说，自有中国学者来向我请教。"我曾在京都大学文学研究科客座了八个月，T教授正好担任文学部部长，曾经见面交谈数语，也承蒙他赠送了几种书，都是一些礼节性的。 访台结束回宁，我陆续把F教授的书看完了，把握问题确实敏锐，对资料的解读也有独到之处。 但偶尔也犯了极不该犯的错误，我还是没有好意思直接举以相告。 有些问题我有不同意见，则希望有机会可以从容讨论。 所以他来南京，我就很想从香港飞回，"疑义相与析"。三月在首尔见面，大家都来去匆匆，那晚虽然有"一樽酒"，但稠人广众之下，实在也不适宜"细论文"。而他一字一句对我说出的话，还是让我非常感动，毕竟是一个热爱学问、忠实学问的人。蛇年快到了，F 教授也要退休了，我祝他身体健康，学术精进！

由于钓鱼岛的事件，中日建交四十年非但没有成为友好的契机，中日关系反而掉到了冰点。政治是丑恶的，政客是卑鄙的，但普通日本国民身上自然流露出的许多品质是可贵的。不久前刚刚读了内山完造的《我的朋友鲁迅》一书，其中有一篇发表于 1936 年的《初识先生》，记录了鲁迅的这么一段话：

> 中国四亿民众其实都得了大病，病因就是我之前讲过的"马马虎虎"！我认为那就是一种随便怎样都行的极不认真的生活态度。虽说造成这种不认真的生活态度的原因里有值得同情和令人愤慨的地方，但是不能因为这些就继续肯定这样一种极不认真的生活态度。……先不说日本人的缺点，我考虑的是日本人的长处。我想日本人的长处就是不论做什么事情都有像书里说的那样把生命都搭上去的认真劲儿。……这是我对比了中日两个国家的国民性格得出的结论。我想，中国即便把日本全盘否定，也决不能忽视一件事——那就是日本人的长处——认真。无论发生什么事，这一点，作为中国人不可不学。……对于这一点我无论如何都不吐不快，只不过是觉得今天应该说出来而已，等到病快好的时候我一定要说，这事我不得不说。

认真对待工作，认真对待他人，也认真对待自己，要是这样多好啊。小时候能读的书就是"红宝书"，所以对毛泽东的话很熟悉，他曾说："世界上怕就怕认真二字，共产党就最讲认真。"然而在今日中国，与鲁迅时代相比，国民是稍稍认真了，还是更不认真了？别的不知道，学术界、教育界恐怕是更不认真了（某校连续数年一天不分组完成二十多名硕士论文答辩即为一例），腐败从过去时代的官僚、吏治扩散到全社会，那时的"大病"现在或已入乎膏肓了。

也是由于钓鱼岛事件，我想到了中国应该向美国、日本学习什么的问题。美国是当今世界的老大，学习美国就是学如何当好老大。始终不让自己有安全感、满足感，始终有个假想敌，此即孟子"生于忧患死于安乐"之谓也。哈佛大学教授、曾任美国国防部长助理的约瑟夫·奈伊（Joseph Nye）著一书曰《美国定能领导世界吗》，美国地球政策研究所所长莱斯特·布朗（Lester R. Brown）也写过一书《向中国学习：为什么西方的经济模式对整个世界不灵》，美国外交政策和国家安全顾问斯蒂芬·哈儿珀（Stefan Halper）则著有《北京共识：中国权威模式将如何主导二十一世纪》，大概可以作为一项标志吧。这是居安思危，哪里像今日中国在世界上如此高调？花十几亿人民币把宣传片在纽约时代广场二十四小时不间断滚动播放，口袋里稍有几个钱便沾沾自喜，尾巴高翘，如何当得了老大？历史上的中国总以天朝、老大自居，结果还不是被"蕞尔小国"从老大的位置掀翻下来。向日本学习什么？就是如何当成老大。从甲午海战以来，日本当了一百多年亚洲的老大，诀窍无他，就是始终向最先进的文明学习。近三十年来，中国经济以极大的代价换取了 GDP 的高速增长，至少在亚洲，对日本"一哥"的位置有了挑战。日本是服善的民族，中国要想当老大，就应该自己努力，使得自身各个方面都做好，至少能做一个令人尊敬的竞争对手吧。但除了历史文化，中国现在还有多少是值得让今日世界尊重的地方呢？

十一月二十八日到十二月四日都在台湾的 Z 大学，她今年在网络上被评为全台湾最美的校园，取花莲的东华大学而代之。据说东华人颇不服气，说 Z 大学作弊。不过，Z 大学的校园还是很美的，有小小的宁静湖,可贵的是,湖面上居然有黑天鹅呢。 我第一次到嘉义,此前与历史系的耿慧玲教授联系,约好把十二月一日星期六的时间留给她。上午十点到她的研究室,意外发现她把毛汉光教授也一起约来了。 汉光教授今年七十五岁,精神矍铄,步履稳健,目光炯炯,声音洪亮,一口浙江口音的国语,谈笑风生,状态完全像是一个青年。 从前读过也购买过汉光教授的书,其中一册《中国中古社会史论》好像还是在韩国的一家旧书店购得。 最近的要算《越南汉喃铭文汇编》第二集,是2002年出版的。 谈话就从他的著作开始。 慧玲教授说,许多出版社都要出版老师的论文集,但他总是没空修订。 汉光教授抢过话头说:"我哪有时间,我现在要冲刺!"真希望我到了七十五岁的时候仍然有这样的精神状态。 汉光教授好学问,也好酒。 中午我们到佛光山附近的佛陀纪念馆参观,就在那里午餐,当然是食素,也不可能饮酒。 所以我们就谈酒。 我在喝酒方面向来喜欢自吹,于是向汉光教授说:"我们学校喝酒,文科胜过理科;在文科中间,中文系胜过他系;在中文系里,古代文学为冠。 古代文学专业里,先是有一位严杰很能喝,被称作'严杰时代';过了几年,就改称'张伯伟时代';又过几年,换成了'后张伯伟时代'。 有一位同事戏云:干脆把'严杰时代'改成'前张伯伟时代'好了。 我最欣赏这句话。"汉光教授大笑说:"从前有人说,天下文章以浙江最好,浙江文章以杭州最好,杭州文章以我弟弟最好,我弟弟嘛,有时让我帮他改改文章。 你刚才的说法就是这个腔调。"(案:这个说法的韵语表达是:"天下文章在浙江,浙江文章在我乡,我乡文章属我弟,我帮我弟改文章。")又说:"假如我现在年轻二十岁,我还可以跟你比一比。 不过,若是十岁抵一杯,我大你二十岁,就是两杯。 我喝一杯,你喝三杯,这样也算公平,还是可以比一比的。"在口头上过了一把酒瘾。 慧玲教授多年研究越南碑铭,很有成就,我从事域外汉籍研究多年,就是没有正面讨论越南的文献,原因很简单,"文献不足征也",所以就询问她可曾感觉在资料方面的不足。

她的回答出乎我的意料:"没有。 因为是将整个大西南作为一个整体来看待,所以很多资料可以互相发明。 这也是毛老师一贯的主张,做研究讲究系统性。"汉光教授此时插话:"中国文化就像是太阳,向四方照射。 东部、西部、北部都有人研究,但整个西南研究的人不多。 从文化上看,越南是整个大西南的组成部分之一。"我过去研究域外汉籍,是从汉文化系统看中国与周边。 汉光教授的主张,则更加注重其中的区域特点,颇有启发性。 我们一起游览、谈论了一整天,汉光教授始终兴致勃勃。 临别时对我说:"嘉义这个地方是农村,地处嘉南平原,远离政治,远离都市,是做学问的好地方。 欢迎以后再来,我们还有好多有意思的朋友。"我到台湾多次,但到嘉义还是第一次,我相信,以后会有多次,陶翁不是说"闻有素心人,乐与数晨夕"吗? 想起大陆学界,七十五岁还高喊"冲刺"的学者有几人哉? 按传统计算法,今年是先师百岁冥诞,我们的纪念活动按实足年龄计算,放在蛇年。 先师的精神以我的认识,从底线看,就是决不做对国家、集体利益有损害的事,更不能因为一己私利而有意破坏。 从积极面看,则向上的努力永不封顶,决不因为年龄、地位、声望乃至健康而放松向上一路的追求,哪怕是暂时的。 可惜的是,这样的精神在今天的学术界已经越来越稀薄了。 曾经读过娜塔莉·戴维斯(1928—)的书,她在七十岁的时候用"求知的一生"来概括自己的学术生涯,而她的这一句话也给了我很大的精神激励:"无论现状看起来多么陈腐不堪和不可救药,过去总是在提醒我们,变化是可以发生的。"

十二月二十一日是玛雅人预言的世界末日,那个晚上,我做了一个梦。 在梦里,世界末日真的降临了,洪水滔天,人声鼎沸,放眼望去,一片混乱。 有人在高处发放纸条,上面用中英文写了两艘船的名字,能登上这两艘船的人就能获救。 于是很多人争先恐后以得到这张纸条为幸。 可是慢慢地,纸条握在手中发生了变化,它好像是一团火在燃烧(当然看不出来),手中有这张纸条的人,无不感到极度难熬,于是纷纷认为是上当受骗，想把纸条扔掉。 可是这张纸条无论如何也是扔不掉的，只有人愿意主动取走的时候，纸条才会离开原来的手心。 在这样的混乱场景中，我被人央求取走他手中的纸条，于是就照办了。而不多久，那种难熬就在我身上发生了。 我想找到原先求我取纸条的人，已渺无踪影；我想扔掉，却怎么也不行。 除非我哄一个人，让他在不觉中主动从我手中取走，可是又想，能被我欺骗的一定是非常信任我的人，那又如何忍心这样做？ 我周围还有一些人，记得其中一个是老学生冯翠儿，我实在忍受不了了，于是对翠儿说出实情，请她代我暂时拿一会儿，让我稍缓后再取回。 就这样，我对每一个暂时替我拿纸条的人都说了实话，他们也都自愿为我分担了难受。 而在不断地传递中，那种难受也在慢慢地消减。 最后，我们终于登上了其中的一艘船，并且真的，我们都获救了。 那些处心积虑让别人从自己手中取走纸条的人，由于无法找到那两艘船，随着世界末日一同毁灭了。 ……

不知道该如何来作梦的解析，是期待所有的恶在一日之间全部消失，在一个再生的世界里都是好人吗？

三、有子万事足

中国有句老话："无官一身轻，有子万事足。"中国人重视做官，无官可做的时候常常以"一身轻"来自我安慰，而"不孝有三，无后为大"，故云"万事足"。 当然，"有"也应该不仅是拥有的意思，说一个人"有子"大概也是指如芝兰玉树、如千里驹，所以曹操才会有"生子当如孙仲谋，如刘景升儿子皆豚犬耳"这样的对比吧。 对于当官的迷恋，在今日中国堪称登峰造极，而一个孩子从未出生到长大成人，其间可能遭遇的风险也可算亘古未有，为人父母者提心吊胆，难得有轻松之刻。 我曾经戏改老话，用以形容今天中国社会的现状："无子一身轻，有官万事足。"（以下为家事，略）

……

在今日中国，传统文化的衰败已是不可收拾。前不久读李宗陶采写的《思虑中国：当代36位知识人访谈录》，其中余英时一节的题目是"中国学术传统破坏得太厉害"。岂止是学术传统，整个文化传统都遭到严重破坏。西洋人讲到柏拉图、亚里士多德，立刻给人以一种权威、典范的感觉，中国人提到孔子、朱熹，有时竟成为一个嘲弄的对象。一个对自身文化没有敬意的民族，大概也很难获得其他民族的敬意吧。十二月二十八号晚上，文学院聚餐，大部分人先走了，我还在继续喝酒。姚松带来的五醍浆原浆琼液，我喝了很多。最后，走到吕效平旁边，他是那桌上惟一一个我的老同学，我和他谈起2012年，想到百年来中国学术受的"洋气"，想到中国文化没有人真爱，想到传统礼仪在日常生活中的流失，竟忍不住失声痛哭了。

2012年读过一本难得的书《礼元录》，作者爱新觉罗毓鋆是溥仪的伴读，活了106岁，他说要"以夏学奥质，寻拯世真文"。那就期待明天吧，但愿明天一切都会好起来。

二〇一三年元月二日至四日

【附录】

一口吸尽西江水

——专访南京大学域外汉籍研究所所长张伯伟教授

连文萍*

二〇〇七年十月十日的午后，张伯伟教授、林庆彰教授和我，一起在福华文教会馆咖啡厅品尝下午茶，距离我们第一次的见面，匆匆已过十七个年头。一九九〇年七月，我和林庆彰教授、叶晓珍小姐赴大陆，为《国文天地》采买图书，并访谈大陆著名作家及学者。途经南京，特别专访南京大学中文系程千帆教授，程教授召唤他的高足来与我们结识，当时留下深刻的印象。

这一次，张伯伟教授应台湾大学中文系之邀，来台客座讲学，我们得以聚首。但时地人事已然变迁，程教授仙逝多年，而张伯伟教授在学术上卓然有成，一手创设南京大学域外汉籍研究所，也成为我们访谈的对象。

仓皇走过时代的变局

一九五九年出生于江苏南通的张教授，是大陆学术界研究古典文学的佼佼者之一，但他的人生曾因时代变局而仓皇变色，也因不懈地坚持

---

* 本文作者连文萍为台湾东吴大学中国文学系副教授。

与努力，重回起跑线，开展出璀璨的未来。

张教授的父母亲都是中学教师，家庭平静而安康。但一九六六年"文化大革命"爆发，他的父亲首先被点名批斗，当时念南通师范第二附属小学二年级的张教授，记忆非常深刻："罪名有两项，第一项是因为我们有所谓的'海外关系'，我的爷爷、奶奶、伯父、姑母都在香港，六十年代之后，伯父还到了台湾，后来他就葬在阳明山上。第二项是父亲写文章与姚文元商榷关于《海瑞罢官》的问题，文章其实还没有发表，仅是寄到报社，就被扣上'炮打中央文革'的罪名。"

张教授的父母被关入"牛棚"（即当时被称作"牛鬼蛇神"的集中之所），他和妹妹失去依傍，成为"黑仔子"，备受歧视和欺凌。一九六九年岁末，他们全家被发配到启东县农村（他的父亲名启东，中年发配至此，似为一谶），张教授断续接受完小学教育，想进一步升初中，却受到拦阻，"他们说我父母都已经是大学毕业，所以下一代必须去劳动，把受教育的机会让给贫下中农的子女"。他希望继续读书，父母也去恳求公社书记，幸好书记比较明理，让他有机会继续升学。一九七三年是所谓"修正主义教育路线回潮"的一年，"文革"中惟此一年初中升高中采用了考试的方式，张教授也因此顺利就读高中。"我读的是启东县吕四中学，吕四据说是因吕洞宾四到此地而得名。高中毕业后，就到黄海边上的农场去劳动，在当时被称作知识青年。"

棉花田中的人生转机

那时候张教授大约十六岁，个子长得特别小，人又很瘦，却得跟着种棉花、筑堤坝，好像人生就必须这样过下去了。但他没有荒废自己，劳动之余酷好读书，不时也写歌谱曲以自娱。一九七六年"四人帮"垮台，整个中国的气象开始改变，其中对张教授意义最大的改变，就是大学招生制度上的"废除推荐"，以考试的方式甄选人才。

一九七七年底恢复的高考，汇集了从一九六六到一九七七年间的中学毕业生，难度很高，但大家可以凭实力来竞争。张教授恭逢其盛，也幸运地考上南京大学中文系："我记得很清楚，二月份的一天，我在农地里拔完棉花杆子，打算捆成堆作燃料，去仓库领稻草绳。但草绳已经被领光，管理员给了我一捆稻草，叫我自己搓草绳。就在双手不停搓绳的时候，突然有人喊：'张伯伟！电话！'啊呀，我的心中顿时有个预感，这通电话……好像是我的人生要起变化了。果然电话是母亲打来的，说南京大学的录取通知书寄到家里了。"张教授谈到这个人生的转折点，依旧难掩激动，不只因为他是农场里第一个拿到录取通知的人，更因为考上南京大学是结束一个荒谬时代、开启人生新局的契机。

与台湾学术界的奇妙因缘

一九七八年二月入学时，张教授十九岁，他的班上各年龄层都有，最大的已经三十多岁。那个时候的学术界，历经了"反右"、"文革"等一系列政治运动，沉寂多年，书籍文献也都青黄不接。"我记得那时几乎每个礼拜天的上午，新华书店里会卖一些重印的古今中外名著。书店八点开始营业，但大家差不多五点钟就要起来排队、拿号，买到诸如雨果《悲惨世界》和巴尔扎克的小说之类，轮到可买什么书就买什么。那长长的队伍，每个人手上都拿着写满英文单词的小纸条，边排队边背英文单词，真是清晨一道最美丽的城市风景！"

书籍短缺是求学的一大障碍，这时张教授的"海外关系"反而发挥了作用，他的姑妈住在香港，就常替他买书寄过来。但姑妈毕竟不是学术界的人，她就拜托台湾《新生报》的一个总编帮忙买书，总编又介绍了一位台大中研所的研究生，请她开书单推荐当时在台湾学术界公认的好书。因此从七十年代末期开始，张教授就有机会读到叶嘉莹《迦陵谈诗》、糜文开和裴普贤的《诗经欣赏与研究》、郑骞《景午丛编》、王梦鸥《初唐诗学著述考》、叶庆炳《唐诗散论》、王更生《文心雕龙研究》、黄永武《中国诗学》、方祖燊《汉诗研究》以及钱穆、徐复观的许多著作，对台湾学术现状开始有所了解。　他说："当时整个大陆学术界的水平比较低，还是多用阶级分析的方法解读文学作品，我阅读许多台湾学者的书，接触不同的思维方式，对我的成长是非常重要的。　只可惜我到现在仍不知道那位当年台大研究生的姓名，无从向她表达感谢之意。"

锱铢累积日日有所知

　　"文革"后，南京大学古代文学的师资阵容，无法像南京师范大学拥有唐圭璋、孙望等诸多名师坐镇，幸好校长匡亚明把被迫退休的程千帆老师请来带领古典文学的教学及研究，培育了许多人才。　张教授在南京大学就读时，为弥补"文革"时的荒废，与二三同学互勉，发扬董仲舒"三年不窥园"的精神，把每个学期要读的书定下来，每周都有固定的篇幅，周一到周六读书，周日晚上就共同讨论。　张教授回忆说："真是恶补，急着要把以往的空缺补起来。　我一边读中国文学史，就一边连着读音乐史、美术史、书法史等等，并进而根据线索去阅读原始文献，就发现里面有些内在的沟通，越读越有兴味。"大学毕业后，他就考上本校的硕士班，跟管雄（绕溪）老师研读诗歌理论史；博士班则是由程千帆（闲堂）老师指导，在古典诗学的领域深入耕耘。

　　在学习过程中，张教授印象最深的是大学阶段的一件事。　他曾在一九八〇年完成《锺嵘〈诗品〉推源溯流论》的习作，结尾写上"记得恩格斯说过……"等语。　但程千帆老师给了极严厉的批语，告诫他学术论文引用文献应有严谨的规范。　虽然现在看来，这只是简单的操作规范问题，但在"文革"遗风尚存的当时，程老师对一个初学者的"狮子吼",就如同禅家的"棒喝",使张教授领会到文献典籍是研究的基础,从此锱铢累积。

他因为读到黄侃先生"学者当日日有所知,日日有所不知"的话,进而思考"日日有所知",所知未必是真知;"日日有所不知",不知即其所知,如此方能真正日日有所知。因此把自己的宿舍取名为"日不知斋",并开始写"日不知斋日记",记录每天读书的疑问、心得,以及读书、买书的计划。"用志不分,乃凝于神。"在这样的精神状态下,他在学术上日益成长起来。

在古典诗学研究的殿堂昂首阔步

张教授的博士论文《中国古代文学批评方法研究》,是一个比较大的题目,涉及许多文献、专书、专题等方面的问题。从一九七九年开始,他所作的研究也都环绕这个课题,如《锺嵘诗品研究》是属于专书的研究,《禅与诗学》是属于专题,《全唐五代诗格校考》是属于文献,《诗词曲志》属于诗史,而《中国诗学研究》除了收有诗学文献、诗歌史、诗论史的论文,也收有域外汉诗学的研究成果,是属于比较诗学的研究。在完成这些著作的基础上,他又重新修订其博士论文,终于在答辩十二年以后,由中华书局于二〇〇二年出版,前后已有二十多年的时间。他这样描述道:"这些工作都集中了一个愿望,就是试图通过不同方面的学术训练,使自己在揭示隐藏于事实背后的思想意义,梳理在不同时代诸多现象之间的发展脉络,以及厘清在貌似无关的领域之间的内在理路,一句话,就是在进行综合研究的时候,能够调动各种手段,验证或修正先前的各种假说,构筑一个有价值的解释体系。"

他的系列著作,犹如在一片开阔的地平线,多方开疆拓土。由于表现突出,他在三十六岁就升上正教授,是南京大学文科最年轻的教授。"我觉得自己还是比较清醒的,虽然当了教授,但知道自己还欠缺很多，需要继续的努力，不敢稍加停留。"

张教授醉心于作综合研究，他觉得自己似乎擅长在不同的领域间寻找其内在联系，因此他近年来的研究重心转移到跨领域的域外汉籍研究。"其实这个研究走向也有渊源。 我一九八四年在香港读到许世旭的《韩中诗话渊源考》，让我知道在中国之外，也有用汉字写的文学批评文献。 一九九二年去日本，又接触了很多日本的资料，因此我从文学批评开始，多方累积搜集，意欲探看东亚的汉文学，并进而探究汉文化。 在这个背景下，从汉文学出发，审视汉文化的地位、价值及其对二十一世纪的世界可能发生的意义和影响。"

一口吸尽西江水

域外汉籍文献的搜集十分困难，自一九九二年以来，张教授利用讲学之机，遍访日本、韩国、越南等地，搜求散见各国的汉籍资料，在财力上几乎倾其所有。 其后，他在南京大学成立域外汉籍研究所，把自己搜集来的资料全部公开，与大家一起作研究。"我曾访问过日本京都的花园大学，该校的'国际禅文化研究所'是一个有名的机构，拥有非常丰富而稀见的资料，据说是以柳田圣山教授的个人藏书为基础而建立起来的。 那个时候我就想，我也要以自己的藏书为基础，为南京大学建立一个'域外汉籍研究所'。"

二〇〇〇年，南京大学批准成立"域外汉籍研究所"，但那时是属于人力、物力、财力均无的"三无"研究所，即没有人员配置、没有房子、没有研究经费，但张教授本着"有条件要上，没有条件创造条件也要上"（这是大陆五十年代大庆石油工人的一句话）的精神，逐步架构开创。 自二〇〇二年起，已陆续展现研究成果，出版了《稀见本宋人诗话四种》、《朝鲜时代书目丛刊》、《唐宋千家联珠诗格校证》等资料和研究著作多种（分别是《清代诗话东传略论稿》、《域外汉籍丛考》、《日本汉诗论稿》、《李植杜诗批解研究》、《越南汉喃古籍的文献学研究》、《东亚汉籍研究论集》),创编《域外汉籍研究集刊》等。 研究所至少有"两书一刊"的计划:"'两书'分别是'域外汉籍资料丛书'、'域外汉籍研究丛书';'一刊'就是《域外汉籍研究集刊》。 我想通过'两书一刊'的方式,在中国推动域外汉籍的研究。"现在,研究所每月都举办读书班,吸引校内外的同道(特别是年轻学子)参与。 还计划经常举办规模不一的学术研讨会。

在张教授看来,域外汉籍研究是一项朝阳事业,而永葆学术朝气更是他在学术上的基本信念之一。 目前研究所正在进行中的基础工作有:"日本宋代文学研究资料汇编"、"韩国历代中国文学评论资料汇编"、"日本江户时代《世说新语》注释汇编"、"朝鲜时代女性诗文集汇编"、"日本诗文评汇编"。 他们还计划由文学扩展到历史、思想、宗教、教育等领域的汉籍文献整理。 同时,在整理资料的基础上,开展专题研究。

禅宗有所谓"一口吸尽西江水"之说,张教授在域外汉籍的研究领域,正生发出那样的豪情与气魄。 他经历了"文革"的风雨,却抱定以学术为己任的信念,发愤自壮,终于能大展宏图。 现在他要结合志同道合的研究者,由文献典籍入手,寻找汉文化在不同国家间的成长变化及千丝万缕的联系,在汉文化整体中了解自身和他人,并使汉文化在今日世界中发挥更大的作用。

(本文访谈录音先由研究助理姜俊亿初步整理,谨此致谢。)

(原载台湾《国文天地》第 25 卷第 5 期,2009 年 10 月)

增订版后记

本书初版于 2014 年，在不长的时间里便销售一空，可见"南大中文系"对读者的吸引力还不小。不少友人看了以后，希望我多写一些此类文章，且惠予鼓励之辞。或云堪当"学术史研究的好材料"（吴承学语），或云"其意义可能超过普通的学术专著"，并期待为之不已，可"为近几十年来的中国传统学术界留一部非正式的《儒林传》"（唐翼明语）。

历来所称的"学人"，大抵皆文史之士，多少会有些特别乃至出格的言行引人注目，不过，茶余饭后、酒酣耳热时的闲谈不妨点缀以"八卦"，落笔为文总还是应循其"义法"。友人或以前贤"出诸口者，不漫作无味语；笔诸书者，不漫作无味辞"形容之（邬国平语），大概也是有感于斯文吧。在我看来，此类文章的"义法"，就是"多识前言往行以蓄其德"。借用 M. H. Abrams 一本学术著作的书名，其功能就应该如"The Mirror and the Lamp"（《镜与灯》）。一方面如同庄子所说的"用心若镜"，能够映照人生的本质和真相；另一方面又能如穿透雾霾的一束灯光，刺破心中的幽暗。"天不生仲尼，万古如长夜。"这两句话集中体现了一个真正读书人的价值。如果有读者觉得在本书中看不到"花边新闻"而遗憾，我很愿意建议他/她尝试换一种阅读眼光，或许会有意外的收获。

出版社有意重版此书，同时建议我调整若干学术腔太浓之作，我遵从了这项建议，所以此版较前删去了六篇文章，又增加了十篇文章，总字数则略减一二万，希望这一版能得到更多读者的欣赏。

二〇一九年十月三日记于百一砚斋

图书在版编目（CIP）数据

读南大中文系的人 / 张伯伟著. —增订版.
—南京：南京大学出版社，2020.4
　ISBN 978 - 7 - 305 - 23140 - 7

　Ⅰ. ①读… Ⅱ. ①张… Ⅲ. ①散文集-中国-当代
Ⅳ.①I267

中国版本图书馆 CIP 数据核字(2020)第 053077 号

出版发行	南京大学出版社		
社　　址	南京市汉口路 22 号	邮　编	210093
网　　址	http://www.NjupCo.com		
出 版 人	金鑫荣		

书　　名 **读南大中文系的人（增订版）**
著　　者 张伯伟
责任编辑 胡　豪　　　　编辑热线　025 - 83596027
责任校对 郭艳娟

照　　排　南京紫藤制版印务中心
印　　刷　江苏凤凰扬州鑫华印刷有限公司
开　　本　635×965　1/16　印张 23　字数 310 千
版　　次　2020 年 4 月第 2 版　2020 年 4 月第 1 次印刷
ISBN　978 - 7 - 305 - 23140 - 7
定　　价　70.00 元

网　　址:http://www.njupco.com
官方微博:http://weibo.com/njupco
官方微信:njupress
销售咨询热线:(025)83594756

＊ 版权所有,侵权必究
＊ 凡购买南大版图书,如有印装质量问题,请与所购
　图书销售部门联系调换